Rose mit Dornen

Die Krimiautorin Kimberly Sawyer ist an gefährliche Situationen gewöhnt – allerdings nur aus den Plots in ihren Büchern. Doch dann rettet sie eines Tages, eher durch Zufall, den kleinen Scott aus den Händen von Entführern. Das bringt ihr zwar die Dankbarkeit von Scotts interessantem Onkel, dem Weingutbesitzer Dan Cavenaugh, ein, aber wenig später bekommt sie eine mysteriöse Drohung: eine Rose, in der, wie bei Voodoozeremonien üblich, eine Nadel steckt. Dan Cavenaugh weiß Rat: Er bietet Kimberly an, vorübergehend auf sein Weingut zu ziehen. Aber davon will sie nichts wissen. Bis sie eines Nachts vor ihrem Fenster eine unheimliche Gestalt mit einem Krummdolch sieht. Plötzlich erscheint ihr das Weingut und die Sicherheit in Dans Armen äußerst verlockend!

Verliebt, verlobt – verheiratet?

Der Privatdetektiv Josh Norton braucht nach einem gefährlichen Einsatz, bei dem er verletzt wurde, dringend Erholung. Da erhält er eine Anfrage aus Peregrine Point: Eine gewisse Maggie Gladstone will ihn engagieren, weil sich in letzter Zeit in ihrer Pension am Meer seltsame Dinge ereignen. Josh nimmt den Auftrag an. Es gibt zwar kein Geld, aber dafür einen Monat kostenfreie Unterkunft! In Peregrine Point angekommen, vermutet er zunächst, dass die hübsche Maggie und ihre drei etwas schrulligen Dauermieter Opfer ihrer lebhaften Fantasie geworden sind. Doch je länger Josh bleibt, je mehr er sich in Maggie verliebt, desto überzeugter ist er: In diesem Haus am Meer geht tatsächlich etwas nicht mit rechten Dingen zu.

MI

Jayne Ann Krentz

Liebeszauber

MIRA®

MIRA® TASCHENBUCH
Band 25019
1. Auflage: September 2002

MIRA® TASCHENBÜCHER
erscheinen in der Cora Verlag GmbH & Co. KG,
Axel-Springer-Platz 1, 20350 Hamburg
Deutsche Taschenbucherstausgabe

Titel der nordamerikanischen Originalausgabe:
Witchcraft
The Private Eye

erschienen bei: Harlequin Enterprises Ltd., Toronto
Published by arrangement with
Harlequin Enterprises II B.V., Amsterdam

Redaktion/Lektorat: Ilse Bröhl
Konzeption/Reihengestaltung: fredeboldpartner.network, Köln
Umschlaggestaltung: pecher und soiron, Köln
Illustration: Roland Pecher, Köln
Autorenfoto: © by Harlequin Enterprise S.A., Schweiz
Satz: Berger Grafikpartner, Köln
Druck und Bindearbeiten: Elsnerdruck, Berlin
Printed in Germany
ISBN 3-89941-019-X

Jayne Ann Krentz

Rose mit Dornen

Roman

Aus dem Amerikanischen von
Roswitha Hoffmann

MIRA®

1. KAPITEL

Als Kimberly Sawyer am Morgen aus ihrer Haustür trat, sah sie eine rote Rose auf der Stufe liegen, und an demselben Abend bekam sie Besuch von Dan Cavenaugh. Beide Ereignisse verwirrten sie und brachten sie völlig aus der Fassung.

Der Vorfall mit der Rose war zunächst nur deshalb ungewöhnlich, weil es weder eine Karte noch einen sonstigen Hinweis gab, wer der Überbringer gewesen sein konnte. Kimberly hatte vor ihrer Tür die Rose entdeckt, als sie morgens, wie gewöhnlich, einen Spaziergang am Strand machen wollte. Überrascht, aber auch ein wenig geschmeichelt, hob sie die Rose behutsam auf, stellte sie in eine mit Wasser gefüllte alte Weinflasche und setzte sie auf die Fensterbank direkt vor den Tisch mit der Schreibmaschine.

Nach ihrem Spaziergang arbeitete Kimberly bis zum Mittag konzentriert an ihrem neuen Roman. Als sie schließlich wieder aufschaute, fiel ihr Blick auf die blutrote Rose, die ihre Blätter in der Mittagssonne weit geöffnet hatte. Und jetzt sah sie, dass mitten im Herz der Blüte eine silbern glänzende Nadel steckte.

Regungslos starrte Kimberly die Blume an, während ihr ein Schauer über den Rücken lief.

Kein Zweifel, das war ein deutliches Zeichen! Irgendjemand wollte ihr etwas antun.

Unwillkürlich erinnerte sie sich an Dan Cavenaugh. Überdeutlich sah sie seine markanten Gesichtszüge und seine leuchtend grünen Augen vor sich, die eine so seltsam faszinierende Ausstrahlung auf sie ausgeübt hatten.

Ohne den Blick von der Rose zu wenden, griff Kimberly nach dem Telefon. Schließlich hatte er ihr eindringlich versichert, dass er jederzeit für sie Zeit habe. Ohne Zögern wählte sie die unter seiner Adresse vermerkte Telefonnummer, die er ihr vor zwei Monaten gegeben hatte.

Kimberly zuckte leicht zusammen, als das Klingelzeichen ertönte, denn plötzlich kam sie sich sehr albern vor. Das war doch lächerlich! Wahrscheinlich hatte sich nur irgendjemand einen dummen Scherz mit ihr erlaubt. Es bestand überhaupt kein Grund, gleich in Panik zu geraten.

Sie wollte gerade wieder auflegen, als sich am anderen Ende der Leitung eine Frauenstimme meldete. „Hallo, wer spricht da?"

„Es ... es tut mir leid", begann Kimberly. „Ich habe mich verwählt."

„Sie haben eine Geheimnummer gewählt", entgegnete die Frau kühl. „Darf ich bitte erfahren, wer Sie sind und woher Sie die Nummer kennen?"

„Entschuldigung." Kimberly legte den Hörer hastig auf die Gabel. Sie hatte sich jetzt wieder vollkommen unter Kontrolle. Wie hatte diese alberne Stecknadel in der Rose sie nur derart in Angst und Schrecken versetzen können?

Ob sich einer ihrer Nachbarn diesen makabren Scherz mit ihr erlaubt hatte? Nein! Sie konnte sich beim besten Willen nicht vorstellen, dass die etwas überspannte Elvira Eden oder der alte Wilcox, die beide ein ganz beträchtliches Stück von ihr entfernt an diesem Strand in Nordkalifornien lebten, hier ihre Hände im Spiel hatten.

Wahrscheinlich geht meine Fantasie wieder einmal mit mir durch, dachte Kimberly ein wenig selbstironisch. Das ist ja auch kein Wunder, wenn man den ganzen Tag damit beschäftigt ist, sich geheimnisvolle und spannungsgeladene Geschichten auszudenken.

Kimberly beschloss, sich nicht länger zu beunruhigen und sich mit Arbeit abzulenken. In ihren Romanen konnte sie ihrer Fantasie und ihren Träumen freien Lauf lassen, und es würde ihr sicher gut tun, sich wieder ihren erdachten Charakteren und den unheimlichen, mysteriösen Ereignissen zuzuwenden. Sie bereitete sich eine Kanne Tee zu und setzte sich dann wieder an die Schreibmaschine.

Für eine gute Stunde gelang es Kimberly, völlig in die Welt ihrer Romanfiguren einzutauchen. Sie hatte das dritte Kapitel noch nicht ganz beendet, als sie durch das Klappern der Fensterläden in ihrer Konzentration gestört wurde. Der Himmel hatte sich bezogen, und vereinzelte Windböen deuteten auf ein nahendes Unwetter hin.

Kimberly schaute aus dem Fenster, wobei ihr Blick gegen ihren Willen sofort wieder an der Rose haften blieb. Erneut spürte sie eine innere Unruhe in sich aufsteigen. Obwohl sie sich mehrfach einzureden versuchte, dass sie bestimmt keinen Grund habe, sich Sorgen zu machen, spielte sie noch einmal mit dem Gedanken, sich an Dan Cavenaugh zu wenden. Sie war schon versucht, seine Nummer zu wählen, als der Gedanke, dass wieder ein anderer ans Telefon gehen könnte, sie im letzten Augenblick zurückhielt.

Unwillkürlich fragte sie sich, wer wohl die Frau gewesen sein mochte, mit der sie vorhin gesprochen hatte. Es konnte sich um eine Verwandte gehandelt haben, die im Hause Cavenaugh lebte, oder um eine der vielen Mitarbeiterinnen, die auf dem Weingut beziehungsweise in der Kellerei oder Verwaltung tätig waren. Direkt zur Familie gehörten Dan Cavenaughs Schwester Julia, ihr Sohn Scott und dann noch eine Tante, die – wenn Kimberly sich recht erinnerte – Millicent heißt. Doch vermutlich waren das noch längst nicht alle Familienmitglieder.

Bei dem Gedanken, dass Dan Cavenaugh tagtäglich mit so vielen Menschen zusammen war, schüttelte sie sich unwillkürlich, denn Kimberly fand es unerträglich, mit einer so großen Familie unter einem Dach zu wohnen. Wann hatte man da jemals seine Ruhe? Nein, sie hielt nichts von Großfamilien. Im Grunde war ihr ein solches Leben zuwider – wie groß oder klein die Familie auch sein mochte.

In diesem Zusammenhang fiel ihr wieder der Brief ein, den sie gestern von einer Anwaltsfirma aus Los Angeles bekommen hatte. Er lag noch immer ungeöffnet auf dem Wohnzimmertisch. Vor einigen Monaten hatte sie schon einmal einen Brief von dieser Kanzlei erhalten und danach beschlossen, kein weiteres Schreiben dieser Art jemals wieder zu öffnen.

Ich sollte ihn in den Abfalleimer werfen, dachte sie. Und diese Rose mit der Stecknadel gleich hinterher! Doch aus irgendeinem unerfindlichen Grund brachte sie das nicht fertig.

Draußen war es inzwischen immer dunkler und der Wind noch heftiger geworden. Es konnte nicht mehr lange dauern, bis der Regen einsetzte. Kimberly schaltete ihre Schreibtischlampe an und wandte sich wieder der Arbeit zu. Sie wollte versuchen, wenigstens das dritte Kapitel zu beenden, ehe es Abend wurde und das nahende Unwetter mit Macht zum Ausbruch kam. Sie hatte schon so oft erlebt, dass sie abends plötzlich ohne Strom war, weil ein Sturm die Leitungen beschädigt hatte.

Gegen sechs Uhr hatte Kimberley ihr Ziel erreicht. Das dritte Kapitel war fertig, und voller Zufriedenheit deckte sie die Schreibmaschine zu. Dann suchte sie sich einige Kerzen zusammen und entfachte in ihrem alten Steinofen ein Feuer. Sie lebte schon so lange an diesem einsam gelegenen Küstenstrich, dass sie genügend Erfahrung hatte, um sich auf einen Notfall einzustellen. Nachdem sie sich ihr Abendessen zubereitet hatte, nahm sie eine Flasche Wein aus dem Kühlschrank und setzte sich an den Esstisch. Erst beim Einschenken wurde ihr bewusst, dass sie mechanisch nach einem Cavenaugh-Wein gegriffen hatte, und sie musste schmunzeln. Wahrscheinlich hatte sie heute so oft an den Mann gedacht, der diesen Wein herstellte, dass sie sich gar nicht anders hatte entscheiden können.

Kimberly hatte ihre Mahlzeit noch nicht ganz beendet, als plötzlich die Lichter ausgingen und sie im Dunkeln saß. Leise seufzend legte sie das Besteck aus der Hand und zündete die Kerzen an.

„Na also“, murmelte sie. „Ich hab’s doch geahnt.“ Während sie ihr Abendessen beendete und sich das zweite Glas Wein genehmigte, dachte sie mit leisem Bedauern an das Buch, das sie heute Abend hatte zu Ende lesen wollen. Daraus würde nun wegen des Stromausfalls leider nichts werden.

Draußen heulte der Sturm unvermindert heftig um das Haus, doch trotz des Getöses hörte Kimberly das schwache Motorengeräusch eines sich nähernden Autos.

Kurz darauf klopfte es an der Haustür. Kimberly hatte inzwischen den Tisch abgeräumt und ihren Teller in die Küche getragen. Jetzt schaute sie durch das kleine Fenster in der Tür, doch sie konnte lediglich einen Schatten erkennen.

„Wer ist da?" fragte sie laut. Eigentlich war sie nicht ängstlich, aber trotzdem merkte sie, dass sie sich plötzlich ziemlich unbehaglich fühlte. Bis auf diesen Vorfall vor zwei Monaten war Kriminalität hier draußen eigentlich nie ein Thema gewesen. Dennoch waren ihre Nerven bis aufs Äußerste gespannt.

Kimberly fragte noch einmal: „Wer ist da?" Als niemand antwortete, nahm sie an, dass sie wegen des Sturms nicht gehört worden war. Sie atmete tief durch und öffnete die Tür einen Spalt breit. „Wer ist da?" wiederholte sie ihre Frage.

„Cavenaugh."

Kimberly schloss erleichtert die Augen. Erst jetzt merkte sie, wie angespannt sie doch gewesen war. „Cavenaugh?" fragte sie verblüfft. Der dunkle Ton seiner Stimme weckte die Erinnerung an den Tag, an dem sie ihn kennen gelernt hatte. Obwohl sich die Ereignisse damals überstürzt hatten, war ihr plötzlich wieder deutlich bewusst, welch faszinierende Ausstrahlung von diesem Mann ausging. Bis heute hatte sie sich nicht erklären können, weshalb Dan Cavenaugh einen so starken Eindruck auf sie gemacht hatte. Plötzlich wurde ihr klar, dass er noch immer dort draußen in der Kälte wartete. Rasch löste sie die Kette und ließ ihn eintreten.

„Welch ein Zufall, dass Sie sich ausgerechnet jetzt blicken lassen", sagte sie. „Gerade heute habe ich nämlich an Sie gedacht."

Sie nahm ihm den Mantel ab und bat ihn ins Wohnzimmer. „Leider ist es etwas dunkel bei mir. Der Sturm hat wieder einmal die Stromleitung beschädigt. Was machen Sie hier? Hat es Sie wegen der leidigen Angelegenheit vor zwei Monaten hierher verschlagen?"

Was ist nur los mit mir? fragte sie sich plötzlich und ärgerte sich über sich selbst. Ich lass ihm ja nicht einmal Zeit für eine Antwort. Offenbar hatte sie der unerwartete Besuch völlig durcheinander gebracht.

Dan Cavenaugh nahm auf einem alten Sessel in der Nähe des Ofens Platz und sah sie forschend an. „Ich glaube, dass Sie heute mehr als nur an mich gedacht haben", meinte er bedächtig.

„Wie meinen Sie das?"

„Heute Vormittag am Telefon ... Das waren doch Sie, nicht wahr? Als Julia erwähnte, dass eine Frau angerufen und dann behauptet habe, sich nur verwählt zu haben, hatte ich so ein Gefühl ..." Er brach ab und lächelte ein wenig.

Kimberly stritt nichts ab. Stattdessen holte sie noch ein Glas aus dem Schrank und schenkte ihm von dem Wein ein. „Wie kamen Sie darauf?"

„Es war lediglich eine Ahnung. Nur wenige Menschen kennen diese Nummer, und es kommt kaum vor, dass sie jemand aus Versehen wählt. Eine innere Stimme sagte mir, dass nur Sie die Anruferin gewesen sein konnten."

Er nahm sein Glas und betrachtete die goldgelbe Flüssigkeit trotz der schlechten Beleuchtung mit kritischem Kennerblick. Dann trank er einen kleinen Schluck und nickte anerkennend. „Sehr gut", lobte er.

„Das sollte er auch sein", antwortete Kimberly humorvoll. „Es ist ein ‚Cavenaugh', und er hat mich ein halbes Vermögen gekostet."

„Ich weiß, aber der Wein ist sein Geld wert. Es ist nett, dass Sie mich mit meinem eigenen Wein bewirten. Sie müssen gespürt haben, dass ich heute komme."

„Wie hätte ich das wohl annehmen sollen?"

„Nun, ich habe doch schließlich auch geahnt, dass Sie den Wunsch hatten, mich zu sprechen."

„Ich denke eher, dass es reiner Zufall war. Wie ich schon sagte, habe ich heute an Sie gedacht. Vermutlich habe ich ganz mechanisch eine Flasche ausgewählt, deren Etikett Ihren Namen trägt."

„Auf jeden Fall war es dann ein netter Zufall."

Sie schmunzelte. „Haben Sie eigentlich schon gegessen?" erkundigte sie sich.

„Nein, ich bin ohne Pause durchgefahren."

„Wie wäre es mit gebackenen Kartoffeln und einem Salat. Rein zufällig habe ich mir heute etwas mehr als üblich zubereitet."

„Noch so ein netter Zufall." Er lachte leise. „Ich gestehe, dass ich hungrig bin. Deshalb nehme ich Ihr Angebot nur zu gern an."

Kimberly ging sofort in die Küche und bereitete ihm das Abendessen mit wenigen Handgriffen zu.

„Vielen Dank", sagte Dan, nachdem Kimberly für ihn ein Gedeck aufgelegt hatte. Dann begann er, mit großem Appetit zu essen.

Kimberly sah ihm eine Weile nachdenklich zu. Dann konnte sie ihre Neugier nicht mehr bezähmen. „Warum haben Sie nicht zurückgerufen, um sich zu vergewissern, ob ich tatsächlich die Anruferin war?" fragte sie ihn unvermittelt.

„Weil mein Plan, Sie zu besuchen, schon seit einer Woche feststand." Er stippte ein Stück Kartoffel in die Sahnesauce und sah Kimberly neugierig an. „Wie haben Sie eigentlich die Sauce gewürzt?"

„So, wie es mir gerade eingefallen ist."

„Hm, es schmeckt ... interessant."

„Ja, es hat eine sehr persönliche Note", gab sie schmunzelnd zu. „Das ist einer der Vorteile, wenn man allein lebt. Man kann immer das essen, was man will, und es so zubereiten, wie es einem schmeckt."

„Sie sind sehr zufrieden mit der Art, wie Sie sich Ihr Leben eingerichtet haben, nicht wahr? Den Eindruck habe ich schon vor zwei Monaten gewonnen."

„Das kann man wohl sagen."

„Macht es Ihnen gar nichts aus, immer so allein zu sein?"

„Nun, ich bin nicht einsam, wenn Sie das meinen." Kimberly lächelte amüsiert. „Ich führe ein völlig unabhängiges Leben, und das genieße ich. Ich kann genau das tun, was ich will und wozu ich Lust habe. Und daran bin ich von klein auf gewöhnt. Früher habe ich immer nur mit meiner Mutter zusammengelebt. Ich kann mir gut vorstellen, dass Ihnen das ungewöhnlich vorkommt. Sie haben eine große Familie und außerdem viele Mitarbeiter, mit denen sie tagtäglich zusammen sind. Ich könnte das nicht ertragen. Der ständige Druck würde mich verrückt machen."

„Welcher Druck?"

„Das ist doch ganz einfach. Das Zusammenleben mit vielen Menschen bringt aber dadurch auch viele Probleme mit sich, und man hat einfach niemals seine Ruhe."

Er nickte. „Das ist richtig. In meiner Position werden natürlich Anforderungen an mich gestellt."

„Wenigstens sind Sie der Chef in Ihrem Unternehmen. Wenn man schon mit so vielen Leuten zurechtkommen muss, ist das wohl die einzige Position, die dieses Leben einigermaßen erträglich macht", meinte sie.

„Das ist wohl wahr", stimmte er ihr kühl zu. „Trotzdem nehme ich an, dass Sie nicht mit mir tauschen möchten."

„Um nichts in der Welt. Ich bin viel zu sehr an meine Freiheit gewöhnt, um mich derartigen Zwängen unterwerfen zu können."

„Aber es würde Ihnen bestimmt nichts ausmachen, Ihr Leben mit einem Mann zu teilen, der genauso denkt und empfindet wie Sie."

„Warum sagen Sie das?" fragte sie zögernd.

„Ich habe einige Bände Ihrer ‚Amy Solitaire-Reihe' gelesen."

„Sie überraschen mich. Ich hätte nicht gedacht, dass diese Art Literatur Sie anspricht."

„Wenn man in der Schuld einer Autorin steht, ist es doch nur natürlich, dass man neugierig auf sie ist. Durch das Lesen Ihrer Bücher habe ich viel über Sie erfahren."

„Tatsächlich?“ Kimberly wünschte inzwischen, er hätte nicht von dieser Schuld gesprochen. Noch sehr deutlich erinnerte sie sich an die Worte, die er vor zwei Monaten zum Abschied gesagt hatte: „Geben Sie mir Ihr Ehrenwort, dass Sie es mich wissen lassen, wie ich mich für das, was Sie für mich und meine Familie getan haben, erkenntlich zeigen kann. Wenn Sie mich rufen, komme ich sofort. Jederzeit!“ Damals hatte sie sofort gespürt, dass er jedes Wort genauso meinte, wie er es gesagt hatte. Allerdings hatte sie es nicht für möglich gehalten, dass sie dieses Angebot annehmen und jemals nach ihm rufen würde. Doch heute hatte sie es fast getan.

„Ich habe zum Beispiel herausgefunden, dass Ihre Heldin, Amy Solitaire, trotz ihrer Selbständigkeit eine durchaus leidenschaftliche Frau ist. Und da ihr Geliebter, Josh Valerian, bisher alle gefährlichen Abenteuer überlebt hat, nehme ich an, dass er auch in den nächsten Büchern noch eine wichtige Rolle spielen wird.“

Kimberly zuckte mit den Schultern. „Ich mag ihn nun einmal.“

„Amy auch.“

„Hm.“

„Weil er ihr so sehr ähnelt, nicht wahr? Die beiden scheinen sich in jeder Beziehung zu gleichen und zu ergänzen. Zwei Liebende, die völlig ineinander aufgehen und nur sich selbst brauchen. Sie leben ihr Leben nach ihren eigenen Vorstellungen, bestehen gemeinsame Abenteuer im Kampf gegen den Rest der Welt und helfen sich gegenseitig immer wieder in den unmöglichsten Situationen.“

„Die perfekte Partnerschaft, finden Sie nicht auch? Amy und Josh verstehen sich so gut, dass es keiner Worte zwischen ihnen bedarf. Jeder weiß, was der andere denkt oder empfindet.“

„Glauben Sie wirklich, dass es dieses blinde Verständnis zwischen Mann und Frau geben kann?“ fragte er plötzlich.

„Warum nicht?“

„Es ist unrealistisch. Mann und Frau sind so verschieden, falls Sie das noch nicht bemerkt haben sollten. Damit meine ich keineswegs nur den kleinen biologischen Unterschied. Sie ... nun, sie denken, fühlen und reagieren verschieden.“

Kimberly wunderte sich ein wenig über die Ernsthaftigkeit seiner Worte. „Im wirklichen Leben mag dieses perfekte Miteinander unrealistisch sein. Aber es ist nun einmal das Vorrecht des Schriftstellers, seine Helden und ihre Handlungsweise so zu gestalten, wie es ihm gefällt. Es mag eine derart glückliche Beziehung vielleicht nicht geben, aber es ist mein Recht, sie mir auszudenken und zu schaffen.“

Er blickte sie amüsiert an. „Trotzdem sollte man die naturgegebenen Unterschiede zwischen Mann und Frau nicht völlig verwischen. Für Sie zählt nur einmal das gegenseitige Verstehen und die Vertrautheit. Ich dagegen denke nur daran, mit Ihnen zu schlafen. Ich stelle mir vor, wie es ist, Sie im Arm zu halten und Ihre Haut zu berühren. Sie als Frau denken daran überhaupt nicht, nicht wahr?“

„Nein“, entgegnete Kimberly schärfer als beabsichtigt. Sie spürte, dass sie rot wurde und ärgerte sich darüber. „Das meine ich gewiss nicht. Ich streite ja gar nicht ab, dass meine Einstellung wahrscheinlich unrealistisch ist, aber wie ich schon sagte: Eine Schriftstellerin darf träumen und ihre Träume auf dem Papier Wirklichkeit werden lassen.“

„Haben Sie keine Angst, das wahre Leben und die echte Liebe zu versäumen, wenn sie nur erdachte Liebesaffären für sich gelten lassen?“

„Ich lebe zwar allein, aber das heißt nicht, dass ich immer allein bin“, informierte sie ihn kühl.

„Aber Sie träumen von einem Mann wie in Ihren Büchern. Ehe Sie den nicht gefunden haben, werden Sie niemandem gestatten, Ihr Leben zu teilen. Richtig?“

„Ich schlage vor, dass wir jetzt das Thema wechseln. Warum sind Sie eigentlich hier?“

„Weil Sie mich heute fast gerufen hätten. Und weil ich es wollte. Vor etwa einer Woche habe ich erkannt, dass es keinen Sinn hat, die Tatsachen länger zu leugnen."

„Welche Tatsachen?"

„Ist Ihnen das nicht auch klar?" Dan Cavenaugh sah ihr tief in die Augen. „Ich habe immerzu an Sie denken müssen, Kim."

Der unergründlich tiefe Blick seiner grünen Augen zog Kimberly so sehr in ihren Bann, dass sie unfähig war, etwas zu erwidern. Sein schwarzes Haar, das nur an den Schläfen von einigen silbernen Fäden durchzogen war, schimmerte im matten Kerzenlicht. Dan Cavenaugh musste etwa Ende dreißig sein. Kimberly gestand sich ein, dass er ungewöhnlich attraktiv aussah. Er war schlank, wirkte jedoch sehr kräftig.

„Worüber denken Sie nach?" unterbrach er sie in ihren Gedanken.

„Über Sie", gab sie ehrlich zu. Trocken fügte sie hinzu: „Ich finde, dass Sie überhaupt nicht so aussehen, wie man sich einen Weinbauern im Allgemeinen vorstellt."

„Danke." Einen Augenblick lang schien er irritiert zu sein. „Vielleicht liegt es daran, dass ich nicht immer Winzer war", antwortete er ruhig. „Aber das ist jetzt nicht wichtig. Erzählen Sie mir lieber, weshalb Sie heute versucht waren, mich anzurufen."

Kimberly seufzte. Unwillkürlich sah sie zu der Fensterbank, auf der die Rose stand. „Es war albern. Wirklich."

„Das bezweifle ich. Sie mögen vielleicht merkwürdige Vorstellungen haben, was die Partnerschaft zwischen Mann und Frau betrifft, aber Sie sind nicht albern. Meine Familie schuldet Ihnen mehr, als wir jemals zurückzahlen können. Sagen Sie, was ich für Sie tun kann. Ich möchte unsere Schuld wenigstens zum Teil abtragen."

„Ich mag es nicht, wenn Sie von Schuld sprechen", erwiderte Kimberly und sah ihn unbehaglich an. „Ich habe nur getan, was mir in Anbetracht der Umstände logisch erschien."

„Sie haben meinem Neffen das Leben gerettet. Ich soll Sie

übrigens von Scott grüßen. Er lässt Ihnen ausrichten, dass er das Spiel ‚Flucht in der Nacht' bei Gelegenheit gern noch einmal spielen möchte."

Kimberly stöhnte und schüttelte den Kopf. „Dann sagen Sie ihm bitte, dass er das nächste Mal gefälligst allein spielen soll. Ich habe noch nie so viel Angst gehabt."

Die Erinnerung an das Abenteuer vor zwei Monaten war noch so frisch, als sei es eben erst geschehen. Von ihrem Küchenfenster aus hatte Kimberly damals bemerkt, dass vor dem Nachbarhaus in den frühen Abendstunden ein Auto vorfuhr.

Neugierig hatte sie das Geschehen verfolgt, weil es doch sehr ungewöhnlich war, dass das Haus um diese Jahreszeit von Feriengästen bewohnt wurde. Eine Frau und ein kleiner dunkelhaariger Junge in einer orangefarbenen Regenjacke hatten kurz darauf das Haus betreten.

Wenn sie nicht selbst gesehen hätte, dass jemand dort drüben eingezogen war, hätte sie weiterhin angenommen, dass das Haus nach wie vor unbewohnt war. Die Sache kam ihr immer merkwürdiger vor, und nach drei Tagen beschloss sie schließlich, ihren neuen Nachbarn einfach einen Besuch abzustatten.

Auf ihr Klopfen hin war ihr zwar geöffnet worden, aber die hübsche Frau, die ihr dann gegenüberstand, hatte sie barsch abgefertigt und ihr mitgeteilt, dass sie nicht belästigt werden wollte. Während Kimberly verstört den Rückzug angetreten hatte, war ihr Blick auf eines der Fenster im ersten Stock des Hauses gefallen. Dort erblickte sie das Gesicht eines etwa siebenjährigen Jungen, der zu ihr hinuntersah. Irgendetwas war merkwürdig an ihm. Gleich darauf war ihr bewusst geworden, dass es sein Gesichtsausdruck war, der sie so stutzig machte. Noch nie hatte ein Mensch so einsam und verloren auf sie gewirkt.

Sie konnte das kleine blasse Gesicht nicht wieder vergessen, und schließlich rief sie beunruhigt den Besitzer des Nachbarhauses an. Von ihm erfuhr sie, dass er sein Haus nicht vermietet hatte, und das machte die Angelegenheit noch mysteriöser. Der

Hauseigentümer versprach ihr, gleich am nächsten Tag zu kommen und nach dem Rechten zu sehen.

An diesem Abend hatte Kimberly das Haus fast ununterbrochen beobachtet und sich gefragt, was dort wohl vorgehen mochte. Und dann hatte sie im Radio die Nachricht von der Entführung gehört. Vor drei Tagen war der kleine Scott Emery aus Napa Valley in die Hände von Kidnappern geraten. Sein wohlhabender Onkel, der Weingutbesitzer Dan Cavenaugh, hatte bereits eine Lösegeldforderung erhalten. Gebannt hatte Kimberly der Beschreibung des Jungen gelauscht, und dann bestand für sie kein Zweifel mehr: Die Frau gegenüber war eine gewissenlose Entführerin! Sie hielt den kleinen Scott gefangen!

In jener Nacht hatte es genauso gestürmt wie heute. Und als Kimberly zum Telefonhörer griff, um die Polizei zu benachrichtigen, hatte sie feststellen müssen, dass die Leitung unterbrochen war. Daraufhin hatte sie beschlossen, mit dem Wagen in die nächste Ortschaft zu fahren, um Hilfe zu holen.

Doch als sie in Stiefeln und Regenjacke aus dem Haus getreten war, fiel ihr Blick auf das Fenster, hinter dem sie am Nachmittag den Jungen gesehen hatte. Wie mochte es ihm gehen? Wahrscheinlich hatte man ihn schon zu Bett gebracht.

Ganz spontan beschloss sie, das Risiko einzugehen und übers Dach bis zu dem betreffenden Fenster zu klettern. Es war kein Problem, das reetgedeckte Dach zu erklimmen und auch der Lärm, den sie dabei verursachte, bereitete ihr keinerlei Kopfzerbrechen. Der Sturm wütete so heftig, dass er alle verräterischen Geräusche übertönte. Sorgen bereitete ihr allerdings die mögliche Reaktion des Jungen. Es war nicht auszuschließen, dass er fürchterlich erschrak und schrie, wenn sie plötzlich vor seinem Fenster auftauchte.

In kurzer Zeit hatte sie das Fenster erreicht. Sie starrte angestrengt durch die Scheibe, dann erkannte sie die Umrisse des Bettes und bemerkte auch den dunklen Haarschopf des Jungen. Sehr leise und behutsam klopfte sie an die Scheibe. Der Junge fuhr hoch, aber er erschrak nicht. Sie klopfte wieder, und nach kurzem Zögern stand das Kind schließlich auf und kam ans Fenster. Bisher hatte es sie nur als dunklen Schatten ausmachen können. Jetzt sah es, dass Kimberly es aufmunternd anlächelte. Und es erkannte sie wieder.

Scott hatte sofort begriffen, was sie vorhatte und arbeitete vorbildlich mit. Dennoch war es ein mühseliges Unterfangen, gemeinsam mit dem Jungen, der nur einen dünnen Schlafanzug trug, den Weg übers Dach in die Sicherheit zu bewältigen. Sobald sie wieder festen Boden unter den Füßen spürten, liefen sie Hand in Hand durch den Regen zum Auto. Kimberly ließ Scott auf dem Rücksitz sitzen und hüllte ihn in eine Decke.

Zum Glück sprang ihr altersschwaches Vehikel gleich beim ersten Startversuch an, so dass sie ohne Verzögerung die nächste Polizeistation ansteuern konnte.

Während der Fahrt erzählte Scott Emery ihr, dass es sich bei seinen Entführern um echte Hexen handelte. Kimberly nahm an, dass diese Geschichte eine Folge des Schocks war, die dieses schlimme Ereignis zweifellos in ihm ausgelöst hatte. Vermutlich hatte er sich in seiner Not in eine Traumwelt geflüchtet. Es wird für ein Kind sicher leichter, böse Hexen mit Zauberkraft für das, was ihm angetan worden war, verantwortlich zu machen als ganz normale Menschen.

Während sie und Scott auf der Polizeistation auf seinen Onkel warteten, war die Polizei sofort zum alten Haus am Strand gefahren, um die Entführer dingfest zu machen. Bedauerlicherweise hatten diese Scotts Flucht aber inzwischen bemerkt und sich aus dem Staube gemacht.

Kimberly hatte in jener Nacht nur wenige Stunden mit Dan Cavenaugh verbracht, aber sie hatte das Gefühl, bereits sehr viel über ihn erfahren zu haben.

Er war ihr vom ersten Augenblick an sympathisch gewesen, und die Ernsthaftigkeit, mit der er sich Scotts haarsträubende Geschichte von Hexen und Zauberern anhörte, hatte sie tief beeindruckt. Sie hatte den Eindruck, dass Dan Cavenaugh Pflichten und Verantwortung sehr genau nahm und ein Mann war, auf den man sich jederzeit verlassen konnte.

„Warum wollten Sie mich heute anrufen, Kim?“ fragte Dan wieder.

Sie atmete tief durch. „Sie werden es kaum glauben, aber es ging lediglich darum, dass mir heute Morgen jemand eine Rose zukommen ließ.“ Kimberly schilderte in kurzen Worten die Umstände des Fundes.

„Eine Rose?“

Verblüfft sah er sie an.

„Dieses kleine Geschenk kann durchaus als Drohung verstanden werden. Sie hatten den gleichen Verdacht, nicht wahr?“

„Ja.“ Sie seufzte.

„Ihr Entschluss, mich anzurufen, war ganz richtig. Allerdings hatte ich insgeheim gehofft, dass Sie mich aus einem ganz anderen Grund sprechen wollten.“

„So?“ Fragend zog sie die Brauen hoch.

„Ich hatte mir gewünscht, dass Sie aus dem gleichen Grund mit mir reden wollten wie ich mit Ihnen.“

„Und weshalb wollten Sie mich sprechen, Dan?“ fragte sie mit angehaltenem Atem.

Einen Augenblick lang schauten sie sich schweigend an. „Ich weiß bis heute nicht, was ich von Scotts Hexengeschichte halten soll, doch eines weiß ich mit absoluter Sicherheit, dass ich in jener Nacht vor zwei Monaten wirklich einer Hexe begegnet bin. Sie hat mich vom ersten Augenblick an verzaubert. Seit zwei Monaten kann ich nur noch an Sie denken, Kim. Ich habe mich dagegen gewehrt, aber es war sinnlos. Tag für Tag habe ich auf Ihren Anruf gewartet. Ich war überzeugt, dass Sie sich schon bald melden würden, um mir zu sagen, wie ich mich bei Ihnen revanchieren könnte. Aber die Zeit verging, und nichts geschah. Schließlich hielt ich es nicht länger aus. Ich musste Sie wieder sehen, Kim.“

2. KAPITEL

Dan hatte Kimberly die Wahrheit gesagt! Er hatte wirklich in den vergangenen zwei Monaten jeden Tag mit ihrem Anruf gerechnet. Und er war überzeugt davon gewesen, dass sie ihn um Geld bitten würde. Die Leute wollten immer Geld.

Und besonders bei Kimberly hatte er sich vorstellen können, dass sie es gut gebrauchen konnte. Ihr klappriger alter Kombi und die nicht gerade moderne Einrichtung ihres Hauses sprachen Bände. Als der erwartete Anruf dann jedoch ausblieb, hatte er erkannt, dass er selbst aktiv werden musste, wenn er sie jemals wieder sehen wollte, und das wollte er unbedingt.

Kimberly hatte ihm vom ersten Augenblick an gefallen und ihn auf seltsame Weise fasziniert. Aber damals hatte er nicht weiter darüber nachgedacht. Mit seinen achtunddreißig Jahren hatte er oft erlebt, dass er sich heute zu einer Frau hingezogen fühlte und sie morgen bereits wieder vergessen hatte. Doch diesmal war es anders gewesen. Er hatte ständig an sie denken müssen und sich geradezu danach gesehnt, sie wieder zu sehen.

Und jetzt, da er ihr endlich gegenübersaß, verspürte er – wie schon bei ihrer ersten Begegnung – den brennenden Wunsch, diese Frau in den Armen zu halten und mit ihr zu schlafen. Doch es war noch mehr als das, und diese Erkenntnis verunsicherte ihn ein wenig. Er hatte das Bedürfnis, sie durch und durch kennen zu lernen. Er wünschte sich, sie zu verstehen, zu umsorgen und zu beschützen.

Dabei machte sie absolut keinen schutzbedürftigen Eindruck auf ihn. Kimberly Sawyer stand mit beiden Beinen fest auf der Erde. Sie war es gewöhnt, für sich selbst zu sorgen, und sie hatte Mut und Charakterstärke bewiesen.

Nachdenklich schaute er in ihre bernsteinfarbenen Augen, deren reizvoller Ton mit ihrem Haar völlig identisch war. „Zauberkraft“, murmelte er abwesend.

„Ach was, das ist doch lächerlich", meinte Kimberly mit fester Stimme. Erleichtert stellte sie fest, dass der verträumte Ausdruck aus seinem Blick schwand. „Ich habe diesen albernen Vorfall mit der Rose überbewertet. Bestimmt hat sich nur jemand einen dummen Scherz mit mir erlaubt."

„Aber Sie haben mich angerufen."

„Ich hätte Sie fast angerufen", verbesserte sie ihn. „Ich habe es unterlassen, weil ich erkannte, wie dumm es war, einen solchen Vorfall ernst zu nehmen."

„Es könnte natürlich ein Scherz sein", meinte er ernst, „aber das glaube ich nicht. Auf jeden Fall bin ich jetzt hier, und ich möchte Ihnen helfen."

„Das ist nett von Ihnen, aber ich sagte Ihnen schon vor zwei Monaten, dass Sie keinen Grund haben, sich mir verpflichtet zu fühlen."

„Ich dachte wirklich, dass Sie Geld von mir verlangen würden", meinte er nachdenklich.

„Wie bitte?"

„Nun, Sie wissen, dass ich mich Ihnen in irgendeiner Form erkenntlich zeigen will. Ich nahm an, dass Sie mich um Geld ..."

„Ich brauche Ihr Geld ganz gewiss nicht!" fuhr sie ihn hitzig an.

„Verdienen Sie mit Ihren Büchern denn genug?"

„Ich bin zufrieden. Danke."

„Das konnte ich nicht wissen", sagte er freundlich, während er den Blick durch das Zimmer schweifen ließ. „Schließlich wohnen Sie hier mitten in der Einsamkeit, fahren ein uraltes Auto, tragen Jeans, die mindestens ebenso alt wie das Auto sind ..." Er hielt inne und zuckte mit den Schultern. „Da habe ich mir natürlich Gedanken um Ihre finanzielle Situation gemacht."

Kimberly schnappte empört nach Luft. „Ich lebe hier, weil es mir gefällt. Als Schriftstellerin brauche ich Ruhe und Abgeschiedenheit. Dass mein Auto nicht gerade das neueste Modell ist, weiß ich selbst, aber das macht mir nichts aus. Und meine Jeans trage ich, weil sie zufällig sehr bequem sind. Außerdem hasse ich übertriebenen Konsum."

„Jetzt sind Sie verärgert, nicht wahr?" fragte Dan.

„Scharf beobachtet."

„Und Sie haben Angst", fügte er hinzu. „Womit wir wieder beim Thema wären." Er nahm die Flasche mit der Rose vom Tisch und betrachtete sie eingehend. „Die Kidnapper sind übrigens immer noch nicht gefasst."

Kimberly fuhr sich mit der Zunge nervös über die Lippen. „Ich hatte gehofft, dass man inzwischen etwas weiter wäre!"

„Leider nicht. Nicht die geringste Spur, kein Anhaltspunkt, nichts." Ein Hauch von Bitterkeit schwang in seiner Stimme mit.

„Das muss sehr enttäuschend für Sie sein."

„Enttäuschend? Das ist zu mild ausgedrückt." Er sah sie ernst an, und sein Blick sagte ihr deutlich, wie unerbittlich er gegen jeden Menschen vorgehen würde, der es wagte, einem Mitglied seiner Familie etwas anzutun.

Sie schluckte. „Ja, ich verstehe."

„Früher oder später werde ich sie erwischen."

„Das hoffe ich auch. Aber wenn die Polizei bis heute nichts in der Hand hat ..."

„Ich habe meine eigenen Leute auf den Fall angesetzt."

„Ihre eigenen Leute?" Verblüfft sah sie ihn an. „Was bedeutet das?"

„Lassen wir das jetzt." Er stellte die Rose wieder auf den Tisch und griff nach seinem Glas. „Im Moment ist Ihr Problem vorrangig. Möglicherweise will sich jemand an Ihnen rächen, weil Sie sich damals eingemischt haben. Es ist nicht auszuschließen, dass die Entführer wissen, wer vor zwei Monaten ihren großen Coup vereitelt hat. Was es auch zu bedeuten haben mag – Sie dürfen auf keinen Fall hier bleiben. Können Sie heute Abend noch die notwendigsten Sachen packen, so dass Sie morgen früh reisefertig sind?"

Kimberly verschluckte sich fast. Das konnte doch wohl nicht

sein Ernst sein. „Reisefertig? Was denken Sie sich eigentlich? Das ist völlig unmöglich. Ich bleibe selbstverständlich hier."

„Tut mir Leid, aber das kann ich nicht zulassen."

„Hören Sie, ich habe noch acht Kapitel an meinem derzeitigen Buch zu schreiben. Wahrscheinlich hat der Vorfall mit der Rose überhaupt nichts zu bedeuten. Soll ich mich etwa verstecken bis die Kidnapper endlich gefasst sind?"

„Das glauben Sie ja selbst nicht. In diesem Fall wären Sie gar nicht erst auf die Idee gekommen, sich an mich zu wenden. Nein, es wäre zu leichtsinnig. Sie sind hier nicht mehr sicher."

„Nein." Ihre Stimme klang fest. „Ich weiß Ihre Freundlichkeit zu schätzen, aber ich kann Ihr Angebot auf keinen Fall annehmen."

„Das hat mit Freundlichkeit überhaupt nichts zu tun", entgegnete er barsch. „Ich stehe in Ihrer Schuld. Haben Sie das vergessen?"

„Nun, dann betrachten Sie Ihre Schuld hiermit als beglichen."

„Unmöglich. Ich pflege für meine Schulden und Verpflichtungen einzustehen."

„Ich habe Sie jedenfalls nicht gebeten, Ihre angebliche Schuld zu begleichen, indem Sie mir Asyl gewähren", antwortete sie gereizt.

„Trotzdem werden Sie mein Angebot annehmen. Sie haben ja überhaupt keine andere Wahl."

„Was wollen Sie damit sagen?" Empört sprang Kimberly auf. „Niemand wird mir vorschreiben, was ich zu tun oder zu lassen habe. Ich kann für mich selbst sorgen, Mr. Cavenaugh, und das gedenke ich auch weiterhin zu tun. Wie komme ich dazu, mich in einem ohnehin schon überbelegten Haushalt wie dem Ihren auf unbestimmte Zeit einzuquartieren? Ich würde durchdrehen und gar nicht zu meiner Arbeit kommen."

Dan stand langsam auf. Obwohl das Kerzenlicht den Raum nur schwach erhellte, erkannte Kimberly die Entschlossenheit in seiner Miene. Sie hatte vom ersten Augenblick an gespürt, dass er ein Mann war, der erreichte, was er wollte. Es würde nicht leicht sein, sich gegen ihn durchzusetzen.

„Das ändert doch nichts an den Tatsachen“, sagte er mit ruhiger Stimme.

„Sehen Sie denn nicht selbst, dass Ihr Vorschlag nicht durchführbar ist, Dan?“

„Sie können die Schreibmaschine und alles, was Sie brauchen, mitnehmen. Sie werden genug Platz und Ruhe haben. Und Sie werden in Sicherheit sein.“

Unwillig verzog sie das Gesicht zu einer Grimasse. „Ich möchte aber nicht mit Ihnen gehen.“

„Das habe ich inzwischen begriffen.“ Er kam um den Tisch herum und nahm ihre Hand. „Haben Sie eigentlich mehr Angst vor mir oder vor demjenigen, der Ihnen diese Rose geschickt hat?“

Schweigend erwiderte Kimberly seinen Blick. Sie spürte, dass er sie begehrte und erkannte verwundert, dass sie auf ihn reagierte und ihr Herz plötzlich heftig schlug. „Sie wollen mich, nicht wahr?“ fragte sie schließlich leise.

„Ist es das, wovor Sie sich fürchten?“ Er fuhr ihr sanft durchs Haar und ließ es spielerisch durch seine Finger gleiten.

Kimberly zuckte zusammen. „Ja.“

„Sie sind eine erwachsene selbstbewusste Frau. Warum ängstigt es Sie also, dass ich Sie begehre?“ Mit den Fingerspitzen streichelte er ihre Wange und glitt dann langsam über ihren Hals.

Sie wich nicht zurück, sondern sah ihm offen ins Gesicht. „Weil Sie mich nicht haben können, Dan. Und ich kann mir vorstellen, dass Sie sehr gefährlich werden können, wenn Ihnen das, was Sie wollen, ausnahmsweise einmal versagt bleibt.“

Seine Hand zuckte zurück. Offensichtlich machten ihre Worte ihn betroffen. Kimberly empfand plötzlich den brennenden Wunsch davonzulaufen. Ganz deutlich fühlte sie plötzlich, dass dieser willensstarke, attraktive Mann ihr wirklich gefährlich werden konnte.

„Warum kann ich Sie nicht haben, Kim?" Eindringlich sah er ihr in die Augen.

Sie hatte Mühe, sich nicht anmerken zu lassen, wie aufgeregt sie war. „Nun, da wäre zum Beispiel der zwar banale, aber dennoch triftige Grund, dass Sie und ich in verschiedenen Welten leben." Scheinbar gleichmütig trat sie zur Seite und wandte das Gesicht dem Ofen zu. „Sie sind ein Mann mit Verantwortung. Sie leiten ein großes Unternehmen und haben Ihren Mitarbeitern und Ihrer Familie gegenüber Verpflichtungen. Ich stelle mir vor, dass Sie wie in einem Netz gefangen sind." Unwillkürlich schüttelte sie sich.

Dan sah sie erwartungsvoll an und schien darauf zu warten, dass sie fortfuhr.

„Bei mir ist das ganz anders. Ich bin frei und ungebunden und brauche auf keinen einzigen Menschen Rücksicht zu nehmen. Was Sie und mich auch immer verbinden könnte – es wäre auf jeden Fall nicht von langer Dauer und damit unbefriedigend. Jedenfalls aus meiner Sicht. Ich kann mir natürlich denken, dass ein flüchtiges amouröses Abenteuer genau das ist, was Sie suchen. Dafür habe ich durchaus Verständnis. Aber ich habe nicht die Absicht, die Rolle der zufällig verfügbaren Geliebten für einen Mann zu spielen, der überraschend zu Besuch gekommen ist."

Dan war hinter sie getreten, und sie spürte seinen Blick auf ihrem Nacken. „Sie haben ja tatsächlich Angst vor mir", sagte er. „Und da reden Sie von Freiheit? Wissen Sie eigentlich, was es bedeutet, wirklich frei zu sein?"

„Dan, bitte. Es reicht jetzt."

Er zögerte kurz. „Vielleicht haben Sie Recht. Im Moment bereitet mir ein anderes Problem sowieso mehr Kopfzerbrechen."

„Die Rose?"

„Nein. Ich frage mich, wo ich heute Nacht schlafen werde", entgegnete er trocken. „Sie haben hoffentlich nicht vor, mich bei Wind und Wetter vor die Tür zu setzen."

Kimberly blickte nach draußen. Der Regen hielt noch unvermindert an. Langsam schüttelte sie den Kopf. „Das würde ich nicht einmal meinem ärgsten Feind antun", meinte sie schließlich. „Und in diese Kategorie brauche ich Sie doch wohl nicht einzuordnen, oder?"

Er lächelte amüsiert. Dann wurde er ernst. „Nein, ich bin nicht Ihr Feind. Im Gegenteil. Ich fühle mich Ihnen stark verbunden."

„Weil Sie sich einbilden, mir etwas schuldig zu sein?"

„Zum Teil. Wer kann schon genau sagen, weshalb ein Mann und eine Frau sich zueinander hingezogen und verbunden fühlen. Es gibt zahlreiche Bande ..."

Sie winkte ab. „Ja, ich weiß. Und ehe man sich versieht, hat man sich selbst in Fesseln gelegt."

„Sie träumen von einem Mann, der Ihrem Romanhelden, Josh Valerian, aufs Haar gleicht, nicht wahr? Es soll ein Mann sein, der niemandem verpflichtet ist und keinerlei familiäre Bindungen hat."

Kimberly sah ihn eine Weile schweigend an. Dann sagte sie: „Jede Frau hat das Recht zu träumen."

„Und so träumen Sie von einem Mann, der nur Sie allein liebt und braucht."

„Warum nicht? Ich möchte einen Mann, auf den ich mich verlassen kann und der so frei und ungebunden ist, dass er ebenso viel geben kann wie ich ihm", fuhr sie mit ruhiger Stimme fort. „So, und jetzt sollten wir uns erst einmal um Ihr Problem kümmern."

Dan Cavenaugh hätte gern noch mehr über Kimberly Sawyers „Traummann" erfahren, doch der entschlossene Ausdruck in ihren Augen hielt ihn davon ab, weiter in sie zu dringen. Er nickte. „Wie wir bereits festgestellt haben, bin ihr nicht Ihr Feind. Und da ich noch nicht Ihr Geliebter bin ..."

„Sie können auf der Couch schlafen", fuhr sie ihn ungnädig an. „Aber geben Sie mir zuvor erst Ihr Ehrenwort, dass Sie mich heute Nacht nicht in die Verlegenheit bringen, Sie aus meinem Schlafzimmer werfen zu müssen."

„Ihre Gastfreundschaft ist überwältigend."

„Tut mir Leid, aber Sie sind selbst ein bisschen überwältigend. Also, was ist? Geben Sie mir Ihr Ehrenwort?"

„Dass ich Sie nicht in Ihrem Zimmer besuche?" Er runzelte die Stirn. „Mir wäre lieber, Sie würden mich auffordern, es zu tun."

„Ich hole Bettwäsche", sagte sie kühl und verließ das Zimmer.

Kurze Zeit später breitete sie ein Laken auf der Couch aus und schüttelte die Bettdecke und das Kopfkissen auf.

Dan schaute ihr eine Weile schweigend zu. „Wir müssen noch über unsere Abreise morgen früh sprechen", meinte er schließlich mit ruhiger Stimme.

„Da gibt es nichts zu besprechen. Sie fahren morgen früh zu Ihren Weinbergen in Napa Valley zurück. Allein. Genügt Ihnen ein Kissen?"

„Wie bitte? Ja, natürlich. Kim, seien Sie doch bitte vernünftig. Sie waren völlig zu Recht beunruhigt. Wir müssen gewisse Vorkehrungen treffen."

„Keine Sorge, das werde ich."

„Sie haben mich zu Hilfe gerufen, damit ich mich um Sie kümmere", erinnerte er sie mit grimmiger Miene.

„Oh nein. Ich habe mich eben nicht an Sie gewendet. Ich habe es lediglich in Erwägung gezogen. Das ist alles. Sie sind hier, weil Sie es selbst wollten."

„Sie sind sehr leichtsinnig, Kim, und Sie wissen es. Ich nehme an, dass Sie sich besinnen werden, wenn Sie erst einmal eine Nacht darüber geschlafen haben." Er schob die Hände in die Hosentaschen und sah sie geradezu drohend an.

Offensichtlich hält er mich für dumm und störrisch, dachte Kimberly erbost. Was bildet er sich eigentlich ein? Er kommt unangemeldet hierher und fängt sofort an, über mich zu bestimmen.

„Das glaube ich kaum", erklärte sie kühl. „Und Ihr drohendes Gehabe können Sie sich getrost ersparen. Damit mögen Sie sich vielleicht beim kleinen Scott oder Ihren Mitarbeitern Respekt verschaffen können, aber bei mir nicht. Hier bestimme allein ich, was geschieht."

„Ich frage mich, wie sich der gute Josh in dieser Situation verhalten würde", murmelte er.

„Er hätte gewusst, wann es keinen Sinn mehr hat zu drängen." Ohne dass sie es merkte, wischte sie mit dem Ärmel den noch immer ungeöffneten Brief von der Anwaltskanzlei von der Anrichte.

„Weil er die Gedanken seiner geliebten Amy jederzeit lesen kann. Allmählich verstehe ich das."

„Sie brauchen gar nicht so spöttisch zu lächeln. Gerade wegen dieser perfekten Beziehung zwischen Josh und Amy lassen sich meine Bücher hervorragend verkaufen."

„Aber bestimmt nicht an Männer", wandte Dan ein, während er angestrengt auf den Brief zu seinen Füßen starrte, um den Namen des Absenders zu entziffern.

„Es stimmt, dass hauptsächlich Frauen meine Romane lesen, denn insgeheim träumen sie alle von einer so vollkommenen Partnerschaft, wie ich sie beschreibe."

„Ich nehme an, dass sich Josh und Amy auch sexuell gut verstehen. Sie sollten das Thema Leidenschaft stärker betonen. Ich wette, dass dann auch Männer Ihre Bücher kaufen werden."

„Vielen Dank für den guten Rat." Ihre Stimme klang bissig. „He! Was machen Sie denn da mit meinem Brief?"

„Nichts. Ich habe ihn nur aufgehoben. Es wundert mich, dass Sie ihn noch nicht geöffnet haben. Normalerweise öffnet man ein Schreiben von einem Anwalt immer sofort."

Sie verzog den Mund. „Ich nicht." Erklärend fügte sie hinzu: „Ich habe bereits zwei Briefe von diesem Anwalt erhalten und kann mir denken, was er geschrieben hat."

Dan musterte sie forschend. „Haben Sie Ärger, Kim?" erkundigte er sich mit weicher Stimme."

„Nein, die Leute, die diesen albernen Anwalt bemühen, sind es, die Probleme haben. Sie haben sie selbst verschuldet, und ich denke nicht daran, ihnen zu helfen, sie zu lösen." Sie trat von der Couch zurück und betrachtete ihr Werk. „So. Für eine Nacht wird's wohl gehen", meinte sie. „Es ist auf jeden Fall besser, als auf dem Fußboden zu schlafen."

„Ist der Boden die einzige Alternative, die Sie mir anbieten können?"

„Genau." Sie nickte freundlich. „Es wäre nett, wenn Sie ein wenig aufs Feuer achten könnten", fügte sie hinzu. „Es ist morgens empfindlich kalt, wenn der Ofen über Nacht ausgeht."

„Natürlich, das mache ich gern." Erneut schaute er auf den Brief in seiner Hand. „Sind Sie sicher, dass ich Ihnen in dieser Sache nicht doch behilflich sein kann?"

„Ganz sicher. Der Inhalt des Briefes hat nichts mit Ihnen zu tun. Und mit mir auch nicht. Das habe ich dem Anwalt bereits schriftlich mitgeteilt. Sie können ihn in den Papierkorb werfen."

Kopfschüttelnd legte Dan den Brief auf den Tisch. „Sie können erstaunlich stur sein."

„Irgend etwas sagt mir, dass Sie mir in dieser Hinsicht nicht nachstehen", erwiderte sie schmunzelnd. „Aber ich glaube, dass man diese Eigenschaft bei Männern im Allgemeinen eher Willensstärke nennt."

Er lachte leise. „Nun, morgen früh werden wir sehen, ob meine Willensstärke Ihre Sturheit überwinden kann. Vielen Dank für das Nachtlager, Kim."

„Nichts zu danken. Es tut mir nur leid, dass ich Ihnen nicht auch mit Zahnbürste und Rasierapparat dienen kann."

„Oh, das macht nichts. Alles, was ich brauche, ist im Auto."

„Ich verstehe. Sie haben sich also gründlich vorbereitet."

„Das werden Sie mir doch nicht verübeln?" Er lächelte treuherzig, doch seine Augen blitzten herausfordernd.

„Gute Nacht, Dan. Vergessen Sie nicht, auf das Feuer zu achten!"

Eine halbe Stunde später lag Kimberly im Bett und starrte in die Finsternis. Was für ein Tag! Sie war einfach nicht daran gewöhnt, dass die Dinge nicht nach dem immer gleichen Schema abliefen. Sie dachte an den Mann, der im Wohnzimmer auf der Couch schlief. Es war schon merkwürdig, dass er ausgerechnet an dem Tag vor ihrer Tür stand, an dem sie ihn fast im Hilfe gebeten hatte. Es irritierte sie ein wenig, wie erpicht Dan Cavenaugh darauf war, sich für das, was sie für ihn und seine Familie getan hatte, zu revanchieren.

Aber vielleicht ist er auch nur darauf aus, mich zu verführen, dachte sie. Und auch das irritierte sie. Normalerweise machte sich ein Mann nicht solche Mühe, wenn ihm der Sinn nach einem flüchtigen Abenteuer stand. Es war kaum vorstellbar, dass er nur deshalb eine so lange Autofahrt auf sich genommen hatte.

Andererseits war ihm durchaus zuzutrauen, dass ihm der Gedanke, bei einem anderen in Schuld zu stehen, arg zusetzte. Vielleicht war es für ihn tatsächlich eine Frage der Ehre, keinem Menschen etwas schuldig zu bleiben. Familien mit langer Tradition besaßen häufig einen ganz besonderen Ehrenkodex. Kimberly erinnerte sich noch gut daran, wie stolz die Augen des kleinen Scott geleuchtet hatten, als er ihr auf der Polizeistation von dem Weingut erzählte, das schon seit Generationen im Familienbesitz sei. „Deswegen haben mich die Hexen entführt", hatte er selbstbewusst behauptet. „Sie wussten, dass Onkel Dan mich nicht im Stich lassen würde. Hast du auch einen reichen Onkel, der viel Geld bezahlen würde, um dich zurückzubekommen?"

„Nein, das würde wohl niemand für mich tun", hatte sie arglos geantwortet. Damals hatte sie nicht damit gerechnet, welche verheerende Wirkung ihre Worte auf den Jungen hatten.

Völlig verstört und ängstlich hatte er gefragt: „Und was ist mit deiner Mom und deinem Dad?"

„Ich habe meinen Vater leider nie kennen gelernt", hatte sie ihm vorsichtig erklärt. „Und meine Mutter ist vor einigen Jahren gestorben."

Daraufhin hatte Scott sie so mitleidig angesehen, dass sie sich fast selbst bedauert hatte. Zum Glück war kurz darauf Dan Cavenaugh eingetroffen, so dass der Junge von dem Thema abgelenkt worden war. Scott hatte seinen Onkel stürmisch begrüßt und ihm dann eifrig erklärt, wer Kimberly Sawyer war und wie sie gemeinsam übers Dach geflüchtet waren.

„Ich habe Kimberly erzählt, dass du mich nie im Stich gelassen hättest“, hatte Scott erklärt. „Das stimmt doch, Onkel Dan?“

Dan Cavenaugh hatte seinen Neffen liebevoll angesehen. „Ja, Scott. Das stimmt.“

3. KAPITEL

Ein dumpfer Schlag gegen den Fensterladen riss Kimberly einige Stunden später aus dem Schlaf. Sie lauschte angestrengt, stellte jedoch lediglich fest, dass der Sturm sich etwas gelegt hatte. Vermutlich hatte sie nur geträumt.

Sie versuchte, wieder einzuschlafen, doch dann verspürte sie großen Durst. Der Gedanke an den Mann in ihrem Wohnzimmer ließ sie zunächst zögern.

Aber schließlich hielt sie es nicht länger aus. Sie musste unbedingt etwas trinken, wenn sie in dieser Nacht noch ein wenig Schlaf finden wollte.

Sie stand leise auf, schlich auf Zehenspitzen aus dem Zimmer über den Flur und erreichte schließlich ohne Zwischenfall die Küche. Erleichtert schenkte sie sich ein Glas Mineralwasser ein. Während sie es an die Lippen führte, bemerkte sie aus den Augenwinkeln einen Schatten hinter der Fensterscheibe. Verwundert drehte sie den Kopf und versuchte, irgendetwas zu erkennen. Sie glaubte schon, sich getäuscht zu haben, trat jedoch noch einen Schritt näher.

Und dann entdeckte sie das Gesicht. Sie erkannte die Kapuze, die weit in die Stirn gezogen war, und sah die Augen, die sie hasserfüllt anstarrten. Und sie erblickte das Messer, das in drohender Gebärde auf sie gerichtet wurde.

Das Glas entglitt ihren Händen und zersprang im Spülstein in Scherben. Gellend schrie sie auf.

„Kim!"

Dan, sie hatte ihn ganz vergessen. Er stürzte in die Küche. „Was ist passiert?"

Kreidebleich und zitternd deutete Kimberly zum Fenster. „Da ... da draußen ist jemand. Mit ... mit einem Messer!"

„Runter mit dir!"

Er duzt mich ja, war ihr einziger Gedanke.

„Los! Auf den Boden!"

Sie wusste, dass er Recht hatte, aber sie war zu keiner Regung fähig.

Eine Sekunde später war Dan bei ihr und riss sie mit sich zu Boden. „Bleibst du wohl liegen!" herrschte er sie an, als sie versuchte, sich aus seiner Umklammerung zu lösen.

„Seit wann duzt du mich?" fragte sie keuchend.

„Seit jetzt. Wenn zwei Menschen sich erst einmal halb nackt auf dem Boden gewälzt haben, ist das so üblich."

Es war so unwichtig, doch in diesem Augenblick konnte sie nur noch daran denken, dass sie lediglich ein langes weites T-Shirt anhatte, das ihre Oberschenkel nicht einmal halb bedeckte. Und er ... er trug nichts weiter als einen Slip. Wieder wollte sie sich von ihm losreißen.

„Wirst du wohl liegen bleiben!"

„Dan, ich bekomme keine Luft. Nimm den Arm weg."

„Nur, wenn du dich nicht von der Stelle rührst."

„Natürlich nicht!" Ihre Stimme flatterte plötzlich und versagte ihr fast.

„Kim, was hast du gesehen?"

„Dan, es war grauenvoll. Vor dem Fenster tauchte plötzlich eine finstere Gestalt auf. Sie starrte mich an und richtete dann drohend ein Messer auf mich."

Er stieß einen zornigen Laut aus. „Du rührst dich keinen Millimeter von der Stelle. Verstanden? Ich bin gleich zurück."

„Dan, was hast du vor?“ Ihre Stimme klang angsterfüllt. Er konnte sie doch jetzt nicht allein lassen.

„Bleib nur ruhig liegen! Dann bist du völlig sicher. Ich sehe mich draußen kurz um.“

„Dan, nein! Das ist viel zu gefährlich!“ Sie wollte nach ihm greifen und ihn fest halten, doch er war bereits aufgestanden und lief in geduckter Haltung ins Wohnzimmer.

„Ruhe!“ meinte er. „Du musst jetzt die Nerven behalten.“

An den Geräuschen, die zu ihr drangen, erkannte sie, dass er sich die Jeans anzog. Kurz darauf fiel eine Tür ins Schloss, und dann war es völlig still.

„Dan, warte!“ Kimberly erschrak vor ihrer eigenen Stimme. Noch nie hatte sie sich so einsam und verlassen gefühlt. Wenn er nun nicht wiederkam? Wenn ihm etwas zustoßen würde?

Noch ganz benommen richtete sie sich auf. Dann saß sie mit angezogenen Knien auf dem Boden. Die Kälte kroch ihr in die Glieder, und plötzlich wurde ihr wieder bewusst, wie spärlich sie bekleidet war. So konnte sie nicht bleiben. Sie musste sich unbedingt etwas überziehen.

Während sie wie in Trance aufstand, dachte sie an Dans Forderung, sich nicht von der Stelle zu rühren. Sie hielt kurz inne, doch dann trieb sie der Gedanke voran, ihm notfalls beistehen zu müssen. Sie warf einen ängstlichen Blick zum Fenster und trat dann in den Flur hinaus. Sie war fest entschlossen, sich anzuziehen und ihm zu folgen.

Kimberly hatte das Schlafzimmer fast erreicht, als hinter ihr die Haustür geöffnet wurde. Sie drehte sich herum und atmete dann erleichtert auf. Es war Dan. „Bist du in Ordnung?“ fragte sie. „Ich habe mir Sorgen gemacht.“

Mit völlig durchnässter Jeans und nassem Oberkörper stand er da und sah sie an. Es war zu dunkel, um seinen Blick zu deuten. „Ich sagte doch, du sollst in Deckung bleiben.“ Er legte die Kette vor und ging dann langsam auf sie zu.

„Mir war kalt“, erklärte sie nur. Mit jedem Schritt, den er näher kam, stieg eine unerklärliche Angst in ihr auf – eine Angst, die nichts mit dem Schrecken, den sie erlebt hatte, zu tun hatte. „Du hast meine Frage nicht beantwortet", fuhr sie mit dünner Stimme fort. „Bist du in Ordnung?"

„Mir geht's gut. Gibst du mir ein Handtuch? Ich bin ganz nass."

„Natürlich." Froh über diese kleine Ablenkung verschwand Kimberly im Badezimmer. Als sie zurückkam, war Dan bereits im Wohnzimmer und zündete einige Kerzen an.

„Hier", sagte sie und reichte ihm das Handtuch. „Ich ziehe mir rasch etwas über." Während sie im Schlafzimmer den Schrank öffnete und ihren Morgenmantel herausnahm, fragte sie laut: „Hast du draußen irgendetwas entdecken können?"

„Nein, nichts." Dan war ihr gefolgt und stand jetzt in der offenen Tür. „Kein Wunder bei der Finsternis und diesem Wetter! Der Sturm übertönt jedes Geräusch, und der Regen verwischt sämtliche Spuren."

Nervös zerrte Kimberly das Kleidungsstück vom Bügel. Insgeheim verwünschte sie ihre Angewohnheit, immer nur im T-Shirt zu schlafen. Ich werde mir einen Pyjama zulegen, schoss es ihr durch den Kopf. „Vielleicht finden wir morgen früh etwas", meinte sie zögernd.

„Unwahrscheinlich." Interessiert schaute er ihr zu. „Wer ist der ursprüngliche Besitzer dieses T-Shirts?" fragte er.

„Wie bitte?"

„Es ist dir doch viel zu groß. Ich frage mich, wer der Mann ist, der es hier vergessen hat. Wird er wiederkommen, um es zu holen?"

Kimberly spürte, dass sie rot wurde. Zugleich war sie froh, dass die Dunkelheit des Zimmers ihre Verlegenheit vor seinen Blicken verbarg. „Niemand hat es vergessen", erklärte sie schroff. „Ich schlafe immer im T-Shirt. Ich kaufe sie mir im Dreierpack in Übergröße, falls dich das interessiert."

„Mich interessiert alles, was dich betrifft."

Sie tat so, als habe sie seine Bemerkung überhört. „Ich schlage vor, dass wir jetzt ins Wohnzimmer gehen und den Vorfall besprechen", sagte sie kühl.

Dan blieb regungslos in der Tür stehen. Sie atmete tief durch und entschloss sich dann zum Angriff. Scheinbar gleichmütig ging sie auf ihn zu und blieb einen halben Schritt vor ihm stehen. „Entschuldige bitte", sagte sie übertrieben höflich. „Dir scheint zu entgehen, dass du mir den Weg versperrst!"

Er rührte sich auch jetzt noch nicht. „Warum bist du nicht in der Küche auf dem Boden geblieben?" fragte er streng.

„Weil der Boden ziemlich kalt war!" fuhr sie ihn an. „Außerdem habe ich mir Sorgen um dich gemacht!"

Dan sagte nichts, sondern blickte sie nur unentwegt an.

„Entschuldige, aber du stehst mir wirklich im Weg." Sie legte die Hand gegen seine Brust, um ihn beiseite zu schieben.

Doch es war sinnlos. Ebenso gut hätte sie versuchen können, eine Felswand zu versetzen. Sie wollte die Hand zurückziehen, doch Dan hielt sie fest. „Dir ist hoffentlich klar, dass du nach diesem Vorfall nicht hier im Haus bleiben kannst. Ich nehme dich morgen früh mit."

Kimberly schluckte. Sie wusste plötzlich nicht mehr, was sie mehr beängstigte: seine aufregende Nähe oder die Gestalt am Fenster. Natürlich hatte er Recht. Sie konnte und wollte keine Sekunde länger in diesem Haus allein sein. Doch die Vorstellung, ihm nachzugeben, erschien ihr genauso gefährlich zu sein.

„Ich treffe meine eigenen Entscheidungen, Dan Cavenaugh. Vergiss das nicht!" Herausfordernd hob sie das Kinn. „Das halte ich schon lange so, und bisher bin ich dabei gut gefahren."

„Von jetzt an", sagte er mit weicher Stimme, „werde ich dir bei der Entscheidungsfindung beratend zur Seite stehen. Da nicht auszuschließen ist, dass diese mysteriösen Vorgänge mit Scotts Entführung zusammenhängen, fühle ich mich für dich verantwortlich. Ich betrachte es als meine Pflicht, mich um dich zu kümmern."

„Das glaube ich dir", stieß sie grimmig hervor. „Und deine Pflichten würdest du natürlich niemals vernachlässigen. Wahrscheinlich ist es dir schon zur Gewohnheit geworden, dich um alle möglichen Leute zu kümmern. Aber ich erwarte keineswegs, dass du für mich den Beschützer spielst, und ganz bestimmt werde ich keine Befehle von dir entgegennehmen. Mach dir keine Sorgen. Ich komme schon zurecht." Sie begann zu zittern – aber nicht, weil sie sich ärgerte. Er war ihr so überwältigend nah, dass sie seine Wärme zu spüren glaubte. Und nicht eine Sekunde vergaß sie, dass er lediglich seine Jeans trug.

„Hab keine Angst vor mir, Kim."

„Wenn du nicht willst, dass ich mich vor dir noch mehr fürchte als vor dieser Gestalt am Küchenfenster, dann lass endlich meine Hand los", fuhr sie ihn an.

„Ich kann nicht. Seit ich dich in deinem T-Shirt gesehen und deinen Körper auf dem Küchenboden so warm und weich an meinem gespürt habe ..." Er zog sie noch etwas näher.

„Nein!"

„Komm her, du kleine Hexe", murmelte er. Er neigte den Kopf, um sie zu küssen. „Lass uns herausfinden, wie stark dein Zauber ist und was er bewirken kann."

Kimberly spürte, dass ihre Knie weich wurden. Plötzlich sehnte sie sich danach, Dans Lippen auf ihrem Mund zu spüren.

Sein Kuss war hungrig und fordernd, und sie erwiderte ihn mit einer Leidenschaft, die sie selbst erstaunte. Er streichelte ihren Rücken, und sie erschauerte. Sie hatte gewusst, warum sie es nicht so weit hatte kommen lassen wollen. Genau das hatte sie befürchtet! Und es hatte keinen Sinn mehr, es zu leugnen: Dan war ungemein aufregend, und sie fühlte sich körperlich so stark zu ihm hingezogen wie zu keinem anderen Mann zuvor.

Sie seufzte bedauernd, als sich seine Lippen von den ihren lösten. Seine Hände glitten unter den Stoff des Bademantels. Er legte die Arme um ihre Taille und drückte sie fest an sich. Unwillkürlich legte sie den Kopf an seine Brust.

„Ich wusste, dass dein Zauber wirkt“, flüsterte er ihr ins Ohr. „Ich wusste, dass es wundervoll ist, dich zu küssen und in den Armen zu halten.“

„Dan, warte.“ Kimberly spürte, wie sie sich innerlich versteifte, und sie versuchte, sich von ihm zu lösen.

„Warum soll ich warten?“ Seine Stimme bebte vor Verlangen. „Du willst es ebenso wie ich.“

Diese typisch männliche Begründung hatte Kimberly schon oft gehört. Seine Worte brachen den Zauber, der sie gefangen hielt, und ernüchterten sie schlagartig. „Ich bin mir da nicht so sicher. Das geht mir alles zu schnell. Heute Abend ist so viel geschehen, und ich brauche Zeit, um darüber nachzudenken.“

„Wenn ich dir Zeit zum Nachdenken gebe, werden dir tausend Gründe einfallen, die dagegen sprechen, dass du eine Beziehung mit mir eingehst.“ Während er sie mit einer Hand fest umschlungen hielt, schob er mit der anderen das T-Shirt über ihre Hüfte.

„Dan, bitte ...“ Sie erkannte selbst, dass ihre Stimme keinerlei Widerstand ausdrückte. Vermutlich ließen sich ihre Worte auch als Ermutigung auslegen. Schwach und benommen versuchte sie, sich einzureden, dass sie nur wegen des ausgestandenen Schreckens so nachgiebig war. Schließlich hörte man oft, dass sich der Körper nach durchlebter Angst und Aufregung ein Ventil suchte, um den Adrenalinspiegel wieder zu normalisieren. Aber was nützte ihr dieses theoretische Wissen? Ihre Gefühle ließen sich dadurch nicht beeinflussen.

Plötzlich flammte die Beleuchtung auf, im ganzen Haus war es taghell. Sie fuhren auseinander und blickten sich irritiert an.

„Vor dem Stromausfall hast du alle Lampen angehabt“, stellte er vorwurfsvoll fest.

„Auch einer dieser Vorteile des Single-Daseins“, erwiderte sie atemlos. „Kein Mensch beklagt sich über zu hohe Stromrechnungen.“

Der Zauber war gebrochen, und beide wussten es. Dan trat zögernd einen Schritt zurück und sah bedauernd, dass Kim sich sofort in den Morgenmantel hüllte und den Gürtel festzog. Er bemerkte das Zittern ihrer Finger und begriff, wie verstört und aufgewühlt sie war. Nach kurzem Grübeln beschloss er, es ihr so leicht wie möglich zu machen.

„Es tut mir leid, Kim. Ich hätte dich nicht so überfallen dürfen", sagte er ruhig.

„So etwas kann schon einmal vorkommen", erwiderte sie zu seiner Überraschung.

„Tatsächlich?" Er bemühte sich, sich nicht anmerken zu lassen, wie sehr ihre Worte ihn amüsierten.

„Ja, sicher. Es handelt sich um ein ganz natürliches Phänomen, mit dem ich auch in meinen Büchern arbeite. Auf Action-Szenen lasse ich ganz bewusst Szenen der ... der ..."

„Leidenschaft?"

„Genau. Ich lasse Szenen der Leidenschaft folgen. Auf diese Weise lassen sich zuvor ausgestandene Ängste und Aufregungen hervorragend verarbeiten. Ich muss allerdings zugeben, dass ich bisher nicht wusste, dass es im wirklichen Leben tatsächlich nach dem gleichen Schema abläuft. Die chemischen Prozesse, die sich da abspielen, sind noch ..."

Dan stöhnte laut auf. „Du hast das, was eben geschehen ist, wohl schon alles verstandesmäßig erfasst und analysiert, nicht wahr?"

„Überhaupt nicht. Ich wollte dir nur erklären, dass es nicht ungewöhnlich ist, wenn der Körper nach einer Aufregung ..."

„Schon gut, ich hab's verstanden." Einen Moment lang war Dan versucht, sie zu packen und ihr auf der Stelle zu beweisen, welch himmelweiter Unterschied zwischen dem wirklichen Leben und dem ihrer ersonnenen Romanhelden bestand. Doch ihm war klar, dass er sich durch überstürztes Vorgehen alles verderben konnte. Zunächst einmal war es wichtig, Kim davon zu überzeugen, dass sie morgen unbedingt mit ihm fahren musste. Er beschloss, die Sache mit Humor zu nehmen.

„Ich akzeptiere deine sachliche Erklärung", sagte er lächelnd.

„Trotzdem entschuldige ich mich und danke dir gleichzeitig für dein Verständnis." Er merkte, dass sie erleichtert aufatmete.

„Es war aber auch wirklich ein hektischer Abend, nicht wahr?" sagte sie scheinbar gleichgültig.

Dan verspürte große Lust, ihr klar zu machen, wie gefährlich die Situation tatsächlich war. Stattdessen sagte er höflich: „Ja, das war es. Ich denke, ich drehe noch eine Runde durchs Haus und schaue nach, ob auch alles gut verschlossen ist. Und vielleicht lässt du deine Zimmertür diesmal offen."

„Eternit du es hörst, wenn die Hexen mich entführen?" fragte sie neckend.

„Das ist überhaupt nicht komisch", meinte er ernst.

„Ich weiß." Sie seufzte. „Ich hatte schreckliche Angst. Und ich bin froh, dass du bei mir bist, Dan. Sehr froh."

Er sah sie eine Weile nachdenklich an und beschloss dann, es zunächst dabei zu belassen. „Versuch noch ein bisschen zu schlafen, Kim. Alles wird gut werden. Wer auch immer heute Nacht ums Haus geschlichen ist – er weiß jetzt, dass du nicht allein bist."

Sie nickte. „Gute Nacht, Dan."

„Gute Nacht." Sie wollte die Tür schon schließen, als ihm noch etwas einfiel. „Einen Moment noch, Kim."

„Was gibt's?"

„Wenn wir wieder einmal in eine solche Situation geraten, erwarte ich, dass du meine Anweisungen befolgst." Kaum waren die Worte über seine Lippen, da wurde ihm bewusst, dass er einen Fehler begangen hatte.

„Nun, ich nehme an, dass wir nicht allzu oft in derartige Situationen geraten werden", erwiderte sie ruhig. „Es dürfte diesbezüglich also keinerlei Probleme geben. Gute Nacht."

Dan ging nachdenklich ins Wohnzimmer und sah als Erstes nach dem Feuer. Es brannte noch gut, aber vorsichtshalber schüttete er noch ein paar Kohlen nach. Dann kontrollierte er noch einmal die Fenster und die Tür und löschte anschließend die Lichter im Haus.

Nur im Wohnzimmer ließ er eine kleine Tischlampe brennen. Er zog sich die feuchte Hose aus und hängte sie zum Trocknen über einen Sessel in der Nähe des Ofens.

Auf dem Weg zur Couch fiel sein Blick auf den Brief des Anwalts aus Los Angeles. Wieder fragte er sich, weshalb Kimberly ihn wohl nicht geöffnet hatte. Ohne lange zu zögern, nahm er ihn und schlitzte ihn auf. Womöglich hatte sie mehr Probleme, als sie zugeben wollte, und vielleicht konnte er ihr helfen. Er überflog den Inhalt des Briefes und steckte ihn dann in den Umschlag zurück. Kopfschüttelnd schaltete er das Licht aus. Jetzt war er auch nicht klüger als zuvor. Nun, er würde schon noch herausfinden, was dieses Schreiben zu bedeuten hatte.

Als Kimberly am nächsten Morgen erwachte, wusste sie, was sie zu tun hatte. Irgendjemand hatte es darauf abgesehen, sie in Angst und Schrecken zu versetzen. Und vielleicht hatte dieser Jemand sogar noch Übleres im Sinn. Nein, sie konnte und wollte keine weitere Nacht in ihrem einsam gelegenen Haus verbringen, ehe dieser Vorfall nicht restlos aufgeklärt war.

Dan Cavenaugh bot ihr Schutz und Hilfe an. Es wäre dumm und geradezu sträflich leichtsinnig, sein Angebot auszuschlagen, Sie ging ins Badezimmer und blieb plötzlich wie erstarrt stehen. Hinter dem zugezogenen Duschvorhang rauschte das Wasser. „Dan, bist du dort?“

„Hast du jemand anderen erwartet?“ Seine Stimme klang jungenhaft fröhlich.

Kimberly biss sich auf die Lippe. Genauso stellte sie sich ein trautes Familienleben vor: Ständig besetzte irgendeiner das Badezimmer. Leise seufzend ging sie in die Küche und begann, das Frühstück zuzubereiten.

Wenig später gesellte Dan sich zu ihr. Entsetzt sah sie, dass er sich lediglich ein schmales Handtuch um die Hüften geschlungen hatte und ansonsten völlig nackt war.

„Keine Sorge“, meinte er schmunzelnd. „Das Handtuch wird bestimmt nicht plötzlich zu Boden fallen.“

„Bist du im Badezimmer fertig?“ erkundigte sie sich frostig, während sie inständig hoffte, dass er nicht merkte, wie sehr sein Anblick sie erregte.

„Jawohl.“

„Gut. Dann kannst du hier weitermachen.“ Kimberly zwängte sich an ihm vorbei, blieb dann jedoch unvermittelt stehen. „Ich habe mich übrigens entschlossen, dein Angebot anzunehmen. Wenigstens für ein paar Tage.“

Er zog die Augenbrauen hoch. „Einfach so? Ohne Streit und ohne Diskussion?“

„Steht das Angebot noch?“

„Was heißt hier Angebot? Du hast gar keine andere Wahl. Ich würde dich ohnehin mitnehmen.“

„Von Diplomatie hast du wohl noch nie etwas gehört?“ Damit drehte sie sich um und schlug temperamentvoll die Tür hinter sich zu.

Als Kimberly wenig später geduscht und fertig angezogen zurückkam, stand Dan am Küchenherd und bereitete Rühreier mit Schinken zu.

Neugierig schaute sie ihm über die Schulter. „Nicht schlecht“, murmelte sie.

„Ich tue eben mein Bestes, um dich zu erfreuen und glücklich zu machen.“

Kimberly schmunzelte. „Ich vermute eher, dass du hungrig wie ein Wolf bist. Ich bin es nicht gewöhnt, dass mir mein Frühstück vorgesetzt wird, und werde diesen seltenen Ausnahmefall ganz gewiss genießen.“

Während sie sich Kaffee einschenkte, fiel ihr Blick auf den geöffneten Briefumschlag. Irritiert nahm sie ihn und hielt ihn demonstrativ hoch. „Kannst du mir erklären, was das zu bedeuten hat?“

Dan fuhr ungerührt fort, die Eier auf die Teller zu füllen. „Das Gleiche wollte ich eigentlich dich fragen“, meinte er gleichmütig.

„Du hast ihn geöffnet!“

„Und gelesen." Er nickte und stellte die leere Pfanne auf die Spüle.

Kimberly konnte kaum fassen, dass jemand derart unverfroren sein konnte. Er wirkte nicht einmal verlegen. „Du hast absichtlich einen privaten Brief geöffnet!"

„Ich war neugierig."

„Neugierig! Und deshalb nimmst du dir das Recht heraus, meine Post zu öffnen? Hast du schon einmal vom Briefgeheimnis gehört?"

Er zuckte mit der Schulter.

„Nach meiner Erfahrung bedeuten Briefe von Anwälten fast immer Unannehmlichkeiten. Da du aber offensichtlich nicht daran interessiert warst, ihn zu öffnen, hielt ich es für das Beste, es für dich zu tun."

„Ich kann es nicht fassen!" Sie schüttelte den Kopf.

Dan setzte sich ihr gegenüber an den Tisch und sah sie ernst an. „Kim, wer sind die Marlands?"

„Es ist unglaublich, dass du das getan hast."

„Kim, wer sind die Marlands? Warum haben sie diesen Anwalt eingeschaltet. Und warum wollen sie unbedingt ein Zusammentreffen mit dir?"

Sie schwieg.

„Kim, antworte mir."

„Warum sollte ich?"

„Weil ich es gern wissen möchte. Ich bin durchaus fähig, selbst bei diesem Anwalt anzurufen, um herauszufinden, was das alles zu bedeuten hat."

„Du bist wirklich unverschämt!" fuhr sie ihn aufgebracht an. „Erst brichst du in meine Privatsphäre ein, und jetzt drohst du mir auch noch!"

„Sei doch vernünftig, Kim", bat er sie mit weicher Stimme. „Ich versuche doch nur herauszufinden, ob du ernsthaft in Schwierigkeiten steckst. Vielleicht hat es etwas mit der Rose und der Gestalt am Fenster zu tun. Vielleicht sind wir auf der falschen

Fährte, und die Entführer haben überhaupt nichts mit den gestrigen Vorfällen zu tun."

Dans Verdacht war so absurd, dass Kimberly völlig vergaß, auch weiterhin stur zu schweigen.

„Um Himmels willen, nein! Ich versichere dir, dass Mr. und Mrs. Marland ihre manikürten Finger niemals in eine unsaubere Sache stecken würden."

„Wer also sind sie? Und warum willst du keinen Kontakt mit ihnen?"

Kimberly zögerte nur kurz. Was schadete es schon, wenn sie ihm die Wahrheit sagte? „Es sind die Eltern meines Vaters."

„Deine Großeltern?"

Sie verzog das Gesicht. „Ja, aber so möchte ich sie nicht bezeichnen. Ich bin ihnen noch nie begegnet."

„In dem Brief steht, dass sie dringend ein Zusammentreffen wünschen."

Sie lachte verächtlich. „Es fällt ihnen ein bisschen spät ein, die Rolle der liebenden Großeltern zu spielen."

„Was ist zwischen euch geschehen?"

„Nichts, das ist es ja. Ich habe wirklich keine Lust darüber zu sprechen."

„Erzähl es mir", bat er sie eindringlich.

„Nun, warum nicht? Es ist eine kurze, aber ziemlich unangenehme Geschichte. Die Marlands sind seit Generationen in der Nähe von Pasadena in Kalifornien ansässig. Sie sind sehr wohlhabend und sehr traditionsbewusst. Mein Vater war ihr einziger Sohn. Von klein auf wurde er im Sinne der Rolle erzogen, die er eines Tages im Familienunternehmen spielen sollte. Doch dann kam plötzlich dieser verhängnisvolle Tag, an dem ihr nobler Sprössling einen großen Fehler machte: Er verliebte sich in meine Mutter!"

„Lass mich raten", warf Dan ein. „Deine Mutter erschien ihnen nicht gesellschaftsfähig."

„Richtig. Du kennst dich ja in diesen Kreisen aus. Als Krankenschwester war sie ihnen nicht gut genug. Mein Vater wusste wohl, wie seine Eltern auf diese Verbindung reagieren würden und beschloss, sie vor vollendete Tatsachen zu stellen. Er und meine Mutter fuhren nach Las Vegas und heirateten dort."

„Aber es hat ihnen nicht viel genützt", meinte Dan ahnungsvoll.

„Gar nichts", bestätigte sie seine Vermutung. „Die feinen Marlands waren außer sich und verlangten die sofortige Annullierung der Ehe. Anfangs widerstand mein Vater ihrem Drängen, aber schließlich gab er nach. Es dauerte nicht lange, und die Ehe wurde geschieden."

„Was geschah nach deiner Geburt?"

„Nichts. Wir hatten keinerlei Kontakt mehr zu den Marlands."

„Du trägst nicht einmal den Namen deines Vaters."

„Wie käme ich dazu? Ich habe den Namen meiner Mutter angenommen."

„Scott hat erzählt, dass deine Mutter vor ein paar Jahren gestorben sei", sagte er.

„Ja, sie kam bei einem Autounfall ums Leben."

Dan aß nachdenklich seinen Toast. Dann fragte er: „Und warum wollen die Marlands dich jetzt plötzlich kennen lernen?"

Kimberly lächelte spöttisch. „Weil ihr nobler Herr Sohn, mein Vater, ihnen keine weiteren Enkel geschenkt hat. Er hat zwar wieder geheiratet, standesgemäß natürlich, aber die Ehe blieb kinderlos. Nach Angaben des Anwalts ist mein Vater ein Jahr nach dem Tod meiner Mutter mit seinem Segelboot tödlich verunglückt."

„Jetzt haben die Marlands also nur noch dich."

„Sie haben mich nicht", entfuhr es ihr grimmig. „Was mich betrifft, so haben sie ihre Entscheidung vor achtundzwanzig Jahren gefällt. Jetzt sollen sie mich in Ruhe lassen. Ich werde ihnen das, was sie mir und meiner Mutter angetan haben, niemals verzeihen."

„In dem Brief steht etwas von einer Erbschaft", warf er ein.

„Sie sollen ihr Geld behalten. Ich will es nicht."

„Sie sind deine einzigen Verwandten."

„Na und? Ich habe keinen Familiensinn!"

„Weil du selbst schlechte Erfahrungen gemacht hast?"

„Ich gratuliere dir zu deiner raschen Auffassungsgabe. Ja, ich habe meine eigenen Erfahrungen gemacht, und ich habe meine Lehren daraus gezogen. Für mich kommt nur ein Mann in Frage, an dessen Loyalität mir gegenüber nicht der geringste Zweifel besteht."

„Deshalb muss es also unbedingt ein mittelloser Waisenknabe sein. Ach ja, er muss auch deine Gedanken lesen können und in all seinen Empfindungen auf einer Wellenlänge mit dir liegen."

„Spotte nur. Du findest das wohl lächerlich, nicht wahr?"

„Ich finde, dass du in einer Traumwelt lebst. Du wirst den Mann, von dem du träumst, niemals finden, weil es ihn nicht gibt."

„Ich bin mit meinen Leben auch so zufrieden."

„Ich glaube, dass dir die Welt, so wie sie ist, auch gefallen könnte."

Sie schüttelte entschieden den Kopf. „Nein."

„Bist du sicher, dass du dich nicht eines Tages nach einem Mann aus Fleisch und Blut sehnen wirst?"

„Hin und wieder wird sich da bestimmt jemand finden lassen. Reichst du mir bitte die Marmelade?"

Er schob ihr die Schale mit Erdbeermarmelade zu. „Ist das deine Art, mir mitzuteilen, dass du jetzt das Thema wechseln möchtest?"

„Dein rasches Auffassungsvermögen versetzt mich immer wieder in Erstaunen." Sie lächelte ihn strahlend an.

„Ich habe noch mehr Fähigkeiten, die dich erstaunen würden. Aber da du Männern in meiner Position so viele Vorurteile entgegenbringst, willst du dir sicher gar nicht erst die Mühe machen, meine Vorzüge herauszufinden."

„Warum zählst du sie mir nicht einfach auf?"

„Willst du dich wirklich um das Vergnügen bringen, sie selbst zu erforschen und aufzudecken?" Er sah ihr tief in die Augen, und sie senkte verlegen den Blick. „Kim, du weißt, weshalb ich gestern zu dir gekommen bin."

Nervös griff sie nach der Kaffeetasse und trank einen Schluck. „Nun, als du von meinem Anruf hörtest ..."

„Der Anruf hat nichts damit zu tun. Ich wäre auf jeden Fall gekommen. Schon gestern sagte ich dir, dass ich mich nach dir gesehnt habe. Ich habe davon geträumt, dich in den Armen zu halten, dich zu küssen und mit dir ..."

„Nein, Dan."

Kimberly setzte die Tasse so abrupt ab, dass es laut klirrte. „Etwas möchte ich von vornherein klarstellen: Wenn du dir einbildest, dass ich aus Dankbarkeit für deine Hilfe mit dir schlafe, kannst du sofort abreisen. Und zwar ohne mich."

4. KAPITEL

Je mehr sie sich Napa Valley näherten, umso unwohler fühlte Kimberly sich. Angespannt saß sie neben Dan auf dem Beifahrersitz seiner Limousine und schaute sich die reizvolle, von Weinbergen geprägte Landschaft an. Es hatte ihr von Anfang an nicht behagt, Dans Gastfreundschaft auf unbestimmte Zeit in Anspruch nehmen zu müssen, doch dass es ihr so schwer fallen würde, hatte sie nicht vermutet.

„So, gleich haben wir's geschafft", meinte Dan, während er von der Hauptstraße abbog. Die schmale Nebenstrecke, die sie jetzt entlangfuhren, schlängelte sich mitten durch die malerischen Weinberge.

Kurze Zeit später sahen sie zwei trutzige Bauten im französischen Landhausstil vor sich liegen.

„Da ist es", sagte Dan. „Das wird also in der nächsten Zeit dein Zuhause sein."

Kimberly schluckte und sah sich beklommen um. „Es sieht aus, als sei es hundert Jahre alt“, erwiderte sie schließlich.

„Nicht ganz“, entgegnete er trocken. „Mein Vater hat die Kelterei samt Abfüllanlage und Weinkeller Anfang der sechziger Jahre bauen lassen. Das dazugehörige Wohnhaus ist noch einige Jahre jünger. So viel zur Familiengeschichte.“

„Aber deine Familie ist doch bereits seit vielen Generationen im Weinbau tätig, nicht wahr?“

„Na ja, gewissermaßen mit Unterbrechungen. Je nachdem, wie die Marktlage war.“

Kimberly runzelte die Stirn. „Jetzt scheint es wieder einmal zu laufen.“

„Das ist richtig.“ Dan schmunzelte. „Zur Zeit läuft der Cavenaughsche Weinbetrieb auf Hochtouren.“

Er hielt vor einem schmiedeeisernen Tor und steckte eine Kennkarte in einen Automaten. „So streng ist es früher nicht bei uns zugegangen“, sagte er erklärend. „Nach Scotts Entführung habe ich die gesamte Sicherheitsanlage erneuern und verbessern lassen. Ohne Stans Wissen kann jetzt niemand mehr das Anwesen betreten.“

„Wer ist Stan?“

„Ein Freund. Er ist für die Alarmanlagen und unsere allgemeine Sicherheit zuständig. Da das Gut an drei Tagen in der Woche für die Öffentlichkeit zugänglich ist und hier auch Führungen veranstaltet werden, können wir gar nicht vorsichtig genug sein.“

Sie hatten das Tor passiert und hielten auf dem gepflasterten Platz vor dem Wohnhaus. „Solange du auf dem Gutsgelände bleibst, bist du hier völlig sicher, Kim. Aber ich bestehe darauf, dass du das Grundstück niemals ohne Begleitung verlässt. Ist das klar? “

Ein Gefängnis also, dachte Kim sofort und sah sich unbehaglich um. Wie hatte sie sich nur darauf einlassen können, hierher zu kommen?

Sie wusste nicht recht, wie sie auf Dans Anordnung reagieren sollte und war daher froh, als plötzlich das mächtige Portal aufschwang und der kleine Scott ins Freie stürmte.

„Onkel Dan, Onkel Dan! Du hast sie mitgebracht! Ich hab's gewusst!" Scott Emery strahlte übers ganze Gesicht. „Hallo, Miss Sawyer!" Seine Stimme klang plötzlich verlegen. „Erinnern Sie sich noch an mich?"

Kimberly lächelte. „Glaub mir, Scott, dich werde ich nie vergessen. Ich finde, wir beide kennen uns bereits so gut, dass du mich Kim nennen solltest. Meinst du nicht auch?"

Er strahlte wieder. „Klar, Kim. Das finde ich auch."

„Kim wird eine Weile bei uns wohnen, Scott." Dan legte liebevoll den Arm um den Jungen.

„Mann, das ist ja toll! Dann kann ich ihr nachher gleich meine Eisenbahn zeigen!"

Eine dunkelhaarige Frau war aus dem Haus getreten und kam lächelnd auf sie zu. Kimberly ging ihr entgegen und streckte die Hand aus. „Julia?" erkundigte sie sich.

Die Frau nickte. „Ja. Oh Kimberly! Seit jener Nacht, in der Dan mir meinen Sohn zurückbrachte und mir erzählte, was vorgefallen war, habe ich mir gewünscht, dich kennen zu lernen. Ich darf dich doch duzen, nicht wahr? Du stehst mir schon jetzt näher als manche Menschen, die ich seit Jahren kenne. Ich bin dir so dankbar für das, was du für uns getan hast."

„Danke." Ein wenig unbehaglich fragte sich Kimberly, ob Julias überschwängliche Freude wohl auch dann noch anhielt, wenn sie erfuhr, dass sie auf unbestimmte Zeit zu bleiben gedachte.

„Hallo, Stan." Dan nickte dem Neuankömmling zu. „Ich möchte dich mit Kimberly Sawyer bekannt machen. Wir werden eine Weile auf sie aufpassen."

Kimberly empfand eine instinktive Abneigung gegen den Mann, der ihr jetzt die Hand reichte. Der Blick in sein grobflächiges Gesicht mit den verbissen wirkenden Zügen ließ sie unwillkürlich erschauern. Nur mit Mühe brachte sie ein höfliches Lächeln zustande. Wie war Dan Cavenaugh nur an einen solchen

Menschen geraten? Und hatte er ihn nicht sogar als Freund bezeichnet?

„Es ist gut, dass Sie hier sind, Miss Sawyer“, sagte Stan mit dumpfer Stimme, die zu seinem Aussehen passte. Sein Gesichtsausdruck blieb ernst und unbeteiligt. „Cavenaugh braucht Sie.“

Bevor Kimberly auch nur ein einziges Wort zur Begrüßung hervorbrachte, drehte er sich um und stapfte wieder davon.

Julia hakte sich bei Kimberly unter und geleitete sie zum Haus. „Denk dir nichts dabei. Stan wirkt ein bisschen brummig, aber er ist ein feiner Kerl.“

„Und er wird zu verhindern wissen, dass jemals wieder irgendjemand Scott etwas zu Leide tut“, ergänzte Dan, der hinter ihnen ging und Kimberlys Koffer trug.

„Ja, das ist wahr.“ Julia bestätigte die Worte ihres Bruders sofort. „Scotts Entführung hat den armen Stan entsetzlich mitgenommen. Ich glaube, dass er sich die Schuld an dem Vorfall gibt. Aber das ist natürlich Unsinn. Scott wurde nämlich nicht hier, sondern auf dem Schulweg entführt. Wir hatten ihm gestattet, mit dem Fahrrad zur Schule zu fahren. Das ist selbstverständlich vorbei. Stan bringt ihn jetzt immer mit dem Wagen und holt ihn auch wieder ab.“

„Ich verstehe.“ Kimberly war froh, dass offenbar niemand von Stans Bemerkung, dass Dan sie brauchte, Notiz genommen hatte. Vielleicht hatte er es gar nicht so gemeint, wie sie es verstanden hatte. „Was für ein schönes Zuhause, Julia!“ rief sie begeistert aus, nachdem sie das Haus betreten und sich ein wenig umgesehen hatte. „Man hat das Gefühl, sich in einem alten eleganten Schloß zu befinden.“

„Aber zum Glück ist es mit jeglichem zeitgemäßen Komfort ausgestattet“, erwiderte Julia lachend. „Ich zeige dir jetzt dein Zimmer. Wir waren überzeugt, dass es Dan gelingen würde, dich mitzubringen, und haben bereits alles vorbereitet.“

Während Julia sie durch die geräumige Diele zur Treppe führte, begegnete ihnen ein weiteres Mitglied des Cavenaughschen

Haushalts. „Das ist Mrs. Lawson", sagte Julia. „Sie kümmert sich um uns, und ich wüsste wirklich nicht, wie wir ohne sie zurechtkommen sollten. Mrs. Lawson, das ist Kimberly Sawyers."

Die etwas mollige Haushälterin reichte Kimberly die Hand. Ihre kleinen grauen Augen funkelten fröhlich, und die zahlreichen Fältchen in ihrem Gesicht deuteten darauf hin, dass sie oft und gern lachte. Kimberly vermutete, dass sie knapp sechzig Jahre alt sein musste.

Während sie sich die Hände schüttelten, fragte Kimberly sich unwillkürlich, wie viele Menschen wohl noch in diesem Haus leben mochten. Und zugleich wuchs in ihr das Gefühl, völlig eingekesselt zu sein.

Julia und Kimberly hatten kaum das erste Stockwerk erreicht, als ihnen auf dem Flur zwei ältere Damen entgegenkamen. Ihre Mienen drückten freudige Überraschung aus, als sie Kimberly bemerkten.

„Ah, das muss Kim sein!" rief eine der beiden aus. „Ich freue mich, dass du gekommen bist, meine Liebe! Ich bin Dans und Julias Tante, Milly Cavenaugh."

Kimberly fand die alte Dame bezaubernd. Ihre herzerfrischende Art stand in reizvollem Kontrast zu ihrer sehr vornehmen, geradezu majestätischen Erscheinung. Sie hatte die gleichen grünen Augen wie Dan und Julia. Kimberly war überzeugt, dass ihr silberweißes Haar, das sie kunstvoll zu einem Knoten gebunden hatte, früher einmal genauso schwarz gewesen war wie das ihrer Nichte und ihres Neffen.

„Und das ist Andrea Lewis, Kim", stellte Julia ihr die andere Dame vor. „Sie ist Tante Millys beste Freundin. Die beiden sind unzertrennlich."

„Unsinn", erwiderte Andrea burschikos und schüttelte Kimberly kurz und kräftig die Hand. „Milly und ich mögen uns. Wir haben die gleichen Interessen und verbringen viele schöne und anregende Nachmittage miteinander. Aber wir sind gewiss nicht unzertrennlich. Habe ich Recht, Milly?"

„Nichts als üble Nachrede", stimmte Milly zu. „Wie lange wirst du bei uns bleiben, meine Liebe?" fragte sie Kimberly.

„Ein paar Tage, denke ich", erwiderte Kimberly vage. Bei dem Gedanken an die mögliche Dauer ihres Aufenthalts stieg fast so etwas wie Panik in ihr auf. Sie war sicher, es hier nicht lange auszuhalten zu können, und hoffte, schon bald in ihr Haus am Meer zurückzukehren. Unwillkürlich fragte sie sich, wie Dan es nur ertrug, ständig von so vielen Menschen umgeben zu sein. Doch dann fiel ihr ein, dass er ja schließlich so aufgewachsen war. Er kannte es gar nicht anders.

„Kenne ich jetzt alle, die hier im Haus leben?" erkundigte sie sich zögernd, nachdem Julia sie in ihr Zimmer geführt hatte.

„Zur Zeit sind das alle", versicherte Julia ihr lächelnd. „Natürlich gehen tagsüber noch eine Menge anderer Leute hier ein und aus. Die meisten sind Angestellte, aber es kommen natürlich auch Besucher zu Mrs. Lawson. Scott hat ebenfalls viele Freunde, die sich gern hier treffen, und Milly und Andrea halten regelmäßig ihre Kaffeekränzchen ab, die stets rege besucht werden."

„Das klingt, als ob es hier ziemlich hektisch zugeht", bemerkte Kimberly vorsichtig.

„Du wirst dich schnell daran gewöhnen."

Kimberly hielt es für besser, das Thema nicht weiter zu vertiefen und sah sich eingehend in ihrem Zimmer um. Dann stellte sie sich ans Fenster, das einen herrlichen Ausblick auf die Weinberge bot.

„Ich hoffe, das Zimmer gefällt dir. Dan wird dir sicher bald die Koffer bringen. Im Moment hat er unten in seinem Arbeitszimmer etwas Geschäftliches mit Stan zu besprechen."

„Fein. Es eilt nicht mit den Sachen. Aber ich werde mir schon einmal die Schreibmaschine und meine Arbeitsutensilien aus dem Auto holen."

„Mach dir deswegen keine Gedanken. Stan wird sich darum kümmern." Julia lächelte sie warmherzig an. „Ich möchte dir noch einmal sagen, wie sehr wir uns darüber freuen, dass du dich entschlossen hast, eine Weile bei uns zu leben. Wir werden dir für das, was du für uns getan hast, niemals genug danken können."

„Bitte, Julia, tu mir den Gefallen und sprich nicht mehr davon. Eine so besondere Tat war es nun auch wieder nicht."

„Du würdest anders darüber denken, wenn dein eigener Sohn entführt worden wäre", versicherte Julia ihr mit weicher Stimme. „Ich habe in jenen Tagen die schlimmste Zeit meines Lebens durchgemacht. Es war die Hölle, und ich war völlig am Ende. Anfangs ging es noch, weil ich insgeheim annahm, dass Scott von seinem eigenen Vater entführt worden war. Ich wusste, dass Tony dem Jungen niemals etwas antun könnte. Doch dann meldeten sich die wirklichen Kidnapper und stellten ihre Forderung. Es war fürchterlich."

„Du hast geglaubt, dass Scotts Vater seine Finger im Spiel hatte?" Kimberly sah sie ungläubig an. „Ach so, jetzt verstehe ich. Ein ... ein Fall von Sorgerechtsstreit?"

„Nein, das nun bestimmt nicht", entgegnete Julia trocken. „Tony würde sich wohl kaum freiwillig mit einem Kind belasten. Er war wütend, als ich schwanger wurde." Nachdenklich fügte sie hinzu: „Aber er war auch wütend, als er ging. Ich dachte, dass er sich womöglich an uns rächen wollte."

„Er hat sich von dir scheiden lassen?"

„Ja, allerdings nicht ganz freiwillig." Verächtlich verzog sie die Mundwinkel. „Die Trennung von Scott und mir wäre kein Problem für ihn gewesen, aber er spekulierte auf eine lohnende Abfindung. Erst nachdem Dan ihn überzeugt hatte, dass er von ihm in finanzieller Hinsicht nichts zu erwarten habe, hat er auch den letzten Rest Interesse an uns verloren."

Kimberly wich Julias Blick aus. So genau wollte sie über die Cavenaughs gar nicht Bescheid wissen. „Ich verstehe", sagte sie möglichst unbeteiligt.

Doch Julia fuhr unbeirrt fort: „Damals stand es um das Unternehmen tatsächlich nicht gut. Mein Vater war Opfer einer Bankpleite geworden und hatte sein gesamtes Vermögen verloren. Kurz darauf kamen er und Mutter bei einem Flugzeugabsturz ums Leben. Daraufhin kehrte Dan sofort nach Hause zurück und übernahm die Leitung der Firma. Er stürzte sich mit Feuereifer in die Arbeit, und schließlich gelang es ihm, das Unternehmen wieder in Schwung zu bringen. Heute stehen wir besser da als je zuvor."

Jetzt war Kimberlys Interesse doch geweckt. „Und wo war Dan vorher?" fragte sie überrascht, weil sie angenommen hatte, dass er sein ganzes Leben auf dem Weingut verbracht hatte.

„Er hatte damals ein eigenes Unternehmen in San Diego, eine Im- und Exportfirma. Er ist immer viel gereist, um Kontakte zu knüpfen und neue Geschäftsbeziehungen herzustellen. Wir haben ihn in jener Zeit kaum einmal zu Gesicht bekommen. Zum Glück war er mit seiner Firma so erfolgreich, dass er über genügend Kapital verfügte, um einen Neubeginn mit dem Weingut starten zu können. Eine seiner ersten Amtshandlungen war es, Tony, meinen Mann, vor die Tür zu setzen."

Kimberly sah sie forschend an. „Hast du Tony geliebt?"

„Ich war froh, als ich ihn endlich los war. Er hatte mich jahrelang zum Narren gehalten und es von Anfang an nur auf unser Geld abgesehen gehabt. Ich habe es wohl immer geahnt, aber nicht wahrhaben wollen. Dan hat ihn sofort durchschaut."

Kimberly fragte sich, ob Dan diesen Tony vielleicht aus ähnlichen Gründen nicht akzeptieren konnte wie vor achtundzwanzig Jahren die Marlands ihre Mutter. Doch dann verwarf sie diesen Gedanken wieder. Nein, das traute sie ihm nun wirklich nicht zu. Und außerdem schien Julia ja mit dem Lauf der Dinge sehr zufrieden zu sein.

Der Rest des Tages verlief genauso, wie Kimberly sich das Familienleben der Cavenaughs vorgestellt hatte. Allerdings war es noch schlimmer, denn jetzt steckte sie mittendrin und erlebte es am eigenen Leib. Sie verbrachte einige Zeit mit Scott beim Spiel mit seiner Eisenbahn, und beim Nachmittagskaffee lernte sie Julias neuen Verlobten kennen. Als sie erfuhr, dass Mark Taylor ganz in der Nähe eine eigene Weinkellerei besaß, verschluckte sie sich fast. Das hieß also, dass auch er in diesem Haus ein und aus ging. Später erboten Milly und Andrea sich als Fremdenführer. Sie spielten ihre Rolle so eifrig und mit so viel Begeisterung, dass Kimberly sie einfach gewähren lassen musste. Und schließlich bereitete ihr der Rundgang durchs Haus und über das Grundstück sogar Vergnügen.

Dan war den ganzen Tag beschäftigt, so dass sie ihn erst beim Abendessen wieder sah. Doch zu diesem Zeitpunkt war sie bereits so müde, dass sie von der allgemeinen Unterhaltung kaum noch etwas mitbekam, geschweige denn in der Lage war, sich daran zu beteiligen.

Mark Taylor und Andrea Lewis waren wie selbstverständlich zum Essen geblieben und gehörten offensichtlich bereits voll und ganz zur Familie. Der kleine Scott war so überdreht, dass er unentwegt plapperte und Kimberly allmählich ganz gehörig auf die Nerven ging.

Während sie ihren Nachtisch löffelte, suchte sie fieberhaft nach einer einleuchtenden Entschuldigung, die es ihr erlaubte, sich möglichst rasch zurückzuziehen. Nicht eine Sekunde war sie an diesem Tag allein gewesen, und der Trubel wuchs ihr mehr und mehr über den Kopf.

Schließlich gab sie Kopfschmerzen und Müdigkeit vor, was nicht einmal gelogen war, und stand auf, um auf ihr Zimmer zu gehen.

Zum Glück zeigten alle Verständnis. Nur Andrea mochte sie nicht so ohne weiteres gehen lassen. Sie bestand darauf, dass Kimberly noch einen Moment blieb, weil sie ihr unbedingt einen ihrer Kräutertees zubereiten wollte, der angeblich Wunder wirkte.

Endlich war Kimberly allein. Erleichtert setzte sie sich auf die Bettkante und genoss die Stille, die sie plötzlich umfing.

Wenig später lag sie bereits in einem ihrer weiten T-Shirts im Bett und nippte an dem Tee, den Andrea ihr so fürsorglich zubereitet hatte. Er schmeckte widerlich, aber irgendwie fühlte sie sich verpflichtet, ihn zu trinken. Andrea hatte es so gut gemeint, und diese alten Hausmittel erwiesen sich tatsächlich oft als beste Medizin.

Plötzlich klopfte es an der Tür. Kimberly erschrak so sehr, dass sie den Tee fast verschüttete. Das darf doch nicht wahr sein! durchfuhr es sie. Sie stand auf und zog sich den Morgenmantel über. Sie hatte erwartet, Julia oder Scott zu sehen, aber es war Dan, der vor der Tür stand. Ohne ihre Aufforderung abzuwarten, trat er ein. „Wirst du es überleben?" fragte er trocken.

Sie atmete tief durch und sah ihn ernst an. „Dan, ich bin es nicht gewöhnt, so viele Menschen um mich zu haben."

„Ich weiß. Was meinst du, wie es mir gegangen ist, als ich vor zwei Jahren zurückkam. Ich glaubte, wahnsinnig zu werden."

Kimberly blickte ihn überrascht an. „Tatsächlich?"

„Ich kann dir nur eins sagen: Du wirst dich daran gewöhnen."

„Das hat Julia auch gemeint." Sie lächelte kläglich.

„Es stimmt", sagte er mit fester Stimme. „Trotzdem sehne ich den Tag herbei, an dem Mark und Julia heiraten werden und mit Scott das Haus verlassen. Ebenso kann ich es kaum erwarten, dass Tante Milly und Andrea wieder verreisen. Das tun sie ab und zu, und ich gestehe, dass ich ihre Reisen nur zu gern finanziere."

Kimberly sah ihn noch immer überrascht an. Sie war überzeugt gewesen, dass er mit seiner Lebenssituation völlig zufrieden war und es gar nicht anders haben wollte.

„Du bist sicher müde."

„Sehr. Und da Scott den morgigen Tag bereits restlos für mich verplant hat, ist es sicher angebracht, neue Kraft zu sammeln."

Dan trat dicht an sie heran und sah ihr fest in die Augen. „Hast du gemerkt, dass alle annehmen, dass zwischen uns eine Beziehung besteht?"

„Wie bitte?"

Er nickte. „Außer Scott natürlich. Der denkt über diese Dinge noch nicht nach."

„Aber ... ich ... du ... Wir kennen uns doch kaum. Wie können sie nur so etwas denken?"

„Sie wissen, dass ich dich unbedingt wieder sehen wollte. Ich habe kein Geheimnis daraus gemacht. In der letzten Zeit habe ich mehrere mehrtägige Geschäftsreisen unternommen, und jeder weiß, dass ich mindestens einmal bei dir übernachtet habe. Und so ziehen sie nun ihre Schlüsse. Ich wollte nur, dass du es weißt und auf eventuelle Anspielungen vorbereitet bist."

Kimberly schnappte empört nach Luft. „Und du hast nichts getan, um diesen falschen Eindruck zu berichtigen?"

„Was ist so schlimm daran, Kim? Reg dich nicht auf. Die ganze Familie wünscht sich, dass ich endlich heirate, und jetzt bilden sie sich eben ein, dass es bald so weit ist. Und sie bedrängen mich nicht mehr. Lass ihnen doch dieses harmlose Vergnügen."

„Harmlos? Ich bin dabei, mich zum Narren zu machen! Und das nennst du harmlos?"

„Wie kommst du denn darauf?" fragte er irritiert.

„Was werden sie wohl von einer Frau denken, die sich hier häuslich niederlässt in der Hoffnung, sich einen reichen Mann einzufangen?"

„Aber du willst mich doch gar nicht einfangen, oder? Würdest du mich heiraten wollen?" Eindringlich musterte er ihr Gesicht.

„Ebenso wenig wie du jemanden wie mich heiraten möchtest." Sie trat einige Schritte zurück. „Aber in dieser Situation bin ich es, die sich lächerlich macht."

„Weil du eine Frau bist?"

„Wohl kaum. Oder hat es etwa Julias Exmann genützt, männlichen Geschlechts zu sein?" fragte sie bissig.

„Was weißt du über Emery?" Mit grimmiger Miene steckte Dan die Hände in die Hosentaschen.

„Nicht viel. Ich weiß nur, dass du ihn aus dem Haus gewiesen hast." Sie biss sich auf die Lippe. Hätte sie doch nur nicht davon angefangen! Das war schließlich eine Familienangelegenheit, die sie überhaupt nichts anging.

„Tony Emery war ein Taugenichts. Er hat meine Schwester belogen und betrogen und sich weder um sie noch um Scott gekümmert. Außerdem hat er Firmengelder unterschlagen und den Job, den mein Vater ihm gegeben hatte, nur benutzt, in seine eigene Tasche zu wirtschaften."

„Ich verstehe", erwiderte Kimberly kühl und wich seinem Blick aus.

„Wirklich? Das glaube ich dir nicht. Du denkst doch, dass sich der arme Tony in der gleichen Situation befunden hat wie seinerzeit deine Mutter. Aber so war es nicht. Wenn er auch nur einen Hauch von Verantwortungsgefühl für Julia und Scott gezeigt hätte, wäre es niemals so weit gekommen."

„Schon gut, Dan. Du brauchst dich vor mir nicht rechtfertigen. Es ist spät geworden. Ich würde jetzt gern zu Bett gehen. Deine Familie mag ja annehmen, dass wir hin und wieder miteinander schlafen, aber sie erwartet sicher nicht, dass wir es unter ihrem Dach tun. Und falls doch, so warst du sicher lange genug hier, um den Schein zu wahren."

„Manchmal kannst du wirklich bissig sein."

„Nur wenn ich mich unter Druck gesetzt fühle."

„Und das ist jetzt der Fall?" Seine Stimme klang weich und verständnisvoll.

„Ja."

„Das tut mir Leid, Kim. Mach dir bitte keine unnötigen Gedanken. Es wird schon nicht so schlimm werden. Das Wichtigste ist doch, dass du in Sicherheit bist. Und das bist du hier. Ich schwöre es."

Ihre Blicke trafen sich, und Kimberly fühlte sich ihm plötzlich sehr nah. Sie bedauerte es sogar, als er sich schließlich abwendete und das Zimmer verließ.

Zwei Tage später stand Dan am Fenster seines Arbeitszimmers und beobachtete Kimberly, wie sie verstohlen über den Hof zum Garten schlich. Hin und wieder warf sie einen Blick zurück, so als wollte sie sich vergewissern, dass ihr auch wirklich niemand folgte.

Er verstand sie nur zu gut und glaubte genau zu wissen, was in diesem Augenblick in ihr vorging. Seit zwei Tagen stand sie im Mittelpunkt des Interesses, und die ungeteilte Aufmerksamkeit, die man ihr entgegenbrachte, musste sie allmählich zur Verzweiflung treiben. Julias eifrige Gastfreundschaft, Scotts aufreibende Anstrengungen, sie zu unterhalten, und Millys Einladungen zu ihren albernen Teestunden, bei denen sie und Andrea in die Teeblätter starrten und die Zukunft zu deuten versuchten, mussten einen Menschen, der sonst so zurückgezogen wie sie lebte, früher oder später in den Wahnsinn treiben.

Er runzelte die Stirn, als er sah, welchen Weg sie einschlug. Eine innere Stimme sagte ihm, dass sie sich heute nicht an ihre Abmachung halten würde. Sie sehnte sich nach Freiheit, nach etwas Ruhe und Frieden. Und er war sicher, dass sie das alles hinter der Mauer suchen würde, die das Grundstück umgab.

Unwillkürlich versuchte er, sich in die Rolle ihres Romanhelden, Josh Valerian, zu versetzen. Wie würde er sich jetzt verhalten?

Ärgerlich schüttelte er den Kopf. Es war wirklich schwer, im Kampf um eine Frau mit einem fiktiven Mann konkurrieren zu müssen. Noch schlimmer war es, dass diese Frau sich ihren Traummann selbst nach ihren eigenen Wünschen und Bedürfnissen geschaffen hatte. War es nicht von vornherein sinnlos, es mit einem derartigen Traumbild aufzunehmen?

In diesem Moment betrat Stan das Zimmer und riss Dan aus seinen Gedanken. „Sie hat das Haus verlassen, Dan."

„Ich weiß."

„Soll ich ihr nachgehen?"

„Nein, ich gehe selbst. Sie ist im Moment ein bisschen durcheinander." Er wandte sich vom Fenster ab und lächelte kläglich. „Ich kann es ihr nicht verdenken." Er holte tief Luft und straffte sich. Mit forscher Stimme fragte er: „Bist du auf der Suche nach der Herkunft des Dolches weitergekommen?"

Stan schüttelte den Kopf. „Die Beschreibung war zu vage. Aber wie auch immer – die Angelegenheit wird immer verworrener. Allmählich glaube ich, dass wir es mit einer Horde Verrückter zu tun haben."

„Scotts Hexen?"

„Tja, warum nicht? Die Polizei hält allerdings nicht viel von dieser Theorie. Wir werden sie selbst verfolgen müssen."

Dan nickte. Er und Stan waren es gewöhnt, Dinge selbst in die Hand zu nehmen und auf eigene Faust voranzutreiben. „Hast du genug Leute, die du darauf ansetzen kannst?"

„Nur drei, aber die sind sehr gut."

„Na fein. Dann werde ich jetzt einmal zusehen, dass ich unseren ausgeflogenen Vogel wieder einfange."

Stan musterte ihn nachdenklich. „Du bist gestern Nacht nicht bei ihr geblieben."

„He! Spionierst du mir nach?" Dans Augen funkelten zornig.

Stan zog spöttisch die Brauen hoch. „Ich bitte vielmals um Verzeihung."

„Wofür?" fragte Dan grimmig.

„Dafür, dass ich die Grenze zwischen Arbeitnehmer und Arbeitgeber überschritten habe", entgegnete Stan ruhig.

„Du bist ein Idiot!" Dan stöhnte gequält. „Du weißt genau, dass es diese Grenze zwischen uns nicht gibt."

„Dann verstehe ich nicht, weshalb meine sachliche Feststellung dich so erbost. Seit sie hier ist, bist du völlig verändert. Du scheinst unter irgendwelchen Spannungen zu leiden. Und ich habe inzwischen begriffen, was dein Problem ist. Man geht hier zwar im Allgemeinen davon aus, dass ihr zwei eng befreundet seid, aber ich glaube, du leidest darunter, dass es in Wirklichkeit nicht so ist."

„Kümmere du dich lieber um Hexen, Magier und Entführer, Stan. Ich komme ohne deinen psychologischen Rat zurecht."

Stan zuckte mit der Schulter.

„Wie du meinst, Boss."

„Stan, was hast du vor? Willst du mich zur Weißglut treiben?"

„Ich werde mich hüten. Ich habe oft genug erlebt, was geschieht, wenn du die Fassung verlierst. Eine Frage habe ich allerdings."

„Heraus damit."

„Da ohnehin jeder annimmt, dass du mit ihr schläfst ..." Er legte eine bedeutungvolle Pause ein. „Warum tust du es dann nicht einfach?"

„Deine Logik ist umwerfend." Dan schnaubte verächtlich durch die Nase. „Hast du schon einmal davon gehört, dass dazu zwei gehören?"

„Du meinst, sie will dich nicht?"

„Ich empfehle dir, einmal eines ihrer Bücher zu lesen. Dabei solltest du dann besonders auf den männlichen Helden achten, Josh Valerian."

„Warum?" erkundigte Stan sich überrascht.

„Weil das Kimberlys Traummann ist."

Stan grinste unverschämt.

„Ich verstehe. Dieser Josh hat dir offensichtlich so viel voraus, dass du dir nicht zutraust, es mit ihm aufzunehmen. Was hat er denn, was du nicht hast?"

„Frag lieber, was er kann, das ich nicht kann. Und hör jetzt endlich auf, so unverschämt zu grinsen."

„Nun? Sag schon. Was kann er?"

„Er kann zum Beispiel die Gedanken seiner geliebten Amy lesen. Er weiß jederzeit, was sie denkt, fühlt und empfindet."

„Na und? Wo ist das Problem? Du hast dich schon immer gut in die Situation anderer hineinversetzen können."

„Schon, aber das reicht nicht."

„Warum nicht?"

„Weil ich mit vielem, was sie denkt und tut nicht übereinstimme."

Stan schüttelte verwundert den Kopf. „Warum solltest du? Du bist ein Mann. Sie ist eine Frau. Es ist unmöglich, dass ihr in allem einer Meinung seid."

Dan zog sich seine Jacke an und blickte den Freund bewundernd an. „Du verstehst es doch immer wieder, die Dinge auf den Punkt zu bringen, Stan. Du hast Recht. Sie braucht einen Mann."

„Und zwar dich."

„Genau." Er griff in die Jackentasche und zog einen etwas zerknitterten Brief hervor. „Das hätte ich fast vergessen", sagte er und gab Stan den Brief. „Noch so eine Merkwürdigkeit, die ich gern geklärt hätte. Versuch bitte, etwas über diese Angelegenheit herauszufinden. Außerdem möchte ich mit diesem Anwalt aus Los Angeles gern selbst sprechen."

Stan nickte. „Okay. Willst du ihr jetzt folgen?"

„Genau! Ich werde versuchen, einige Spannungen abzubauen, von denen du vorhin gesprochen hast."

„Gut. Durch Worte oder Taten?"

Dan wandte sich zur Tür und blieb dann noch einmal stehen. „Ich denke, ich werde beide Möglichkeiten ausprobieren. Mal sehen, welche Methode am besten wirkt."

„Die zweite", erwiderte Stan trocken. „Verlass dich darauf!"

5. KAPITEL

Das Gebäude war nichts weiter als ein alter halb verfallener Schuppen. Doch er stand außerhalb der Mauern, die das Privathaus der Cavenaughs umgaben. Und allein diese Tatsache genügte, dass er Kimberly wie ein Palast erschien. Kurz entschlossen ging sie zielstrebig darauf zu.

Endlich allein, dachte sie selbstironisch, als sie die unverschlossene Tür öffnete und neugierig in den Schuppen hineinlugte. Heute Morgen beim Frühstück hatte sie erkannt, dass sie irgendwann wahrscheinlich die Beherrschung verlieren würde, wenn sie nicht umgehend eine Möglichkeit fand, hin und wieder spurlos zu verschwinden. Dieser Schuppen schien die geeignete Zuflucht zu sein.

Sie trat ein, und während sie sich umsah, dachte sie daran, wie kurz sie manchmal davor war, Ablehnung zu zeigen oder etwas zu sagen, das ihr hinterher bestimmt Leid tun würde. Und genau das wollte sie nicht riskieren. Obwohl die Familie sie mit ihrer überwältigenden Allgegenwärtigkeit ständig forderte, empfand Kimberly für jeden einzelnen von ihnen Sympathie. Sie mochte auch die fast ständig anwesende Andrea, die meistens damit beschäftigt war, aus Teeblättern die Zukunft zu lesen, und die für jede Unpässlichkeit einen heilenden Tee zu brauen verstand. Sie und Milly gaben schon ein drolliges Gespann ab. Vorhin hatten sie beschlossen, dass es endlich wieder einmal an der Zeit sei, eine Party zu geben, und danach hatten sie sich sofort lautstark und engagiert an die Planung gemacht. Julia hatte sich von ihrer Begeisterung mitreißen lassen, doch als man auch Kimberly aufforderte, sich mit Vorschlägen an der Diskussion zu beteiligen, hatte sie erfolgreich das Weite gesucht.

Es war dämmrig im Schuppen, doch ihre Augen gewöhnten sich rasch daran. In einer Ecke entdeckte sie zwischen allerlei Gerümpel auch einen ausgedienten Pferdesattel. Schmunzelnd ließ sie sich darauf nieder. Sie würde es also nicht nur ruhig und friedlich haben, sondern auch bequem.

Kimberly hatte sich gerade gemütlich zurückgelehnt, als die Schuppentür temperamentvoll aufgerissen wurde. Erschreckt fuhr sie zusammen. Im Licht, das nun durch die geöffnete Tür fiel, sah sie den Umriss eines kräftigen Mannes.

Dann erkannte sie, dass es Dan war. Erleichtert atmete sie auf. „Dan! Du bist es! Wie kannst du mich nur so erschrecken?"

Er blieb reglos in der Tür stehen und versuchte, seine Augen an die Dunkelheit zu gewöhnen. „Was meinst du, Kim. Verstehen wir beide uns auch ohne Worte? Warum versuchst du nicht einfach mal, meine Gedanken zu lesen?"

Kimberly verzog das Gesicht zu einer Grimasse. „Momentan kann ich in dir lesen wie in einem offenen Buch. Du bist verärgert, weil ich deinem Befehl nicht gehorcht und es gewagt habe, mich auf die andere Seite der Mauer zu begeben. Hast du vor, mich gehörig auszuschimpfen?“

„Vermutlich sollte ich das tun. Ich habe dir meine Anweisungen nicht zum Spaß erteilt, Kim, sondern allein zu deinem Schutz.“

„Ich weiß.“ Sie seufzte und stand auf.

„Vielleicht versuchst du es bei mir einmal mit Erlaubnissen statt mit Verboten. Ich habe mich schon immer dagegen gesträubt, Anordnungen anderer Leute zu befolgen, die angeblich genau wussten, was für mich gut war. Los, lass dich nicht aufhalten und schimpfe ruhig. Tu dir keinen Zwang an!“

Dan betrat jetzt den Schuppen und kam auf sie zu. Unmittelbar vor ihr blieb er stehen und sah ihr eindringlich in die Augen. „Eine innere Stimme sagt mir, dass ich das lieber unterlassen sollte. Davon abgesehen verstehe ich die Motive für dein Verhalten nur zu gut. Und wenn ich ganz ehrlich bin, kann ich es dir nicht einmal verübeln. Wir gehen dir eben einfach alle auf die Nerven.“

Sie lächelte reuevoll. „Deine Familie und deine Mitarbeiter sind sehr nett, Dan.“

„Sicher. Sie treiben einen nur hin und wieder zum Wahnsinn.“

Dankbar sah sie ihn an. „Nun, ganz so schlimm ist es sicher nicht. Ich bin nur nicht an eine große Familie gewöhnt.“

„Du bist überhaupt kein Familienleben gewöhnt, nicht wahr?“

„Ja, so ist es wohl. Anfangs gab es nur Mutter und mich, und später war ich dann ganz allein.“

„Und so gefällt es dir.“

„Es ist angenehm.“

„Man hat seine Freiheit“, sagte er und legte die Hände auf ihre Schulter.

„Ja.“

„Denkst du, dass ich dieses Gefühl nicht kenne? Wie es ist, für niemanden außer für sich selbst verantwortlich zu sein? Kommen und gehen zu können, wie es einem beliebt? Nicht auf Abruf für seine Schwester, seine Tante oder sonst jemanden verfügbar zu sein?"

Plötzlich begriff sie, dass sie nicht die Einzige war, die sich nach etwas Zeit für sich allein sehnte. Dan ging es ganz genauso. Doch im Gegensatz zu ihm war ihr Aufenthalt unter all diesen Menschen befristet. Er aber war in einem Netz von Pflichten und Verantwortung gefangen, die er sich selbst freiwillig auferlegt hatte. Und für einen Mann wie ihn gab es kein Entrinnen. Niemals würde er vor seiner Verantwortung davonlaufen.

„Oh Dan", flüsterte sie und berührte unwillkürlich seine Wange. „Ich wusste nicht, was es für dich bedeutet." Dabei schaute sie ihn voller Verständnis und Mitgefühl an.

„Kim...Kimberly, ich ..." Dan brachte kein einziges Wort mehr heraus. Er schloss sie in die Arme und zog sie fest an sich.

Dans unerwarteter Gefühlsausbruch überwältigte Kimberly. Der plötzliche Körperkontakt erregte sie, und seine stürmische Zärtlichkeit weckte in ihr das Verlangen nach mehr. Während er sie küsste und dabei fordernd ihren Rücken und ihre Hüften streichelte, spürte sie seine Schenkel und seine körperliche Erregung. Sie hatte gewusst, dass er sie begehrte, doch jetzt spürte sie sein Verlangen hautnah. Und das war etwas ganz anderes. Wie ein aufloderndes Feuer erwachte auch in ihr die Begierde.

In den vergangenen drei Tagen hatte sie sich immer wieder gesagt, dass sie diesen Mann viel zu wenig kannte, um sich auf eine Liebesbeziehung einzulassen. Alles, was sie von ihm wusste, schien darauf hinzudeuten, dass er in jeder Hinsicht den Typ Mann verkörperte, den sie ablehnte. Doch an diesem Nachmittag hatte sie erkannt, dass sie gar nicht so verschieden waren. Das Schicksal hatte Dan in eine Lebenssituation getrieben, die ihr persönlich ein Gräuel war. Aber jetzt wusste sie, dass er die gleichen Sehnsüchte hatte wie sie. Er konnte niemals so frei und ungebunden sein wie sie, aber sie begriff, wie viel Selbstüberwindung und Selbstverleugnung es ihn kostete, das Leben zu führen, das seine Familie von ihm erwartete.

„Kannst du jetzt auch meine Gedanken lesen?" fragte er mit rauer Stimme, als sich ihre Lippen voneinander lösten. Seine Hände glitten unter ihr T-Shirt, streichelten ihre Haut und hakten dann den Verschluss ihres BHs auf. Leise aufstöhnend umfasste er ihre Brüste. „Du weißt genau, was ich denke. Ich will dich, Kim. Ich brauche dich."

„Ja." Ihre Stimme klang atemlos. „Ja, Dan."

„Oh Kim! Ich möchte dich lieben. Ich habe mich so sehr nach dir gesehnt. Du ahnst nicht, was es für mich bedeutet, dich so nah bei mir zu haben und doch nicht bei dir sein zu dürfen."

Wenn Kimberly noch einen letzten Rest an Widerstand in sich gespürt hatte, so schwand er jetzt. Sie legte beide Arme um Dans Hals und sträubte sich nicht, als er ihr das T-Shirt über den Kopf zog. Dann streifte er ihr den BH ab und ließ ihn wie das T-Shirt achtlos auf den Boden gleiten.

„Wie schön deine Brüste sind", murmelte er und berührte ganz sanft die rosigen Spitzen. Dann schloss er Kimberly wieder in die Arme. „Ich will dich, Kim. Ich begehre dich so sehr."

Kimberly lehnte ihren Kopf an seine Brust, schloss die Augen und gab sich ganz den berauschenden Gefühlen hin, die sie beherrschten. Nur vage nahm sie wahr, dass Dan sie mit sich auf den Boden zog, sein Jackett abstreifte und es ausbreitete.

„Wir sind ganz allein", flüsterte er ihr ins Ohr. „Nur du und ich. Was könnte schöner und aufregender sein?"

Sie lächelte ihn zaghaft an. „Ich hätte nie gedacht, dass du und ich ... dass wir beide ..."

„Mach dir keine Gedanken darüber, Kim. Es musste so kommen." Er öffnete Knopf und Reißverschluss ihrer Jeans und streifte ihr die Hose von den Hüften. Dann zog er ihr auch den Slip aus. Kurz darauf lag sie nackt neben ihm und blickte ihn erwartungsvoll an.

Mit bebenden Fingern knöpfte sie sein Hemd auf, während Dan begann, auf erregende Weise ihren Körper zu streicheln. „Du zitterst wie Espenlaub", stellte er fest.

„Ich weiß."

„Hast du Angst vor mir?"

„Sehe ich so aus?"

Er beugte sich über sie und berührte mit den Lippen die rosige Spitze einer ihrer Brüste. „Du siehst wundervoll aus."

„Du zitterst auch, Dan. Hast du Angst vor mir?"

„Wahrscheinlich sollte ich das", murmelte er und zeichnete mit den Fingerspitzen die Form ihrer Schenkel nach. „Jeder brave Mann fürchtet sich vor Hexen."

Sie streifte ihm das Hemd von der Schulter und wandte sich dann seiner Hose zu. Doch Dan wollte keine Zeit mehr verschwenden. Er stand auf und zog sich die Hose rasch selbst aus.

Fasziniert betrachtete Kimberly seinen schönen durchtrainierten Körper und musste sich zwingen, sich nicht sehnsüchtig an ihn zu drängen. Auch Dan schaute sie unentwegt an und streichelte sie dabei. Kimberly spürte, wie sehr er es genoss, sie anzusehen und zu berühren. Er scheute sich nicht, seine Gefühle offen zu zeigen, und seine Erregung übertrug sich auf sie und ließ sie jegliche Schüchternheit vergessen. Ihr Verlangen wuchs von Sekunde zu Sekunde, und sie gestand sich ein, dass sie noch nie zuvor einen Mann so sehr begehrt hatte.

„Ich will dich", flüsterte sie im schließlich zu.

„Das scheint dich zu erstaunen", meinte er, während er ihre Schenkel umfasste.

„Ja, das ist wahr. Noch nie habe ich mich so sehr nach einem Mann gesehnt", gab sie ehrlich zu.

„Oh Kim!" Dan beugte sich halb über sie und liebkoste sie am ganzen Körper, bis Kimberly ihr Verlangen kaum noch zügeln konnte.

„Willst du mich wirklich so sehr, kleine Hexe?" fragte er mit rauer Stimme, während er mit der Zungenspitze ihre Brüste streichelte.

„Ja, Dan, ja!"

Er hatte sich so sehr nach diesen Worten gesehnt, dass er jetzt nicht länger warten konnte. Fast augenblicklich nahm er von ihr Besitz. Seine Bewegungen waren kraftvoll und leidenschaftlich.

Kimberly klammerte sich an ihn und passte sich automatisch seinem Rhythmus an. Als sie sich dem Höhepunkt näherten, rief sie seinen Namen. Dan presste den Mund auf ihre Brüste und liebkoste die empfindsamen Spitzen.

„Dan." Lustvoll stöhnte sie auf.

„Jetzt, Kim. Gib mir alles ... jetzt."

Ein Schauer durchfuhr ihren Körper, und dann erreichten sie gemeinsam den Höhepunkt.

Kimberly wusste, dass sie noch nie so leidenschaftlich geliebt worden war, und sie selbst hatte sich noch nie so vorbehaltlos hingegeben. Sie mochte sich auf ein einmaliges flüchtiges Abenteuer eingelassen haben, aber sie würde es niemals bereuen. Noch nie hatte die Liebe ein so überschwängliches Glücksgefühl in ihr ausgelöst.

Dan trennte sich von ihr, hielt sie jedoch mit beiden Armen weiter fest umschlungen. „Du wirst doch später nicht böse auf mich sein?" erkundigte er sich besorgt.

„Weil du mich geliebt hast? Nein, Dan." Sie schüttelte den Kopf. „Ich weiß, dass es gut und richtig war."

Er verzog die Mundwinkel zu einem verschmitzten Lächeln. „Ich wusste, dass es so sein würde."

„Wirklich?" Sie kuschelte sich zärtlich an ihn. „Warum hast du mich denn nicht vorgewarnt?"

„Ich habe es einige Mal versucht, aber du wolltest ja nichts davon wissen."

„Ah, Dan ... Wie hätte ich das auch ahnen können?"

Dan küsste zärtlich ihre Wange. „In Zukunft brauchst du dich nur noch darauf verlassen, dass ich schon weiß, was für dich das Beste ist."

Sie lächelte. „Niemals würde ich so viel Verantwortung auf deine Schultern laden. Deine Last ist auch so schon schwer genug."

„Wie meinst du das?“

Liebevoll fuhr sie ihm mit den Fingern durchs Haar. „Nun, ich habe doch gesehen, wie dich ständig irgendjemand um Rat oder Hilfe bittet. Und du hast dir bis jetzt stets Zeit genommen, um allen Forderungen nachzukommen. Es ist fast ein Wunder, dass du überhaupt noch Zeit findest, dich für dein Geschäft einzusetzen.“

Er atmete tief durch und schien diesen Augenblick totaler Entspannung mit allen Sinnen zu genießen. „Vermutlich hast du Recht. Als ich vor zwei Jahren nach Napa Valley zurückkehrte, herrschte hier ein unbeschreibliches Chaos. Mir blieb gar nichts anderes übrig, als mich um alles zu kümmern. Julias Ehe war in einem katastrophalen Zustand, und Scott zeigte bereits Verhaltensstörungen. Tante Milly kam lange nicht über den Tod meiner Eltern hinweg, und die Angestellten fürchteten um ihre Arbeitsplätze.“

„Und so bist du dann also in die Falle hineingetappt.“

„Nein, so sehe ich das nicht, Kim. Ich wusste, was auf mich zukam, und habe die Pflichten freiwillig auf mich genommen.“

„Letztlich kommt es jedenfalls aufs Gleiche hinaus. Durch diese Entscheidung hat sich dein ganzes Leben geändert. Wie sah es aus, als du noch deine eigene Firma hattest?“

„Ich war frei und ungebunden“, meinte er leichthin. „Stan und ich haben das Geschäft gemeinsam betrieben und sind viel gereist.“

„Ihr beide scheint sehr gute Freunde zu sein.“

„Ja.“ Er nickte. „Wir wissen, dass wir uns jederzeit aufeinander verlassen können und stehen uns sehr nah. Als meine Eltern starben und ich mich entschloss, das Gut zu sanieren, bot Stan mir an, auch hier mit mir zusammenzuarbeiten. Darüber war ich sehr glücklich.“

„Warum bist du eigentlich nicht von Anfang an auf dem Weingut geblieben? Als Sohn des Hauses hätte es doch bestimmt genug Arbeit für dich gegeben.“

„Als junger Mann hatte ich absolut kein Interesse daran, in die

Fußstapfen meines Vaters zu treten. Ich wollte andere Länder sehen, etwas erleben und mir aus eigener Kraft eine Existenz aufbauen."

„Und das ist dir gelungen?"

„Oh ja." Er lächelte. „Es ist mir gelungen."

„Trotzdem hast du alles aufgegeben, als deine Familie dich brauchte."

„Ja, die Familie war mir plötzlich wichtiger als alles andere."

„Hm."

Dan begriff, was in Kimberly vorging, und legte sich seine nächsten Worte sehr sorgfältig zurecht. „Kim, wenn dein Vater deine Mutter wirklich geliebt hätte, hätte er sie nicht auf Drängen seiner Familie aufgegeben. Und ganz gewiss hätte er sich nicht so verhalten, als existiertest du überhaupt nicht. Er hätte um dich und deine Mutter gekämpft und eure Anerkennung durchgesetzt. Im Grunde kannst du nur seine Schwäche verurteilen, nicht seine Familie."

Kimberly fror plötzlich. Sie sah sich um und vermisste die Sonnenstrahlen, die zuvor durch die Ritzen und das Fenster des Schuppens gefallen waren. „Mit dem schönen Wetter ist es wohl vorbei", meinte sie so gleichmütig wie möglich.

Dan stützte sich auf die Ellenbogen und sah sie fragend an. „Du willst also nicht über deine Großeltern sprechen?"

„Ich gewinne mehr und mehr den Eindruck, dass du über geheimnisvolle Kräfte verfügst. Solltest du etwa Gedanken lesen können?"

Dan begann, sich anzuziehen und reichte ihr dann die Hände, um ihr beim Aufstehen behilflich zu sein. „Ich bin eher der Ansicht, dass du über geheimnisvolle Kräfte verfügst, meine kleine Hexe. Du hast einen ganz anderen Mann aus mir gemacht."

Wieder fühlte sie seine magische Anziehungskraft. Sie zwang sich zu einem Lächeln, um sich ihre Verwirrung nicht anmerken zu lassen. „Nun, ich hoffe, dass meine Mittel angenehmer sind als Andreas bittere Zaubertränke."

„Puh." Er schüttelte sich. „Gar kein Vergleich. Du weißt selbst, dass deine Mittel konkurrenzlos sind." Bedauernd sah er ihr in die Augen. „Es widerstrebt mir sehr, diese wundervolle Idylle zu zerstören, aber ich fürchte, dass wir allmählich zum Haus zurückgehen müssen. Heute habe ich leider noch sehr viel zu tun."

„Geschäftlich?"

„Ja. Wir haben einen neuen Marketingplan erstellt, den ich unbedingt noch überarbeiten muss."

„Es war sicher nicht einfach, das Gut in nur zwei Jahren aus den roten Zahlen herauszubringen", meinte Kimberly nachdenklich.

Mittlerweile hatten sie sich wieder angekleidet und verließen jetzt Hand in Hand den Schuppen.

„Nun ja, es war eine Herausforderung." Er hielt ihre Hand fest umschlossen und ließ sie auch nicht los, als sie sich dem Haus näherten und Julia sie bemerkte. Sie lief ihnen entgegen und schien sich über die Vertrautheit, die zwischen ihrem Bruder und Kimberly herrschte, nicht im Geringsten zu wundern.

„Da bist du ja, Dan!" rief sie erleichtert aus. „Ich habe dich schon überall gesucht."

„Tatsächlich?" Er warf Kimberly einen bezeichnenden Blick zu. „Wo brennt es denn?"

„Tante Milly und Andrea planen doch diese Party, und nun wollen sie die halbe Welt dazu einladen. Ich sagte ihnen, dass ich das erst mit dir abklären müsse."

„Was gibt es da denn noch zu klären, Julia? Ich sagte dir bereits, dass mir keine Leute ins Haus kommen, die nicht entweder dir oder mir persönlich bekannt sind. Solange die Kidnapper nicht gefasst sind, will ich im Haus keine Fremden sehen."

„Genau das habe ich ihnen auch gesagt. Daraufhin haben sie ihre Gästeliste umgestellt. Schau sie dir bitte an und sag ihnen, ob du damit einverstanden bist. Ach ja, Scott hat dich ebenfalls gesucht. Er hat wohl Probleme mit seiner Lokomotive. Und würdest du dich dann bitte auch um mein Auto kümmern. Die Werkstatt ..."

„Onkel Dan, Onkel Dan!" Scott kam begeistert auf sie zu gesprungen. „Wo warst du bloß? Meine Lokomotive funktioniert nicht mehr. Kommst du mit und hilfst mir?"

Noch ehe Dan antworten konnte, erschien Milly, wie gewöhnlich folgte ihr Andrea. „Hier ist die Gästeliste, Dan. Julia sagte, dass du sie sehen möchtest. Kümmere dich bitte noch heute darum, damit wir spätestens morgen die Einladungskarten verschicken können."

Sichtlich widerstrebend nahm Dan die Liste in Empfang. „Gut, Tante Milly. Komm, Scott, lass uns rasch nach der Lokomotive sehen. Du kannst mir inzwischen die Telefonnummer von der Reparaturwerkstatt heraussuchen, Julia. Ich ..."

Das war zuviel für Kimberly. Nach nur zwei Tagen in diesem Haus wusste sie, dass es hier immer so zugehen musste. Der arme Dan. Warum wehrte er sich nicht? Ohne lange nachzudenken, nahm sie Dan die Liste aus der Hand. Als er sie überrascht ansah, lächelte sie ihm sanft, aber bestimmt zu. „Ich fürchte, dass Dan keine Zeit hat, sich heute noch hiermit auseinander zu setzen. Es wartet noch viel Arbeit auf ihn." Demonstrativ schaute sie auf ihre Uhr. „Es ist jetzt halb drei. Um diese Zeit geht jeder Mensch, der einen Beruf hat, seinen Geschäften nach. Und genau das wird Dan jetzt ebenfalls tun. Scott, du bist soeben aus der Schule gekommen. Du musst nicht unbedingt mit der Lokomotive spielen. Such dir etwas anderes. Dein Onkel hilft dir später. Julia, ich bin sicher, dass du diese Gästeliste selbst durchgehen kannst. Du weißt doch, wer euch bekannt ist oder nicht. Und ihr, Tante Milly und Andrea, könnt ruhig schon beginnen, die Einladungskarten zu schreiben. Die Adressen schreibt ihr eben später, wenn Julia die Liste geprüft hat." Sie holte tief Luft und sah sich der Reihe nach die erstaunten Mienen an. „Ich denke, das war's. Geh an die Arbeit, Dan. Du hast schließlich ein Weingut zu leiten. Die anderen werden gut ohne dich auskommen. Vor fünf Uhr wird dich niemand stören. Ich selbst werde mich jetzt an die Schreibmaschine setzen und ebenfalls arbeiten." Mit hochgezogenen Brauen sah sie in die Runde und wartete auf mögliche Einwände. Als alle sie nur sprachlos anstarrten, lächelte sie zufrieden.

Die Versammlung löste sich auf, und plötzlich stand Dan ganz allein da. Fassungslos schaute er den anderen nach. Doch dann fing er sich und ging rasch in sein Arbeitszimmer. Es war kaum zu glauben. Er hatte tatsächlich zweieinhalb Stunden Zeit, in der es keine Störungen geben würde. Er würde in diesen zwei Stunden wahrscheinlich mehr schaffen als sonst an einem ganzen Tag.

Etwa fünfundvierzig Minuten später klopfte es an sein Fenster. Es war Stan. Dan öffnete das Fenster und sah seinen Freund kopfschüttelnd an. „Was machst du hier im Rosenbeet?"

Stan verzog das Gesicht. „Das war der einzige Weg, zu dir zu gelangen. Sie lässt ja keinen durch."

„Wer? Kim?"

„Ja." Geradezu ängstlich blickte er sich um. „Sie hat strikte Anweisung gegeben, dass du bis fünf Uhr nicht gestört werden sollst. Was hat das zu bedeuten?"

„Ich arbeite", entgegnete Dan und schmunzelte vergnügt.

„Und sie hat beschlossen, dass du dazu Ruhe brauchst?" erkundigte er sich erstaunt.

„Die brauche ich wirklich. Bisher hat das nur niemand bemerkt."

„Es ist nicht, zu fassen." Stan schüttelte den Kopf. „Die Dame beginnt also, den Haushalt zu organisieren. Nun, das wurde auch höchste Zeit. Ich habe dir immer gesagt, dass du dich viel zu sehr verzettelst."

Dan sah auf die Uhr. „Es ist noch nicht fünf."

„Du willst wissen, weshalb ich das Wagnis eingehe, dich zu stören? Zwei Gründe. Zunächst einmal wollte ich dir sagen, dass dieser Anwalt in Los Angeles morgen früh um zehn deinen Anruf erwartet."

„Gut. Danke. Und was noch?"

Stan grinste. „Ich möchte natürlich wissen, was dabei herausgekommen ist."

„Wobei?"

„Bei dem, was du dir vorgenommen hattest. Es sieht ganz so aus, als hättest du Erfolg gehabt. Du machst einen sehr guten Eindruck auf mich. Du wirkst so zufrieden und entspannt."

Dan drohte ihm scherzhaft mit der Faust. „Verschwinde, Stan. Oder ich erzähle Kim, dass du dich über ihre Anordnungen hinweggesetzt hast."

„Bloß nicht!" Stan gehorchte lachend. „Sie bringt es fertig und setzt mich an die Luft."

Kimberly saß in ihrem Zimmer und starrte auf das weiße Blatt Papier in ihrer Schreibmaschine. In den vergangenen fünfundvierzig Minuten hatte sie nicht ein einziges Wort geschrieben. Unentwegt kreisten ihre Gedanken um den Mann, der sie so leidenschaftlich geliebt hatte. Sie hatte von Anfang an die Gefahr gespürt, die von Dan Cavenaugh ausging. Aber sie hatte es nicht wahrhaben wollen. Doch jetzt, nach diesem wundervollen Erlebnis im Schuppen, war es passiert! Und es hatte keinen Sinn, es zu leugnen. Sie hatte sich in ihn verliebt!

Benommen starrte sie ins Leere und ließ ihren Gedanken freien Lauf. Anfangs hatte sie nicht glauben wollen, dass sie beide auch nur irgendetwas gemeinsam hatten, doch mittlerweile wusste sie es besser. In vieler Hinsicht lagen sie auf gleicher Wellenlänge, und manchmal hatte sie tatsächlich das Gefühl, dass er ihre Gedanken lesen konnte. Aber wie sollte es jetzt mit ihnen weitergehen? Sie konnten schließlich nicht einfach so tun, als sei überhaupt nichts geschehen.

Ihr war klar, dass Dan in dem heutigen Vorfall einen Anfang sah. Er wollte mehr als nur ein flüchtiges Abenteuer. Doch wie stellte er sich die Zukunft vor?

Während des Nachmittags fragte sich Kimberly mehrmals besorgt, wie die Familie ihre ungebetene Einmischung in die privaten Angelegenheiten wohl aufgenommen haben mochte. Doch beim Abendessen stellte sie erleichtert fest, dass ihr offensichtlich niemand böse war. Im Gegenteil, alle, sogar Stan, schienen froh zu sein, dass endlich jemand die Dinge in die Hand genommen und verbindliche Regeln fürs Zusammenleben aufgestellt hatte.

„Es ist wundervoll", sagte Milly begeistert. „Andrea und ich haben alle Einladungskarten fertig und brauchen morgen nur noch die Adressen schreiben."

„Wird es eine große Party werden?" erkundigte sich Kimberly, die bisher still an ihrem Tee genippt hatte.

„Ziemlich groß. Wir haben viel nachzuholen. Seit mein Bruder und seine Frau gestorben sind, haben wir gesellschaftlich sehr zurückgezogen gelebt."

„Es ist doch wohl verständlich, dass uns nach dem Tod der Eltern nicht zum Feiern zumute war", warf Julia ruhig ein. „Kurz darauf stand dann meine Scheidung an."

Sie lächelte Kimberly an. „Es hat eine Weile gedauert, bis die Familie sich gefühlsmäßig und finanziell wieder einigermaßen erholt hatte. Und du hast ganz recht daran getan, heute Nachmittag einzuschreiten, Kim. Erst dadurch ist mir bewusst geworden, wie viel wir Dan immer zugemutet haben. Er hat sich in den letzten zwei Jahren wirklich um alles gekümmert. Jetzt frage ich mich, wie er es nur geschafft hat!"

„Ich bin sicher, dass er es gern getan hat", meinte Kimberly.

„Natürlich hat er das", behauptete Milly fest und überzeugend. „Schließlich ist er das Haupt der Familie."

Stan tauschte einen Blick mit Kimberly. „Ein Mann, an den so viele Forderungen gestellt werden, braucht eine Frau, die ihn versteht und hin und wieder allen Kleinkram von ihm fern hält", murmelte er.

Alle schwiegen betreten und richteten ihre Blicke auf Kimberly, die prompt rot wurde. Milly räusperte sich schließlich und sagte zu Kimberly: „Wie ist es, meine Liebe? Hast du Lust, dir morgen von Andrea die Karten legen zu lassen?"

„Ja, gern." Kimberly nickte. Zugleich bedauerte sie sehr, dass ihr keine Ausrede einfiel, die es ihr ermöglicht hätte, sich vor der versprochenen Sitzung zu drücken.

„Andrea versteht sich fantastisch aufs Kartenlesen", fuhr Milly fort. „Neulich hat sie vorausgesagt, dass Dan dich mitbringen würde." Julia lachte. „Ja, das ist wahr. Obwohl wir insgeheim natürlich alle damit gerechnet hatten."

Gegen zweiundzwanzig Uhr zog Kimberly sich endlich auf ihr Zimmer zurück und wartete auf Dan.

6. KAPITEL

Dan fühlte sich wohl. Er lag entspannt im Bett und beobachtete, wie der Morgen heraufdämmerte. Er fühlte sich nicht nur gut, sondern großartig. Es war, als hätte ihm sein Leben lang etwas ganz Wesentliches gefehlt, das er nun plötzlich gefunden hatte.

Neben ihm begann Kimberly, sich im Schlaf zu strecken. Mit den Füßen berührte sie seine Waden, und sofort spürte er wieder Lust und Bereitschaft zur Liebe in sich aufsteigen. Über sich selbst schmunzelnd, schüttelte er den Kopf. Kein Zweifel! Er war verrückt nach ihr. Doch das war kein Wunder. Kim war einfach fantastisch. Noch nie hatte eine Frau ihn so glücklich gemacht. Dan wusste aus Erfahrung, dass sich das Glück, eine solche Frau zu treffen, im Leben eines Mannes nur sehr selten ergab. Er musste seine Chance nutzen und alles tun, um sie zu halten und davon zu überzeugen, dass sie zusammengehörten.

Dan zweifelte nicht daran, dass Kimberly seine Gefühle erwiderte. Doch das genügte ihm nicht. Er musste ihr beweisen, dass er fähig war, sein Leben in Zukunft ganz anders zu gestalten als in den letzten zwei Jahren. Auf keinen Fall durfte sie den Eindruck gewinnen, dass das Leben mit ihm nur von Zwängen und Verpflichtungen bestimmt sein würde. Und er musste sie auch davon überzeugen, dass es schön war, eine Familie zu haben. Und das bedeutete auch, dass es ihm gelingen musste, sie mit ihren Großeltern zusammenzuführen. Er wusste, dass die Marlands keineswegs so böse und engstirnig waren, wie sie annahm, aber es würde nicht leicht sein, ihr das klar zu machen.

Und dann war da auch noch dieser Josh Valerian, der als Supermann durch ihre Träume geisterte! Doch Dan war fest entschlossen, es mit ihm aufzunehmen.

Kimberly räkelte sich neben ihm und schlug langsam die Augen auf. Erstaunt blickte sie ihn an. Ihre offensichtliche Verwunderung amüsierte und freute ihn.

„Du scheinst es nicht gewöhnt zu sein, neben einem Mann zu erwachen“, murmelte er. Er drehte sich auf die Seite und streichelte sanft über ihre Wange. „Nun, daran wirst du dich schon gewöhnen. Es wird noch oft so sein wie heute.“ Er beugte sich über sie und drückte einen Kuss auf ihre Schulter.

„Meinst du?“ Ihre Stimme klang belegt.

„Bestimmt.“ Zärtlich legte er die Hand auf ihre Brust. „Ganz bestimmt.“ Eindringlich sah er ihr in die Augen. „Ich habe übrigens nicht vor, dich mit diesem anderen Mann zu teilen.“

„Mit welchem anderen Mann?“

Sie richtete sich auf und rieb sich verwundert den Schlaf aus den Augen.

„Valerian.“

„Josh Valerian?“

„Hm. Ich habe über ihn nachgedacht“, meinte er, während er sie am ganzen Körper streichelte.

„Und bist du zu irgendwelchen weltbewegenden Schlussfolgerungen gelangt?“

„Und das ist?“

„Ich will, dass du dir diesen Mann aus dem Kopf schlägst. Und ich denke, das geht am schnellsten, wenn ein anderer Mann – natürlich ich – von deinem Körper Besitz ergreift.“ Er drehte sich zu ihr, um seinen Worten sofort die Tat folgen zu lassen.

„Dan, machst du Witze?“

Er lächelte fast grimmig. „Du musst zugeben, dass ich deinem Josh zumindest auf diesem Gebiet einiges voraus habe."

„Oh Dan." Kimberly stöhnte auf, als er begann, sie erneut zu erregen.

Er spürte ihr wachsendes Verlangen, und einen Moment lang genoss er das Gefühl, diese Macht über sie zu haben. „Merkst du es?" flüsterte er ihr ins Ohr. „Josh ist nur eine Fiktion. Du brauchst einen richtigen Mann ... du brauchst mich."

„Josh gefällt mir auch", protestierte sie.

„Sag mir, dass du mich brauchst, Kim. Sag es!"

„Ja, Dan, es ist wahr. Ich brauche dich. Ich brauche dich so sehr."

Lange Zeit später lag Kimberly noch immer im Bett, während Dan sich bereits anzog. Schweigend schaute sie ihm zu. „Willst du die Knöpfe nicht zumachen?" fragte sie schließlich.

Dan winkte ab. „Wozu die Mühe? Erstens gehe ich nur über den Flur, zweitens weiß ohnehin jeder in diesem Haus, wo ich heute die Nacht verbracht habe." Er beugte sich schmunzelnd über sie und küsste sie auf die Stirn.

„Trotzdem bemühe ich mich natürlich immer, die Form zu wahren. Es ist sicher leichter für dich, wenn du beim Frühstück so tun kannst, als sei nichts gewesen."

„Das ist sehr rücksichtsvoll von dir."

„So bin ich nun mal. Allerdings muss ich zugeben, dass es mir heute besonders schwer fällt. Am liebsten würde ich dich mit in mein Zimmer nehmen und mich den ganzen Tag dort mit dir einschließen. Es müsste wundervoll sein, einmal auf alle Pflichten und Regeln zu verzichten."

„Aber du tust es nicht."

„Nein, bis zwischen uns beiden alles geklärt ist und wir wissen, wie es mit uns weitergehen soll, werde ich mich bemühen, mich zu benehmen und zurückzuhalten. Das geht natürlich nur, wenn du mich unterstützt und nicht zu sehr in Versuchung führst."

„Wenn du also mitten in der Nacht zu mir kommst, bin ich selbst dafür verantwortlich", ergänzte sie trocken.

Dan nickte zufrieden. „Genau. So ist es." Er strich ihr übers Haar und wandte sich zur Tür. „Wir sehen uns beim Frühstück."

Kimberly blickte ihm amüsiert nach. Dan war heute Morgen zweifellos in allerbester Verfassung. Er wirkte so glücklich und zufrieden. Still lächelte sie vor sich hin. Es war ganz gewiss auch ihr Verdienst, dass es ihm gut ging, und sie gestand sich ein, dass sie sich darüber freute, so viel Einfluss auf ihn zu haben.

Zu Kimberlys Überraschung machte Andrea aus ihrer Sitzung eine ganz große Schau. Sie erschien an diesem Vormittag in einem weinroten Kaftan mit farblich darauf abgestimmten Turban und flößte sogar Kimberly etwas Ehrfurcht ein. Julia, Mrs. Lawson und Tante Milly hatten sich ebenfalls eingefunden und warteten voller Spannung auf den Beginn der Sitzung.

Während Andrea mit gewichtiger Miene die letzten Vorbereitungen traf, beschloss Kimberly, die Sache möglichst ernst zu nehmen, um den anderen nicht den Spaß zu verderben. Gutmütig nahm sie auf dem Stuhl Platz, den Andrea ihr zuwies.

„Sie ist wirklich gut", flüsterte Julia ihr überzeugt zu. „Vor ein paar Monaten hat sie mir vorausgesagt, dass Mark und ich uns verloben würden. Und dazu ist es tatsächlich gekommen."

Milly nickte bekräftigend. „Im letzten Sommer hat sie vorausgesehen, dass ich nach dem Essen in einem Restaurant in Mexiko erkranken würde. Und genauso ist es geschehen."

„Nun, das passiert vielen Menschen, die in einem fremden Land ungewohnte Kost zu sich nehmen", warf Kimberly vorsichtig ein. „Und nachdem ich Mark und Julia kennen gelernt habe, hätte ich ihre Verlobung wohl auch voraussehen können."

Julia lachte. „Verdirb uns doch nicht den Spaß!"

„Julia hat ganz Recht", warf Andrea ein, die jetzt die Karten auf dem Tisch ausbreitete. „Es macht keinen Spaß, wenn man die Vorausdeutungen rein verstandesmäßig betrachtet und dann für jede Aussage eine logische Erklärung sucht."

„Schon gut, ich werde keine Zweifel mehr anmelden“, versprach Kimberly.

„Hast du dir schon einmal die Karten legen lassen?“ fragte Andrea.

Kimberly schüttelte den Kopf. „Nein.“

„Nun, dann solltest du vorher wissen, dass alle Karten in einer ganz bestimmten Beziehung zueinander stehen und jede einzelne ihre Bedeutung hat. Das gesamte Kartenfeld ist in verschiedene Bereiche eingeteilt, die irgendwie dein Leben bestimmen. Beruf, Gesundheit. Liebe ...“

„Oh, das ist interessant. Ich bin wirklich gespannt, was das Schicksal in Bezug auf die Liebe für mich bereithält.“

„Als ob wir das nicht längst alle wüssten“, warf Mrs. Lawson trocken ein.

„Bist du bereit, Kim?“ fragte Andrea.

Sie nickte. „Ja.“

Mit feierlicher Miene begann Andrea jetzt die Karten, die mit der bebilderten Fläche nach unten lagen, nacheinander umzudrehen.

„Hervorragend“, murmelte sie, nachdem sie das bunte Bild äußerst konzentriert betrachtet hatte. „Beruflich wirst du sehr erfolgreich sein. Geld ist kein Problem für dich. In diesem Quadrat lässt sich ablesen, ob es in deinem Leben Veränderungen oder besondere Ereignisse geben wird“, sagte sie erläuternd. „Aha, hier liegt ein Pik-Ass. Hm, das ist nicht so gut. Das deutet auf ein unangenehmes Ereignis hin. Es könnte sogar äußerst unangenehm werden. Möglicherweise gerätst du in Gefahr. Nun, das ist jedenfalls kein Grund, beunruhigt zu sein. Hier.“ Sie tippte auf eine der Karten. „Der Herz-König steht dir zur Seite.“

Andreas Weissagung schien kein Ende nehmen zu wollen. Kimberly fiel auf, dass die Aussagen sehr allgemein gehalten waren und eine schlechte Nachricht sofort durch eine gute wieder aufgehoben oder zumindest abgemildert wurde.

Kimberly hatte große Lust, aufzustehen und den ganzen Hokuspokus zu beenden. Doch die anderen hatten so viel Spaß an der Sache, dass sie sie nicht enttäuschen mochte.

„So, und jetzt wenden wir uns deinem Liebesleben zu“, erklärte Andrea schließlich.

Ihre Zuhörer beugten sich gespannt vor. Kimberly presste verlegen die Lippen zusammen und fragte sich unbehaglich, ob wohl jeder im Raum wusste, wie sie die Nacht verbracht hatte.

„Tja“, meinte Andrea, nachdem sie die Karten eingehend studiert hatte. „Es sieht ganz so aus, als wollte er nicht mehr von deiner Seite weichen. Wenigstens ist er zuverlässig.“

„Wie bitte?“ brachte Kimberly mühsam hervor. „Ist das alles, was für ihn spricht?“

„Natürlich nicht. Es besagt nur, dass du ihm vertrauen kannst, wenn er auch nicht ohne Fehler ist.“

„Welcher Mann ist das schon“, bemerkte Julia.

„Von Zeit zu Zeit kann er sehr aufbrausend, wenn nicht gar jähzornig sein“, fuhr Andrea unbeirrt fort.

„Wie Julia schon sagte“, murmelte Mrs. Lawson. „Jeder Mann fährt manchmal aus der Haut.“

„Ich sehe noch etwas. Auch in diesem Bereich steht das Zeichen für Gefahr. Ich weiß nicht, was es bedeutet, aber du wirst Angst haben, Kim.“

„Angst? Wovor?“

Andrea schüttelte den Kopf. „So genau lässt sich das nicht bestimmen, ich sehe Dunkelheit. Dunkelheit und Silber ...“

Kimberly zuckte zusammen. In Gedanken sah sie unwillkürlich eine finstere Gestalt, die sie mit einem Dolch bedrohte. Aber das war doch längst vorbei. Das war Vergangenheit. „Ein Mann?“ fragte sie mit rauer Stimme.

„Vielleicht, vielleicht auch nicht.“ Andrea runzelte besorgt die Stirn und wandte sich dann der nächsten Karte zu. Sie machte noch einige allgemeine, recht vage Aussagen und lehnte sich schließlich zurück.

„War es das?“ fragte Milly.

„Ja, das war's."

„Wie es scheint, solltest du dich vor einem dunkelhaarigen Mann mit Silberfäden an den Schläfen in Acht nehmen, Kim", meinte Julia lachend. „Vermutlich hegt er ernste Absichten."

„Aber du kannst ihm immerhin vertrauen", warf Milly mit fester Stimme ein.

„Meiner Meinung nach deuten Andreas Aussagen auf eine Person hin, die wir alle sehr gut kennen", sagte Mrs. Lawson lächelnd.

„Nun, auf jeden Fall hat es Spaß gemacht", sagte Kimberly, während sie aufstand. „Und jetzt müsst ihr mich bitte entschuldigen. Wenn ich mich nicht ganz energisch in die Arbeit stürze, wird sich Andreas Hinweis auf meinen beruflichen Erfolg kaum bewahrheiten können."

Kimberly war bereits an der Tür, als Andrea sie am Arm zurückhielt. Der durchdringende Ausdruck in den Augen der alten Dame erstaunte sie.

„Die Karten lügen nicht, Kim. Glaube bitte nicht, dass es sich hier um einen simplen Taschenspielertrick handelt."

Kimberly lächelte sie freundlich an. „Ich werde es mir merken, Andrea. Danke. Wie laufen übrigens die Vorbereitungen für die Party?"

„Wunderbar!" rief Milly aus. „Heute gehen die Einladungen raus, und am Samstag startet die große Feier bereits."

„Ist der Termin nicht doch ein bisschen zu kurzfristig angesetzt?"

Andrea schüttelte den Kopf. „Aber nein. Wir haben alles im Griff und genauestens berechnet. So, und jetzt sieh zu, dass du an die Arbeit kommst, Kind. Milly und ich haben auch noch viel zu tun. Wir wollen heute das Menü zusammenstellen."

Milly nickte zustimmend. „An dieser besonderen Party soll einfach alles stimmen."

„Was macht die Party denn zu so einem besonderen Ereignis?" fragte Kimberly neugierig.

Milly sah sie überrascht an. Dann schmunzelte sie amüsiert. „Nun, du bist hier. Ist das nichts? Wir geben diese Party natürlich dir zu Ehren. Wie du weißt, ist die Familie dir zu großem Dank verpflichtet. So, jetzt lauf aber, meine Liebe. Sonst bekommst du deinen Roman nie fertig."

Kimberly seufzte. „Die Gefahr besteht allerdings."

Suchend ließ Dan seinen Blick über die zahlreichen Partygäste schweifen, die sein Haus bevölkerten. Wo war Kim? Milly und Andrea waren so bemüht, sie jedem ihrer Gäste vorzustellen, dass er sie bis jetzt kaum zu Gesicht bekommen hatte.

Dan war überzeugt, dass viele der hier Anwesenden ihre Bücher gelesen hatten und daher sehr interessiert waren, die Autorin einmal persönlich kennen zu lernen. Andere waren wahrscheinlich neugierig auf sie, weil sie ihr Bild im Zusammenhang mit Scotts Entführung in der Zeitung gesehen hatten. Ganz besonders interessant wurde sie Julias und seinen Bekannten natürlich durch die Tatsache, dass sie jetzt in seinem Hause wohnte und wie ein Familienmitglied behandelt wurde. Das gab natürlich zu Spekulationen Anlass. In der vergangenen halben Stunde hatte er mindestens drei Unterhaltungen zufällig mit angehört, in denen es um seinen angeblich bevorstehenden Hochzeitstermin ging. Dabei hatte er nun wirklich nichts getan, um derartigen Gerüchten Nahrung zu geben.

Mittlerweile würde wohl auch Kim erkannt haben, wie ihre Anwesenheit auf der Party bewertet wurde. Er fragte sich, ob sie womöglich ungehalten darüber war. In diesem Augenblick entdeckte er sie auf der gegenüberliegenden Seite des Raumes, und ihre Blicke trafen sich. Sie wirkte ein wenig gehetzt auf ihn. Aber vielleicht bildete er sich das auch nur ein. Sie trank ihm zu und wandte sich dann wieder der Gruppe zu, die sich um sie geschart hatte und an allem, was sie sagte, brennend interessiert zu sein schien.

Dan schlenderte an die Bar und ließ sich nochmals einschenken. Dann suchte sein Blick wieder Kimberly. Fasziniert beobachtete er sie. Sie sah wunderschön aus in ihrem neuen Kleid, das sie gestern während ihres Einkaufsbummels mit Julia erstanden hatte. Wenn doch diese Party nur endlich vorbei wäre! Er war es leid, sie den ganzen Abend mit den anderen teilen zu müssen.

Und während er sie versunken betrachtete, begann er zu träumen. Er stellte sich vor, wie es sein würde, wenn er sie in die Arme schloss, nachdem all diese Leute endlich gegangen waren. Er würde die Spangen aus dem hochgesteckten Haar lösen, so dass es weich auf ihre Schultern fiel. Er würde ihr das Kleid ausziehen und ihre Brüste ... Stopp! befahl er sich selbst. Er musste vernünftig sein. Es war gewiss nicht gut, mit ihr zu schlafen, solange nicht alles zwischen ihnen geklärt war. Da war zum Beispiel sein Gespräch mit dem Anwalt in Los Angeles. Er musste ihr davon erzählen.

Stan kam auf ihn zu und leistete ihm Gesellschaft. Mit dem Ellenbogen stieß er dem Freund sacht in die Seite und deutete dann auf Kimberly. „Sie macht ihre Sache sehr gut."

„Das kann man wohl sagen. Als Einzelgängerin, die Menschenansammlungen verabscheut, leistet sie hier ihr Meisterstück."

Stan zuckte die Schulter. „Ach, irgendwie sind wir doch alle Einzelgänger."

„Wie kommt es nur, dass du nach ein paar Whisky immer so tiefsinnig wirst?"

„Wie kommt es, dass du immer denkst, ich hätte keinen Verstand?"

„Das denke ich nicht."

„Sie passt gut zu dir, Dan. Ich mag sie."

„Da ich deine kritische Einstellung deinen Mitmenschen gegenüber kenne, weiß ich, wie ich deine Worte einzuschätzen habe. Zufällig stimme ich mit dir überein."

„Wann also wirst du die Angelegenheit regeln, die jetzt noch zwischen euch steht?"

„Ich habe bereits ein Treffen verabredet."

„Auf neutralem Boden?"

Dan nickte. „In der Halle eines Hotels in San Francisco."

„Bist du sicher, dass es der richtige Weg ist?"

„Hast du eine bessere Idee?" fragte er herausfordernd.

„Nein." Stan seufzte.

„Ich möchte, dass sie sich völlig von der Vergangenheit befreit. Und das geht nur, wenn sie sich damit auseinander setzt. Außerdem würden sie nicht aufhören, sie zu bedrängen. Sie sind verzweifelt."

„Du willst Kim also vor vollendete Tatsachen stellen?"

„Freiwillig würde sie einem Treffen mit ihren Großeltern niemals zustimmen."

Stan schüttelte besorgt den Kopf. „Hoffentlich geht das gut. Manche Frauen mögen keine Überraschungen."

„Kim wird verstehen, warum ich es tun musste. Später wird sie einsehen, dass es die einzige Möglichkeit war."

„Hoffentlich", sagte Stan nur. „Ich wünsche dir jedenfalls Glück."

Kimberly gelang es endlich, sich von den Leuten, die sie umringten, zu lösen. Sie trat auf die Terrasse hinaus und atmete erleichtert auf. Sie dachte an die vielen Menschen, die sie an diesem Abend kennen gelernt hatte, und seufzte. Es bestand kein Zweifel, dass jeder einzelne in ihr die zukünftige Mrs. Cavenaugh sah. Und keiner der Cavenaughs hatte etwas getan, um diesen Eindruck zu korrigieren. Nicht einmal Dan.

Sie fragte sich, was an diesem Abend wohl in ihm vorgegangen sein mochte. Jedes Mal wenn sie ihn angesehen hatte, hatte er sehr nachdenklich auf sie gewirkt. Sie hatte geglaubt, ihn bereits sehr gut zu kennen, doch seit einigen Tagen verstand sie gar nichts mehr. Seit jener Nacht, in der sie miteinander geschlafen hatten, war Dan nicht wieder zu ihr gekommen. Sie wusste einfach nicht, wie sie sich dieses Verhalten erklären sollte. Wollte er rücksichtsvoll sein und sich tatsächlich gut benehmen, wie er behauptet hatte, oder hatte er einfach kein Interesse mehr an ihr?

„Ist es nicht zu kalt hier, Kim?"

Beim Klang von Stans dunkler Stimme drehte sie sich herum. Sie mochte diesen großen verschlossenen Mann, obwohl sie ihn noch immer nicht recht einordnen konnte. „Ich brauchte etwas frische Luft. Amüsieren Sie sich gut, Stan?"

„Na ja." Er verzog das Gesicht zu einer Grimasse. „Ich halte nicht viel von Partys", gab er zu.

„Ich auch nicht. Und Dan?"

„Sie wissen noch nicht sehr viel über ihn, nicht wahr?"

Überrascht von seiner Frage schüttelte Kimberly den Kopf. „Manchmal denke ich, dass ich ihn kenne. Doch dann gibt es Augenblicke, in denen ich überhaupt nichts mehr weiß."

„Ihm geht es mit Ihnen genauso, Kim. Das liegt in der Natur der Sache."

„Aha." Sie streifte ihn mit einem amüsierten Blick. „Wie kommt es, dass Sie sich so gut auskennen?"

Stan hielt sein Glas hoch und betrachtete es bezeichnend. „Das liegt am Whisky. Er weckt meine geistigen Kräfte und mein Denkvermögen. Das habe ich Dan vorhin auch schon erklärt."

„Faszinierend. Ist Ihnen noch etwas aufgefallen?"

„In Bezug auf Dan und Sie? Nur das Offensichtliche, würde ich sagen."

„Und das ist?"

„Dass ihr gut zueinander passt", sagte er. „Er braucht Sie, Kim!"

„Da bin ich mir gar nicht so sicher", meinte sie nachdenklich. „Es gibt bereits so viele Menschen, die zu ihm gehören. Warum sollte er auch mich noch brauchen?"

„Weil Sie fähig sind, all das von ihm fern zu halten, wovon er sich sonst überrollen lässt. Sie können ihm eine ganz andere Welt bieten, in der er sich erholen und neue Kraft tanken kann. Er braucht jemanden, der sich um ihn sorgt und bei dem er an allererster Stelle steht."

„Vielleicht ist das genau das, wonach ich mich auch sehne,

Stan. Jeder wünscht sich, bei einem anderen an erster Stelle zu stehen."

„Und Sie denken, dass das bei Dan unmöglich ist?"

„Es wäre bei jedem Mann in seiner Position unmöglich."

„Sie kennen ihn wirklich noch nicht gut. Geben Sie ihm eine Chance, Kim. Und ..." Er zögerte und sah sie bittend an. „Und gehen Sie nicht zu hart mit ihm ins Gericht, wenn Sie ihn in bestimmten Situationen einmal nicht verstehen können. Er ist nur ein Mann."

„Sie auch", entgegnete sie neckend. „Halten Sie sich wirklich für geeignet, mir ihre eigene Spezies zu erklären?"

Stan trank einen kräftigen Schluck Whisky. „Wahrscheinlich bin ich es nicht, aber ich hielt mich dazu berufen."

„Sie mögen Dan sehr, nicht wahr?" erkundigte sie sich mit weicher Stimme.

„Er hat mir vor langer Zeit einmal das Leben gerettet. Später bot mir das Schicksal die Chance, für ihn das Gleiche zu tun. So etwas verbindet zwei Menschen wohl für immer."

„Wie hat er Ihnen das Leben gerettet, Stan?"

„Ach, das ist doch jetzt nicht wichtig."

Kimberly hatte den Eindruck, dass Stan es bereits bereute, dieses Thema überhaupt angeschnitten zu haben.

„Es war irgendwo im Mittleren Osten, und ich war mitten in einen politischen Aufstand geraten. Ich befand mich in einer geradezu ausweglosen Lage, aber Dan hat das Unmögliche geschafft und mich schließlich herausgeholt."

Kimberly hatte unwillkürlich den Atem angehalten. „Ich hätte nicht gedacht, dass das Im- und Exportgeschäft so gefährlich ist."

„Nun, das ist es eigentlich auch nicht. Es kommt natürlich darauf an, wohin die jeweiligen Reisen gehen."

„Und wie war es, als Sie ihm das Leben retteten?"

„Es war reiner Zufall, dass ich gerade in dem Augenblick hinzukam, als Dan in einer dunklen Seitengasse, ganz in der Nähe unseres Hotels in Hongkong, von drei Männern überfallen wurde.

Sie waren mit Messern auf ihn losgegangen." Er lachte leise auf. „Zum Glück habe ich ebenfalls immer ein Messer bei mir, und ich kann recht gut damit umgehen."

„Oh."

Stan sah sie ernst an. „Sagen Sie Dan bitte nicht, dass ich Ihnen das erzählt habe. Er würde mir den Hals umdrehen, wenn er wüsste, dass ich Sie mit diesen Geschichten ängstige."

„Und warum haben Sie es dennoch getan?" fragte sie ahnungsvoll.

„Ich nehme an, um Ihnen klar zu machen, dass Dan viele Seiten hat."

„Das weiß ich, Stan."

„Natürlich wissen Sie das." Er wirkte plötzlich erleichtert. „Sonst würden Sie ihn nicht lieben, nicht wahr?"

Kimberly schluckte. Sie wollte ihm widersprechen, doch sie bekam kein einziges Wort heraus. Noch ehe sie sich wieder gefasst hatte, hatte Stan sein Jackett ausgezogen und es ihr über die Schulter gehängt. „Hier", sagte er, „wenn Sie sich noch länger hier draußen aufhalten wollen, sollten Sie das tragen." Er nickte ihr zu und ging ins Haus zurück.

Tief in Gedanken versunken, verließ Kim die Terrasse und schritt die Stufen zum Garten hinunter. Sah man es ihr tatsächlich schon so deutlich an, dass sie sich in Dan verliebt hatte? Sie war jetzt zu befangen, um sofort zu den anderen zurückzukehren. Sie musste noch ein paar Minuten allein sein. Nach einer Weile erreichte sie die Mauer, die das Cavenaughsche Grundstück zu einer Art Festung machte. Unwillkürlich malte sie sich aus, was wohl geschehen würde, wenn sie jetzt versuchte, sie zu überwinden. Eigentlich würde nur die Alarmanlage ausgelöst werden, aber sie konnte sich gut vorstellen, welche Aufregung das bei den Bewohnern und Gästen des Hauses bewirken würde. Wenn ich wollte, könnte ich allen den Spaß an der Party ganz gehörig verderben, dachte sie mit einem Anflug von Trotz. Aber nein, das durfte sie nicht tun. Milly und Andrea würden ihr einen solchen Unfug wahrscheinlich niemals verzeihen. Nach einem letzten bedauernden Blick auf die Mauer, drehte sie sich um und trat zögernd den Rückweg an. Plötzlich blieb sie wie versteinert stehen. Fassungslos starrte sie auf die in ein weißes Tuch gehüllte Gestalt, die ihr, nur wenige Schritte entfernt, den Weg versperrte.

Kimberly glaubte nicht an Gespenster. Trotzdem war sie zu Tode erschreckt. Und dann sah sie den Dolch, den die Gestalt drohend auf sie richtete. Sie begriff sofort, das war kein Scherz. Es war tödlicher Ernst, und diese Person trachtete ihr nach dem Leben.

Kimberly schrie gellend auf. Doch dann merkte sie, dass sie sich den Schrei nur einbildete. Wieder versuchte sie zu schreien, doch über ihre Lippen kam lediglich ein leises Röcheln.

In diesem Augenblick setzte sich die Gestalt in Bewegung und kam langsam auf sie zu. Jetzt endlich löste sich Kimberly aus ihrer Erstarrung. Laut und gellend durchschnitt ihr Schrei die nächtliche Stille. Zugleich war ihr bewusst, dass man sie im Haus wahrscheinlich gar nicht hören konnte. Sie hatte nur eine Wahl. Sie musste flüchten, wenn sie nicht in die Hände dieses Ungeheuers fallen wollte.

Da ihr der Weg nach vorn versperrt war, drehte sie sich, lief ein Stück zurück und bog dann in einen Seitenpfad ein. Doch ihr Verfolger schnitt ihr auch diesen Weg ab.

Schlagartig erkannte sie ihre einzige Chance: Sie musste die Kelterei jenseits der Mauer erreichen und von dort aus im Privathaus anrufen. Stans Jackett rutschte ihr von der Schulter, aber sie achtete nicht darauf. Sie lief um ihr Leben.

Ein hastiger Blick zurück zeigte ihr, dass die Gestalt die Verfolgung nicht aufgegeben hatte, doch das lange wehende Gewand behinderte sie offensichtlich. Kimberly erkannte, dass sie dadurch einen geringen Vorteil hatte, und dieses Wissen verlieh ihr neue Kraft. Sie war noch immer in Gefahr, aber sie konnte entkommen, wenn sie durchhielt und klug handelte.

Sie sprang fast über die Mauer und erreichte bald darauf die

Kelterei. Sie drückte die Klinke nieder und rüttelte daran. Doch die Tür war verschlossen. Kurz entschlossen zog sie einen Schuh aus und zertrümmerte damit die Milchglasscheibe. Sie griff durch das Loch und öffnete die Tür von innen.

7. KAPITEL

Kimberly hatte gehofft, Zuflucht in der Kellerei zu finden. Doch dann merkte sie, dass sie hier nur noch mehr in Panik geriet. In den vielen Tanks brodelte es, und diese unheimlichen Geräusche strapazierten ihre Nerven zusätzlich.

Verzweifelt versuchte sie, sich Dans Worte in Erinnerung zu rufen. Er hatte ihr bei einer Führung durch die Kellerei erklärt, dass der frische Most zur Gärung in die Tanks gefüllt wurde. In dem Augenblick, in dem die Hefepilze auf den Fruchtzucker des Mostes stießen, begann die Weinhefe den Zucker in Kohlensäure und Alkohol zu spalten.

Damals hatte sie gelacht, als Dan ihr erklärte, dass die Gärung oft ein sehr stürmischer Vorgang sei, der einen Laien durchaus in Angst und Schrecken versetzen könne.

Erst jetzt bekam sie einen Eindruck von dem, was er gemeint hatte. Nun war sie froh, ihm so gut zugehört zu haben. Denn das Wissen um die technischen Vorgänge beruhigte sie nun und gab ihr die Kraft durchzuhalten.

Dann sah Kimberly die Treppe, die sie unbedingt erreichen musste. Sie führte direkt zur Tür des Probierstübchens, in dem ein Telefon stand und ein Feuermelder an der Wand hing. Zu ihrem Entsetzen brannte direkt über der Treppe eine Lampe. Sie strahlte zwar nur ein sehr dämmriges Licht aus, doch es war immerhin so hell, dass ihr Verfolger sie sehen konnte.

Der kalte Schweiß brach ihr aus. Mehr und mehr versetzten die Geräusche um sie herum sie in Panik. Kamen sie nun von den

Tanks, oder hörte sie bereits die Schritte oder gar den keuchenden Atem ihres Verfolgers?

Dan, wo bist du? durchfuhr es sie. Ich brauche dich! Einen Augenblick verharrte sie lauschend im Schutz des letzten Tanks. Sie hatte keine Wahl: Sie musste die Treppe hinauflaufen. Wenn sie jetzt einfach losrannte, war ihr Verfolger vielleicht so überrascht, dass sie einen Vorsprung gewann und genug Zeit fand, um sich zu verbarrikadieren.

Kimberly holte noch einmal tief Luft, raffte ihr Kleid hoch und lief dann so schnell sie konnte die Treppe hinauf. Sie sah die rettende Tür bereits dicht vor sich, doch instinktiv wusste sie, dass es zu spät war. Ihr Verfolger war ihr unmittelbar auf den Fersen. Er musste ihren Plan durchschaut haben.

Sie griff nach der Klinke, stieß die Tür auf und stolperte in den Raum. Es ist aus, durchfuhr es sie unentwegt, ich habe verloren. Dennoch gab sie sich nicht geschlagen. Verzweifelt warf sie die Tür hinter sich ins Schloss. Doch sie war kaum eingeschnappt, als von der anderen Seite bereits wieder die Klinke niedergedrückt wurde.

Kimberly stemmte sich mit dem Rücken dagegen, doch ihr Verfolger war stärker. Millimeter um Millimeter öffnete er die Tür. In ihrer Not lief sie auf die Weintheke in der Mitte des Raumes zu. Ihr Blick glitt flüchtig über die mit vollen Weinflaschen und Gläsern gefüllten Regale. Ohne nachzudenken ergriff sie eine Flasche. Als Waffe konnte sie dem Vergleich mit einem Dolch zwar nicht standhalten, aber sie war besser als nichts. Auf keinen Fall wollte sie diesem Verrückten völlig wehrlos ausgeliefert sein. Während Kimberly den Flaschenhals fest umklammerte, holte sie weit aus und zertrümmerte die Flasche dann an der Thekenkante.

Das Glas ging klirrend zu Bruch, der Wein spritzte über die Theke und ergoss sich auf den Boden. Die noch immer in ihr langes weißes Gewand gehüllte Gestalt hatte jetzt die andere Seite der Bar erreicht. Sie hielt inne und richtete den Dolch in drohender Gebärde auf Kimberly.

Ihr Gegner war ihr jetzt so nah, dass sie zum ersten Mal seine Augen sah, die sie bösartig und mordlüstern fixierten.

„Cavenaugh bringt Sie um, wenn Sie mir auch nur ein Haar krümmen!" schrie Kimberly ihn an.

„Zur Hölle mit Cavenaugh!" erwiderte die Gestalt barsch.

Kimberly achtete genau auf die Stimme, die dunkel und etwas heiser klang. Allerdings konnte sie sich nicht erinnern, sie je zuvor gehört zu haben.

„Um Cavenaugh kümmere ich mich, wenn es so weit ist. Jetzt bist du an der Reihe." Ohne den Blick von ihr zu wenden, kam der Fremde langsam auf sie zu.

„Dan!" In der Hoffnung, den Mann aus der Fassung zu bringen, schrie Kimberly den Namen gellend heraus. Erst jetzt erkannte sie, dass sie hinter der Bar wie eine Maus in der Falle saß.

Der Mann ließ sich nicht beirren, schaute jedoch wie gebannt auf den abgebrochenen Flaschenhals in ihrer Hand. Offensichtlich hatte er nicht damit gerechnet, dass sie eisern entschlossen war, um ihr Leben zu kämpfen.

Kimberly nutzte diese momentane Ablenkung. Vielleicht war das ihre Chance. Sie griff neben sich ins Regal, nahm eine Weinflasche und schleuderte sie dem Angreifer entgegen. Er bückte sich blitzschnell, so dass die Flasche haarscharf an ihm vorbeisauste und weit hinten im Raum zerschellte.

„Du Hexe!" entfuhr es ihm, als er sich wieder gefasst hatte. Er wollte sich auf sie stürzen, doch nun ging es Schlag auf Schlag. Flasche für Flasche räumte Kimberly das Regal leer und warf eine nach der anderen nach ihrem Verfolger. Plötzlich war sie der Angreifer und dadurch ein wenig im Vorteil.

Während der Mann laut fluchend dem Flaschenhagel auszuweichen suchte, gelang es ihr, sich an ihm vorbeizudrängen. Außer dem abgebrochenen Flaschenhals nahm sie vorsichtshalber noch eine volle Flasche zur Verteidigung mit.

Sobald der Fremde merkte, dass Kimberly sich aus ihrer Falle befreit hatte und in den Raum geflüchtet war, versuchte er, ihr zu folgen. Doch der Boden war durch den ausgelaufenen Wein so rutschig geworden, dass er ausglitt und stürzte. Erst als er zornig einen Schmerzenslaut ausstieß, weil er sich vermutlich an den umherliegenden Scherben verletzt hatte, merkte Kimberly, was geschehen war.

Jetzt oder nie, dachte sie. Mit dem Mut der Verzweiflung eilte sie auf ihn zu. Obwohl er sich bereits wieder aufrichtete, ließ sie sich nicht einschüchtern. Ohne zu zögern holte sie aus und schlug ihrem Verfolger die Flasche auf den Kopf. Lautlos sackte er in sich zusammen und glitt bewusstlos zu Boden.

Kimberly starrte die Gestalt eine Weile fassungslos an. Sie konnte kaum begreifen, dass es ihr tatsächlich gelungen war, diesen brutalen Verbrecher zu überwältigen.

„Kim!“ Dans Stimme riss Kimberly aus ihrer Erstarrung.

Plötzlich war der Raum hell erleuchtet. An der Tür stand Dan mit einem Revolver in der Hand. Dicht hinter ihm sah sie Stan. Er war ebenfalls bewaffnet, und seine grimmige Miene verriet, dass er zum Äußersten entschlossen war. Nun lief Dan auf Kimberly zu und zerrte sie von der Gestalt am Boden fort. Dann schloss er sie in die Arme und hielt sie eine Weile fest umschlungen. Schließlich riss er sich von ihr los und beugte sich über den bewusstlosen Mann.

„Was ist das? Ein Gespenst?“ Kopfschüttelnd steckte er seine Waffe in die Innentasche des Jacketts. „Der ist k.o.“, stellte er trocken fest, wobei er Kimberly so eingehend musterte, als sähe er sie zum ersten Mal. „Sie hat ihn erledigt“, murmelte er.

Stan reckte schnuppernd die Nase in die Luft. „Es riecht, als habe sie dazu die Weinernte eines ganzen Jahres vernichtet.“ Kopfschüttelnd sah er sich um. „Es riecht nicht nur so, es sieht auch so aus.“

„Ich dachte, dass es in dieser Situation auf Ordnung und Sauberkeit nicht so sehr ankäme“, erwiderte Kimberly trocken.

„Oh Kim!“ Dan schloss sie wieder in die Arme. „Es ist nur wichtig, dass du lebst und dir nichts passiert ist.

Kimberly ließ die Flasche und den abgebrochenen Flaschenhals achtlos auf den Boden fallen und umarmte ihn ebenfalls. „Oh Dan, ich fürchtete schon, ihr würdet niemals kommen."

„Es sieht überhaupt nicht danach aus, dass du uns dringend gebraucht hättest", meinte Stan grinsend, und seine Stimme drückte unverhohlene Bewunderung aus. „Offensichtlich kommst du sehr gut allein zurecht. Ehe wir beide uns das nächste Mal in eine Schlägerei verwickeln lassen, sollten wir sicherstellen, dass Kimberly dabei ist, Dan."

„Sie wird dabei sein, Stan. Nicht eine Sekunde lasse ich sie jetzt noch aus den Augen."

„Wie habt ihr mich gefunden?" fragte Kimberly nun.

„Du hast beim Überqueren der Mauer die Alarmanlage ausgelöst", erklärte Dan. „Wir vermuteten, dass nur ein Tier dafür verantwortlich war, wollten es jedoch überprüfen. Dann fiel uns auf, dass du nicht mehr unter den Gästen warst."

„Ich sagte Dan, dass ich dich zuletzt auf der Terrasse gesehen hatte", fügte Stan hinzu. Er beugte sich über die Gestalt am Boden und begann, sie aus ihren Tüchern zu wickeln. Zum Vorschein kam ein etwa fünfundzwanzigjähriger Mann in Jeans und schwarzem Rollkragenpullover.

„Wir konnten uns natürlich nicht vorstellen, dass du so dumm sein könntest, mitten in der Nacht über die Mauer zu klettern", fuhr Dan fort.

„Das hatte ich auch gar nicht vor. Ich war ein wenig im Garten und bereits auf dem Rückweg zum Haus, als dieser Mann sich mir plötzlich in den Weg stellte. Ich sah keine andere Möglichkeit, als zur Mauer zu laufen und beim Überqueren den Alarm auszulösen."

„Im Garten haben wir Stans Jackett gefunden, und da erst wurde uns klar, dass du dich in Gefahr befinden musstest. Dann entdeckten wir die zerbrochene Scheibe in der Tür zur Kellerei, und kurz darauf hörten wir den Lärm." Er verzog den Mund und sah sich seufzend um. „Es sind übrigens einige meiner besten Cabernet Sauvignon dabei zu Bruch gegangen. Vielleicht schicke ich dir eine Rechnung."

„Du hast Nerven!"

„Na ja", meinte er nachgebend. „Wenn ich es recht bedenke, ist mir dein Wohlergehen jeden Preis wert." Er ließ sie los und bückte sich nach dem Dolch, der auf dem Boden lag. „Ruf die Polizei an, Stan", sagte er.

„In Ordnung." Stan nickte und ging ans Telefon.

Erst sehr viel später, es war etwa drei Uhr in der Nacht, kam Kimberly endlich zur Ruhe. Milly und Andrea waren vor Aufregung und Empörung außer sich gewesen, und während die Polizei sie verhört hatte, musste Julia nach Andreas Anweisungen einen der unvermeidlichen Tees zubereiten.

Kimberly war froh, als sie endlich die Tür ihres Zimmers hinter sich schließen konnte. Erst jetzt merkte sie, wie erschöpft sie war. Andererseits war sie noch viel zu aufgeregt, um schon schlafen zu können. Während sie im Bett lag, bemühte sie sich vergeblich, die Erinnerung an das schreckliche Erlebnis zu verdrängen. Sie hatte das Gefühl, dass es noch sehr lange Zeit dauern würde, bis es ihr gelang, das Bild des drohend auf sie gerichteten Dolches zu vergessen.

Kurze Zeit später wurde die Tür zu ihrem Zimmer leise geöffnet und gleich darauf von innen wieder geschlossen. Obwohl es dunkel war und Kimberly nichts sehen konnte, wusste sie, dass Dan ihr Zimmer betreten hatte.

„Dan?"

„Ich sagte bereits, dass ich dich nie wieder aus den Augen lassen werde."

Er stand jetzt dicht neben ihrem Bett, und sie hörte, dass er sich auszog. „Wie steht es mit der Schicklichkeit?" fragte sie. „Ist es dir plötzlich egal, was die übrigen Hausbewohner von mir denken könnten?" Ihre Stimme klang ein wenig spöttisch, doch in Wirklichkeit war sie froh und dankbar, dass er sie gerade in dieser Nacht nicht allein ließ.

„Macht es dir etwas aus, auf die andere Seite zu rutschen? Ich habe es beim letzten Mal vielleicht nicht erwähnt, aber ich ziehe es vor, auf der linken Seite zu schlafen."

„Ich werde es mir merken." Sobald Dan neben ihr lag, kuschelte sich Kimberly an ihn und schmiegte den Kopf an seine Brust.

„Ich freue mich, dass du da bist, Dan. Ich habe solche Angst ausgestanden."

„Das verstehe ich nur zu gut, Kim. Glaub mir, ich kenne dieses Gefühl." Liebevoll strich er ihr übers Haar. „Du hast dich großartig verhalten, Kim. Ich war fest entschlossen, den Kerl umzubringen. Ich habe solche Angst um dich gehabt, Kim, fürchterliche Angst. Auch aus diesem Grund kann und will ich dich heute Nacht nicht allein lassen."

„Ich hätte bestimmt Albträume gehabt", gab sie zu.

„Denkst du etwa, ich nicht? Diese Szene im Probierstübchen wird mich mein Leben lang verfolgen."

„Ich kann mich gar nicht mehr beruhigen oder an etwas anderes denken", flüsterte sie.

„Das ist der Schock, Liebling, nur der Schock. Ich schätze, dass du noch eine ganze Weile darunter leiden wirst."

„Kennst du dich auf diesem Gebiet so gut aus?"

„Ja."

„Dann musst du solche Situationen schon oft erlebt haben."

„So schlimm wie heute war es noch nie. Niemals zuvor habe ich erleben müssen, dass ein Killer meiner Frau nach dem Leben trachtet."

Kimberly hörte ihm schweigend zu. „Meiner Frau" hat er gesagt, dachte sie glücklich und rieb das Gesicht an seiner Brust.

„Tu mir so etwas nie wieder an, Kim."

„Du kannst mir ruhig glauben, dass ich diesen Vorfall keineswegs geplant hatte."

„Du hättest nicht allein in den Garten gehen dürfen."

„Na, hör mal." Sie hob den Kopf und sah ihn trotzig an. „Du

hattest mir lediglich untersagt, die Mauer zu überqueren. Vom Betreten des Gartens war nie die Rede."

Aufstöhnend zog Dan ihren Kopf wieder an seine Brust. „Du hast ja Recht. Was ich dir eigentlich klar machen möchte, ist, dass du in Zukunft keinen Schritt mehr ohne mich gehen darfst."

„Ich weiß zwar nicht, wie das praktisch funktionieren soll, aber ich verstehe."

„Ach, Kim. Es tut mir Leid. Der Vorfall hat mich so mitgenommen, dass ich kaum noch weiß, was ich rede. Heute Nacht wollte ich dir wirklich weder Vorschriften noch Vorwürfe machen."

„Nein? Wolltest du damit bis morgen früh warten?"

„Ja, in der Tat. Das hatte ich vor. Jetzt ist nicht der richtige Zeitpunkt, darüber zu sprechen."

„Warum nicht?"

„Weil du noch unter Schock stehst. Ich sagte dir bereits, dass ich sehr genau weiß, wie du dich jetzt fühlst."

„Wie kommt es, dass du dich so gut auskennst?" fragte sie mit weicher Stimme. „Hast du diese Erfahrungen durch deine Arbeit in der Import-/Exportfirma sammeln können? Was für ein Unternehmen war das eigentlich?"

„Es war fantastisch eingeführt und lief hervorragend."

„Gehört es dir noch immer?"

„Nein, ich habe es vor zwei Jahren verkauft."

„Hast du es bereut? Ich meine, vermisst du die vielen Reisen und die Freiheit, die du damals hattest?"

Dan zögerte mit der Antwort. „Nein, dieser Teil meines Lebens gehört der Vergangenheit an. Jetzt leite ich das Weingut, und das bereitet mir viel Freude. Es ist eine befriedigende Arbeit."

„Ja, das ist wichtig. Ich bin mit meiner Arbeit auch glücklich.

Nachdenklich blickte Dan sie eine Weile an. „Die Arbeit wird dir auf Dauer aber nicht genügen, Kim. Du bist eine sehr sensible leidenschaftliche Frau. Du bist nicht geschaffen, dein ganzes Leben allein zu verbringen."

„Wer sagt, dass ich die Absicht habe, völlig allein zu bleiben?"

Seine Hand glitt ungeduldig über ihren Schenkel. „Ich weiß. Es könnte aber passieren, wenn du weiter nach deinem Josh Valerian suchst und keinen anderen Mann neben ihm gelten lässt. Du träumst von einem perfekten Mann, aber den gibt es nicht, Kim. Ein solcher Mann existiert nur in deinen Büchern und in deiner Fantasie. Doch du selbst liebst das Leben viel zu sehr, um dich auf Dauer mit einem Traumbild zufrieden zu geben."

Der tiefe Ernst in seiner Stimme überraschte Kimberly und hielt sie davon ab, mit ihm zu streiten. „Ich stimme dir zu", sagte sie schließlich leise.

„Wie bitte?" Er stützte sich auf die Ellenbogen und sah sie misstrauisch an.

„Ich stimme dir zu", wiederholte Kimberly lächelnd und legte die Arme um seinen Hals. „Liebe mich, Dan. Ich brauche dich."

„Oh Kim. Du ahnst nicht, wie ich mich nach dir sehne. Doch ich wollte warten, bis du mir selbst sagst, dass du mich brauchst." Er streichelte zärtlich ihren Körper. Dann zog er ihr plötzlich das T-Shirt aus, umfasste ihre Brüste und reizte die rosigen Spitzen, bis sie sich hart aufrichteten.

Kimberly spürte sein wachsendes Verlangen und stöhnte leise auf.

„Berühr mich", bat er mit rauer Stimme. „Kim, du hast Zauberkraft in deinen Händen. Du machst mich verrückt."

Auch er streichelte sie auf erregende Weise, bis sie sich ihm sehnsüchtig entgegendrängte. „Liebe mich, Dan. Bitte. Ich liebe dich so sehr!"

„Kim!" Seine Stimme klang überglücklich und drückte zugleich seine ganze Begierde aus. Und dann nahm er sie. Sie liebten sich so stürmisch und leidenschaftlich, als hätten sie Jahre auf diesen Augenblick gewartet. Doch kurz bevor sie den Gipfel des Glücks erreichten, hielt Dan plötzlich inne. „Sag es noch einmal, Kim", forderte er sie auf. „Sag, dass du mich liebst."

„Ich liebe dich, Dan. Ich liebe dich ..."

Als sie später völlig erschöpft nebeneinander lagen und ihr

Puls sich allmählich wieder beruhigte, strich Dan Kimberly zärtlich das Haar aus dem Gesicht. „Hast du es wirklich so gemeint, Kim?“ fragte er schließlich.

„Ich liebe dich, Dan.“

„Du machst mich sehr glücklich“, murmelte er und umarmte sie. „Vergiss das bitte nie.“

„Wie könnte ich das vergessen?“

„Kim, ich muss ganz sicher sein, dass du weißt, was du sagst. Verstehst du? Ich möchte, dass du dir deiner Gefühle für mich ganz sicher bist und nichts mehr zwischen uns steht. Ich wünsche mir, dass du dich völlig frei zu mir bekennen kannst.“

Eine Weile schwieg sie, dann antwortete sie trocken: „In Ordnung. Mach dir keine Sorgen. Ich werde Josh aufgeben. Es wird den armen Burschen schwer treffen, aber ich denke, er wird's überleben.“

„Kim, ich scherze nicht.“ Eindringlich sah er ihr in die Augen. „Nichts soll zwischen uns stehen.“

„Oh Dan.“ Liebevoll lächelte sie ihn an. „Warum bist du so skeptisch? Ich weiß, was ich sage.“

Reuevoll sah er sie an. „Es tut mir Leid, Kim. Aber es hängt so viel für mich davon ab. Ich möchte, dass du mich übermorgen nach San Francisco begleitest und dort die Nacht mit mir verbringst. Bitte, sag ja.“

„Natürlich komme ich gern mit, Dan. Zweifelst du etwa daran? Ich stelle es mir wundervoll vor, einen ganzen Tag und eine ganze Nacht mit dir allein zu sein.“

„Nun, ich muss allerdings dort auch etwas erledigen.“

„Geschäftlich?“

Dan zögerte mit der Antwort und wirkte plötzlich sehr unsicher. „Gewissermaßen“, meinte er schließlich. Er atmete tief durch und fragte dann vorsichtig: „Kommst du trotzdem mit?“

„Wie kannst du nur fragen. Natürlich!“

Er seufzte. „Schön, das freut mich. Versuch jetzt zu schlafen, Kim.“

Dan schob den Arm unter ihre Schulter, und Kimberly kuschelte sich zufrieden an ihn. Plötzlich fiel ihr ein, dass Dan ihr nicht gesagt hatte, dass er sie ebenfalls liebte.

Aber was bedeutete das schon? Wie nervös er plötzlich geworden war! Es war schon sonderbar, dass es Männern schwer fiel, über ihre Gefühle zu sprechen. Er wird es sich für San Francisco aufheben wollen, dachte sie, ehe sie in einen tiefen traumlosen Schlaf fiel.

Als Kimberly am nächsten Morgen in Dans Armen erwachte, blieb sie reglos mit geschlossenen Augen liegen. Sie fühlte sich so sicher und geborgen, und sie wollte dieses wunderbare Gefühl noch ein wenig auskosten.

„Bist du wach, Kim?“ fragte Dan leise.

„Hm.“ Nach einer Weile fügte sie hinzu: „Dan, ich habe über etwas nachgedacht.“

„Ich habe die Erfahrung gemacht, dass das bei Frauen nicht immer unbedingt ein gutes Zeichen ist.“

„Ich meine es ernst, Dan. Es geht um gestern Nacht. Mir ist etwas aufgefallen.“

„So? Was denn?“

„Nun, es ist doch merkwürdig, dass der Alarm gestern nur einmal ausgelöst worden ist. Und zwar genau in dem Moment, als ich über die Mauer geklettert bin.“

„Das stimmt.“

„Er hätte theoretisch aber auch dann ausgelöst werden müssen, als der Kerl, der mich umbringen wollte, das Grundstück betreten hat. Es sei denn ...“

„Ja? Sprich weiter!“

„Es sei denn, die Anlage war zeitweilig außer Betrieb oder gestört. Es könnte natürlich auch sein, dass es dem Fremden irgendwie gelungen ist, sich unter die Gäste zu mischen.“

„Nein, das ist unmöglich.“ Dan schüttelte entschieden den Kopf. „Stan hat die ganze Zeit am Monitor gesessen und jeden einzelnen Gast genauestens unter die Lupe genommen. Stan ist äußerst gewissenhaft. Ich bin sicher, dass ihm kein Fehler unterlaufen ist."

Aber vielleicht hat er absichtlich einen begangen, dachte Kim.

Sie hütete sich jedoch, diesen Gedanken auszusprechen. Dan sah in Stan seinen Freund, dem er vorbehaltlos vertraute. Sie dagegen kannte Stan kaum. Gut, sie hatte sich mittlerweile an seine knappe und mürrische Art gewöhnt, und sie mochte ihn, dennoch wusste sie nicht recht, wie sie ihn einschätzen sollte.

Gegen Mittag konnte Stan mit ersten Informationen über den Mann aufwarten, der in der vergangenen Nacht verhaftet worden war. „Viel habe ich nicht herausgefunden", meinte er zu Dan und Kimberly. „Der Name des Burschen ist Nick Garwood. Für die Behörden ist er längst kein unbeschriebenes Blatt mehr, allerdings hat man ihm bisher niemals etwas nachweisen können, was zu einer Verurteilung gereicht hätte. Die Polizei geht davon aus, dass er in unserem Fall als gekaufter Killer im Einsatz war und somit einen Auftraggeber hat. Garwood verweigert bis jetzt zwar jede Aussage, aber der Inspektor zeigte sich zuversichtlich. Er ist überzeugt, dass man ihn schon bald zum Reden bringen wird."

„Was ist mit dem Dolch?" fragte Dan. „Weiß man darüber schon etwas?"

Stan schüttelte den Kopf. „Man weiß nur, dass es sich um eine höchst ungewöhnliche Waffe handelt."

Kimberly wunderte sich insgeheim darüber, mit welcher Professionalität Stan und Dan diese Unterhaltung führten. Die Art und Weise, wie sie ihre kriminalistischen Überlegungen anstellten, sich Theorien überlegten und wieder verwarfen, erweckte den Anschein, dass die beiden so etwas nicht zum ersten Mal machten.

„Hast du schon eine Idee, wie dieser Typ überhaupt auf unser Grundstück gelangen konnte?" fragte Dan seinen Freund schließlich.

Stan ballte die Hände zu Fäusten. „Ich weiß es nicht", sagte er mit grimmiger Miene. „Es ist mir unerklärlich. Vielleicht hat er sich unter die eintreffenden Partygäste gemischt und auf diese

Weise eingeschlichen. Aber auch das kann ich mir nicht vorstellen."

„Ist es nicht möglich, dass ihn jemand hereingelassen hat?" fragte Kimberly nachdenklich.

Beide Männer sahen sich überrascht an. „Ist dir klar, was du da andeutest?" fragte Dan entsetzt.

„Ja, natürlich. Es muss ja nicht jemand von der Familie sein, aber es ist doch nicht auszuschließen, dass einer von deinen Bekannten oder Mitarbeitern ..." Sie zuckte hilflos mit der Schulter.

Dan seufzte. „Nein, das ist leider wirklich nicht auszuschließen", stimmte er ihr finster zu. „Wenn ich es recht bedenke, hast du vermutlich sogar den Nagel auf den Kopf getroffen."

„Ich denke, dass es der Polizei gelingen wird, diesen Garwood zum Reden zu bringen", meinte Kimberly mit fester Stimme. „Wenn er tatsächlich einen Auftraggeber hat, wird er kaum bereit sein, die ganze Schuld auf sich zu nehmen."

„Nun, wenn wir davon ausgehen, dass er bei der Entführung die Finger im Spiel hatte, dann wissen wir, dass er mindestens eine Komplizin hatte."

„Ja, diese Frau, die Kim gesehen hat. Wenn die beiden zusammengearbeitet haben, wird es nicht schwer sein, auch auf ihre Spur zu kommen."

Dan seufzte. „Aber irgendwie passt das alles nicht zusammen. Was sollte zum Beispiel die Nadel in der Rose bedeuten? Und warum trug Garwood dieses alberne Gewand? Warum benutzte er einen Dolch, der das Prunkstück einer jeden Kunstgewerbeausstellung wäre? Wozu dieses ganze Theater, wenn es tatsächlich um Kidnapping und Mord geht?"

„Ich begreife es auch nicht." Stan schüttelte den Kopf. „Aber was soll's? Wir werden es schon noch herausbekommen. Ich werde mich jetzt erst einmal um meine Arbeit kümmern." Er stand auf. „Hast du noch immer vor, Kim morgen nach San Francisco mitzunehmen?" erkundigte er sich unvermittelt.

Kimberly wunderte sich über den seltsamen Unterton in Stans

Stimme, den Dan jedoch nicht zu bemerken schien. „Selbstverständlich. Gleich nach der Sitzung mit den Marketingleuten fahren wir los. Hast du etwas dagegen einzuwenden?"

„Würde das etwas ändern?"

„Nein", erwiderte Dan barsch. „Ich weiß, was ich tue."

„Was hat das zu bedeuten, Dan?" fragte Kimberly, nachdem Stan gegangen war.

„Vergiss es, Kim. Wie ich schon sagte: Ich weiß, was ich tue."

„Das bezweifle ich ja nicht. Vielleicht täusche ich mich, aber ich hatte das Gefühl, dass Stan ..." Sie zögerte, ehe sie leise fortfuhr: „Seine Worte klangen wie eine Warnung. Hat er vielleicht etwas dagegen, dass du dich zu sehr an mich bindest?"

„Erstens habe ich mich bereits an dich gebunden, und zweitens ist Stan vermutlich nur eifersüchtig. Er mag dich sehr. Das hat er mir selbst gesagt."

„Oh." Erleichtert atmete sie auf.

Dan ging zu ihr und legte die Hände auf ihre Schulter. „Kim, ich weiß, dass ich manchmal sehr tyrannisch auf dich wirke. Ich verlange dies und das, gebe Anweisungen und erwarte auch noch, dass du sie befolgst. Aber das wird nicht immer so sein. Und glaub mir bitte, dass ich immer nur das Beste für dich will." Eindringlich sah er ihr in die Augen.

„Das weiß ich doch, Dan", sagte sie, aber ihr Blick verriet, dass sie verunsichert war. „Doch warum erzählst du mir das ausgerechnet jetzt?"

„Es ist mir einfach sehr wichtig, dass du mich verstehst."

8. KAPITEL

Irgendwie hatte Kimberley von Anfang an gespürt, dass Dan sie keineswegs nur aus romantischen Motiven mit nach San Francisco nehmen wollte. Aber sie war viel zu verliebt in ihn, um das wahrhaben zu wollen. Als er sie jetzt jedoch in die luxuriös ausgestattete Halle des „Union Square Hotels" geleitete, verdichtete sich ihr unbestimmtes Gefühl zu absoluter Gewissheit. Irgendetwas stimmte nicht. Instinktiv wusste sie, dass ihr eine unangenehme Überraschung bevorstand.

Auch Dans Verhalten ihr gegenüber war ziemlich merkwürdig. Während der ganzen Fahrt war er ungewöhnlich schweigsam gewesen, und hier im Hotel behandelte er sie geradezu schroff.

Nachdem sie die notwendigen Formalitäten an der Rezeption erledigt hatten, führte er sie sofort auf ihr gemeinsames Zimmer und schlug ihr vor, sich schon einmal für das Abendessen umzuziehen. Er selbst habe noch etwas Geschäftliches zu erledigen.

Kimberly redete sich ein, dass er nur deshalb so kurz angebunden war, weil er im Grunde viel lieber bei ihr geblieben wäre. Wahrscheinlich hatte sie sich das alles nur eingebildet, weil sie einfach zu viel von dieser Reise erwartet hatte. Beim gemeinsamen Essen in der gepflegten Atmosphäre des Hotelrestaurants sah sicherlich alles wieder ganz anders aus.

Als Dan sie jedoch später abholte, wusste Kimberley, dass sie sich nur etwas vorgemacht hatte. Die unsichtbare Mauer zwischen ihnen war noch spürbarer als zuvor. Angst kroch in ihr empor und ließ sie erschauern. Fragend sah sie Dan an, doch er wich ihrem Blick geflissentlich aus.

Erst in der Hotelhalle sah er sie an und sagte mit monotoner Stimme: „Wir werden von den Marlands erwartet."

Kimberly war mittlerweile auf alles gefasst, und jetzt gelang es ihr tatsächlich, Haltung zu bewahren und gleichmütig zu erscheinen. Das war nicht der Ort, Aufsehen zu erregen. „Warum hast du das getan, Dan?“ fragte sie leise. „Warum tust du mir ... uns das an?“

Er presste die Lippen zusammen und wirkte einen Augenblick sehr hilflos und unsicher. „Es musste sein“, erklärte er dann mit fester Stimme. „Wenn ich es dir früher gesagt hätte, wärst du niemals mitgekommen.“

„Wie gut du mich doch kennst“, meinte sie spöttisch. Kimberly rieb sich die Schläfen und schüttelte den Kopf. „Ich wusste, dass du dazu neigst, einsame Entscheidungen zu treffen und anderen deinen Willen aufzuzwingen. Aber ich hätte nie geglaubt, dass du so weit gehen würdest.“

Dan nahm ihre Hand und umschloss sie fest. „Bringen wir es hinter uns. Es wird nicht so schlimm sein, wie du vermutest. Vertraue mir.“

„Dir vertrauen?“ Verächtlich zog sie die Mundwinkel herab. „Ich denke, du weißt sehr genau, dass ich dir nie wieder vertrauen werde.“

„Du weißt ja nicht, was du sagst“, fuhr er sie verärgert an. „Mach jetzt bitte kein Drama daraus. Und hab keine Angst. Ich bin bei dir, und ich werde nicht zulassen, dass man dir weh tut.“

„Nein, das besorgst du lieber selber, nicht wahr? Wovor soll ich Angst haben? Was kann mich jetzt wohl noch erschüttern? Ich habe von einem wunderschönen Wochenende mit dir geträumt und mir eingebildet, dass auch du dich darauf freust, dass wir einmal Zeit für uns allein haben. Offensichtlich habe ich mich dazu verleiten lassen, die Träume und Phantasien, die ich sonst in meinen Büchern verarbeite, auf die Realität zu übertragen. Ich hätte wissen müssen, dass solche Träume nichts mit der Wirklichkeit zu tun haben!“

„Ich bin weder Traum noch Einbildung, Kim!“

„Nein. Aber der Mann, in den ich mich verliebt habe, ist es.“

„Wir werden das klären, nachdem du die Marlands kennen gelernt hast.“

„Dan ...“, flüsterte sie kaum hörbar. Sie wollte fortlaufen, aber es war zu spät.

Dan öffnete die Tür zum Restaurant und führte Kimberly an einen Tisch, an dem ein älteres Ehepaar saß, das ihnen aufmerksam entgegenblickte.

Wesley Marland erhob sich und wollte Kimberley die Hand reichen, doch Kimberley übersah diese Geste geflissentlich. Ein wenig irritiert stellte sie allerdings fest, dass seine Augen ebenso bernsteinfarben waren wie ihre.

Schweigend und mit verschlossenem Gesichtsausdruck nahm sie auf dem Stuhl Platz, den Dan für sie zurechtrückte.

„Kim, meine liebe Kim“, murmelte Anne Marland sichtlich ergriffen. „Du hast die Augen deines Vaters.“

„Wenn das alles ist, was ich von ihm habe, kann ich damit leben“, entgegnete sie kalt.

Anne Marland zuckte zusammen und senkte den Blick.

„Kim, bitte ...“ Dans Stimme klang ermahnend.

„Nein, Mr. Cavenaugh, lassen Sie nur. Sie hat das Recht, verbittert zu sein.“

Kimberly reckte stolz ihr Kinn und sah den Mann, der ihr Großvater war, kühl an. „Eines möchte ich von vornherein klarstellen. Ich wollte diese Begegnung nicht. Dan hat mich hintergangen und vor vollendete Tatsache gestellt. Sie verstehen sicher, dass ich diese leidige Angelegenheit jetzt so rasch wie möglich hinter mich bringen möchte.“

Noch ehe jemand darauf antworten konnte, erschien die Servierin an ihrem Tisch und fragte nach ihren Wünschen. Während die anderen zögerten, gab Kimberley mit gleichmütig klingender Stimme ihre Bestellung auf. „Bringen Sie mir bitte ein Glas von Ihrem Hauswein, sofern es sich dabei nicht um einen ‚Cavenaugh‘ handelt.“

„Oh nein, es ist bestimmt kein ‚Cavenaugh‘“, versicherte die junge Frau ihr überrascht. „Cavenaugh-Weine sind viel zu teuer, um im Ausschank angeboten werden zu können.“

Kimberly nickte zufrieden.

Dan bestellte sich einen Scotch mit Eis, und auch die Marlands äußerten nun ihre Wünsche.

Nachdem die Serviererin gegangen war, sah Kimberly ihre Großeltern herausfordernd an. „Kommen wir also zur Sache. Was wollen Sie von mir?"

Weder Wesley noch Anne Marland bekamen auch nur ein einziges Wort heraus. Schließlich versuchte Dan, die Situation zu retten. „Kim, sie wollen dich doch nur kennen lernen. Du hast keinen Grund, so aggressiv zu sein. Entspann dich!"

„Dein Verlobter hat Recht, meine Liebe", warf Mrs. Marland rasch ein. „Wir möchten dich kennen lernen."

Kimberly zog spöttisch die Augenbrauen hoch. „Nun, jetzt kennt ihr mich. Aber was heißt hier Verlobter? Von wem sprecht ihr?"

Wesley Marland runzelte die Stirn. „Mr. Cavenaugh hat uns zu verstehen gegeben, dass ihr beide heiraten wollt."

„Tatsächlich? Davon wusste ich ja noch gar nichts."

„Ich wollte nach diesem Treffen mit dir darüber sprechen", sagte Dan bedächtig, nachdem die Getränke serviert worden waren.

„Oh, dann hattest du also noch eine weitere Überraschung für mich", meinte Kimberly spöttisch. Sie nahm ihr Weinglas und trank einen kräftigen Schluck. „Hm, nicht schlecht", meinte sie anerkennend. „Er schmeckt rein und unverfälscht, was man nicht von jedem Wein behaupten kann."

„Hör auf, Kim", verlangte Dan freundlich. „Du benimmst dich wie ein kleines Kind."

„Aha. Sollten sich die Dinge etwa ein wenig anders entwickeln, als du es dir gedacht hast?" fragte sie höhnisch. „Hast du wirklich erwartet, dass ich meinen lieben Großeltern tränenreich in die ausgebreiteten Arme sinke? Wie gemein von mir, dich so zu enttäuschen. Du tust mir richtig Leid."

Anne Marland sah bekümmert von einem zum anderen. Wesley sagte beschwichtigend: „Kimberly, wir verstehen, wie schwer das für dich ist. Aber wir sahen keinen anderen Weg, um eine Begegnung herbeizuführen. Du hast es bisher kategorisch abgelehnt, uns zu treffen."

„Kategorisch", bestätigte sie.

„Wir mussten dich sehen, Kim", begann Anne Marland leise. „Du bist alles, was uns noch geblieben ist. Lange Jahre haben wir vergeblich nach dir gesucht, doch wir fanden lediglich heraus, dass deine Mutter inzwischen verstorben ist. Erst nachdem du mit deinen Büchern so viel Erfolg hattest, gelang es uns endlich, dich ausfindig zu machen."

Kimberly betrachtete das gealterte, aber noch immer schöne Gesicht ihrer Großmutter und dachte daran, was diese Frau ihrer Mutter angetan hatte. „Sie kommen achtundzwanzig Jahre zu spät, Mrs. Marland."

„Denkst du, das wüssten wir nicht?" fragte Wesley bitter. „Aber wir können das Vergangene nicht ungeschehen machen, sondern nur noch an der Gegenwart und der Zukunft arbeiten." Er atmete tief durch und fuhr fort: „Kim, du bist unsere einzige Verwandte. Nach unserem Tode wirst du unser ganzes Vermögen erben, von dem wir dir schon jetzt einen beträchtlichen Teil überschreiben möchten."

Kimberly starrte ihn an und schüttelte den Kopf. „Glauben Sie wirklich, dass ich auch nur einen Pfennig von Ihrem Geld anrühren würde?"

Die Marlands blickten Kimberley nur hilflos an. Nach einer Weile räusperte Wesley sich. „Verzeih mir, meine Liebe. Es ist nur ..., nun, wir dachten, dass du das Geld ganz gut ..." Er brach ab und atmete tief durch. „Kim, du kannst das Geld auch als Vermächtnis für deine Kinder betrachten."

„Ich habe keine Kinder."

Anne sah befangen zu Dan, dann zu ihr. „Wenn ihr verheiratet seid, möchtet ihr doch sicher auch Kinder haben."

„Bisher war zwischen uns weder von Ehe noch von Kindern

die Rede“, erklärte Kimberly kalt. „Und ich glaube nicht, dass dieses Thema jemals aktuell werden könnte.“ Sie lächelte den Mann an ihrer Seite strahlend an. „Sollten wir bisher immer nur aneinander vorbeigeredet haben?“

Dan sah sie streng und vorwurfsvoll an. „Kim, du machst es uns allen nur unnötig schwer.

„Sieh es, wie du willst“, entgegnete sie barsch.

„Kim, du bist unser Enkelkind“, begann Anne mit zitternder Stimme.

„Zu schade, dass das Kind inzwischen erwachsen geworden ist.“

„Kim, du kannst nicht wissen, was damals geschehen ist“, meinte ihr Großvater ruhig. „Dein Vater war noch so jung und unerfahren. Wir waren überzeugt, dass das Gefühl, das er für deine Mutter empfand, nicht mehr als ein Strohfeuer war. Sein ganzes Verhalten bestätigte uns in unserer Meinung. Nachdem wir alles getan hatten, um die Scheidung in die Wege zu leiten, schien er sehr erleichtert zu sein. Mir ist klar, dass du das nicht gern hörst, aber es ist die Wahrheit.“

„Ist es Ihnen nie in den Sinn gekommen, dass Sie nicht das Recht hatten, über sein Leben zu bestimmen? Haben Sie jemals darüber nachgedacht, was Ihre Einmischung für meine Mutter und mich bedeutete?“

„John hatte auch der Familie gegenüber gewisse Verpflichtungen“, sagte Anne Marland.

„Das verstehe ich nur zu gut.“

„Wirklich?“ Wesley sah sie skeptisch an.

„Natürlich. Es hätte Ihren Stolz schwer getroffen, wenn Sie sich an eine Schwiegertochter aus einfachem Hause hätten gewöhnen müssen. Was ist in Ihren Kreisen schon eine Ehe, in der nicht Geld zu Geld kommt? Ich gebe zu, dass ich mich als Kind oft nach einem Vater und nach Großeltern gesehnt habe. Heute weiß ich allerdings, dass gerade das ein großes Glück für mich war. Ich bin frei und unabhängig aufgewachsen. All der Druck, der auf Menschen aus Ihren Kreisen ausgeübt wird, ist mir erspart geblieben. Es ging auch ohne Großeltern, und heute brauche ich keine mehr. Ich brauche überhaupt niemanden."

Die Worte klangen ihr in den eigenen Ohren wie Hohn. Wäre sie doch niemals Dan Cavenaugh begegnet! Bevor sie sich in ihn verliebt hatte, hätte sie das soeben Gesagte bedenkenlos beschwören können. Aber jetzt?

Anne beugte sich vor und sah ihr eindringlich in die Augen. „Aber du hast Großeltern, Kim. Und wir möchten für dich da sein. Ehe du jede Hilfe von uns ausschlägst, bedenke bitte, dass du im Begriff bist, eine Ehe einzugehen. Jetzt kannst du ein beträchtliches Startkapital in diese Ehe einbringen."

Mit zitternden Fingern setzte Kimberley ihr Weinglas ab und sah Dan an. „Hast du mich deshalb zu diesem Treffen genötigt? Wolltest du zunächst einmal die Höhe meiner Mitgift überprüfen, um festzustellen, ob ich auch würdig bin, in die ehrenwerte Familie Cavenaugh einzuheiraten?"

Dan schlug zornig mit der Faust auf den Tisch. „Du weißt genau, dass es nicht so ist."

Sie glaubte ihm. „Ich weiß", flüsterte sie. „Ich weiß. Du wolltest nur das Beste für mich."

„Das Beste für uns alle, Kim", fügte Wesley hinzu. „Glaub mir bitte. Anne und ich wollten dich nicht noch mehr verletzen. Wir wollten versuchen, das Leid, das wir dir zugefügt haben, wenigstens zum Teil wieder gutzumachen. Du warst das einzige unschuldige Opfer in dieser Angelegenheit."

„Sie vergessen meine Mutter."

Anne tauschte einen kurzen Blick mit Wesley und sah dann wieder Kimberly an. „Ganz unschuldig war sie in unseren Augen nicht, Kimberly."

„Was meinen Sie damit?"

„Sie wurde erst schwanger, als ihre Ehe mit John schon als gescheitert angesehen werden musste. Die Scheidung war bereits eingeleitet, und John unternahm nichts, um die Ehe aufrechtzuerhalten. Sie klammerte sich wohl an die Hoffnung, dass ein Baby die Ehe doch noch retten könnte. Aber wie du weißt, wurde daraus nichts. Seit der Scheidung haben wir nie wieder von ihr gehört, und später gingen wir davon aus, dass dieses Baby wahrscheinlich nie geboren wurde."

„Nun, für sie beide war das sicher am einfachsten. Und es ist mir auch egal." Kimberly schüttelte den Kopf. „Ich will deswegen nicht mit Ihnen streiten. Vielleicht haben Sie Recht. Frauen haben schon Dümmeres aus Liebe getan." Sie spürte Dans fragenden Blick, übersah ihn jedoch. „Es hat doch ohnehin keinen Sinn, in der Vergangenheit zu wühlen. Was geschehen ist, ist geschehen." Sie lächelte zaghaft.

„Kim, es tut uns alles schrecklich Leid", meinte Anne leise. „Wir glaubten damals, richtig zu handeln, aber es war ein Irrtum."

Plötzlich empfand Kimberly Mitleid für die Frau, die sie so traurig ansah. War sie nicht wirklich schon hart genug bestraft?

„Es steht mir nicht zu, Sie zu beurteilen, und ich will es auch gar nicht. Ich denke, dass wir alle bereits genug gelitten haben. Ich wünsche Ihnen beiden alles Gute, und das meine ich ehrlich. Aber ich kann nicht von heute auf morgen in die Rolle Ihres Enkelkindes schlüpfen."

„Du kannst uns Urenkel schenken", stellte Wesley fest.

„Du wirst uns doch deine Kinder nicht vorenthalten, Kim?" erkundigte Anne sich besorgt.

„Damit kann ich leider nicht dienen."

„Noch nicht", fügte Dan trocken hinzu.

Kimberly warf ihm nur einen warnenden Blick zu. Sie fühlte sich matt und ausgelaugt und hatte keine Lust, mit ihm zu streiten.

Lange Zeit fiel kein einziges Wort mehr. Schließlich war es Wesley, der das immer peinlicher werdende Schweigen brach. „Dürfen wir hoffen, dass ihr beide mit uns zu Abend esst?" fragte er leise und sah Kimberly bittend an.

Sie konnte sich seinem Flehen nicht mehr verschließen und nickte. „Gut, wir essen mit Ihnen."

Die Augen ihrer Großeltern leuchteten vor Freude auf, und das zeigte Kimberly, dass sie richtig gehandelt hatte. Sie entspannte sich immer mehr, und ganz allmählich kam eine fast ungezwungene lockere Unterhaltung zu Stande.

Dan beobachtete Kimberly und die Marlands sehr aufmerksam und war froh, dass Kimberly sich endlich gefangen hatte und wieder sie selbst war. Er sah, wie dankbar die Marlands für jedes noch so kleine Lächeln ihrer Enkeltochter waren. Er hatte gehofft, das Richtige zu tun, als er beschlossen hatte, diese drei Menschen zusammenzuführen, aber jetzt war er sich seiner Sache zum ersten Mal sicher. Kimberly würde seine Handlungsweise später bestimmt verstehen.

„Es wäre schön, wenn Sie beide uns recht bald auf unserem Weingut in Napa Valley besuchen würden“, meinte Dan, als er Wesley zum Abschied die Hand schüttelte.

„Vielen Dank“, antwortete Anne erfreut. „Das tun wir nur zu gern.“ Sie sah Kimberly ein wenig unsicher an und wusste offensichtlich nicht, wie sie sich jetzt verhalten sollte.

Dan hielt unwillkürlich den Atem an, doch er konnte unbesorgt sein. Kimberly zögerte nur kurz, dann beugte sie sich vor und gab ihrer Großmutter einen Kuss auf die Wange. Mit Tränen in den Augen drückte die alte Dame Kimberlys Hände.

„Vielen Dank, Kim“, sagte Wesley. „Du hast uns sehr glücklich gemacht.“

„Bedanken Sie sich nicht bei mir, sondern bei Dan. Es war allein sein Werk.“

Wesley Marland schüttelte den Kopf. „Er hat lediglich die Weichen gestellt. Ich hoffe, dass wir uns bald wiedersehen. Gute Nacht, Kim.“ Dann fasste er seine Frau am Arm und führte sie durch die Hotelhalle zum Taxistand vor dem Gebäude. „Du hast es geschafft, Dan. Herzlichen Glückwunsch“, sagte Kimberly ironisch, als sie allein waren.

„Ich hätte nie vermutet, dass du mit einer solchen Überraschung aufwarten würdest.“

„Es ist vorbei, Kim", murmelte er beruhigend und hakte sich bei ihr unter. „Du hast deine Sache sehr gut gemacht."

„Oh ja, ich war großartig. Du kannst dir gar nicht vorstellen, wie fantastisch ich mich jetzt fühle."

Dan bemerkte den spöttischen Unterton in ihrer Stimme und verstärkte unwillkürlich den Druck um ihren Arm. Er hatte plötzlich das Gefühl, dass er sie heute nicht mehr loslassen durfte, wenn er sie nicht verlieren wollte. „Du hast es überstanden, Kim, sagte er eindringlich." Du hast sie kennen gelernt, und jetzt weißt du, dass sie auch nur Menschen sind. Sie sind nicht ohne Fehler, aber sie sind auch keine Ungeheuer. Niemand verlangt, dass du sie vorbehaltlos annimmst oder gar liebst. Aber es war unerlässlich, dass du sie kennen lernst."

„Warum?"

Er seufzte kaum hörbar. Es schien doch schwieriger zu werden, als er vermutet hatte. „Weil ich wollte, dass du deine Angst vor familiären Bindungen verlierst. Ich wollte durch mein Eingreifen verhindern, dass du deinen Ärger über das Fehlverhalten deines Vaters womöglich unbewusst unser Leben lang an mir auslässt. Du solltest frei und unbelastet von der Vergangenheit in die Zukunft sehen können. Kannst du das nicht verstehen, Kim."

„Ich war frei von der Vergangenheit."

„Nein, das warst du nicht", behauptete er mit fester Stimme. „Es stand immer zwischen uns. Von Anfang an warst du aus diesem Grunde gegen mich. Bitte, versteh mich doch. Ich hatte einfach das Gefühl, dass ich dich erst dann ganz haben kann, wenn du deine Vergangenheit bewältigt hast."

Kimberly blieb abrupt stehen und sah ihn kalt an. „Du hast mich bereits gehabt. Oder etwa nicht? Meine Vergangenheit hat nicht mich, sondern nur dich geplagt."

„Kim, es tut mir Leid. Ich habe mich ungefragt in deine Angelegenheiten eingemischt. Aber doch nur, weil ich alles, was dich betrifft, auch für meine Angelegenheit halte."

„Ich mag es nicht, wenn man mich hintergeht und über meinen Kopf hinweg handelt." Sie drehte sich um und ging erhobenen Hauptes auf den Fahrstuhl zu. Dan folgte ihr und nahm wieder ihren Arm. „Versuch doch nur einmal dir vorzustellen, was heute in deinen Großeltern vorgegangen sein muss."

„Ich weiß, dass es ihnen nicht leicht gefallen ist", erwiderte sie, ohne ihn anzusehen. „Ich wette, dass es ihnen vor achtundzwanzig Jahren nicht gelungen wäre, sich zu diesem Schritt durchzuringen. Doch mit der Zeit ändert sich wohl jeder, nehme ich an."

„Jeder, Kim. " Er nickte bestätigend. „Auch du."

Die Tür des Fahrstuhls glitt auf, und sie betraten nacheinander die schmale Kabine. Kimberly lehnte sich an die Wand und zuckte gleichmütig mit der Schulter. „Ja, ich sicher auch. Besuch mich in achtundzwanzig Jahren doch einmal. Dann kann ich es dir genau sagen."

„Soll das heißen, dass du mir vorher nicht vergeben willst?" fragte Dan herausfordernd. „Kim, ich bitte dich. Sei doch nicht so stur. Wenn du erst einmal in Ruhe über alles nachgedacht hast, wirst du einsehen, dass ich nicht anders handeln konnte."

„So? Meinst du?"

Dan holte tief Luft und zwang sich, ruhig zu bleiben. „Ich bin sicher, dass du morgen alles ganz anders siehst. Du bist zu intelligent und vernünftig, um nicht zu erkennen, dass es wirklich das Beste für dich war."

Kimberly antwortete nicht, sondern hielt den Blick starr auf die aufleuchtenden Ziffern gerichtet, die das jeweilige Stockwerk anzeigten, das sie gerade durchfuhren. Auf dem ganzen Weg zu ihrem Zimmer sprach sie kein einziges Wort mehr.

Auch Dan wusste nichts mehr zu sagen. Bis jetzt hatte er sich nur unbehaglich gefühlt, doch plötzlich empfand er Angst. Sobald sie das Zimmer betreten hatten, ging Kimberly an den Kleiderschrank und begann, ihren Koffer zu packen.

„Was hast du vor?" fragte Dan barsch.

„Sieht man das nicht?"

Er ging zu ihr, doch ihr Blick war so kalt und abweisend, dass er nicht wagte, sie zu berühren. „Du meine Güte! Kim, sieh mich doch nicht so an.“

„Dann bedrohe mich auch nicht.“

„Ich bedrohe dich doch nicht. Ich will nur, dass du bleibst.“

„Warum?“

„Weil du zu mir gehörst!“ Seine Miene drückte sowohl Zorn als auch Furcht aus. „Du gehörst zu mir! Hast du das vergessen? Du liebst mich.“

„Ach, Dan.“ Ihre Stimme klang hoffnungslos. „Ich habe es nicht vergessen. Das Problem ist doch, dass du mich nicht liebst. Sonst hättest du mir das nicht angetan.“

„Es schien mir so wichtig, dass du zuerst deine Großeltern kennen lernst. Jetzt können wir über die Zukunft reden.“

„Für mich gibt es keine Zukunft mit einem Mann, der mich nicht liebt.“

„Oh Kim ...“ Nervös fuhr er sich durchs Haar.

„Ein Mann, der mich liebt, hätte mir das Recht zugestanden, meine eigenen Entscheidungen zu treffen. Er hätte vielleicht versucht, mich zu überzeugen, aber er hätte mich nicht hintergangen. Er hätte meine Meinung respektiert und Rücksicht auf meine Gefühle genommen. Ist dir klar, dass ich überzeugt war, dir in jeder Beziehung vertrauen zu können? Ich habe mir wirklich eingebildet, dass du mich verstehst.“

„Aber ich bin ein Mann, Kim!“ In hilfloser Wut ballte Dan die Hände. „Es ist doch klar, dass ich manches anders sehe und beurteile als du. Gut, vielleicht habe ich einen Fehler gemacht. Aber ich hatte nicht die Absicht, dich zu verletzen. Ich wollte nur, dass du dich mit deiner Vergangenheit auseinander setzt. Das ist nun einmal meine Art, mit Problemen umzugehen. Ich setze mich mit ihnen auseinander. Und ich tue nicht so, als existierten sie nicht. Ich ziehe mich nicht in eine Traumwelt zurück, wenn mir im Leben Schwierigkeiten begegnen.“

„Traumwelt! Denkst du, dass ich zwischen den Seiten meiner Bücher lebe?“

„Nun, so war es doch, oder?"

Kimberly starrte ihn an, so als sähe sie ihn in diesem Augenblick zum ersten Mal.

„Du kennst mich überhaupt nicht", sagte sie schließlich und verschwand im Badezimmer. „Kim, warte ..."

Sie reagierte nicht. Kurz darauf kam sie zurück und stopfte ihre Zahnbürste und die anderen Toilettenartikel in den Koffer. Verbissen packte sie alles ein und klappte schließlich den Deckel zu.

„Und wohin gedenkst du zu gehen?" fragte Dan. Er wagte nicht, sie zu berühren, aber ihm war klar, dass er irgendetwas unternehmen musste, um sie aufzuhalten."

„Ich werde schon ein Plätzchen finden, wo ich die Nacht verbringen kann. Allein."

„Du wirst hier übernachten. Bei mir."

„Nein" antwortete sie entschieden.

9. KAPITEL

Kimberly hatte nicht lange gezögert. Sobald sie gegangen war, hatte sie sich einen Mietwagen kommen lassen und das Hotel fluchtartig verlassen. Sie machte sich nichts vor, was den weiteren Verbleib in diesem Hotel betraf: Dan würde am nächsten Morgen vor ihrer Tür stehen und erwarten, dass ihr Zorn über Nacht verraucht war. Vermutlich hielt er sie sowieso nur für launisch. Sie würden endlos weiterdiskutieren, und letztlich würde doch nichts dabei herauskommen.

Du bist eine Närrin gewesen, sagte sie sich selbst. Warum musstest du dich ausgerechnet in Dan Cavenaugh verlieben, und warum machst du dich nachts um eins bei strömendem Regen auf den Weg nach Hause? Doch was blieb ihr anderes übrig?

Sie musste allein sein – wirklich allein. Und diese Fahrt durch

Nacht und Regen, so anstrengend sie auch sein mochte, bot ihr die einzige Gelegenheit dazu.

Je weiter sie sich von San Francisco entfernte, umso ruhiger und gelassener wurde sie. Dan hatte zweifellos Recht gehabt, als er behauptet hatte, als Mann nun einmal ganz anders zu denken und zu handeln, als eine Frau es in bestimmten Situationen tun würde. Wie hatte sie sich nur einbilden können, dass er genauso fühlte und empfand wie sie!

Er war nicht Josh Valerian. Wie oft hatte er sie selbst darauf hingewiesen! Vermutlich hatte er sie damit davor bewahren wollen, ihre Beziehung zu sehr zu idealisieren. Andererseits hatte sie ihn niemals mit ihrer Romanfigur verglichen. Dazu war Dan Cavenaugh viel zu lebendig und einzigartig. Alles an ihm war einzigartig und faszinierend. Und wahrscheinlich hatte sie sich gerade deshalb in ihn verliebt. Eigentlich war ihr von Anfang an klar gewesen, dass sie ihn, wenn sie ihn wirklich wollte, so nehmen musste, wie er war. Und natürlich mochte sie ihn auch, weil er eine so starke Persönlichkeit war.

Doch dass er eigenmächtig dieses Treffen mit den Marlands arrangiert hatte, konnte sie ihm nicht verzeihen. Dan hatte genau gewusst, dass sie ihre Großeltern auf keinen Fall kennen lernen wollte, aber das hatte ihn nicht daran gehindert, sie vor vollendete Tatsachen zu stellen.

Im Großen und Ganzen war dieses Treffen dann allerdings doch anders verlaufen, als sie erwartet hatte. Es war ihr nun unmöglich, die beiden alten Leute weiterzuhassen. Noch war sie sich über ihre Gefühle nicht im Klaren, aber die ungestüme Ablehnung und Verachtung, die sie den Marlands bisher entgegengebracht hatte, waren verflogen. Sie wusste, dass Dan genau das bezweckt hatte, doch leichter hatte er es ihr damit nicht gemacht. Es war viel einfacher, jemanden zu hassen, den man gar nicht persönlich kannte.

Seufzend setzte Kimberly ihre Fahrt fort und atmete erleichtert auf, als ihr die Gegend immer vertrauter wurde. Es war fast vier Uhr morgens, als sie die hundertfünfzig Meilen bis zu ihrem

Haus endlich bewältigt hatte. Müde und erschöpft kramte sie den Haustürschlüssel aus der Tasche. Jetzt sehnte sie sich nur noch nach einem Glas Wein und ihrem Bett.

Sie warf die Tür hinter sich ins Schloss, und dann lief es ihr plötzlich eiskalt über den Rücken. Instinktiv wusste sie, dass sie in dieser Nacht keinen Schlaf mehr finden würde.

Kimberlys Blick fiel zunächst auf die brennende Kerze in einem Messingleuchter auf dem Fußboden in ihrem Wohnzimmer. Darum herum war mit weißer Kreide ein fünfzackiger Stern gezeichnet. Offensichtlich handelte es sich um ein magisches Symbol. Unwillkürlich fühlte sie sich an all das erinnert, was sie über so genannte Schwarze Messen gelesen oder gehört hatte.

„Komm herein, Kimberly Sawyer. Du wirst erwartet."

Erst jetzt bemerkte Kimberly die Gestalt, die im Dunkeln auf ihrem Sofa kauerte. Die Stimme kam ihr bekannt vor, doch ehe sie sie einzuordnen vermochte, erkannte sie entsetzt, dass sich noch zwei weitere Personen in ihrem Haus befanden. Ein Mann sprang auf sie zu und stand nun drohend vor ihr. „Tür zu", verlangte er barsch.

Kimberly sah ein, dass es sinnlos war, einen Fluchtversuch zu unternehmen. Zögernd gehorchte sie.

„Der Zauber ist sehr stark heute Nacht, Herrin", ertönte eine leise weibliche Stimme. „Sie haben es vorhergesehen, und es ist geschehen. Sie ist in unserer Hand."

Kimberly horchte überrascht auf. Auch diese Stimme kam ihr vertraut vor.

„Meine Macht wird von Tag zu Tag größer. Habe ich euch das nicht schon lange vorher gesagt?"

Jetzt wusste Kimberly, mit wem sie es zu tun hatte. Geradezu meisterhaft gelang es ihr, sich ihre Überraschung nicht anmerken zu lassen.

„Hallo, Andrea", sagte sie kühl. Scheinbar belustigt fügte sie hinzu: „Wie ich sehe, bist du vom Kräuterweiblein zur Hexenmeisterin aufgestiegen. Warst du mit Teeblättern und Kaffeesatz nicht mehr zufrieden? Ich wusste gar nicht, dass du dich zu Höherem berufen fühlst."

„Du weißt vieles nicht." Andrea Lewis lächelte, doch ihr Gesichtsausdruck erinnerte kaum noch an die Frau, die im Hause Cavenaugh wie ein Familienmitglied behandelt wurde. Das irre Flackern in ihrem Blick ließ vermuten, dass sie bereits dem Wahnsinn verfallen war. Kimberly spürte, wie ihre Knie weich wurden, doch es gelang ihr, weiterhin Ruhe und Gelassenheit vorzutäuschen.

„Du warst unglaublich dumm, Kim. Und jetzt wirst du dafür bezahlen."

„Nun, diese nächtliche Rückfahrt gehört sicher nicht zu meinen intellektuellen Glanzleistungen, aber so schlimm ist es nun auch wieder nicht."

„Du bist ja noch dümmer, als ich glaubte", meinte Andrea verächtlich. „Du hattest gar keine andere Wahl. Du musstest diese Fahrt antreten, weil ich dich gerufen habe. Nein, meine Liebe, einen Fehler hast du vor etwa zwei Monaten begangen, als du dich in die Angelegenheiten anderer Leute einmischtest."

„Du sprichst von Scotts Entführung?" Kimberly schluckte und atmete tief durch. Andrea sollte auf keinen Fall merken, dass sie sich fürchtete. Sie wandte sich der anderen Frau zu und sah ihr ins Gesicht. „Wir kennen uns ja schon, nicht wahr? Sie waren es, die Scott im Haus gegenüber gefangen hielt. Sehr ernst haben Sie Ihre Aufgabe wohl nicht genommen. Es war ein Kinderspiel, den Jungen dort herauszuholen." Zu Andrea sagte sie: „Ich weiß ja, dass es heutzutage sehr schwer ist, halbwegs gutes Personal zu bekommen, aber musstest du wirklich auf solche Stümper zurückgreifen? Und was hast du dir nur dabei gedacht, als du diese Gestalt mit dem Bettlaken hinter mir hergeschickt hast?" Sie streifte den einzigen Mann im Raum, der plötzlich eine Waffe auf sie gerichtet hielt, mit einem kurzen Seitenblick und deutete dann mit dem Daumen auf ihn. „Ich möchte wetten, dass er vergessen hat, das Ding zu laden."

Der Mann schnaubte zornig und hielt ihr den Revolver unter die Nase.

„Lass den Unsinn", sagte Andrea ruhig. „Ich versichere dir, dass die Waffe geladen ist, Kim", fuhr sie fort. „Aber ich hoffe, dass du ihn nicht zwingst, sie zu benutzen. Ich habe nämlich andere Pläne mit dir, mein Kind."

„Wunderbar! Willst du mir wieder die Karten legen?"

„Ich habe dir schon neulich geraten, meine Worte ernst zu nehmen. Natürlich war mir klar, dass du dich insgeheim über mich lustig gemacht hast. Doch in jener Nacht hast du deine Lektion gelernt, nicht wahr?"

„Warum hast du es nur so umständlich gemacht, Andrea? Warum musste es ausgerechnet dieser Dolch sein, mit dem ich ins Jenseits befördert werden sollte? Nicht, dass ich mich beklage. Es war immerhin recht stilvoll."

Andreas Miene verdüsterte sich, und ihre Augen blitzten. „Es musste sein. Der Dolch ist vor hundert Jahren zum letzten Mal benutzt worden. Du warst als Opfer auserwählt."

„Weil ich die Entführung verhindert habe?" Kimberly nickte verständnisvoll und tat so, als sei das alles völlig logisch. „Wahrscheinlich hattest du ursprünglich Scott als Opfer erwählt."

„Oh nein!" rief Andrea lebhaft aus. „Scotts Entführung geschah ausschließlich aus finanziellen Gründen. Wir brauchten dringend Geld."

„Heißt das, dass deiner Zauberkraft bei der Beschaffung von Geld Grenzen gesetzt sind?"

„Unsinn! Das hat damit gar nichts zu tun."

„Nein? Nun, auf jeden Fall hat dein schöner Plan nicht funktioniert." Kimberly wandte sich den beiden anderen zu und fragte herausfordernd: „Was ist mit euch? Seid ihr etwa genauso verrückt wie sie? Ihr müsstet doch wissen, dass man euch früher oder später fassen wird. Wahrscheinlich hat dieses alberne Gespenst, das mich neulich umbringen wollte, längst bei der Polizei ausgepackt und euch verraten."

„Das hat er nicht", behauptete Andrea fest. „Er weiß nämlich nichts. Die Sache war äußerst sorgfältig vorbereitet. Er kennt seinen Auftraggeber gar nicht. Er wusste lediglich, was und wie er es tun sollte. Andernfalls hätte er kein Geld bekommen."

„Die Polizei wird ihre Schlussfolgerungen ziehen. Der Dolch allein ist schon verräterisch genug."

„Nur die Auserwählten kennen die Bedeutung des Dolches", meinte Andrea gleichmütig. „Das Geheimnis wird sehr sorgfältig gewahrt und von Generation zu Generation weitergegeben. Niemand wird herausfinden, was es mit dem Dolch auf sich hat."

„Woher stammt er?" fragte Kimberly, die nur noch eines im Sinn hatte: Sie musste Zeit gewinnen, indem sie Andrea zum Erzählen verleitete. Die alte Frau schien nur zu gern von ihrer Zauberkraft und ihren Taten zu berichten, und diese Schwäche musste sie sich zu Nutze machen. Bevor Andrea diesmal antworten konnte, klingelte das Telefon.

Kimberly zuckte zusammen, doch sie fasste sich rasch. Instinktiv wusste sie, dass es nur Dan sein konnte, der sie um diese Zeit sprechen wollte. Der Mann mit dem Revolver machte plötzlich einen sehr nervösen Eindruck, während der Blick der jungen Frau blankes Entsetzen ausdrückte. Ganz so sicher schienen sie sich ihrer Sache also doch nicht zu sein.

„Das wird Dan sein", sagte Kimberly zu Andrea. „Wahrscheinlich will er sich vergewissern, dass ich gut nach Hause gekommen bin."

„Nein!"

„Natürlich ist er es", versicherte Kimberly ihr so gleichmütig wie möglich. „Sieh doch in deinen Karten nach, wenn du mir nicht glaubst. Das Problem ist nur, dass er es sicher nicht mehr lange klingeln lassen wird. Du weißt ja, wie er ist, Andrea. Er wird sich zweifellos sofort an die hiesige Polizei wenden und sie bitten, nach dem Rechten zu schauen. Seit dem Entführungsfall sind die Behörden hier sehr aufmerksam."

„Wir sollten sie lieber abnehmen lassen, Herrin“, schlug der Mann aufgeregt vor.

„Die Entscheidungen treffe immer noch ich“, herrschte Andrea ihn an. Doch gleich darauf fügte sie hinzu: „Los, nimm den Hörer ab. Aber bedenke genau, was du sagst. Ich warne dich. Ein falsches Wort, und Emlyn legt dich um.“

Im Bewusstsein, von drei Verbrechern misstrauisch belauert zu werden, nahm Kimberly den Hörer ab. Sie war so sicher, dass es Dan war, der sie sprechen wollte, dass der Klang seiner Stimme sie nicht im Geringsten überraschte.

„Kim? Bist du zu Hause? Ist alles in Ordnung?“

„Es geht mir gut, Dan. Es war eine lange Fahrt, aber ich sagte dir doch, dass es kein Problem sei, nicht wahr?“

„Wie bitte? Nichts hast du gesagt! Nicht ein Wort.“

„Du weißt doch, wie Schriftsteller sind. Sie haben immer die seltsamsten Einfälle zum unpassendsten Zeitpunkt.“

Andrea gab ihr mit einer unwirschen Geste zu verstehen, dass sie das Gespräch beenden solle.

„Du bist keineswegs so sprunghaft, wie du mir jetzt weismachen willst. Dich hat etwas ganz anderes fortgetrieben. Kim, hör mir zu. Wir müssen miteinander reden.“

„Ich freue mich darauf, sagte sie zärtlich. „Du weißt, wie sehr ich unser Bettgeflüster immer genossen habe. Erinnerst du dich, worüber wir das letzte Mal geplaudert haben?“

„Kim, was soll der Unsinn? Ja, ich erinnere mich“, antwortete er mit rauer Stimme. „Du hast mir gesagt, dass du mich liebst. Willst du mir zu verstehen geben, dass sich daran nichts geändert hat?“

„Eigentlich habe ich auf ein anderes Thema hinauswollen“, meinte sie, während Emly drohend mit dem Revolver fuchtelte. „Es ist wundervoll, dass du mich so gut verstehst, Dan. Du ahnst nicht, wie viel mir das gerade jetzt bedeutet.“

Dan schwieg verwirrt und schien einen kurzen Moment angestrengt nachzudenken. Als er schließlich weitersprach, klang seine

Stimme völlig verändert. „Du hattest Angst in jener Nacht. Meinst du das?"

„Ja, Dan", erwiderte sie scheinbar beglückt.

„Und jetzt?"

„Ich empfinde ganz genauso, Dan. Das Gefühl ist sogar noch stärker geworden."

Er fluchte unterdrückt. „Wie viel Zeit habe ich?"

Kimberly schluckte. „Ich weiß auch nicht, wie ich den Rest der Nacht ohne dich ertragen soll, Dan", flüsterte sie.

„Wie viele sind es?"

„Noch drei Kapitel. Und deshalb muss ich jetzt unbedingt zu Bett. Ich muss doch ausgeschlafen sein, damit ich mich morgen gleich an die Arbeit machen kann. Ich freue mich auf unser Wiedersehen, Dan. Und pass gut auf dich auf, ja? Gute Nacht, mein Schatz."

„Das wurde aber auch Zeit", meinte Andrea gereizt, als Kimberly den Hörer aufgelegt hatte. „Fessele sie, Zorah, und bring sie ins Schlafzimmer. Wir haben Vorbereitungen zu treffen." Kalt lächelnd sagte sie zu Kimberly: „Es war klug von dir, Dan aus der Sache herauszuhalten. Wenn man einen Mann so liebt wie du, möchte man schließlich nicht, dass ihm ein Leid zugefügt wird, nicht wahr? Beeil dich, Zorah! Los, Emlyn, hilf ihr!"

Emlyn beschränkte sich darauf, seiner Komplizin Anweisungen zu geben. Seine Waffe legte er nicht eine Sekunde aus der Hand.

Kurze Zeit später lag Kimberly, an Händen und Füßen gefesselt, hilflos auf ihrem Bett und dachte über ihre Lage nach. Diese alte Hexe und ihre Anhänger hatten sie tatsächlich nach allen Regeln der Kunst außer Gefecht gesetzt. Ihr blieb nichts anderes übrig, als abzuwarten und auf Dan zu vertrauen. Dan ... Was hatte Andrea gesagt? Wenn man einen Mann so sehr liebt wie du ... Nun, in diesem speziellen Fall schien sie tatsächlich über hellseherische Fähigkeiten zu verfügen. Ja, sie liebte Dan Cavenaugh. Sie liebte ihn über alles. Und wenn sie noch so zornig auf ihn gewesen war und sein Verhalten sie noch so sehr enttäuscht hatte, so änderte es nichts an der Tatsache, dass sie ihn liebte. Nie zuvor war sie sich ihres Gefühls ihm gegenüber so sicher gewesen wie in dieser bangen Stunde.

Sie wusste, dass es ihr gelungen war, ihm mitzuteilen, dass sie in Gefahr war. Doch was würde er jetzt unternehmen? Was konnte er überhaupt unternehmen? Er befand sich in San Francisco, hundertfünfzig Meilen von ihr entfernt. Vermutlich würde er die hiesige Polizei alarmieren und verlangen, dass man sie hier herausholte.

Mein Schicksal liegt in seinen Händen, dachte Kimberly. Seltsamerweise beruhigte sie dieses Wissen. Sie konnte sich keinen anderen Menschen vorstellen, dem sie ihr Leben so bedenkenlos anvertrauen könnte wie Dan Cavenaugh.

Dan hängte mit bebenden Fingern den Hörer ein und verließ die öffentliche Telefonzelle. Tief in Gedanken versunken, ging er auf die andere Straßenseite zu seinem Auto. Seine Ahnung hatte ihn also nicht getrogen. Er hatte sich nicht erklären können, was ihn getrieben hatte, ihr noch in dieser Nacht zu folgen. Doch er hatte deutlich gespürt, dass es mehr war als nur der Wunsch der Versöhnung.

Knapp eine Stunde nach Kimberlys Verschwinden hatte auch er das Hotel verlassen, um ihr nachzufahren. Eine starke innere Unruhe hatte ihn befallen, und er war schneller vorangekommen als sie. Jetzt war er nur noch eine halbe Stunde von ihrem Haus entfernt.

Während er die Wagentür aufriss, fragte er sich voller Sorge, was sich in diesem Augenblick wohl in dem einsamen Haus am Meer abspielen mochte. Kim hatte ihm zu verstehen gegeben, dass sich außer ihr noch drei Personen im Haus befanden. Er hatte nicht viel Zeit, aber die hatte man in derartigen Situationen ja nie. Auf jeden Fall wollte er so gut wie möglich vorbereitet sein.

Bevor er den Motor anließ, griff er unter seinen Sitz, förderte einen Aluminiumkoffer zu Tage, der einige recht nützliche Utensilien enthielt. Ohne Zögern nahm er ein kurzes Springmesser heraus und schob es in seine Socke. Anschließend steckte er ein merkwürdiges flaches Metallsäckchen zwischen Hosenbund und Unterhemd. Das konnte ihm vielleicht dienlich sein.

In einer halben Stunde kann ich bei ihr sein, dachte er, als er den Wagen über die regennasse Straße lenkte. Und wenn ich sämtliche Regeln der Straßenverkehrsordnung vergesse, schaffe ich es vielleicht sogar in zwanzig Minuten. Früher könnte auch die Polizei nicht bei ihr eintreffen.

Kimberly robbte gerade mühsam quer übers Bett, um die Nachttischlampe mit dem Glasschirm zu erreichen, als die junge Frau, die Zorah genannt wurde, den Raum betrat. In der Hand hielt sie einen kleinen Holzkohlengrill mit einer gusseisernen Pfanne darauf.

„Ich kann mich nicht erinnern, nach dem Zimmerservice geläutet zu haben“, sagte Kimberly kühl, obwohl ihr mittlerweile doch recht kläglich zu Mute war.

„Sie sind dumm, wenn Sie über etwas spotten, das Ihre Vorstellungskraft übertrifft und von dem Sie nichts verstehen“, stellte Zorah mit weicher Stimme fest. Sie setzte den Grill auf den Boden und kniete sich davor. „Sie werden dafür bestraft werden, Kimberly Sawyer.“

Panische Angst kroch in Kimberly empor, als sie sah, dass Zorah die Kohlen anzündete. Dennoch gelang es ihr, Ruhe zu bewahren. „Finden Sie nicht auch, dass es allmählich genug ist, Zorah? Warum sehen Sie nicht lieber zu, dass sie davonkommen, ehe die Falle zuschnappt? Sie wissen genauso gut wie ich, dass es nur eine Frage der Zeit ist, bis Andreas Machenschaften aufgedeckt werden. Es war schon schlimm genug, sich an einer Kindesentführung zu beteiligen, aber ich kann mir nicht vorstellen, dass Sie sich auch noch mit einem Mord belasten wollen. Wenn mir tatsächlich etwas geschehen sollte, können Sie darauf wetten, dass Dan Cavenaugh nicht eher ruhen wird, bis er die ganze Wahrheit aufgedeckt und Sie und Ihre Bande hinter Schloss und Riegel gebracht hat.“

„Dan Cavenaugh kann es niemals mit der Macht meiner Herrin aufnehmen“, antwortete Zorah überzeugt.

„Dass ich nicht lache! Mit welcher Macht denn? Nichts von alledem, was Andrea sich bisher vorgenommen hat, hat funktioniert. Die Entführung ist fehlgeschlagen, und der Mordversuch an mir ist ebenfalls gescheitert. Wieso sollte wohl plötzlich ihr nächster Streich gelingen?“

„Ihre Macht hat sie hierher gebracht. Oder etwa nicht?“

„Nun, das würde ich doch wohl eher als Zufall bezeichnen. Hat sie euch tatsächlich eingeredet, dass sie mich herbeizaubern werde?“

„Sie hat uns in Ihr Haus bestellt, um den weiteren Verlauf der Dinge mit uns zu besprechen. Ihre geistige Ausstrahlung ist natürlich dort am stärksten, wo Sie leben. Es ist klar, dass die Herrin ihre Macht über Sie in dieser Umgebung am besten entfalten kann.“

„Hat sie wirklich behauptet, mich durch geistige Kräfte hierher locken zu können?“ fragte Kimberly hartnäckig nach. „Oder wollte sie nur ein bisschen Hokuspokus machen, um euch zu beeindrucken?“

„Spotten Sie nur. Lange werden Sie dazu nicht mehr in der Lage sein. Es ist kein Hokuspokus. Die Herrin hat Kontakt zu Ihrem Unterbewusstsein aufgenommen und Ihnen befohlen, sofort nach Hause zu kommen.“ Zorah streute ein bräunliches Pulver aus einem Lederbeutel in die jetzt heiße Pfanne und stand auf. „Außerdem verschwenden Sie nur Ihre Zeit, wenn Sie glauben, mir Zweifel in den Kopf setzen zu können. Ich glaube an meine Herrin, und diesen Glauben werden Sie niemals zerstören können. Eines Tages wird sie ihre Macht an mich weitergeben. Das hat sie mir versprochen.“ Sie drehte sich um und verließ das Zimmer.

Kimberly starrte nachdenklich in die glühenden Kohlen. Was mochte das zu bedeuten haben? Es war wohl kaum anzunehmen, dass sie in dieser Pfanne gebraten werden sollte. Ganz allmählich entwickelte sich ein seltsamer Duft, der bald das ganze Zimmer erfüllte. Sie atmete sehr vorsichtig ein und kam dann zu dem Schluss, dass es sich auch hier nur um eine Art Ritual handeln konnte.

Doch es hatte keinen Sinn, darüber nachzugrübeln. Viel wichtiger war es, die Lampe zu erreichen und den Schirm irgendwie möglichst geräuschlos zu zerschlagen. Ihr Plan, an ein Stück Scherbe zu gelangen und sich damit vielleicht von den Fesseln befreien zu können, erschien ihr zwar selbst aussichtslos, aber sie wollte es wenigstens versuchen. Auf keinen Fall wollte sie sich hoffnungslos geschlagen geben.

Der fremdartige, leicht süßliche Geruch wurde immer intensiver und wirkte sonderbar berauschend. Unwillkürlich atmete Kimberly tiefer durch und genoss die angenehme Stimmung, in die sie sich plötzlich versetzt fühlte. Wie leicht und beschwingt ihr mit einem Mal zu Mute war!

Warum schloss sie nicht einfach die Augen und ruhte sich ein wenig aus?

Wieder atmete sie den wunderbaren Duft tief ein. Es war herrlich, so ruhig und entspannt zu sein. Was konnte schöner sein, als hier zu ruhen und neue Kräfte zu sammeln? Hinter ihr lagen ein anstrengender Abend und eine ebenso anstrengende Nacht. Da war die Begegnung mit ihren Großeltern gewesen, die Auseinandersetzung mit Dan und die lange Fahrt durch Sturm und Regen. Es tat so gut, endlich zur Ruhe zu kommen.

Aber gab es nicht noch irgend etwas Wichtiges für sie zu tun? Sie strengte ihren Kopf an und dachte fieberhaft nach. Wenn sie doch nur nicht so müde wäre! Es hatte mit Glas zu tun. Mit Scherben. Doch wozu waren Scherben gut? Man kann sie als Waffe benutzen, dachte sie träge. Man kann sich damit verteidigen. Aber wogegen? Das war doch lächerlich.

Wie wunderschön die Kohlen glühten, und wie herrlich es im Zimmer duftete! Zu schade, dass Dan jetzt nicht bei ihr sein und sich mit ihr an diesem herrlichen Geruch erfreuen konnte.

Aber Dan war in San Francisco. Er war in Sicherheit. In Sicherheit? fragte sie sich verwirrt. Es war ganz und gar nicht seine Art, in Sicherheit zu bleiben, während sie sich in Gefahr befand.

„Was, zum Teufel, habt ihr mit ihr gemacht?“

Trotz ihrer Benommenheit erkannte sie, dass es sich um Dans Stimme handelte. Die Tür wurde aufgestoßen und dann stand er auch schon unmittelbar vor ihr. Aber er war nicht allein. Emlyn folgte ihm auf dem Fuß.

„Hallo, Dan“, begrüßte Kimberly ihn mit matter Stimme. „Da bist du ja endlich.“

„Elendes Pack! Ihr habt sie unter Drogen gesetzt!“ schrie Dan.

„Halt den Mund!“ fuhr Emlyn Dan an und stieß ihn so unsanft an, dass er stolperte und aufs Bett fiel.

Jetzt erst erkannte Kimberly, dass Dan nicht als strahlender Retter zu ihr kam, sondern ebenso wie sie in der Gewalt der Verbrecher war.

„Oh Dan“, flüsterte sie traurig. „Du bist ihnen auch in die Falle gegangen. Das wollte ich nicht. Ich fürchte, ich habe heute Nacht einen großen Fehler gemacht.“

Kurz darauf waren Kimberly und Dan allein. „Kim, bist du in Ordnung?“ erkundigte sich Dan besorgt.

Sie stöhnte leise. „Dieser Geruch“, murmelte sie.

„Ja, ich weiß.“ Er richtete sich auf und stieß ihr den Ellenbogen in die Seite. „Nicht einschlafen, Kim. Ich brauche deine Hilfe. Der Rauch wird mich auch bald benebelt haben.“

„Hilfe? Wie?“

„In meinem Strumpf steckt ein Messer. Dreh dich so, dass du es herausholen kannst.“

Kimberly riss sich noch einmal zusammen und bemühte sich, seinem Wunsch nachzukommen. „Warum hast du dich erwischen lassen?“ fragte sie nach einer Weile vorwurfsvoll. „Das gefällt mir gar nicht.“

„Es musste sein. Ich wusste ja nicht, wo sie dich untergebracht haben und ob sie dir nicht womöglich schon etwas angetan hatten.

Also bin ich geradewegs zur Haustür hineinspaziert und habe den Unwissenden gespielt."

„Es hat dich sicher überrascht, plötzlich der guten alten Andrea gegenüberzustehen, was?" Aus irgendeinem unerfindlichen Grund fand sie ihre Lage plötzlich überaus komisch und kicherte albern.

„Pst, nicht so laut", ermahnte Dan sie. „Es war tatsächlich ein Schock", gab er zu. „Wenn ich daran denke, dass sie Tag für Tag in meinem Haus ein- und ausgegangen ist und ich ihr vertraut habe ..." Er stieß einen leisen Fluch aus. „Gut so, Kim", sagte er, als er ihre Finger an seinem Knöchel spürte. „Weiter. Gleich hast du es."

Es war nicht leicht, dass Stilett mit den gebundenen Händen zu umfassen, doch schließlich gelang es ihr.

„Fantastisch, Kim. Du bist großartig. Drück jetzt auf den Druckknopf, aber sei vorsichtig. Die Klinge ist sehr scharf. Halte das Messer ruhig fest in den Händen." Behände rollte er sich in eine Position, die es ihm ermöglichte, seine Fessel an der Klinge aufzuschaben.

Kimberly begriff kaum noch, was geschah. Sie wusste nur, dass Dan bei ihr war. Und mehr verlangte sie gar nicht. „Dan, es tut mir Leid, dass ich ..."

„Schon gut, Kim. Lass uns später darüber sprechen." Er keuchte vor Anstrengung und spürte, dass der süßliche Geruch im Raum auch ihn bereits ermüden ließ.

Wenige Sekunden später war es Dan gelungen, den Strick an seinen Handgelenken zu durchtrennen. Gleich darauf kniete er bereits auf dem Bett und öffnete das Fenster hinter ihnen. Der kühle Luftstrom, der sie nun umfing, brachte Kimberly allmählich wieder zu Verstand. Dan wandte sich ihr sofort wieder zu und befreite auch sie von den Fesseln. Dann blickte er sie besorgt an. „Geht es dir jetzt besser?"

Kimberly nickte beklommen.

Je klarer ihr Verstand wieder arbeitete, umso deutlicher wurde sie sich ihrer fatalen Lage bewusst. Das seltsame Hochgefühl schwand, und stattdessen stieg Angst in ihr hoch. „Und jetzt?" fragte sie leise.

„Jetzt verschwinden wir. Komm, wir fliehen durchs Fenster."

Kimberly hatte die Beine kaum auf die Fensterbank geschwungen, als die Tür aufgestoßen wurde und Licht ins Zimmer fiel.

„Hilfe! Hilfe!" kreischte Zorah. „Sie hauen ab!"

10. KAPITEL

„Weiter, Kim!" befahl Dan. „Sie ist nicht bewaffnet." Kimberly bemühte sich verzweifelt zu gehorchen. Doch anscheinend hatte Andreas Trick mit dem Rauch nicht nur ihren Verstand benebelt, sondern auch ihre körperlichen Kräfte angegriffen. Beine und Arme versagten ihr einfach den Dienst.

„Herrin! Emlyn!" schrie Zorah gellend. „Sie fliehen!"

„Kim! Streng dich an!" drängte Dan. Er fasste sie bei der Hüfte und versuchte, sie hinauszuschieben. Doch Kimberly war unfähig, ihre Bewegungen zu koordinieren. „Dan, ich kann nicht ..."

„Verdammt! Du musst!" Während er sie kraftvoll anschob, stürzten Emlyn und Andrea in das Zimmer.

„Lasst sie nicht entkommen!" Dem wütenden Aufschrei Andreas folgte Emlyns ruhig ausgesprochenes Kommando: „Bleiben Sie, wo Sie sind, Cavenaugh, oder ich erschieße die Frau."

„Welche?" fragte Dan zornig. „Wenn Sie sich die alte Hexe vornehmen, können Sie meiner Unterstützung sicher sein."

„Herrin, soll ich ihn umlegen?" fragte Emlyn mit grimmiger Miene.

„Komm, Kim. Setz dich wieder aufs Bett", forderte Dan Kimberly auf.

„Findest du nicht auch, dass diese jämmerlichen Gestalten die albernsten Hexenimitationen sind, die wir je gesehen haben?"

murmelte sie, als sie völlig erschöpft auf der Bettkante saß. „Ja, wirklich“, stimmte Dan ihr zu, während er den Blick starr auf Emlyns Waffe gerichtet hielt. „Kläglich, kläglich.“

„Du wirst meine Macht nicht länger verspotten“, zischte Andrea Kimberly mit wutverzerrter Miene zu. Sie hob die Arme hoch über den Kopf, wobei die weiten Ärmel ihres Kaftans zurückrutschten und den Blick auf eine Unmenge verschiedener Armbänder freigaben.

„Äh, Herrin“, begann Emlyn vorsichtig. „Wäre es nicht besser, damit noch ein Weilchen zu warten?“

„Nein!“ entfuhr es Zorah. Ihre Wangen glühten vor Aufregung.

„Dieses Biest hat eine Lektion verdient. Rufen Sie die Mächte der Finsternis an, Herrin! Lassen Sie die Dunkelheit über sie hereinbrechen. Sie soll am eigenen Leib erfahren, was geschieht, wenn man den Zauber verspottet!“

Dan blickte unwillkürlich zu Emlyn hinüber. Anscheinend war er der Einzige, dem noch ein Rest von Verstand zuzutrauen war. Er sah ihm bedeutungsvoll ins Gesicht und sagte kühl: „Die Vorstellung gerät ein wenig außer Kontrolle, nicht wahr? Möglicherweise ist das der beste Zeitpunkt für Sie, sich abzusetzen. Das Geld, das Sie zweifellos erhofft haben, können Sie jetzt ohnehin abschreiben.“

Emlyn erwiderte Dans Blick lauernd und sah dann zu Andrea, die noch immer die Arme nach oben streckte. Jetzt schloss sie die Augen und stimmte einen monotonen leierigen Gesang an. „Kräfte der Finsternis, steigt aus den unendlichen Tiefen der Nacht empor. Steigt empor, steigt empor! Bestraft diese unwürdige Kreatur des Lichtes für ihr lästerliches Tun und Handeln. Sie ist es nicht wert, Gnade zu erfahren. Steigt empor, und führt sie der ewigen Verdammnis zu.“

„Dan ...“, begann Kimberly unbehaglich. Die Frau war wirklich von allen guten Geistern verlassen. Ihre Show war so lächerlich, dass es schon fast tragisch wirkte. Sie hätte gern von Herzen laut gelacht, aber sie ahnte, dass sie diesem Drang auf keinen Fall nachgeben durfte. Zu groß war die Gefahr, dass Andrea völlig durchdrehte, und es zu einer Kurzschlusshandlung kam.

Während die alte Frau unaufhörlich Beschwörungsformeln murmelte und ihre Stimme immer undeutlicher wurde, sank Zorah mit verklärter Miene auf die Knie.

Emlyn betrachtete die beiden Frauen mit offenkundigem Missfallen. „Herrin, es wäre wirklich besser, etwas später ..."

„Sei still!" fuhr Zorah ihn zornig an.

Andrea schien nichts von alldem mitzubekommen. Wie in Trance erhob sie ihre Stimme und sprach immer schneller. Jedes Mal wenn sie eine kurze Atempause einlegte, überbrückte Zorah die Stockung mit einem flehenden „Erhört sie! Mächte der Finsternis, erhört sie!"

Kimberly hatte mehr und mehr das Gefühl, einer drittklassigen Theateraufführung beizuwohnen. Zugleich liefen ihr jedoch auch kalte Schauer über den Rücken. Dan drückte ihr beruhigend die Hand und gab ihr mit Blicken zu verstehen, dass sie sich weiterhin still verhalten solle.

Emlyn trat nervös von einem Fuß auf den anderen. „Zorah, bring sie zum Schweigen. Wir müssen die beiden erst völlig unter Kontrolle haben. Sie kann später fortfahren."

Zorah drehte sich zu ihm um und sah ihn mit blitzenden Augen an. „Ruhe! Spürst du nicht, dass der große Augenblick kurz bevorsteht? Stör sie jetzt nicht."

Die Mahnung schien überflüssig zu sein. Andrea war viel zu versunken in ihr Tun. „Jetzt! Jetzt!" Schrie sie plötzlich ekstatisch auf. „Füllt diesen Raum mit eurem Geist! Füllt ihn mit Blitz und Feuer, Dunkelheit und Zerstörung ..."

„Zorah", schimpfte Emlyn gereizt. „Jetzt reicht's! Macht endlich Schluss mit diesem albernen Theater!"

„Ach, du ... du ... Auch du sollst für deinen Spott und Ungehorsam leiden. Nur meine Herrin und ich werden diesen Raum lebend verlassen!"

„Jetzt!" kreischte Andrea. „Jetzt soll es geschehen!"

„Jetzt!" schrie auch Zorah in völliger Ekstase und reckte die Arme empor.

Das war zu viel für Emlyn. Er verlor die Geduld und stürzte sich auf Andrea, packte sie bei der Schulter und schüttelte sie heftig. „Hör auf, du irres Weib! Hör auf!"

„Lass sie los! Lass sie los!" empörte Zorah sich. „Du verdirbst noch alles!"

„Jetzt! Jetzt!" schrie Andrea unbeirrt.

„Jetzt! Jetzt wird die Macht über uns hereinbrechen!" wiederholte Zorah.

„Wie Recht ihr doch habt", murmelte Dan. „Schließ die Augen", raunte er Kimberly zu. „Nicht öffnen, was auch geschieht." Er zog das flache Metallkästchen aus dem Hosenbund und warf es den drei Personen, die dicht zusammengedrängt in der Nähe der Tür standen, direkt vor die Füße. Es explodierte augenblicklich und tauchte den Raum in ein unwirkliches gleißendes Licht.

Dan nutzte diesen Moment totaler Verwirrung, als alle vor Schreck laut aufkreischten, und sprang auf Emlyn zu und entwand ihm mühelos die Waffe. Dabei achtete er wohlweislich darauf, nicht auf das kleine, mit einer besonderen Chemikalie gefüllte Kästchen zu schauen, das noch immer sein Licht versprühte.

„Meine Augen! Meine Augen!" wimmerte Emlyn in panischem Entsetzen. „Ich kann nicht mehr sehen!"

Andrea wirkte wie erstarrt und vermochte offensichtlich nicht zu begreifen, was sie da angerichtet hatte.

Kimberly saß nach wie vor auf dem Bett und hielt sich die Augen zu. „Dan?" Ihre Stimme klang ängstlich und unsicher.

„Alles in Ordnung. In ein paar Sekunden kannst du die Augen öffnen."

„Dan, was ist geschehen?" Vorsichtig blinzelte sie in die Richtung, aus der Dans Stimme gekommen war.

„Keine Sorge Liebling, es ist alles unter Kontrolle. Ich habe die Waffe."

Ungläubig zwinkerte sie mehrmals. „Was ist das? Ich kann nichts sehen."

„Das liegt nur am Licht", meinte er beruhigend. „Es geht gleich vorüber." Dan packte Emlyn und band ihm die Hände auf den Rücken. Ebenso verfuhr er mit Andrea und Zorah, die kaum merkten, wie ihnen geschah.

Kimberly erhob sich mit zitternden Gliedern vom Bett und ging langsam auf Dan zu. „Das war eine teuflische Vorstellung, Dan", meinte sie. Ihr war anzusehen, dass sie den Schock noch nicht ganz verwunden hatte. „Ich wusste gar nicht, dass du ebenfalls über magische Kräfte verfügst."

Er lächelte grimmig. „Nun, in der Import-Export-Branche lernt man so allerhand."

„Tatsächlich? Ich glaube, ich habe dich schon einmal gefragt. Was genau hast du eigentlich im- und exportiert?"

„Das erzähle ich dir später. Wie geht es deinen Augen?"

„Schon besser. Was war das für ein Zeug, Dan?"

„Nun ein harmloses chemisches Pulver, das beim Zusammentreffen mit Sauerstoff reagiert. Wenn die Verpackung aufspringt, explodiert es augenblicklich."

„Wie eine kleine Bombe", meinte sie nachdenklich.

„Aber längst nicht so gefährlich. Wie fühlst du dich, Kim?"

„Sonderbar."

Er schmunzelte. „Das dachte ich mir. Genauso siehst du aus. Bist du fähig ins Bad zu gehen und etwas Wasser zu holen, um die glühenden Kohlen zu löschen?"

Sie nickte und kümmerte sich sofort darum. Dan schaute ihr zufrieden zu. „So, und jetzt ruf bitte die Polizei an."

„Ja, das ist wohl unvermeidlich." Auf dem Weg zur Tür blickte Kimberly in Andreas maskenhaft erstarrtes Gesicht, über das unentwegt die Tränen liefen. „Sie weint, Dan."

„Ich weiß", entgegnete er freundlich. „Dazu hat sie auch allen Grund. Geh, Kim. Erledige deinen Auftrag."

„Ach, es ist ja alles so entsetzlich traurig", sagte Kimberly einige Stunden später, als sie eine Flasche Cavenaugh-Riesling aus dem Schrank nahm.

„Tante Milly ist weinend zusammengebrochen, als sie erfuhr, wie skrupellos Andrea sie hintergangen und ausgenutzt hat."

Dan nahm ihr die Flasche ab und schraubte das Gewinde des Öffners in den Korken. Gekonnt zog er ihn heraus und schenkte ihnen dann ein. „Ich fühle mich auch nicht wohl in meiner Haut", gestand er ihr. „Wenn ich daran denke, was für eine gefährliche Schlange ich mir in meinem eigenen Haus gehalten habe, läuft es mir eiskalt über den Rücken." Er seufzte und trank dann einen kräftigen Schluck Wein. „Wie konnte ich nur so blind und dumm sein!"

„Ich weiß, wie dir jetzt zumute ist", meinte Kimberly verständnisvoll und griff ebenfalls nach ihrem Glas. „Aber das konnte niemand ahnen. Wer kommt schon auf den Gedanken, dass eine so alte Frau ..."

Kopfschüttelnd sah er sie an. „Es war meine Pflicht, meine Familie und dich zu beschützen. Ich habe versagt."

Kimberly nahm sich ein belegtes Brot von der Platte, die sie hergerichtet hatte, und biss herzhaft hinein. „Unsinn", sagte sie kauend. „Du hast uns alle ganz fabelhaft beschützt. Und dafür bin ich dir sehr dankbar. Ist dir eigentlich klar, was heute Nacht ohne dich mit mir geschehen wäre? Andrea hatte mich zum Star ihrer ersten Schwarzen Messe auserwählt. Ich weiß ja nicht, was sie plante, und eigentlich will ich es auch gar nicht wissen." Sie erschauerte. „Aber es würde mich nicht wundern, wenn sie die Absicht gehabt hätte, mich bei lebendigem Leib zu rösten."

„Oh Kim, es muss entsetzlich für dich gewesen sein." Dan nahm ihre Hand und sah ihr besorgt in die Augen. „Bist du sicher, dass es dir schon wieder gut geht?"

„Befürchtest du etwa, dass Andreas Kräutergemisch irgendwelche Schäden in meinem Hirn angerichtet haben könnte? Nun, ich denke, da kannst du ganz unbesorgt sein. Mir geht es gut.

Wirklich. Mein Gehirn funktioniert so brillant und störungsfrei wie eh und je."

Er verzog leidvoll den Mund. „Ich bin gar nicht so sicher, ob mich das wirklich beruhigt."

„Armer Dan. Du hast es nicht leicht gehabt in letzter Zeit. Und alles meinetwegen!"

„Ich schätze, ich war nicht der einzige Mann, der heute Nacht deinetwegen Probleme hatte."

„Wen meinst du noch?"

„Emlyn natürlich. Zeitweise habe ich echte Sympathien für den armen Kerl entwickelt."

„Ja, von dem Hokuspokus schien er nicht viel zu halten. Vermutlich hat er sich nur wegen der Entführungspläne mit Andrea eingelassen."

„Das ist anzunehmen. Ich frage mich, wie er und Zorah Andrea wohl kennen gelernt haben."

„Das wird die Polizei sicher rasch herausfinden. Mich interessiert viel mehr, wie Andrea und Milly so gute Freundinnen werden konnten."

Dans Miene verhärtete sich. „Sie haben sich in einem Kleingärtner-Verein kennen gelernt." Er stöhnte. „Ich weiß noch, wie begeistert Milly damals von Andreas Kräuterkenntnissen berichtete."

„Nun, sie versteht tatsächlich viel davon." Kimberly hielt sich die Hand vor den Mund und gähnte ausgiebig. „Ich bin schrecklich müde", gab sie zu. „Dir dürfte es eigentlich nicht anders gehen."

„Da hast du Recht. So ein Tag ist selbst für einen Dan Cavenaugh zu viel."

Kimberly lächelte flüchtig. Dann wurde sie ernst. „Aber jetzt ist alles vorbei, Dan. Du hast die Verpflichtung, die du mir gegenüber zu haben glaubtest, in vollem Umfang eingelöst. Mehr kann man für einen Menschen nicht tun. Ich möchte, dass du es weißt. Du schuldest mir nichts mehr." Es war ihr plötzlich sehr wichtig, ihm klar zu machen, dass er in seinen Entscheidungen von jetzt an völlig frei war.

„Meinst du mein Versprechen, dich zu beschützen? Darüber möchte ich noch mit dir sprechen, Kim."

„Warum? Es ist vorbei. Du hast getan, was du versprochen hast. Und das mit denkbar wenig Unterstützung von meiner Seite."

„Das ist nicht wahr. Du hast dich großartig gehalten."

„Danke, dass du mir nachgefahren bist, Dan. Du hast mir das Leben gerettet. Warum bist du mir eigentlich gefolgt?"

Er zögerte. „Nun, dafür gab es mehrere Gründe. Es begann damit, dass ich nicht schlafen konnte. Ich wurde immer unruhiger, so dass ich mich gegen zwei Uhr entschloss, dich zu suchen. Eigentlich wollte ich mich nur davon überzeugen, dass es dir gut ging."

„Schon wieder so etwas wie Telepathie?" fragte sie neckend.

Er schüttelte den Kopf. „Es war wohl eher mein schlechtes Gewissen, das mich zu dir trieb. Ich hatte allmählich begriffen, dass ich mich dir gegenüber schändlich benommen hatte."

„Du spielst auf deine Art der Familienzusammenführung an?"

„Es war unfair, Kim. Das gebe ich zu. Zu meiner Entschuldigung kann ich nur anführen, dass ich es wirklich gut gemeint hatte. Ich dachte ... ich dachte, dass du mich schon verstehen würdest, wenn du den Schock erst einmal überwunden hättest. Es tut mir Leid, Kim. Ich hatte nicht das Recht, mich in dieser Weise über deine Wünsche hinwegzusetzen."

„War es denn so wichtig für dich, mich mit meinen Großeltern zu konfrontieren?"

„Ja." Er seufzte. „Ich hielt deine Unbeugsamkeit in dieser Angelegenheit für das letzte Hindernis zwischen uns."

„Hast du tatsächlich befürchtet, dass deine derzeitige Geliebte durch eine unbewältigte Vergangenheit davon abgehalten wird, eine Beziehung zu einem Mitglied eines altehrwürdigen Familienclans einzugehen?"

Dan sah sie sehr ernst an. „Es ging mir nicht um meine derzeitige Geliebte, sondern um meine zukünftige Frau. Ich habe mir Sorgen darüber gemacht, wie sie in unserer Ehe mit diesem Widerspruch in sich zurechtkommen würde."

„Deine Frau!"

„Ja. Ich bitte dich, mich zu heiraten, Kim. Ich hätte dich gern schon früher gefragt, aber ich hielt es für besser, mit meinem Heiratsantrag bis nach deiner Begegnung mit den Marlands zu warten."

Kimberly schluckte. Dann sah sie ihn vorwurfsvoll an. „Dan, so weit sollte dein übertriebener Sinn für Verantwortung nun wirklich nicht gehen."

„Ich weiß, dass du nicht besonders interessiert daran bist, eine Ehe mit mir einzugehen, Kim", erwiderte er mit weicher Stimme. „Du bist bisher sehr gut allein zurechtgekommen. Aber ich weiß auch, dass wir beide, wenn du uns nur die Chance gibst, in vieler Hinsicht gut miteinander auskommen und zusammenpassen. Außerdem weiß doch mittlerweile sowieso jeder, dass wir eine intime Beziehung eingegangen sind. Warum sollten wir also nicht den konventionellen Weg einschlagen und unsere Partnerschaft legalisieren? Deine Großeltern würden es von uns erwarten."

Kimberly hörte regungslos zu und beobachtete ihn ganz genau. Es war ihr unmöglich, seine wahren Gefühle und Empfindungen zu ergründen. „Es interessiert mich herzlich wenig, was meine Großeltern denken oder erwarten."

Dan seufzte. „Nun, das glaube ich dir nicht ganz."

Eine Weile schwiegen beide. Dann fuhr Dan fort: „Du hast mir einmal gesagt, dass du mich liebst. Aber ich habe gemerkt, dass du dir deiner Sache nicht mehr so sicher bist."

Das stimmte nicht. Kimberly liebte Dan immer noch, und sie wusste, dass ihre Gefühle für ihn zu tief waren, um jemals wieder ausgelöscht werden zu können. Doch das mochte sie ihm in diesem Augenblick nicht gestehen. Stattdessen sagte sie: „Ich gebe zu, dass mir dein Verhalten in San Francisco zu denken gegeben hat." Es machte sie nervös, nicht zu wissen, wie er wirklich zu ihr stand. Gut, er hatte ihr einen Heiratsantrag gemacht, aber das hieß nicht zwangsläufig, dass er sie ebenfalls liebte. Er fühlte sich zu ihr hingezogen und hatte ein starkes Verantwortungsgefühl für sie entwickelt. Und vielleicht hielt er sie auch für geeignet, seinen Haushalt vernünftig zu organisieren und zu führen. Aber reichte das für eine Ehe, die schließlich ein Leben lang dauern sollte?

„Unser Beisammensein erinnert mich an unseren ersten gemeinsamen Abend in diesem Haus", meinte er versonnen. „Damals waren wir genauso vorsichtig und auf der Hut."

Er hat Recht, dachte Kimberly. Ich bin auf der Hut. Allerdings aus anderen Gründen als damals. Inzwischen hatte sie sich in ihn verliebt, und das machte sie auf beängstigende Weise verletzlich. Verzweifelt wünschte sie sich, seine Gedanken lesen zu können. Was ging in ihm vor? Aber nicht einmal Dan würde ihr diese Frage beantworten können, weil er es selbst nicht wusste.

„Ich denke, dass wir uns noch etwas Zeit lassen sollten", meinte sie zaghaft.

Zu ihrer Überraschung nickte er zustimmend. „Ja, das glaube ich auch. Du musst erst wieder lernen, mir zu vertrauen. Bedauerlicherweise mangelt es mir aber gerade an Zeit. Du hast einige Tage in meinem Haus gelebt, Kim. Du weißt, wie es zugeht. Stets und ständig liegt irgendetwas an, um das ich mich kümmern muss. Es würde sehr schwierig werden, dich regelmäßig zu besuchen. Davon abgesehen fände ich es schrecklich, wenn unsere gemeinsame Zeit nur auf einige kurze Wochenenden beschränkt wäre."

„Ein Leben voller Pflichten und Verantwortung", sagte Kimberly nachdenklich mehr zu sich selbst als zu ihm.

„Es ist das Leben, das ich gewählt habe, Kim. So ist es, und so bin ich."

„Und du möchtest, dass ich an diesem Leben teilhabe?"

Ihre Blicke versanken ineinander. „Ja, Kim, das möchte ich. Und ich denke, dass du dabei glücklich werden kannst. Natürlich würde es eine große Umstellung für dich bedeuten, aber du hast bereits bewiesen, dass du auch mit der Cavenaughschen Lebensart gut zurechtkommst. Du hast dich nicht unterkriegen lassen, sondern die Dinge selbst in die Hand genommen. Und wenn Julia und Scott erst einmal ausgezogen sind, wird es bedeutend ruhiger werden. Du hättest genug Zeit und Ruhe für deine Arbeit. Ich weiß, dass ich sehr viel von dir verlange, wenn ich dich bitte, dein Leben völlig umzustellen. Aber ich denke, dass eine Frau, die so tatkräftig ist wie du, die es mit Hexen und Killern aufnimmt, auch den Mut aufbringt, das Risiko einzugehen, einen völlig neuen Lebensstil auszuprobieren."

„Dan, ich finde ..."

Er hob beschwichtigend die Hand. „Lass mich bitte ausreden, Kim. Ich verstehe deinen Wunsch, noch etwas Zeit zu haben, und ich bin bereit, sie dir zu geben."

„Wie? Gerade eben hast du mir erklärt, wie unangenehm ein Wochenendverhältnis für dich wäre." Ihre Stimme klang spröde.

„Ich schlage vor, dass du mich heiratest, und als Gegenleistung gebe ich dir die Zeit, die du benötigst."

Eine Weile sah Kimberly ihn verständnislos an. „Das ist doch purer Unsinn, Dan. Wie sollte das gehen?" meinte sie schließlich und schüttelte den Kopf. „Oder bietest du mir etwa getrennte Schlafzimmer an?"

„Ja, so könnte man es nennen. Ich dachte, dass ich so ein wenig Druck von dir nehmen könnte. Bisher hatte ich immer den Eindruck, dass Sex mehr für dich bedeutet als nur ein reines Freizeitvergnügen."

„Dan!" Ihre Augen blitzten empört. „Ist es das, was es dir bedeutet? Ein Freizeitvergnügen?"

„Nein, eben nicht. Deshalb mache ich dir ja diesen Vorschlag. Ich möchte dir die Möglichkeit geben, mit mir zu leben, ohne dich ganz aufgeben zu müssen. Du sollst nicht das Gefühl haben, mich gegen deine innere Überzeugung lieben zu müssen. Du sollst dir deiner Gefühle für mich ganz sicher sein."

„Das heißt also, dass die Ehe in deinen Augen nur eine Formalität ist. Ich wäre genauso frei und ungebunden wie jetzt? Die Ehe würde also gar nicht wirklich bestehen, weil wir nicht miteinander schlafen?“ Sie schüttelte fassungslos den Kopf. „Ich muss gestehen, dass ich darin absolut keinen Sinn sehe.“

Dan stöhnte. „Wie soll ich es dir denn nur begreiflich machen? Im Grunde will ich doch bloß, dass du mich heiratest. Ich wünsche mir, immer mit dir zusammen zu sein und mein Leben mit dir zu teilen. Es fällt mir schwer, mich auszudrücken. Schließlich ist es das erste Mal, dass ich einer Frau ...“ Er verstummte verlegen.

„Soll das heißen, dass dies dein erster Heiratsantrag ist? Du bist fast vierzig Jahre alt und hast noch niemals eine Frau gebeten, dich zu heiraten?“ fragte sie ungläubig.

„Bisher war es mir aus beruflichen Gründen unmöglich, eine Ehe einzugehen. Außerdem ist mir bis jetzt keine Frau begegnet, die ich gern geheiratet hätte.“

„Aber jetzt merkst du, dass du allmählich in die Jahre kommst und fühlst dich verpflichtet, dafür zu sorgen, dass die Cavenaughs nicht aussterben“, fügte sie trocken hinzu. Sie nickte geradezu verständnisvoll. „Außerdem erwarten die Leute, dass du endlich eine Familie gründest. Stimmt's? Nach Möglichkeit sollte deine zukünftige Frau natürlich aus einer wohlhabenden Familie stammen. Und da ich nun zufällig verfügbar war, aber noch nicht so recht ins Bild passte, hast du dieses Zusammentreffen mit meinen Großeltern arrangiert.“

„Du drehst mir die Worte im Mund herum“, erwiderte Dan ungehalten.

„Oh nein. Ich versuche lediglich, die Fakten zu sortieren. Wozu diese Ehe für dich gut wäre, habe ich jetzt begriffen, aber mir ist noch nicht ganz klar, wo für mich die Vorteile liegen.“

„Du brauchst einen Mann!“ fuhr er sie an. „Du brauchst mich!“

„Bist du davon überzeugt?“

Unbeherrscht sprang er auf. „Nein. Das ist ja mein Problem!“

Kimberly gewann den Eindruck, dass er sich und ihr auf der Stelle beweisen wollte, dass er doch Recht hatte. Beschwichtigend hob sie die Hände. „Dan, warte ..."

Unbeirrt zog er sie hoch und nahm sie in die Arme. „Du kleine Hexe," murmelte er. „Warum machst du es mir so schwer?"

Bevor sie antworten konnte, verschloss er ihren Mund mit einem leidenschaftlichen Kuss.

„Du scheinst es darauf anzulegen, mich verrückt zu machen", flüsterte er ihr zärtlich ins Ohr, als ihre Lippen sich schließlich voneinander lösten. „Und du verstehst dich meisterhaft darauf – in jeder Beziehung." Er zog sie noch fester an sich und streichelte fordernd ihren Rücken.

„Dan, bitte ... Das hat doch keinen Sinn. Im Augenblick sind wir beide nicht in der Verfassung, anstrengende Diskussionen über die Zukunft zu führen."

„Wer sagt denn, dass ich jetzt noch diskutieren will?" fragte er mit rauer Stimme.

„Wir brauchen beide etwas Schlaf und Zeit zum Nachdenken."

„Ich habe versucht, vernünftig mit dir zu reden", erwiderte er grimmig, während er die Knöpfe ihrer Bluse öffnete. „Ich habe versucht, es dir so leicht wie möglich zu machen, aber du bist nicht bereit, mir auch nur ein winziges Stück entgegenzukommen."

„Das ist nicht wahr!"

„Doch, so ist es. Aber zum Glück weiß ich einen Weg, dich doch noch zu überzeugen. In meinen Armen kämpfst du nicht gegen mich an, da gibst du dich mir ganz und vorbehaltlos. Ich werde dich lieben, bist du endlich einwilligst, meine Frau zu werden." Er schob ihre Bluse beiseite und streichelte ihre Brüste.

„Ist es das, was mich erwartet, wenn ich deinen Vorschlag annehme?"

Dan sah ihr lange stumm in die Augen. Sehr zögernd ließ er sie schließlich los. „Du solltest jetzt besser zu Bett gehen, Kim", sagte er mit seltsam fremd klingender Stimme. „Ich schlafe hier auf der Couch.“

Kimberly hatte unwillkürlich die Luft angehalten. Jetzt focht sie einen stillen Kampf mit sich selbst aus. Einerseits sehnte sie sich danach, in seinen Armen zu liegen, andererseits fürchtete sie sich vor den Folgen. Dan hatte die Macht, sie mehr zu verletzen als jeder andere Mensch auf der Welt. Und noch immer wusste sie nicht, was er für sie empfand. Aber war es wirklich so wichtig, genau zu wissen, was er fühlte? War es nicht viel wichtiger, dass sie wusste, was und wie er war? Er würde ihr ein guter Ehemann sein, auf den sie sich jederzeit verlassen konnte. Und sie liebte ihn. Wie sollte sie ohne ihn weiterleben?

„Dan“, flüsterte sie. „Ich nehme deinen Antrag an. Ich werde dich heiraten.“

„Bist du sicher? Bist du dir wirklich sicher?“

„Ja.“ Sie nickte mit ernster Miene. „Ich werde meine Meinung nicht mehr ändern.“

Er atmete tief durch und deutete eine Verbeugung an. „Ich werde alles tun, um dich glücklich zu machen, Kim.“

Obwohl ihr nicht danach zumute war, lächelte sie. „Und ich werde mich bemühen, dir eine gute Frau zu sein, Dan.“

Sie sahen sich lange schweigend an. Dann wandte Kimberly sich ab und ging langsam zur Tür. Ob er ihr wohl folgen würde? Sie wusste, dass sie nicht fähig wäre, ihn abzuweisen. Bevor sie das Zimmer endgültig verließ, blieb sie noch einmal stehen. Durfte sie ihn jetzt bitten, mit ihr zu schlafen? Nein, das verbot sich von selbst.

„Gute Nacht“, sagte sie leise.

„Gute Nacht, Kimberly.“

11. KAPITEL

Stan verzichtete selbst an diesem Abend auf den Champagner und blieb lieber beim Whisky. Kimberly beobachtete ihn unauffällig und dachte an seine Behauptung, dass Whisky seine geistigen Kräfte mobilisiere. Es würde sicher interessant sein, sich jetzt mit ihm zu unterhalten. Sobald sich die Gelegenheit bot, sich von den anderen Gästen zurückzuziehen, raffte sie ihr bodenlanges Hochzeitskleid zusammen und gesellte sich zu ihm.

„Amüsierst du dich, Stan?" fragte sie lächelnd.

Er schmunzelte und zwinkerte ihr zu. „Du kennst mich doch. Kannst du dir vorstellen, dass dies erst die zweite Hochzeitsfeier ist, der ich beiwohne?"

„Wann war die erste?"

„Oh, das war meine eigene."

„Tatsächlich?" fragte sie überrascht. „Komisch, ich habe mir dich nie als Ehemann vorgestellt."

„Ich auch nicht. Es ist schon lange her. Damals war ich neunzehn Jahre alt, und das Mädchen, mit dem ich befreundet war, behauptete, schwanger zu sein. Ich hielt es für meine Pflicht, sie zu heiraten. Es dauerte allerdings gar nicht lange, bis sie merkte, dass die Ehe doch nicht das war, was sie sich erträumt hatte. Nun, mit neunzehn Jahren ist das kein Wunder. Da hat man doch noch ganz andere Ideen im Kopf. Nach weniger als einem halben Jahr haben wir uns dann in gegenseitigem Einvernehmen wieder getrennt."

„Ich verstehe."

Stan musterte sie eingehend. „Ziehst du etwa Parallelen? Glaub mir, Dan würde ganz anders reagieren, wenn er erführe, dass er Vater würde. Er würde vor Freude durchdrehen."

Kimberly spürte, dass ihr das Blut in die Wangen schoss. Verlegen ließ sie den Blick über die zahlreichen Hochzeitsgäste schweifen, wobei ihre Augen unwillkürlich Dan suchten. Er sah fantastisch aus in seinem festlichen dunklen Anzug. Kimberly konnte es noch immer kaum fassen, dass er jetzt ihr Mann war. Seit heute Vormittag waren sie verheiratet und durch ein Versprechen und zwei goldene Ringe miteinander verbunden. Sie hätte glücklich sein müssen, aber sie war es nicht. Es war die Ungewissheit, die sie so sehr belastete. Es quälte sie, noch immer nicht zu wissen, was er nun wirklich für sie empfand.

In den vergangenen sechs Wochen hatten sie sich nur selten gesehen. Sie war in ihrem Haus am Meer geblieben, wo sie in aller Ruhe die letzten Kapitel ihres Romans geschrieben hatte. Dan hatte sie nur an den Wochenenden besucht. Jedes Mal war er über Nacht geblieben, aber er hatte stets auf dem Sofa im Wohnzimmer geschlafen. Sie hatte sich keinen rechten Reim auf sein Verhalten machen können, denn sie selbst hätte es als völlig normal und natürlich angesehen, wenn sie miteinander geschlafen hätten. Es musste mit seinem ausgeprägten Pflicht- und Verantwortungsgefühl zu tun haben, dass er an seinem Versprechen, sie nicht „unter Druck" setzen zu wollen, so stur und unbeirrt festhielt.

„Kim?" Stans Stimme klang mitfühlend. „Schau doch nicht so bekümmert. Dan würde sich freuen."

„Freuen? Worüber?"

Sie riss den Blick von ihrem attraktiven Ehemann los und wandte sich wieder Stan zu.

„Über eine Schwangerschaft."

„Das ist ja sehr beruhigend", meinte sie betont gleichmütig. „Leider würde ich mich gar nicht darüber freuen."

„Schade. Dan sollte eine Menge Kinder haben."

„Um den Namen Cavenaugh weiterzutragen und möglichst auf dem ganzen Erdball zu verbreiten?" fragte sie trocken.

„Unsinn. Weil er ein fantastischer Vater sein würde. Deshalb!"

Kimberly schaute flüchtig zu Dan hinüber. „Denkst du das wirklich?"

„Ja. Deine Großeltern würden sich über ein paar Urenkel

ebenfalls freuen. Sie machen heute Abend einen sehr glücklichen Eindruck. Findest du nicht auch?"

Kimberly folgte Stans Blick und beobachtete eine Weile Wesley und Anne Marland, die mit Milly und einigen anderen Gästen in einer Gruppe beisammenstanden und sich fröhlich unterhielten."

„Ohne Dan wären sie heute nicht hier. Er hat dafür gesorgt, dass ich sie kennen lerne", meinte sie nur. „Oder besser: Er hat es angeordnet."

„Dan muss immer alle losen Enden zusammenknoten. Er kann nicht anders. Wie kommst du mit den Marlands zurecht?"

„Mit zurückhaltender Höflichkeit", gab sie ehrlich zu.

„Das ist bestimmt nicht das Schlechteste. Manche Leute sind im Umgang mit ihren Verwandten nicht einmal mehr dazu fähig."

„Da könntest du Recht haben."

„Hasst du sie wirklich?"

Kimberly zögerte nur einen Augenblick. „Nein." Es war die Wahrheit. Noch war sie sich über ihre Gefühle für ihre Großeltern nicht im Klaren, aber Hass empfand sie nicht, das wusste sie sicher.

„Ich hielt seine Idee, dich so zu überrumpeln und vor vollendete Tatsachen zu stellen, für idiotisch." Nachdenklich nippte Stan an seinem Whisky. „Aber vielleicht war es letztlich gar nicht so verkehrt. Dan tut sehr oft rein instinktiv genau das Richtige."

„Wenn er mir jemals wieder eine solche Überraschung bereitet, drehe ich ihm wahrscheinlich das Genick um."

„Ich glaube nicht, dass sich etwas Ähnliches so schnell wiederholen wird. Er hat seine Lektion gelernt. Wenn ich mich nicht irre, fasst er dich seit jenem Tag nur noch mit Samthandschuhen an."

Kimberly biss sich auf die Lippe. Sie wusste, dass Stan völlig Recht hatte. Und sie wusste auch, dass ihr Dans übertriebene Rücksichtnahme absolut nicht gefiel. Aber wie sollte sie Stan das verständlich machen? Entschlossen wechselte sie das Thema. „Tante Milly scheint sich von dem Schock, dass ihre beste Freundin der Bösewicht in unserem Stück war, endlich wieder erholt zu haben. Ich hatte schon befürchtet, dass sie sich die Schuld an allem geben würde."

„Das würde Dan nie zulassen", meinte Stan und lächelte verschmitzt. „Er besteht darauf, dass er der Alleinschuldige ist und die Verantwortung ausschließlich bei ihm liegt."

„Kimberly seufzte. „Ja, ja, die Verantwortung ..."

„Nun, manche Männer sind eben so."

Sie bedachte ihn mit einem spöttischen Blick. „Ja, es sieht ganz so aus. Aber lassen wir das jetzt. Erzähl mir lieber, was die Polizei inzwischen über Zorah und Emlyn herausgefunden hat. Ich bin überhaupt nicht mehr informiert."

„Den Fall kann man im Prinzip als geklärt betrachten. Zorah heißt in Wirklichkeit Charlotte Martin, und Emlyns richtiger Name lautet Joseph Williams."

Kimberly verzog das Gesicht. „Kein Wunder, dass sie sich umbenannt haben. Mit solchen Namen hat man als Hexe oder Hexer von vornherein keine Chance. Wie sind die beiden mit Andrea zusammengekommen ? "

„Das war reiner Zufall. Charlotte betrieb einen Kräuter- und Gewürzladen, und Joseph war ihr Freund. Andrea hat hin und wieder bei ihnen eingekauft. Sie muss Charlotte mit ihren Kenntnissen tief beeindruckt haben. Auf jeden Fall war das junge Ding felsenfest davon überzeugt, dass Andrea tatsächlich über magische Kräfte verfügt. Joseph begann sich dagegen erst für sie zu interessieren, als sie ihn in ihre Entführungspläne einweihte. Er machte eigentlich nur mit, weil ihn die Aussicht lockte, sehr leicht an sehr viel Geld zu kommen. Als die Sache dann deinetwegen aufflog, gelang es Andrea, ihm mit dem Versprechen, es bei nächster Gelegenheit ein zweites Mal zu versuchen, bei der Stange zu halten."

Kimberly schüttelte den Kopf. „Mir ist unverständlich, dass er sich dazu hergeben konnte, bei einem Mord mitzumachen."

„Andrea konnte ihn ohne viel Mühe davon überzeugen, dass

es notwendig sei, dich zu töten. Schließlich hattest du Charlotte damals gesehen und hättest sie gegebenenfalls identifizieren können."

Kimberly zog fröstelnd die Schultern hoch. „Und dann haben sie zunächst jemanden engagiert, der den Job für sie erledigen sollte. Ich nehme an, dass es Andrea war, die ihn aufs Grundstück gelassen hat."

Stan nickte. „Wir können von Glück sagen, dass sie ihn beauftragt hat, einen Ritualmord zu begehen. Der Kerl beklagt sich noch heute darüber, dass sie diese Verkleidung und die Benutzung des Dolches von ihm verlangt hat."

„Es ist kaum zu fassen, dass gerade dieser Hokuspukus mir das Leben gerettet hat." Kimberly schüttelte den Kopf. „Was für eine Situation!"

„Wirst du deine Erlebnisse in einem deiner Bücher verwerten?"

„Darauf kannst du wetten!"

„Ich mag deine Bücher", sagte Stan ernst. „Dieser Josh Valerian ist ein bisschen seltsam, aber die Geschichten gefallen mir."

„Was passt dir an Josh nicht?"

„Nun, er wirkt nicht besonders realistisch", begann Stan vorsichtig. „Ich finde es unglaubwürdig, dass er sich so mühelos in die Gedankenwelt seiner geliebten Amy hineinversetzen kann. Welcher Mann kann das schon? Das ist einfach nicht normal."

„So, findest du?"

„Ja. Valerian ist schließlich ein Mann, und als solcher sieht man die Dinge nun einmal anders als eine Frau. Es hat Dan übrigens fast zum Wahnsinn getrieben, weil er nicht wusste, wie er es mit einem Josh Valerian als Nebenbuhler aufnehmen sollte."

„Es ist ihm gelungen", meinte Kimberly trocken.

„Weiß er das?"

„Ich nehme es an."

„Warum benimmt er sich dann dir gegenüber so überaus vorsichtig und rücksichtsvoll?"

„Merkt man das so deutlich?"

„Das ist nun wirklich nicht zu übersehen."

Sie seufzte. „Stan, ich möchte dich etwas fragen."

„Ja?"

„Womit habt ihr damals in eurer Im- und Exportfirma eigentlich gehandelt?"

Stan sah sie überrascht an. „Womit schon? Mit allem möglichen. Was sich anbot, haben wir mitgenommen."

„Was genau?"

„Du meine Güte! Waren ... Antiquitäten, Schmuck, Spirituosen ... Was weiß ich?"

„Warum bist du nicht offen zu mir, Stan?"

„Ich ... äh ..." Verlegen fuhr er sich durchs Haar. „Sieh mal! Dan versucht, deine Aufmerksamkeit zu erregen."

„Stan ..." Sie gab auf. „Ich glaube, ich hole mir noch ein Glas Champagner."

Dan musterte seinen Freund und Kimberly irritiert. „Ein Glas Champagner, Kim?"

„Gern, danke."

„Stan, mir ist soeben Ginny Adams begegnet. Sie sucht dich offensichtlich."

„Wirklich?" Stans Augen leuchteten auf. „Dann entschuldigt mich bitte."

Kimberly sah ihm überrascht nach. „Nanu, Stan hat es aber plötzlich sehr eilig. Ginny Adams? Die Sekretärin?"

„Sag nur, das ist dir nicht aufgefallen? Stan ist bis über beide Ohren in sie verliebt. Ich finde, dass die beiden hervorragend zusammenpassen."

„Ja, wenn ich es so bedenke, muss ich dir Recht geben. Es wundert mich nur ein wenig. Ich hatte Stan bisher wohl für immun gegen das weibliche Geschlecht gehalten."

Dan lachte leise auf. „Es muss eben immer erst die Richtige kommen. Dann geht auch der überzeugteste Junggeselle in die Falle."

„So wird es wohl sein."

„Ist irgendetwas, Kim? Ich hatte den Eindruck, dass zwischen dir und Stan etwas vorgefallen sei."

„Ich schätze, ich habe ihn ein bisschen in Verlegenheit gebracht."

„Stan? Das kann ich mir gar nicht vorstellen. Wie denn?"

„Ich habe ihm eine Frage gestellt, die er mir nicht beantworten mochte."

„So? Dann frag mich doch einmal. Vielleicht weiß ich die Antwort."

„Ganz bestimmt sogar. Ich wollte lediglich von ihm hören, was ihr beide seinerzeit im- und exportiert habt. Sag mir nicht ‚alles Mögliche'."

„Aber so war es."

„Ich wollte es gern genauer wissen."

Dan zögerte kurz, dann zuckte er mit der Schulter. „Also gut, du sollst es erfahren. Stan und ich haben unter anderem auch mit Informationen gehandelt. Unser Auftraggeber war in diesem Fall der Geheimdienst, der uns immer dann heranzog, wenn eine Sache von den regulären Agenten aus irgendwelchen Gründen nicht durchgeführt werden konnte."

„Ja, aber ... das heißt ja, dass ..."

„Genau das heißt es. Ich hoffe, dass deine Neugier damit befriedigt ist, denn mehr wirst du nicht von mir erfahren. Ich hätte es eigentlich gar nicht erwähnen dürfen. Aber ich denke, dass ich mich auf deine Verschwiegenheit verlassen kann. Außerdem muss ich dich bitten, nicht über dieses Thema in deinen Büchern zu schreiben. Ich weiß, dass du immer auf der Suche nach neuen aufregenden Geschichten bist, aber von dem, was ich dir eben erzählt habe, darfst du offiziell nichts wissen." Er lächelte und fügte mit weicher Stimme hinzu: „Ich darf wirklich nicht darüber sprechen."

„Weil du wieder einmal eines deiner berühmten Versprechen gegeben hast?" fragte sie spöttisch.

„Nenn es, wie du willst", sagte er schroff. „Ich hoffe nur, dass du mir meine Verschwiegenheit in diesem Fall nicht verübelst."

„Das würde wohl nichts ändern, oder? Ein Cavenaugh bricht nun einmal keine Versprechen, nicht wahr?"

„So ist es."

Kimberly hatte plötzlich große Angst, den schlimmsten Fehler ihres Lebens begangen zu haben, als sie einwilligte, Dans Frau zu werden. Sie hatte sich eingeredet, dass letztlich alles gut werden würde, aber danach sah es im Augenblick ganz und gar nicht aus. Wie sollte es nur mit ihnen weitergehen, wenn sie nicht einmal an ihrem Hochzeitstag fähig war, sich frei von Aggressionen mit ihm zu unterhalten.

„Du musst sehr müde sein", sagte Dan weich. „Es war ein langer Tag."

„Ich werde es überleben", murmelte sie.

„Von mir kann ich das so sicher nicht behaupten", meinte er ebenso leise und sah sie mit brennenden Augen an.

Es war die erste Gefühlsregung, die Kim seit Wochen an ihm bemerkte, und sie war nicht sicher, ob sie ihn richtig verstanden hatte. „Wie bitte?" fragte sie verwirrt.

„Ach nichts", versicherte er ihr rasch und nahm ihren Arm. „Lass uns noch ein Weilchen zu deinen Großeltern gehen. Sie sind so stolz auf dich."

„Ja, sie sind hocherfreut, weil ich in eine so angesehene Familie hineingeheiratet habe", meinte sie trocken.

„Offensichtlich mehr als du selbst."

Betroffen nahm sie den bitteren Unterton in seiner Stimme zur Kenntnis. Anscheinend bekam der Panzer, den er sich in den letzten Wochen zugelegt hatte, allmählich Risse. Sie fragte sich, warum er ausgerechnet an ihrem Hochzeitstag wieder Gefühle zeigte.

Als Kimberly zwei Stunden später allein in ihrem Schlafzimmer war, überlegte sie noch immer, warum Dan ihr ausgerechnet an ihrem Hochzeitstag Einblick in sein Gefühlsleben gestattete.

War ihm heute klar geworden, worauf er sich eingelassen hatte? Bereute er es womöglich schon, diese Ehe eingegangen zu sein?

Nachdenklich betrachtete sie sich im Spiegel und begann dann, langsam ihr Hochzeitskleid auszuziehen. Sie war allein – an dem Tag, der der schönste ihres Lebens hätte sein sollen, war sie allein. Nachdem auch die letzten Gäste gegangen waren, hatte Dan sie nach oben bis vor ihre Zimmertür begleitet. Hier hatte er ihr einen Gutenachtkuss gegeben und war dann in sein eigenes Zimmer gegangen.

Tränen standen in ihren Augen, als sie das Kleid sorgfältig in den Schrank hängte. So hatte sie sich ihre Hochzeitsnacht nicht vorgestellt. Nicht einmal von Flitterwochen war die Rede gewesen.

Das ist entwürdigend und beleidigend, sagte sie sich. Da saß sie nun in ihrer Hochzeitsnacht allein in ihrem Zimmer, und der Mann, den sie liebte und nach dem sie sich sehnte, ließ sie allein.

Gedankenverloren nahm sie das Nachthemd, das sie extra für diese Nacht gekauft hatte, aus dem Schrank und breitete es vor sich auf dem Bett aus. Grimmig starrte sie das zarte Gewebe aus Spitzen und glänzendem Satin an. Dann legte sie es wieder zusammen und räumte es fort. Es wäre die reinste Verschwendung, es jetzt zu tragen. Der Mann, den sie darin hatte verführen wollen, würde es ja doch nicht sehen. Also konnte sie ebenso gut eines ihrer gewohnten T-Shirts anziehen.

Während sie sich für die Nacht zurechtmachte, kreisten ihre Gedanken unentwegt um Dan. Vom ersten Augenblick an hatten sie sich zueinander hingezogen gefühlt. Er begehrte sie. Daran hatte sie nie gezweifelt. Sollte diese körperliche Anziehungskraft inzwischen erloschen sein? Kritisch betrachtete sie sich im Spiegel. Nein, dachte sie. Das ist unmöglich. Auch wenn er es in den letzten Wochen zu verbergen versucht hatte, so hatte sie doch gespürt, wie schwer es ihm fiel, seine Leidenschaft zu unterdrücken.

Dan war lediglich fest entschlossen, sich an sein Versprechen, ihr Zeit zu geben, zu halten. Und was sie von einem Versprechen zu halten hatte, das Dan Cavenaugh gab, wusste sie mittlerweile nur zu genau. Vermutlich würde er jahrelang wie ein Mönch neben ihr leben, wenn sie nicht den ersten Schritt unternahm.

Nein, dachte sie. So geht es nicht weiter. Entschlossen fuhr sie sich mit der Bürste durchs Haar. Sie war eine verheiratete Frau, die ihren Mann liebte. Auch wenn er ihre Liebe nicht erwiderte, so begehrte und brauchte er sie doch. Zahlreiche Ehen bauten auf einem weitaus wackeligerem Fundament auf.

Ohne Zögern ging sie an den Schrank, nahm ihren Morgenmantel heraus und zog ihn über. Dann verließ sie ihr Zimmer.

Im Haus war es still und dunkel. Auf Zehenspitzen schlich Kimberly über den Flur zu Dans Zimmer. Kein Lichtstrahl drang durch die Türritze. Er musste bereits zu Bett gegangen sein. Plötzlich fühlte sie sich sehr einsam und verloren. Mutlos stand sie mit hängenden Armen vor seiner Tür.

Ich darf jetzt nicht aufgeben, sagte sie sich immer wieder. Ich muss um mein Glück kämpfen.

Schließlich überwand sie ihre Ängste und hob die Hand, um anzuklopfen. Im letzten Moment besann sie sich jedoch anders. Zögernd drückte sie die Klinke nieder. Die Tür war unverschlossen und ließ sich fast geräuschlos öffnen. Einige Sekunden später stand sie in seinem Zimmer und versuchte, sich in der Dunkelheit zu orientieren.

Wenn Dan sich bei ihrem Eintritt nicht überrascht umgeschaut hätte, hätte sie ihn vermutlich gar nicht entdeckt. Er saß in einem Sessel neben dem Fenster, und auf dem Tisch vor ihm bemerkte Kimberley eine angebrochene Weinbrandflasche. Nur schemenhaft sah sie seine Umrisse, als er nach der Flasche griff und sich einschenkte.

„Dan?"

„Du schreckst wohl vor gar nichts zurück, was? Dieses Talent muss dir angeboren sein." Seine Stimme klang ungehalten.

„Was meinst du?"

„Dein Talent, in Gefahr zu geraten. Besonders nachts."

„Bist du ... bist du schon sehr betrunken, Dan?"

„Leider noch nicht. Ich fange gerade erst an."

„Dan ..."

„Was soll das, Kim? Ich bemühe mich wirklich, dich in Ruhe zu lassen und nicht zu drängen. Findest du es nicht unfair, mich derart in Versuchung zu führen?"

Langsam ging Kimberly auf Dan zu. Jetzt sah sie, dass er Jackett und Hemd ausgezogen hatte und nur noch die dunkle Anzughose trug. „Hast du deshalb in den letzten Wochen kein Interesse mehr an mir gezeigt?" Ihr Herz klopfte aufgeregt, und sie atmete tief durch, um sich zu beruhigen.

„Was soll das heißen, ich hätte kein Interesse an dir gezeigt? Immerhin habe ich dich geheiratet. Kein Mann heiratet eine Frau, an der er nicht interessiert ist."

Sie schluckte. „Ich kann dir gar nicht sagen, wie beruhigend das für mich ist", brachte sie mühsam heraus.

„Geh wieder in dein Zimmer, Kim", bat er sie mit weicher Stimme.

„Warum?"

„Weil du später wahrscheinlich keine Gelegenheit mehr dazu haben würdest. Ist das deutlich genug?"

Kimberly rührte sich nicht von der Stelle. Sie blickte ihn an und sagte: „Ich bin deine Frau, Dan. Vielleicht möchte ich heute Nacht nicht allein in meinem Bett liegen. Ich ... ich habe das Recht, bei dir zu sein."

„Erzähl mir nichts von Rechten!"

Mit weichen Knien setzte sich Kimberley ihm gegenüber auf den anderen Sessel. „Dann lass uns darüber sprechen, weshalb du soviel Angst davor hast, mich zu drängen. Was meinst du überhaupt damit? Ich habe nichts dagegen, mit dir zu schlafen, falls du das noch nicht bemerkt hast."

Dan setzte sein Glas so heftig ab, dass ein Teil des Weinbrands auf die Tischplatte schwappte.

Bittend streckte sie die Hände nach ihm aus und blickte ihm

fest in die Augen. „Dan, wie lange soll dieser Zustand mit den getrennten Schlafzimmern deiner Meinung nach dauern?“

Erregt sprang er auf. „Bis du dein Vertrauen in mich zurückgewonnen hast und mich wieder lieben kannst!“ fuhr er sie an. „Ich will erst wieder mit dir schlafen, wenn du mich wieder so vorbehaltlos lieben kannst wie vor deiner ersten Begegnung mit deinen Großeltern.“

Kimberly blickte ihm starr ins Gesicht. „Du hast in letzter Zeit wohl nicht oft versucht, meine Gedanken zu lesen“, meinte sie mit dünner Stimme.

„Jeder meiner bisherigen Versuche dürfte als gescheitert betrachtet werden“, entgegnete er bitter. „Ich habe nun einmal kein Talent dazu, mich auf den verschlungenen Pfaden weiblichen Denkens zurechtzufinden!“

„Also hast du es aufgegeben. Ich will dir einmal etwas sagen, Dan. Mir geht es umgekehrt ganz genauso. Seit sechs Wochen denke ich darüber nach, was dich wohl bewogen haben mag, mich zu bitten, deine Frau zu werden. Tu mir bitte den Gefallen und kläre mich endlich auf. Warum wolltest du mich unbedingt heiraten?“

„Warum?“ Seine Augen blitzten empört. „Weil ich dich liebe! Weshalb hätte ich dich wohl sonst heiraten wollen?“

Kimberly schwieg betroffen. Nachdem sie tief Luft geholt hatte, antwortete sie: „Mir sind eine ganze Menge anderer Gründe eingefallen, aber darauf bin ich nicht gekommen“, gestand sie mit bebender Stimme. „Sex, Kameradschaft, Verantwortungsgefühl, die Notwendigkeit, wieder jemanden haben zu müssen, der den Haushalt führt, wenn Julia ausgezogen ist ...“

Dan nahm ihre Hände, zog sie hoch und sah ihr eindringlich in die Augen. „Ich habe dich geheiratet, weil ich dich liebe, Kim.“

Tränen des Glücks verschleierten ihren Blick. „Nun, ich habe dich aus dem gleichen Grund geheiratet“, flüsterte sie und schluckte ergriffen. „Was also spricht eigentlich dafür, dass wir unsere Hochzeitsnacht in getrennten Schlafzimmern verbringen?“

„Kim, ist das wahr? Ist das wirklich wahr?" Er schloss sie in die Arme und drückte sie fest an sich. „Ich hatte solche Angst, alles zerstört zu haben."

„Oh Dan." Zärtlich fuhr sie ihm durchs Haar. „Ich habe niemals aufgehört, dich zu lieben. Ich war verärgert und verletzt, weil ich in deinem Verhalten den Beweis zu sehen glaubte, dass du meine Liebe nicht erwiderst. Aber nur weil man zornig und enttäuscht ist, hört man doch nicht einfach auf, einen Menschen zu lieben."

„Dabei wollte ich nur das Beste für uns, Kim."

„Ich weiß, Dan."

„Wirklich?" Sein Blick schien sie zu durchbohren.

Sie lächelte. „Ich sagte nicht, dass ich es gutheiße. Ich verstehe es. Das ist ein Unterschied."

„Ich werde es irgendwann lernen", antwortete er mit rauer Stimme, und dann küsste er sie mit all der Leidenschaft, die er so lange verzweifelt unterdrückt hatte. „Ich liebe dich, Kim. Ich liebe dich so sehr. Diese Liebe wird uns helfen, alle auftretenden Verständigungsprobleme zu meistern."

„Ja, Dan. Und ich habe eingesehen, dass es Unsinn ist, wenn ich erwarte, dass du meine Gedanken lesen kannst. Aber vielleicht entwickelt sich im Laufe der Jahre so etwas wie ein blindes gegenseitiges Verstehen zwischen uns."

„Da bin ich ganz sicher, Kim."

„Und bis es soweit ist, sollten wir immer offen miteinander reden. Viele Missverständnisse lassen sich vermeiden, wenn man über ein Problem spricht – und ehrlich sagt, was man denkt."

„Du hast ja so Recht. Ich bin ganz deiner Meinung. Fangen wir doch gleich an. Soll ich dir sagen, was ich gerade denke? Ich denke, dass du in deinem T-Shirt unverschämt sexy aussiehst."

Sie lächelte verschmitzt. „In meinem neuen Nachthemd würde ich noch viel verführerischer wirken. Aber da du ja offensichtlich nicht die Absicht hattest, diese Nacht ..."

„Kim, sei nicht traurig. Ich bin überzeugt, dass es ganz entzückend ist, aber heute Nacht hätte ich das bestimmt nicht gewürdigt. Glaub mir, du hättest es nicht lange auf dem Leib behalten." Dan hob sie hoch und trug sie zum Bett.

„Liebe mich, Dan. Bitte, liebe mich."

„Immer." Es war ein Schwur, und Kimberley wusste, dass Dan Cavenaugh ihn niemals brechen würde.

– *ENDE* –

Jayne Ann Krentz

Verliebt, verlobt – verheiratet?

Roman

Aus dem Amerikanischen von
Camilla Kneschke

MIRA®

1. KAPITEL

Josh dachte, dass er vielleicht doch noch eines Tages lernen würde, dass es sich nicht auszahlte, den Helden zu spielen. Schlecht gelaunt saß er auf der Kante eines Untersuchungstisches in der Notaufnahme. Er mochte Krankenhäuser nicht, und die Tatsache, dass er heute Abend dumm oder langsam genug gewesen war, um in einem zu landen, gefiel ihm noch weniger.

Doch es hätte auch schlimmer kommen können. Wenn Eddy Hodders Messer ihn ein paar Zentimeter tiefer erwischt hatte, dann hätte er die Nacht im Leichenschauhaus verbracht.

Josh atmete vorsichtig ein und zuckte zusammen. Der Doktor hatte ihm gerade erklärt, dass seine Rippen nur angeknackst, nicht gebrochen waren, aber der Unterschied war kaum festzustellen. Die große Frage war nun, wie schlimm sein Knöchel verletzt war. Die Röntgenbilder würden gleich fertig sein.

Die Wunde an der Schulter war inzwischen sauber verbunden und die an der Stirn genäht worden. Dummerweise ließ die örtliche Betäubung bereits nach. Josh sagte sich grimmig, dass er all das verdient hatte. Er war im falschen Geschäft, oder vielleicht übte er diesen Beruf auch einfach schon zu lange aus, und er wurde unvorsichtig.

Jetzt kam ein junger Arzt zur Tür herein. „Gute Neuigkeiten, Mr. Norton. Der Knöchel ist nur verstaucht. Wir bandagieren ihn, und Sie können bald hier raus."

„Na toll. Wie lange?"

„Was meinen Sie?" Der Arzt öffnete eine Schublade.

„Wie lange dauert es, bis ich wieder richtig laufen kann?"

„Eine ganze Weile. Erst einmal brauchen Sie eine Woche Ruhe, und danach wird Ihnen der Fuß immer noch gelegentlich zu schaffen machen. Wir geben Ihnen Krücken mit."

„Krücken?" Josh fluchte.

Der Arzt kam mit einer elastischen Binde zurück. „Es hätte

schlimmer sein können. Wie ich hörte, wären Sie fast umgebracht worden, als Sie diesem Eddy Hodder in das Gebäude gefolgt sind. Die Polizisten sind gerade bei ihm. Falls Sie das tröstet, Hodder ist in schlechterem Zustand als Sie."

„Danke. Dadurch fühle ich mich viel besser", knurrte Josh.

„Das dachte ich mir. Aber auch Sie werden eine Weile Schmerzen haben, da führt kein Weg dran vorbei. Ich gebe Ihnen ein paar Tabletten mit und rate Ihnen, sich einige Zeit freizunehmen. Sie brauchen ein paar Wochen Erholung."

Josh biss die Zähne zusammen, als sein Knöchel umwickelt wurde. „Verdammt, tut das weh."

„Tut mir Leid. In der nächsten Zeit wird Ihnen jede Bewegung unangenehm sein", verkündete der Doktor fröhlich.

Josh sah ihn böse an. „Genießen Sie Ihre Arbeit?"

„Ich liebe sie."

Josh zuckte wieder zusammen, als der Arzt an der Binde zog. „Das merkt man."

McCray wartete im Flur. Er war zugleich Joshs Freund und Geschäftspartner in einer der größten Detektivagenturen an der Pazifikküste. Als Josh auf Krücken ankam, schüttelte McCray bedauernd den Kopf. „Ein trauriger Anblick. Wie geht es dir?"

„Mies."

„Ja, so siehst du auch aus, um die Wahrheit zu sagen. Ich habe den Papierkram für dich erledigt und mit der Polizei gesprochen. Wir können gehen."

„Ist das Mädchen okay?"

„Ihr geht es gut. Sie ist allerdings sauer auf dich, weil du angeblich ihr Leben ruiniert hast. Ihr Freund Hodder war ja nur auf Bewährung aus dem Gefängnis entlassen worden. Nach dieser Entführungsgeschichte wird er nun direkt dahin zurückgeschickt, und wahrscheinlich wird er lange drin bleiben müssen. Der Vater der jungen Dame ist dir natürlich unendlich dankbar."

„Schick ihm gleich morgen früh die Rechnung. Dann können wir seine Dankbarkeit noch zu unserem Vorteil nutzen."

„Du bist aber wirklich übel gelaunt, was?" McCray schob die Glastür auf, und Josh humpelte in die kalte Nachtluft von Seattle hinaus.

„Weißt du was, Kumpel?"

„Was?"

„Du brauchst Urlaub, vielleicht einen Monat oder so."

„Hör zu, McCray ..."

McCray hob eine Hand. „Ich meine es ernst, Norton. Du bist ausgebrannt. Was du nötig hast, ist ein ruhiges Leben mit jemandem, der dich bedient, selbst gekochte Mahlzeiten, Tee und Kuchen nachmittags und eine stressfreie Umgebung, kurz gesagt, einen kompletten Szenenwechsel."

„Denkst du an einen bestimmten Ort?" fragte Josh misstrauisch.

„Allerdings." McCray öffnete die Beifahrertür seines Wagens. „Steig ein. Ich habe da einen Brief, den du lesen musst."

„Von wem ist er? Autsch! Verdammt!"

„Gib mir die Krücken. Der Brief liegt da vorn."

Josh schob sich vorsichtig auf den Sitz und schnitt eine Grimasse, als er sein linkes Bein nachzog. Dann nahm er den Umschlag von der Ablage und las den Absender im Licht des Krankenhauseingangs. „Haus Peregrine." In dem Umschlag waren eine farbige Broschüre und ein sauber getippter Brief. Auf der Broschüre war ein Herrenhaus aus dem vorigen Jahrhundert abgebildet, und der Text versprach Gemütlichkeit, Luxus und erstklassiges Essen an der sehenswerten Küste von Washington. Der Brief enthielt einen Auftrag.

„Ich denke, du solltest den Fall übernehmen", meinte McCray, als er ins Auto stieg.

„Das ist kein Fall, sondern ein Witz. Diese Miss Margaret Gladstone hat offensichtlich eine blühende Phantasie."

„Genau darum geht es ja." McCray fuhr vom Parkplatz des Krankenhauses. „Du kannst alle Vorteile eines luxuriösen Gasthofes einen ganzen Monat lang genießen, und brauchst dafür nur ein paar kleine Ermittlungen anzustellen für die nette alte Dame, die diesen Brief geschrieben hat."

„Eine Kleinigkeit, was? Wieso glaubst du, dass Miss Gladstone eine alte Dame ist?"

„Wer würde sonst so schreiben? Und was hast du zu verlieren? Du musst eine Weile weg, Josh. In der Firma bringst du nichts, bis du diese schlechte Stimmung überwunden hast, in der du seit ein paar Monaten bist. Sieh doch ein, du bist ausgebrannt. Du bist einfach zu lange im Geschäft."

„Du bist genauso lange dabei", murmelte Josh.

„Ja, aber für mich war es nicht annähernd so hart. Schließlich arbeite ich am Schreibtisch."

Josh sah wieder auf den Brief. Etwas verriet ihm, dass Miss Margaret Gladstone keine nette alte Dame war, und seine Ahnungen waren fast immer zuverlässig. Plötzlich war er sehr neugierig auf die Frau, die diesen verrückten Brief geschrieben hatte.

Vielleicht brauchte er wirklich für eine Weile Tapetenwechsel.

Ein schwarzes Auto bog in die Einfahrt von Haus Peregrine ein. Es war fünf Uhr nachmittags und schon dunkel. Regen schlug gegen die Fenster, so dass die Leute, die im Salon versammelt waren, nicht erkennen konnten, wer am Steuer saß. Aber es bestand kaum Zweifel daran, wer der Neuankömmling war.

„Ich schätze, das ist unser Mann." Der Colonel zog eine goldene Taschenuhr aus seinem abgetragenen Jackett. „Ganz pünktlich. Ein gutes Zeichen."

„Ich hoffe, wir tun das Richtige", murmelte Clarissa Hawkins besorgt. Wie der Colonel hatte sie sich zum Essen umgezogen. Ihr blaues Kleid war beinahe genauso alt wie sein Jackett, aber sie trug es mit der Sicherheit und Eleganz, die ihr im Laufe von fünfundsechzig Jahren zur zweiten Natur geworden waren.

„Wir haben das schon hundert Mal besprochen, Clarissa. Tu nicht so, als hätten wir eine Wahl. Maggie hat Recht. Manchmal muss man sich einen starken Mann holen, um mit so etwas fertig zu werden."

Shirley Smith trank einen Schluck von ihrem Martini. Sie war im selben Alter wie Clarissa, kam aber aus einer ganz anderen Welt. Sich zum Dinner umzuziehen bedeutete für sie, in ein paar Schuhe mit hohen Absätzen und ein außerordentlich enges pinkfarbenes Kleid zu schlüpfen, das ihre knochigen Knie freiließ. Heute Abend trug sie ihren gesamten Schmuck. Sie hatte sogar ein Diadem in ihr gefärbtes blondes Haar gesteckt.

Der Colonel tätschelte liebevoll Clarissas Hand. „Shirley hat völlig Recht, meine Liebe. Wir hatten keine Wahl. Es war Zeit, etwas Entscheidendes zu unternehmen."

Maggie Gladstone musterte ihre drei Mitbewohner und hoffte, dass sie das Richtige getan hatte. Sie hatte noch nie zuvor einen Privatdetektiv engagiert. Allerdings hatte sie genügend Kriminalromane gelesen, um ungefähr zu wissen, was sie von dem Mann in dem schwarzen Auto zu erwarten hatte. Plötzlich war sie sehr aufgeregt. Gleich würde sie einen echten Privatdetektiv kennen lernen!

„Ich stelle mich ihm vor und führe ihn in sein Zimmer. Er hatte eine lange Fahrt von Seattle." Sie stellte ihr Glas Sherry ab und dann stand sie auf.

„Natürlich", stimmte Clarissa zu. „Erinnere ihn daran, dass wir uns hier zum Dinner umziehen. Hoffentlich ist er ein ordentlicher Detektiv, einer von denen, wie man sie in diesen netten englischen Romanen findet, keiner von den frechen jungen Männern, die im Fernsehen immer mit ihren Pistolen herumwedeln."

„Vielleicht können wir einen Mann gebrauchen, der mit einer Pistole umzugehen versteht", erklärte der Colonel düster.

„Verdammt richtig", pflichtete Shirley ihm bei. „Das Letzte, was wir nötig haben, ist ein snobistischer kleiner Weichling. Dies ist ein Job für einen ganzen Kerl, wie mein Ricky immer gesagt hat."

Maggie blieb an der Tür stehen. „Mr. Norton leitet eine der besten Agenturen an der Westküste, und wir haben Glück, ihn zu bekommen. Ich bin sicher, dass er kein Weichling ist. Und jetzt seid bitte alle ruhig. Wir wollen doch nicht, dass er hört, wie wir über ihn reden."

„Geh zu ihm, meine Liebe", sagte Clarissa.

„Ja." Shirley grinste. „Wir benehmen uns, versprochen."

Maggie lief in die Halle hinaus und sah sich selbst in dem riesigen Spiegel in der Nähe des Empfangstisches. Heute trug sie einen schwarzen Seidenanzug, der ihre schlanke Figur betonte. Die braunen Locken hatte sie mit einer goldenen Spange zu einem Pferdeschwanz zusammengefasst.

Als sie sich jetzt kritisch betrachtete, hoffte sie, dass sie weltgewandt und geschäftstüchtig genug wirkte. Großstädter glaubten manchmal, sie könnten Leute aus kleinen Orten wie Peregrine Point übers Ohr hauen. Dieser teuere Sicherheitsexperte sollte gar nicht erst den Eindruck gewinnen, er könnte einen Monat lang umsonst im Gasthof wohnen, dann einen kurzen Bericht schreiben und abreisen. Maggie wollte Taten sehen.

Etwas schlug gegen die Tür. Es klang nicht wie ein höfliches Klopfen.

Maggie öffnete, und dann starrte sie verblüfft den Mann an, der vor ihr stand. Enttäuschung überkam sie. Das war offensichtlich doch nicht der Privatdetektiv, den sie erwarteten.

Der arme Mann war anscheinend gerade aus dem Krankenhaus entlassen worden. Er ging an Krücken, und sein linker Fuß war dick bandagiert. An der Stirn hatte er einen großen weißen Verband, und die Haut um beide Augen herum war dunkel verfärbt. „Oh!" sagte Maggie. „Ich dachte, Sie wären jemand anders."

Der Mann kniff die Augen zusammen. Dadurch wirkte sein sowieso schon hartes Gesicht geradezu wild. Dass er sich offenbar einen Tag lang nicht rasiert hatte, verstärkte den Eindruck. Sein schwarzes Haar war nass von Regen, ebenso wie Hemd und Jeans. Maggie überlegte, ob sie sich geirrt hatte. Dieser Mann war jedenfalls groß und kräftig genug, um ihrem Bild eines Privatdetektivs zu entsprechen. Außerdem hatte er etwas außerordentlich Gefährliches im Ausdruck seiner kalten grauen Augen.

Aber man konnte ja wohl sicher sein, dass kein echter Privatdetektiv auf Krücken zum Dienst erscheinen würde.

„Macht es Ihnen was aus, wenn ich reinkomme?" knurrte der Fremde. Das klang, als hätte er in letzter Zeit eine Menge durchgemacht und keinerlei Geduld mehr. „Es ist verdammt nass hier draußen."

„Ja, natürlich. Kommen Sie rein, und wärmen Sie sich auf." Maggie trat schnell einen Schritt zurück. „Aber ich fürchte, Sie können nicht bleiben. Wir nehmen zur Zeit keine Gäste auf, weil wir, äh, gerade renovieren. Sie haben doch nicht reserviert, oder? Ich dachte, ich hätte alle Gäste mit Reservierungen benachrichtigt. Es tut mir sehr Leid, aber wahrscheinlich kann ich Ihnen für die Nacht ein Zimmer in einem anderen Gasthof in der Stadt besorgen. Zu dieser Jahreszeit ist nur an Wochenenden viel Betrieb. Darf ich Ihren Namen wissen?"

„Norton." Der Mann kam herein. „Joshua Norton." Er hob eine Augenbraue. „Soviel ich weiß, haben Sie mich hergebeten."

Maggie war schockiert. „Sie sind Norton? Der Privatdetektiv aus Seattle?"

„Richtig." Er nahm beide Krücken in die linke Hand und fuhr sich mit der rechten durchs Haar. Regentropfen fielen auf den abgetretenen Orientteppich. „Es wäre nett, wenn mir jemand mit dem Gepäck helfen könnte. Es ist schwer, Koffer zu tragen, wenn man an diesen Dingern geht." Er deutete auf die Krücken.

„Aber, Mr. Norton ..."

„Nennen Sie mich Josh." Er sah sich ungeduldig in der kleinen Halle um. „Wo ist ihr Page?"

„Wir haben keinen mehr. Schauen Sie, Mr. Norton, da muss ein Fehler vorliegen."

„Kein Fehler." Er zog ein Stück Papier aus der Tasche, das Maggie bekannt vorkam. „Dies ist doch Haus Peregrine, oder?"

„Nun, ja, aber ..."

Josh begann laut zu lesen: „Als Entgelt für professionelle Ermittlungen bin ich bereit, einen Monat lang Unterkunft in einem der hübschesten Gasthöfe des Staates anzubieten. Haus Peregrine ist ein einzigartiges Beispiel viktorianischer Architektur mit Räumen, die im Stil der Zeit eingerichtet sind."

„Ja, aber ..."

„In unserem Haus", fuhr Josh fort, „können Sie sich entspannen und die herrliche Küste von Washington genießen, die auch im Winter sehenswert ist. Jeden Morgen bekommen Sie ein herzhaftes, hausgemachtes Frühstück und am Nachmittag Tee und Kuchen."

„Bitte, Mr. Norton ..."

„Abends möchten wir Sie einladen, mit den anderen Gästen Sherry zu trinken und sich zu unterhalten, bevor Ihnen in unserem Feinschmeckerrestaurant das Dinner serviert wird. Nach dem Essen erwartet Sie ein gemütlicher Abend am Kaminfeuer. Besuchen Sie uns in Haus Peregrine, und genießen Sie die ruhige Umgebung des wundervollen ..."

„In Ordnung, Mr. Norton. Das reicht, vielen Dank. Ich erkenne meine eigenen Worte."

Er sah auf, und Maggie merkte, wie kalt seine Augen tatsächlich waren.

In dem eisigen Grau waren keinerlei Wärme oder Geduld auszumachen. „Gut." Josh steckte den Brief in die Tasche zurück. „Ich vermute, Sie sind Miss Margaret Gladstone?"

„Ja."

„Fein. Ich bin der Ermittler, den Sie engagiert haben. Ich denke, das ist damit geklärt. Der richtige Ort, die richtigen Leute, also können wir weitermachen. Ich hätte gern den Schlüssel zu meinem Zimmer."

Maggie starrte ihn an. „Aber Sie ... Sie sind ..." Es war ihr peinlich, aber sie deutete auf die Krücken und Verbände. „Sie sind nicht ganz, was wir uns vorgestellt haben, Mr. Norton. Ich möchte Sie nicht kränken, aber wir brauchen einen Mann der Tat, falls Sie verstehen, was ich meine. Wir haben ein Problem hier in Haus

Peregrine und benötigen einen Detektiv, der in guter körperlicher Verfassung ist."

Josh verzog den Mund zu einem humorlosen Lächeln. „Gute körperliche Verfassung auch noch? Das ist ziemlich viel verlangt, wenn man bedenkt, was Sie zahlen, oder?"

Maggie wurde wütend. „Mr. Norton, ich biete Unterkunft in einem der besten Gasthöfe der Küste für einen ganzen Monat an. Das ist nicht gerade wenig."

„Haben Sie eine Ahnung, was meine Firma gewöhnlich pro Stunde verlangt, Miss Gladstone?" fragte Josh sehr sanft.

„Nein." Natürlich hatte sie sich nicht die Mühe gemacht, danach zu fragen. Maggie hatte genau gewusst, dass sie nicht genügend Geld hatte, um einen Sicherheitsdienst rund um die Uhr zu beschäftigen. Zur Zeit konnte sie kaum die Stromrechnung bezahlen. „Ich habe mich nicht nach Ihren üblichen Tarifen erkundigt, weil ich angenommen habe, dass mein Angebot angemessen ist."

„Nicht mal annähernd, Miss. Gladstone."

„Warum haben Sie dann den Fall angenommen?" erwiderte sie.

„Lassen Sie uns einfach sagen, ich war in wohltätiger Stimmung, als Ihr Brief kam. Sie sind meine gute Tat des Jahres, Lady. Und jetzt hätte ich gern meinen Zimmerschlüssel. Außerdem möchte ich, dass mein Gepäck raufgebracht wird, da ich nicht in der Lage bin, das selbst zu übernehmen."

„Könnte es sein, dass gute Taten bei Ihnen selten sind?"

Josh grinste. „Sie sind sehr scharfsinnig, Miss Gladstone. Können wir jetzt weitermachen? Das war kein guter Tag. Tatsächlich war es keine gute Woche, nicht mal ein guter Monat. Ich habe Ruhe nötig."

Maggie dachte daran, ihn rauszuwerfen, entschied aber, dass das unmöglich war, selbst wenn sie den Colonel zu Hilfe gerufen hätte. Josh Norton mochte an Krücken gehen und ziemlich mitgenommen aussehen, aber er wirkte trotzdem kräftig „Ich denke, da

Sie schon mal hier sind, können Sie ebenso gut über Nacht bleiben."

„Vielen Dank, Miss Gladstone." Josh neigte spöttisch den Kopf. „Ich hole Ihren Schlüssel."

Sie trat hinter den Empfangstisch. „Nummer 22."

„Im zweiten Stock? Vergessen Sie's. Ich klettere nicht jedes Mal, wenn ich das Zimmer verlasse, so viele Treppen rauf und runter. Sie haben gesagt, dass der Gasthof zur Zeit geschlossen ist. Also müssen Sie auch weiter unten freie Zimmer haben."

Damit hatte er Recht, aber Maggie ärgerte sich zu sehr über seinen Ton, um es zuzugeben. Sie griff nach einem anderen Schlüssel. „Nummer 10 im Ostturm." Das war das Zimmer direkt neben ihrem, aber sie entschied, dass das keine Rolle spielte. Automatisch verfiel sie in ihre übliche Verkaufstaktik. „Ein wirklich hübscher Raum mit hervorragendem Blick aufs Meer. Sie haben ein Himmelbett und Ihren eigenen Kamin. Feuerholz wird geliefert. Wenn Sie jetzt hinaufgehen möchten, kümmere ich mich inzwischen um Ihr Gepäck."

„Haben Sie jemanden, der Ihnen damit helfen kann?"

„Sicher", log Maggie „Das ist kein Problem. Es wird sofort erledigt."

„Wie Sie meinen." Josh zuckte mit den Schultern und schob dann seine Krücken unter die Arme. „Ich rieche etwas zu essen, und ich bin am Verhungern. Wie ist es mit Dinner hier?"

„Wir, äh, hatten erwartet, dass Sie sich uns anschließen", antwortete Maggie unbehaglich. „Aber vielleicht würden Sie lieber in die Stadt fahren" , fügte sie etwas zu eifrig hinzu. „Es gibt dort einige gute Fischrestaurants."

„Zu viel Mühe. Ich esse hier. Schließlich soll ich hausgemachte Mahlzeiten bekommen. Nachdem ich geduscht habe, könnte ich einen Drink gebrauchen. Es war eine anstrengende Fahrt. Und da ich momentan sowieso angeschlagen bin, bin ich recht müde."

Maggie biss sich auf die Lippe, als sie zusah, wie mühsam Josh die Treppe hinaufstieg. „Ich habe in meinem Brief wohl nicht erwähnt, dass wir ... Das heißt, die anderen Gäste haben es zur Tradition gemacht, sich zum Essen umzuziehen.“ Sie betrachtete Joshs Jeans „Es wäre nett, wenn Sie das auch tun würden.“

„Keine Sorge“, erklärte er. „Ich werde mir schon etwas anziehen. Eigentlich gehe ich selten nackt essen.“

Maggie schloss für einen Moment die Augen und öffnete sie dann wieder, als sie spürte, wie kalter Regen durch die offene Verandatür hereinkam. Sie nahm einen Schirm aus dem altmodischen Ständer, biss die Zähne zusammen und ging hinaus, um Josh Nortons Gepäck zu holen.

Maggie begann sich zu fragen, ob sie nicht einen großen Fehler gemacht hatte, als sie unbesehen einen Privatdetektiv engagiert hatte. Und sie ahnte, dass es wohl schwer werden würde, diesen Fehler rückgängig zu machen. Mr. Norton sah nicht aus wie jemand, der es einfach hinnehmen wurde, gefeuert zu werden.

Tatsächlich sah er überhaupt nicht aus, als würde er irgendetwas tun, das er nicht wollte. Regen trommelte auf den Schirm, als Maggie in den Wagen hineinsah. Beim Anblick des Gepäcks stöhnte sie laut auf. Anscheinend hielt Mr. Norton nichts davon, sich einzuschränken.

Sie holte den kleineren Koffer heraus. Er war aus Metall und überraschend schwer. Sie lief zum Gasthof zurück und stellte den Koffer in der Halle ab.

Der Colonel erschien in der Tür zum Salon, und seine Augen leuchteten auf.

„Oh, ein Computer, wie ich sehe.“ Er nickte zufrieden. „Unser Mann ist ein Ermittler, der moderne Technik einsetzt. Ausgezeichnet.“

Maggie empfand eine gewisse Erleichterung. Der Computer war ein gutes Zeichen. Vielleicht wusste Joshua Norton doch, was er tat. „Ich habe gehört, dass die meisten modernen Nachforschungen mit Computern erledigt werden.“

„Ich bin sicher, die alten Methoden werden auch immer noch angewendet“, meinte der Colonel „Es gibt keinen Ersatz dafür, sich an Ort und Stelle umzusehen. Aber zweifellos sind Computer die Schlüssel zu all den Daten, die heutzutage über Menschen gesammelt werden. Ja, unser Mann scheint sich auszukennen.“

Maggie fragte sich, ob der Colonel das immer noch denken würde, wenn er Josh Nortons Krücken und Verbände sah. Sie drehte sich um und lief in den Regen hinaus, um den nächsten Koffer zu holen.

Fünf Minuten später hatte sie zwei Koffer, einen Kleidersack und den Computer sicher in der Halle und unterdrückte einen Seufzer beim Anblick der Treppe. „Brauchst du eine helfende Hand, meine Liebe?“ erkundigte sich der Colonel galant.

„Nein, danke. Es ist alles ganz leicht.“ Maggie brachte ein Lächeln zu Stande. Da der Colonel ein Gentleman war, fühlte er sich mehr oder weniger verpflichtet, seine Hilfe anzubieten, aber sie wussten beide, dass ihm sein Arzt streng verboten hatte, seinen schlimmen Rücken zu belasten. „Ich bringe die Sachen schnell rauf und bin in ein paar Minuten zurück. Mr. Norton hat gesagt, er würde sich uns gern zum Dinner anschließen.“

„Ausgezeichnet.“ Der Colonel drehte sich um und ging in den Salon zurück.

Maggie wartete, bis er außer Sicht war, bevor sie die Koffer anhob. Sie stolperte damit zur Treppe und überlegte, ob das Gewicht des einen vielleicht durch eine große Schusswaffe verursacht wurde.

Im ersten Stock blieb sie stehen, um Atem zu holen. Norton hatte Recht gehabt. Der zweite Stock wäre zu viel gewesen.

Kurze Zeit später stellte sie die Koffer zum zweiten Mal ab und klopfte an die Tür des Turmzimmers.

„Ich komme sofort“, rief Norton.

Maggie nutzte die kurze Wartezeit, um sich zu erholen. Als die Tür dann geöffnet wurde, keuchte sie nicht mehr. Aber der Anblick von Joshua Norton, der nichts weiter trug als ein Handtuch um die Hüften und etwas Rasierschaum im Gesicht, nahm ihr wieder den Atem.

„Oh, Sie sind es.“ Josh sah auf das Gepäck hinunter und stellte erst den einen, dann den anderen Koffer ins Zimmer.

„Ich hätte das tun können.“ Maggies Mund war plötzlich trocken, und ihr Puls raste. Dann bemerkte sie die großen Blutergüsse auf Joshs Oberkörper. „Lieber Himmel, das muss wirklich eine unangenehme Fahrt für Sie gewesen sein.“

Er folgte ihrem Blick. „So was sieht immer ein paar Tage nach dem Unfall am schlimmsten aus.“

„Kann ich Ihnen etwas besorgen?“

„Ein Whisky und eine anständige Mahlzeit werden genügen. Wo ist mein Computer?“

„In der Halle. Ich bringe ihn gleich zusammen mit dem Kleidersack herauf.“ Maggie wirbelte herum und flüchtete den Korridor entlang. Nortons breite, muskulöse Schultern hatten eine seltsame Wirkung auf sie.

Vielleicht war es auch das große Himmelbett hinter Norton, das sie durcheinander gebracht hatte. Die ganze Szene hatte etwas viel zu Intimes an sich.

Als sie den Rest des Gepäcks vor der Zimmertür abstellte, klopfte sie schnell. „Ich lasse alles hier stehen, Mr. Norton“, rief sie. „Ich sehe Sie dann unten.“

Im Bad rasierte sich Josh fertig und hörte, wie Maggie Gladstone davonlief. Gut gemacht, Norton, dachte er. Mit diesem eiskalten Ton jagst du die einzige interessante Frau in die Flucht, die dir seit langer Zeit begegnet ist. Seine Ahnung war richtig gewesen. Maggie Gladstone mochte unverheiratet sein, aber sie war ganz gewiss keine alte Jungfer. Tatsächlich war sie auf außergewöhnliche Weise sehr attraktiv. Sie hatte etwas Unschuldiges an sich, obwohl sie fast dreißig sein musste. Josh hätte darauf gewettet, dass sie ihr ganzes Leben in Kleinstädten verbracht hatte. Vielleicht war sie Lehrerin oder Bibliothekarin gewesen. Wahrscheinlich las sie eine Menge Kriminalromane und hielt Privatdetektive für die letzten tapferen Ritter, die für Wahrheit und Gerechtigkeit kämpften.

Sie war ganz bestimmt nicht sein Typ.

Trotzdem konnte er nicht leugnen, dass er den fast unwiderstehlichen Drang gespürt hatte, seine Finger in Maggies Locken zu vergraben. Sie war schlank und geschmeidig, aber an den richtigen Stellen hübsch gerundet.

Josh merkte, dass er an Sex dachte. Offenbar ging es ihm inzwischen besser.

Er starrte düster auf sein Spiegelbild und fragte sich, was zum Teufel ihn dazu bewogen hatte, diesen verrückten Job anzunehmen. Wahrscheinlich hatten die Schmerztabletten, die sie ihm im Krankenhaus gegeben hatten, seinen Verstand außer Kraft gesetzt. Das war die einzig mögliche Erklärung.

Er betrachtete seinen zerschundenen Körper. Keiner der Schäden war von Dauer. Diesmal. Aber er kam um die Tatsache nicht herum, dass er mit seinen sechsunddreißig Jahren nicht mehr so widerstandsfähig war wie mit Anfang oder Mitte zwanzig.

Allmählich wurde er zu alt, um in dunklen Gebäuden hinter Leuten herzujagen, die sich nichts dabei dachten, andere mit Totschlägern, Messern oder sonstigen Waffen anzugreifen. Zu alt, um den Helden zu spielen. Wann würde er das endlich lernen?

Er unterdrückte ein Stöhnen, als er sich übers Waschbecken beugte, um den Rasierschaum abzuspülen. Vielleicht würde er diesmal wirklich einen Monat brauchen, um sich zu erholen, wie McCray und der Doktor gesagt hatten.

Und da war immer noch das Buch. Er musste endlich damit anfangen, den Kriminalroman zu schreiben, über den er seit zwei Jahren nachdachte. Haus Peregrine war genau der richtige Platz für einen Mann, der herausfinden wollte, ob er dazu bestimmt war, Schriftsteller zu werden.

Josh unterdrückte einen Fluch, als er aus dem winzigen Badezimmer humpelte. Obwohl sein Knöchel nur verstaucht war, schien das verdammte Ding mehr wehzutun, als wenn es gebrochen wäre. Aber zumindest würden die Blutergüsse in ein paar Tagen verblassen.

Als er sich im Zimmer umsah, schüttelte er den Kopf. Mit den runden Wänden, den schweren Samtvorhängen und den kitschig verzierten Möbeln sah der Ort aus wie aus einem Märchenbuch. Das Bett war riesig und scheußlich. Josh wusste, dass er sich wie ein Idiot fühlen würde, wenn er über die kleine Holztreppe hineinkletterte. Er überlegte, ob man ihm für die Nacht einen altmodischen Bettwärmer bringen würde.

Aus irgendeinem Grund fiel ihm dabei wieder Maggie Gladstone ein.

Er legte einen Koffer auf das alberne Bett und holte ein sauberes weißes Hemd und eine Seidenkrawatte heraus. In seinem Kleidersack hatte er ein italienisches Jackett und eine dazu passende Hose. Warum sich an so einem Ort jemand die Mühe machte, zum Dinner etwas Besonderes anzuziehen, war ihm unbegreiflich, aber er war bereit mitzuspielen. Bis zu einem gewissen Punkt.

Er musste grinsen, als er sich Maggie Gladstones Gesicht vorstellte, wenn sie sah, dass er zu einem vornehmen Anzug offene Turnschuhe trug. Aber er konnte seinen immer noch geschwollenen linken Fuß unmöglich in einen Slipper zwängen.

2. KAPITEL

Zwanzig Minuten später stieg Josh langsam und vorsichtig die Treppe hinunter. In der Halle duftete es verlockend. Offenbar gab es bald etwas zu essen. So war es schon besser. Er bereute fast, dass er die arme kleine Miss Maggie Gladstone angeknurrt hatte.

Dann erreichte er den Salon, sah den Rest seiner Klienten und änderte seine Meinung wieder.

Maggie drehte sich um, als sie seine Krücken auf den Holzboden aufstoßen hörte. Ihr Lächeln war höflich, aber zurückhaltend. „Oh, da sind Sie ja, Mr. Norton. Darf ich vorstellen: Mrs. Clarissa Hawkins und Miss Shirley Smith.“

„Meine Damen." Josh nickte den beiden zu und ließ sich dann in einen Sessel sinken. „Nennen Sie mich Josh."

„Wir sind so dankbar, dass Sie in der Lage waren, unser Angebot anzunehmen", erklärte Clarissa.

„Allerdings", stimmte Shirley zu.

Die Schmucksteine auf ihrer Brille glitzerten, als sie Joshs Krücken und Verbände musterte.

„Was ist denn mit Ihnen passiert? Hatten Sie eine Schießerei mit ein paar Ganoven?"

„Es war ein Unfall."

„Oh. Tut mir Leid." Shirley wirkte enttäuscht. „Ich dachte, es waren vielleicht Gangster."

Maggie deutete auf einen alten Herrn mit einem großartigen weißen Schnurrbart und tadelloser Haltung. „Und dies ist Colonel Amos Boone."

„Im Ruhestand", murmelte der alte Soldat, als er Josh die Hand schüttelte. „Armee der Vereinigten Staaten. Alle nennen mich Colonel."

„Ich verstehe."

„Was für eine Handfeuerwaffe bevorzugen Sie, Sir?" fragte der Colonel. „Automatische Pistole oder Revolver? Ich hatte immer einen Colt Single Action, als ich noch im aktiven Dienst war."

„Ich interessiere mich nicht besonders für Schusswaffen", erwiderte Josh.

Maggie verzog das Gesicht. „Sie meinen, Sie haben keine bei sich?"

„Nicht, wenn ich es vermeiden kann, und meistens ist das so."

Der Colonel nickte. „Sie kämpfen ohne Waffen, was? Das überrascht mich nicht. Sie sehen so aus. Ich konnte immer den Kampfsporttyp erkennen."

Maggie warf einen vielsagenden Blick auf die Krücken und lächelte zuckersüß. „Ich hoffe, das ist nicht seine Stärke, Colonel, sonst sind wir in Schwierigkeiten, oder? Ein Karatekämpfer an Krücken ist nicht gerade Erfolg versprechend."

„Keine Sorge, Maggie", sagte Josh sehr sanft. „Meine Krücken sind als tödliche Waffe registriert."

Der Colonel räusperte sich. „Was kann ich Ihnen zu trinken holen?" fragte er schnell, bevor Maggie etwas erwidern konnte.

„Whisky, falls Sie welchen haben." Der Colonel holte eine Flasche heraus. „Guter Whisky aus Tennessee, genau das Richtige an so einem Abend." Er goss eine bescheidene Menge in ein Glas und reichte es Josh mit einer schwungvollen Bewegung.

„Danke." Josh trank einen Schluck und genoss die Wärme, die sich in seinem Körper ausbreitete. Dann sah er, wie Maggie ihn musterte. Es war einfach, ihre Gedanken zu lesen. „Die Antwort ist nein."

Sie blinzelte, und Josh bemerkte voller Genugtuung die Überraschung in ihren Augen. „Wie bitte?"

„Ich sagte, die Antwort ist nein. Ich bin kein Säufer. Nur in den Romanen trinken Privatdetektive eine Menge. Alkohol stört die Ermittlungen. Ich hoffe. Sie sind nicht zu enttäuscht."

„Eher erleichtert", antwortete Maggie trocken. „Wenn Sie nicht nur zu Unfällen neigen würden, sondern auch noch ein Alkoholproblem hätten, wäre das unter den Umständen irgendwie entmutigend."

„Ja, das kann ich nachvollziehen." Josh lehnte sich zurück. Er begann, sich zu amüsieren, als er jetzt den Whisky in seinem Glas herumschwenkte und überhaupt nichts sagte, bis Maggie nervös wurde. Was nicht lange auf sich warten ließ. In einem Nervenkrieg war sie ihm in keiner Weise gewachsen.

„Nun, ich schlage vor, dass Sie mir genau erzählen, was ich im Austausch für einen Monat Unterkunft und Verpflegung hier zu tun habe."

Maggie richtete sich ganz gerade auf. „Mr. Norton, wir haben einen Privatdetektiv erwartet, der erstklassige Arbeit leistet. Glauben Sie wirklich, dass Sie zurzeit in der Lage sind, diesen Auftrag auszuführen?"

Josh lächelte. „Sie bekommen, wofür sie zahlen, Lady. Und

glauben Sie mir, für das, was Sie bieten, bin ich der Beste, der zu haben ist."

Maggie mochte Joshs Lächeln nicht. Sie fühlte sich dadurch unbehaglich und wurde ärgerlich. Ihr fiel auf, dass ihre Gefühle verrückt spielten, seit Norton angekommen war. In den letzten vierzig Minuten hatte sie alles von hoffnungsvoller Erwartung bis zu extremer Wut erlebt. Irgendwo in der Mitte, das musste sie leider zugeben, war auch eine Portion körperliche Anziehungskraft.

Aber mehr war es auch nicht. Dieser Mann gab sich wirklich nicht gerade Mühe, ihr zu gefallen. Tatsächlich fehlte nicht mehr viel, und sie würde ihn völlig ablehnen.

Es war Zeit, die Initiative zu ergreifen. Sie hatte diese Sache angefangen, also musste sie sie auch durchstehen. Maggie erwiderte Joshs herausforderndes Lächeln steif. „Mr. Norton ..."

„Ich dachte, ich hätte allen gesagt, Sie sollten mich Josh nennen."

Dieser Punkt war keinen Streit wert. „Also gut, Josh. Ich werde ganz offen sein und Ihnen geradeheraus erklären, dass Sie nicht das sind, was ich erwartet habe, als ich einen Privatdetektiv engagierte."

„Das bin ich kaum jemals. Was Leute erwarten, meine ich. Aus irgendeinem Grund scheine ich jeden zu überraschen."

„Das kann ich verstehen. Also, da wir Sie offenbar am Hals haben ..."

„Wirklich, Maggie", unterbrach Clarissa sie vorwurfsvoll. „Es besteht kein Grund, unhöflich zu Josh zu sein."

„Ja, er hat überhaupt noch nichts getan", fügte Shirley hinzu. „Gib ihm eine Chance."

Auch der Colonel sah Maggie missbilligend an. „Ganz richtig, meine Liebe. Wir müssen unserem Mann Gelegenheit geben, seine Arbeit zu tun. Es geht hier nicht um die persönliche Erscheinung. Vielleicht ist er besser, als du denkst, und wird schnell mit dem Problem fertig."

Maggie wurde rot. „Ich habe durchaus vor, unserem ... Josh

eine Chance zu geben. Wie er selbst gesagt hat, bekommen wir wohl das, wofür wir zahlen."

Josh hielt eine Hand hoch. „Ich habe einen Vorschlag. Warum erzählt mir nicht einer von Ihnen, warum Sie glauben, einen Privatdetektiv zu brauchen. In Maggies Brief stand etwas von ‚störenden Vorfällen'. Was war denn das?"

Wie vorauszusehen, begannen alle gleichzeitig zu reden.

„Äußerst beunruhigende Geschehnisse", fing Clarissa an.

„Wir hatten das Gefühl, ein Profi sollte sich der Sache annehmen", meinte der Colonel. „Es geht um eine Menge, möglicherweise um Millionen."

„Warnungen", erklärte Shirley eifrig. „Das waren es, Warnungen. Und es macht mir nichts aus, zuzugeben, dass ich Angst habe."

Josh hielt wieder die Hand hoch. „Ich sagte, einer soll erzählen, nicht alle auf einmal." Er sah Maggie an. „Sie haben den Brief geschrieben, und offenbar zahlen Sie mein Honorar, soweit vorhanden. Berichten Sie mir genau, was hier vorgeht."

„In Ordnung." Maggie schlug die Beine übereinander und ordnete ihre Gedanken. Josh Norton war ein Mann, der Fakten wollte, keine Ahnungen. „Es gab eine Reihe von Vorfällen, die uns alle beunruhigt haben. Tatsächlich haben wir auch deshalb für die Wintersaison geschlossen."

„Geben Sie mir ein paar Einzelheiten", forderte Josh sie auf.

„Zunächst sind da die verschiedenen technischen Probleme." Maggie merkte, dass Josh ihren Fuß musterte, der halb aus dem Schuh herausgerutscht war. Sie stellte die Beine wieder nebeneinander und schlüpfte richtig in den Schuh. „Auf dem Höhepunkt der Saison gingen die große Gefriertruhe und der Kühlschrank in der Küche kaputt. Wir haben Lebensmittel im Wert von ein paar hundert Dollar verloren, und was das Schlimmste war, wir mussten am wichtigsten Wochenende den Speisesaal schließen. Eine Menge Leute, die reserviert hatten, waren sehr verärgert. Der Gasthof war voll belegt zu der Zeit."

„Weiter", drängte Josh. Er schien das Interesse an Maggies Fuß verloren zu haben. Jetzt beobachtete er ihre Hände.

„Wir hatten immer wieder Probleme mit der Heizung, obwohl sie erst vor knapp zwei Jahren installiert worden ist." Maggie bemerkte, dass sie mit den Fingern wedelte, während sie sprach, und faltete die Hände im Schoß. „Eines Tages habe ich bei einer Routineüberprüfung im Keller gesehen, dass die Batterien aus dem Rauchmelder entfernt worden waren. Das hat mir wirklich Sorgen gemacht. Der Colonel hat all seine Geräte und Akten unten. Ein Feuer dort wäre verhängnisvoll."

„Geräte und Akten?"

Der Colonel zuckte bescheiden mit den Schultern. „Ich mache ein paar Versuche. Wir sprechen später darüber, wenn Sie möchten."

„Ich verstehe." Josh wandte sich wieder an Maggie. „Ist sonst noch etwas passiert?"

Sie biss sich auf die Lippe. Josh wirkte bisher nicht besonders beeindruckt. „Der neue Heißwassertank fiel aus. Die Gäste waren deswegen sehr wütend."

„Einige haben Maggie laut beschimpft", berichtete Clarissa. „Es war sehr ärgerlich. Der Colonel war gezwungen, sich einen Mann vorzunehmen, der äußerst schlechte Manieren hatte."

„Ich habe ihn natürlich rausgeworfen", fügte der Colonel hinzu.

Maggie lächelte traurig. „Dummerweise bevor er seine Rechnung bezahlt hatte."

„Einen gewissen Standard aufrechtzuerhalten ist wichtiger als Geld", erklärte Clarissa.

„Richtig", stimmte Shirley zu.

„Sehr wahr", murmelte der Colonel. „Ich kann so ein Benehmen nicht dulden."

Maggie unterdrückte einen Seufzer. Es war einfacher, solche gehobenen Ansprüche durchzusetzen, wenn man sich um Geld keine Sorgen zu machen brauchte. Sie merkte wieder, wie aufmerksam Josh sie beobachtete, und beeilte sich, den Rest ihrer Geschichte loszuwerden. „Außerdem hatten wir auch Ärger mit den Toiletten und mit den Kaminen in den Zimmern. Die Räume waren voller Rauch, wann immer Gäste ein Feuer anzündeten. Eine Woche lang war die Feuerwehr jeden Abend hier, bis wir schließlich die Benutzung der Kamine untersagen mussten."

Shirley schüttelte den Kopf. „Irgendwann hatten wir sie dann sauber, und sie gingen wieder, aber es war eins nach dem anderen, und das Gerede fing an."

Josh sah sie an. „Was für Gerede?"

„Sie wissen schon, dass dies kein angenehmer Aufenthaltsort mehr wäre. Zu viele Probleme. Altmodische Leitungen, unbequem, Reparaturen wären fällig. Die Leute sagten, unter der neuen Führung ginge es mit dem Gasthof abwärts. Maggie verlor Gäste."

Josh warf Maggie einen nachdenklichen Blick zu. „Stimmt das?"

Sie nickte. „Nach dem Ärger mit den Kaminen habe ich beschlossen, dass es besser wäre, für den Winter zu schließen. Ich habe allen erzählt, wir müssten eine Reihe von Reparaturen ausführen, und im Frühjahr wäre alles wieder gut in Schuss. Aber die Wahrheit ist, dass das Haus jetzt schon in gutem Zustand ist. Großtante Agatha hat dafür gesorgt."

„Wer ist Agatha, abgesehen von Ihrer Großtante?" wollte Josh wissen.

Es war der Colonel, der antwortete. „Agatha Gladstone war eine der großartigsten Frauen, die es je gegeben hat. Dieses Haus hat ihr vierzig Jahre lang gehört. Letztes Jahr ist sie gestorben und hat es Maggie hinterlassen."

Josh dachte nach.

Maggie konnte sehen, dass ihm dazu einige Fragen einfielen, aber er sprach sie nicht aus. „Okay, lassen Sie mich zusammenfassen. Es hat eine Serie von kleinen, aber ärgerlichen technischen Problemen hier im Haus gegeben. Der Gasthof bekam langsam einen schlechten Ruf, und Sie haben beschlossen, ihn zu schließen, abgesehen von Ihren drei Dauergästen hier."

Maggie blinzelte überrascht. „Clarissa, Shirley und der Colonel sind keine Gäste. Sie leben hier. Das Haus ist auch ihr Heim. Tante Agatha hat dafür gesorgt."

Der Colonel nickte. „Wir hatten eine Abmachung, verstehen Sie? Wir sind eine Familie. Agatha ist nicht mehr da, aber nun haben wir Maggie."

Josh sah Maggie an. „Eine große glückliche Familie."

Maggie verzog das Gesicht. „Der Punkt ist, wir glauben nicht daran, dass all die Vorfälle in den letzten Monaten nur Pech waren. Wir wollten, dass Sie herausfinden, wer oder was dahintersteckt. Bevor Sie anfangen, müssen Sie wissen, dass wir alle verschiedene Theorien haben, die Sie überprüfen sollten."

Josh trank einen Schluck Whisky. „Macht es jemandem etwas aus, wenn wir essen, bevor wir diese Theorien untersuchen? Ich habe Hunger, und mir wurden selbst gekochte Mahlzeiten versprochen, falls Sie sich erinnern."

Maggie stand sofort auf und brachte ein angespanntes Lächeln zu Stande. „Das ist in Ordnung. Wenn Sie mich eine Minute entschuldigen würden, sehe ich nach dem Essen."

„Ich komme mit", erklärte Clarissa.

Der Colonel stand galant auf, als die beiden Frauen auf die Tür zusteuerten. „Maggie und Clarissa haben inzwischen das Kochen übernommen", erklärte er. „Wir mussten den Chefkoch und die Küchenhilfe entlassen. Shirley und ich machen sauber."

„Eine große glückliche Familie", murmelte Josh wieder.

„Machen Sie sich nicht darüber lustig", sagte Shirley. „Es klappt."

Maggie sah über die Schulter zurück, als ihr etwas einfiel. Sie wunderte sich darüber, dass ein Mann einfach für einen ganzen Monat verschwinden konnte. „Haben Sie eine Familie, Josh?"

„Nein", antwortete er. „Der Einzige, über den ich mir Sorgen machen muss, bin ich selbst. Und so mag ich das auch."

Maggie bekam eine Gänsehaut bei Joshs eisigem Ton und lief hinter Clarissa her.

„Was hältst du von Josh?" fragte Maggie leise, als sie Clarissa einholte.

„Scheint ein fähiger junger Mann zu sein", antworte Clarissa fröhlich. „Ich habe das Gefühl, wir sind in guten Händen."

„Fähig? Der Mann geht an Krücken, um Himmels willen. Und er scheint mir auch nicht gerade ein Profi zu sein. Er trägt ja nicht mal eine Waffe. Ich dachte, das würden alle Privatdetektive tun."

„Vielleicht ist das nur in Romanen so, Liebes. Hast du je zuvor einen echten Detektiv getroffen?" Clarissa öffnete die Kühlschranktür und nahm den Salat heraus, den sie vorbereitet hatte.

„Nein, aber ich habe genügend Kriminalromane gelesen, um zu wissen, was ich von einem Privatdetektiv zu erwarten habe." Maggie griff nach ein paar Topflappen und klappte die Ofentür auf. „Ich habe den Eindruck, dass Josh Norton diesen Auftrag vielleicht angenommen hat, weil er dachte, dies hier wäre ein hübscher Platz, um sich von seinem Unfall zu erholen. Wahrscheinlich hält er unsere Probleme für Kinderkram."

„Ich frage mich, was mit ihm passiert ist." Clarissa mischte den Salat mit der Soße nach ihrem eigenen Geheimrezept. „Meinst du, es war ein Autounfall?"

„Ich glaube eher, jemand hat sich so über ihn geärgert, dass er ihn eine Treppe runtergeworfen hat", murmelte Maggie, während sie die Kasserolle aus dem Ofen nahm.

„Damit liegen Sie nicht völlig falsch", erklärte Josh von der Tür her. Er lehnte an der Wand und hatte beide Krücken in einer Hand. „Es war wirklich jemand wütend auf mich."

Maggie stellte die Kasserolle ab und redete sich ein, dass sie nur wegen der Hitze aus dem Ofen rot wurde. „Ich habe Sie gar nicht kommen hören."

Josh grinste. „Ich weiß. Wir echten Privatdetektive können uns alle ganz leise bewegen. Wir nehmen Kurse darin." Er stieß mit den Krücken gegen den Orientteppich in der Halle. „Der Teppich macht es leichter, sehen Sie? Das sollten Sie sich vielleicht merken."

„Das werde ich", fuhr Maggie ihn an.

„Achten Sie nicht auf sie", meinte Clarissa leichthin. „Maggie hat viel Sinn für Humor. Setzen Sie sich an den großen runden Tisch im Speisesaal, Josh. Wir haben das Dinner gleich fertig."

„Danke." Josh wartete, bis Clarissa mit dem Salat hinausgegangen war, bevor er sich wieder an Maggie wandte. „Kann ich etwas helfen?"

„Ich bezweifle es. Nicht in Ihrem gegenwärtigen Zustand. Sie trug die Kasserolle an ihm vorbei.

„Ich muss wohl darauf achten, nicht oben an irgendeiner Treppe zu stehen, wenn Sie in der Nähe sind", murmelte Josh.

Maggie hat es genau erfasst, dachte Josh während des Essens. Er hatte diesen lächerlichen Fall hauptsächlich deshalb angenommen, um sich hier von seinem „Unfall" zu erholen. Diese Maggie Gladstone war wirklich klug.

Er würde sie im Auge behalten müssen. Das war eine der angenehmen Seiten des Jobs.

Der Fall selbst war natürlich Kinderkram, so wie McCray es vorausgesagt hatte, eine Mischung aus unglücklichen Zufällen und lebhafter Einbildungskraft. In großen alten Häuser ging dauernd etwas kaputt. Seine Hauptaufgabe würde es jetzt sein, diesen so genannten Fall über einen ganzen Monat hin auszudehnen. In dieser Zeit konnte er mit seinem Buch gut vorankommen. Wenn er sich wieder fit fühlte und entschieden hatte, ob er dazu geschaffen war, Krimiautor zu werden, würde er seinen Klienten einen eindrucksvollen Bericht vorlegen. Wahrscheinlich würden sie erleichtert sein zu hören, dass niemand hinter den Vorfällen steckte. In der Zwischenzeit konnte er sich ausruhen und bedienen lassen. Maggie kochte ausgezeichnet, wenn man nach der ersten Mahlzeit gehen konnte.

Josh aß bereits seine zweite Portion eines sehr schmackhaften

Gemüse- und Käseauflaufs und dachte gerade über eine dritte Portion nach, als Clarissa ihm diese anbot.

„Nehmen Sie noch etwas, Josh. Wer sich von einem ernsten Unfall erholt, braucht Kraft." Sie lächelte freundlich.

„Sie haben mich überredet." Josh griff noch einmal zu. „Jetzt bin ich bereit, mir Ihre Theorien anzuhören. Wie wäre es, wenn Sie anfangen würden, Clarissa?"

„Gern." Sie legte ihre Gabel weg. „Ich bin überzeugt, dass einer meiner Neffen es darauf anlegt, dass Haus Peregrine geschlossen wird. Ich habe drei Neffen, müssen Sie wissen."

„Warum sollten sie wollen, dass der Gasthof geschlossen wird?"

„Natürlich aus Rache, weil ich sie alle kürzlich enterbt habe. Sie sind undankbar und eigensüchtig, und ich werde keinem von ihnen etwas von meinen Goldminen-Aktien hinterlassen. Es handelt sich dabei um einen beträchtlichen Anteil an einer Firma namens Lucky. Vermutlich glauben meine Neffen, sie könnten mich so lange terrorisieren, bis ich sie wieder in mein Testament einsetze."

Josh gelang es, nicht zu lächeln. Es war äußerst unwahrscheinlich, dass eine Frau, die wertvolle Aktien besaß, ein so abgetragenes Kleid anhaben würde wie Clarissa Hawkins. Sie mochte einmal reich gewesen sein, aber damit war es offensichtlich vorbei.

„Ich habe eine andere Theorie", verkündete der Colonel. „Ich denke, ich habe vorhin erwähnt, dass ich im Keller einige Versuche durchführe. Tatsächlich habe ich große Fortschritte gemacht in der Entwicklung eines Alternativkraftstoffes, durch den Kraftstoffe auf Ölbasis überflüssig werden würden. Das wäre eine Revolution für die ganze Wirtschaft."

Josh erinnerte sich an die Rauchmelder im Keller, aus denen die Batterien entfernt worden waren. Das hatte ihm gerade noch gefehlt. Ein Monat in einem Haus, wo ein verrückter Erfinder mit brennbaren Flüssigkeiten herumspielte.

„Natürlich habe ich meine Experimente vorübergehend eingestellt", fuhr der Colonel fort. „Ich kann nicht riskieren, dass die Ergebnisse in die falschen Hände fallen."

„Vollkommen richtig", stimmte Josh schnell zu. Machen Sie erst weiter, wenn ich die Stadt verlassen habe, dachte er.

„Also, ich glaube nicht, dass diese Vorfälle etwas mit Clarissas schrecklichen Neffen oder den Versuchen des Colonels zu tun haben", meinte Shirley. „Er ist es. Er schickt mir eine Warnung."

Aus dem Augenwinkel sah Josh, wie Maggie auf ihrer Unterlippe herumkaute. Offensichtlich fühlte sie sich unbehaglich. Josh fragte sich, wie es wäre, wenn er selbst mal an Maggies Lippen knabbern würde. Die Idee gefiel ihm. Er wandte sich wieder Shirley zu. „Wer schickt Ihnen eine Warnung?" fragte er geduldig.

„Ricky." Shirleys Augen füllten sich plötzlich mit Tränen. „Entschuldigen Sie. Ich wollte keine Szene machen." Sie nahm die Brille ab und betupfte sich die Augen mit der Serviette. „Es ist nur so, dass ich immer Angst bekomme, wenn ich an ihn denke."

Josh seufzte und drehte sich zu Maggie um. „Wissen Sie, wer dieser Ricky ist?"

„Er ist ein Gangster", murmelte Maggie. „Shirley sagt, sie war mal seine, äh, Freundin."

„Das ist richtig." Shirley schniefte. „Ricky Ring. Vor zwanzig Jahren hat man ihn aus gutem Grund gnadenlos genannt. Aber er war durch und durch ein Gentleman, hat mich immer wie eine Königin behandelt, bis sie ihn ins Gefängnis brachten. Wahrscheinlich denkt er, ich hätte ihn verraten, und nun ist er auf Rache aus."

Maggie hustete diskret. „Shirley sagt, dass sie vor fünfzehn Jahren ihren Namen geändert hat, als sie hier an die Küste gezogen ist. Die ganze Zeit hat sie sich Sorgen gemacht, dass Ricky sie finden könnte, wenn er entlassen wird."

Josh hob die Augenbrauen. „Wann sollte er rauskommen?"

„Schon vor einigen Jahren." Shirley wischte sich wieder über die Augen. „Vermutlich hat er so lange gebraucht, um mich zu finden, aber jetzt lässt er mich wissen, dass er mir meinen angeblichen Verrat heimzahlen wird. Wenn ich könnte, würde ich weglaufen, aber ich kann es mir nicht leisten."

Josh überlegte, ob er erwähnen sollte, dass Shirley wahrscheinlich längst tot wäre, wenn tatsächlich ein mächtiger Gangster sie umbringen wollte. Dann erinnerte er sich daran, dass er die Theorien seiner Klienten nicht zu früh durchlöchern durfte. Wenn sie glaubten, dass sie ihn nicht brauchten, würden sie ihn feuern, und er hatte so eine Ahnung, dass Maggie das nur zu gern tun würde.

„In Ordnung", erklärte er in dem selbstbewussten Ton, der Klienten immer gefiel. „Das waren drei ihrer Theorien." Insgeheim dachte er inzwischen an ein Dessert, aber er zwang sich weiterzumachen. „Was ist Ihre Erklärung für die Vorfälle, Maggie?"

„Vielleicht sollten wir das später besprechen. Im Moment haben Sie genug zu überdenken. Möchte jemand ein Dessert?" Sie sprang auf und fing an, den Tisch abzuräumen.

Josh beobachtete sie amüsiert. Sie wich seinem Blick aus, als sie die Teller aufstapelte. Offensichtlich erkannte sie, wie lächerlich die drei Theorien ihrer Mitbewohner waren, und wollte ihm nicht noch mehr liefern, worüber er sich lustig machen konnte.

„Ein Dessert wäre großartig." Josh stellte überrascht fest, dass es ihm Spaß machte, im Speisesaal von Haus Peregrine zu sitzen, umrundet von einem Haufen verrückter Exzentriker.

„Ich mochte immer Männer mit gesundem Appetit." Shirley stand auf. „Kümmere dich nicht um das Geschirr, Maggie. Du weißt, der Colonel und ich räumen auf." Sie wandte sich an Josh. „Wissen Sie, mein Ricky hat auch immer viel gegessen. Natürlich brauchte er bei seiner Arbeit eine Menge Energie. Das ist bei Ihnen wohl auch so?"

„Ja, Ma'am. Nach meinem Unfall hatte ich eine Weile den Appetit verloren, aber nun ist er wieder da." Er sah Maggie an. „Und ich habe auf viele Dinge Appetit."

„Ich hole den Apfelkuchen." Maggie flitzte in die Küche, als würde sie von Dämonen verfolgt.

Clarissa lächelte Josh an. „Sie machen großen Eindruck auf unsere Maggie."

Der Colonel warf Josh einen Blick von Mann zu Mann zu. „Flirten Sie nicht mit ihr, wenn Sie es nicht ernst meinen. Unsere Maggie ist ein Kleinstadtmädchen. Sie ist nicht an Männer Ihres Kalibers gewöhnt."

„Männer meines Kalibers?" Josh hob eine Augenbraue.

„Sie wissen schon, was ich meine", fuhr der Colonel ruhig fort. „Sie sehen aus wie ein Mann, der gewöhnlich bekommt, was er will. Ich sage nur, Sie sollten Maggie in Ruhe lassen, bis Sie ganz sicher sind, dass sie Ihnen wirklich etwas bedeutet. Wir mögen Maggie und wollen nicht, dass sie verletzt wird."

„Ich verstehe." Josh lehnte sich zurück und streckte seinen verletzten Fuß unter dem Tisch aus. Er versuchte sich daran zu erinnern, wann er zum letzten Mal gewarnt worden war, eine Frau in Ruhe zu lassen, aber es gelang ihm nicht. „Sie kennen Maggie alle gut?" fragte er lässig.

„Oh ja", antwortete Clarissa. „Wir sind ihr oft begegnet, als sie noch ein Kind war. Damals hat sie ihre Sommerferien meist hier verbracht. In den letzten Jahren haben wir sie natürlich seltener gesehen, bis Aggie dann starb und ihr das Haus hinterließ. Aber wir sind immer in Verbindung geblieben. Maggies Eltern leben inzwischen in Arizona, aber sie kommen wenigstens einmal im Jahr her."

Josh fummelte an der Kaffeetasse herum. Während der langen Zeit in diesem Geschäft war es ihm zur zweiten Natur geworden, Informationen zu sammeln. „Was hat Maggie denn in den letzten Jahren getan?"

„Nach der High School ging sie aufs College und wurde Bibliothekarin", erklärte Clarissa. „Sie hat in verschiedenen Städten gearbeitet und den letzten Job aufgeben, als sie dieses Haus erbte. Ihre Familie war dagegen, aber sie setzte sich durch."

„Ihr Freund war vermutlich auch nicht begeistert davon, dass sie nach Peregrine Point zog." Josh wartete gespannt auf die Antwort, durch die er erfahren würde, ob Maggie eine Beziehung zu irgendeinem Mann hatte.

„Freund? Maggie hat keinen." Shirley schnaubte. „Es sei denn, Sie meinen diesen Clay O'Connor."

„O'Connor?" wiederholte Josh.

„Er ist erst seit dem letzten Jahr in der Stadt." Der Colonel wirkte besorgt. „Hat ein Maklerbüro eröffnet und scheint ganz gut zurechtzukommen. Er und Maggie gehen seit kurzer Zeit miteinander aus. Letzte Woche waren sie im Kino."

Der Ton des Colonels entging Josh nicht. „Sie mögen O'Connor nicht?"

Der Colonel zuckte mit den Schultern. „Vermutlich ist nichts verkehrt an dem Jungen. Er ist höflich und erfolgreich. Scheint nur ein bisschen weich zu sein, falls Sie wissen, was ich meine. Der Typ, der eine Weile zum Militär hätte gehen sollen, um härter zu werden."

„Richtig. Er ist nicht der Typ von Mann, den mein Ricky in einem Kampf hinter sich hätte haben wollen", erklärte Shirley. „Maggie kann wirklich etwas Besseres finden als Clay."

„Da bin ich nicht so sicher." Clarissa seufzte. „Clay ist ein netter Mann, wie Maggie sagt, nicht anders als die meisten Männer heutzutage und besser als viele. Zumindest hat er eine feste Arbeit und gute Manieren. Das trifft nicht auf jeden zu."

„Das heißt nicht viel", murmelte Shirley. „Maggie kann etwas Besseres finden."

„Vielleicht beschützen Sie sie alle zu sehr", meinte Josh nachdenklich.

Der Colonel lächelte, aber etwas in seinem Blick erinnerte Josh daran, dass er einmal andere Männer dazu ausgebildet hatte, in den Krieg zu ziehen. „Vielleicht tun wir das. Wir sind schließlich eine Familie."

3. KAPITEL

Einige Stunden später lag Josh auf den dicken Kissen und starrte hinauf zu dem Betthimmel über ihm. Er versperrte ihm die Sicht, aber wahrscheinlich wäre sowieso nicht viel zu sehen gewesen. Der Mond war durch Wolken verdeckt, und es kam fast kein Licht zum Fenster herein.

Joshs Gedanken wanderten ruhelos hin und her zwischen Maggie, seinem Buch und dem idiotischen Fall, den er angenommen hatte. Von all dem beschäftigte Maggie ihn am meisten. Er atmete langsam ein und aus zur Beruhigung. Eigentlich war er zu alt, um so intensiv auf eine Frau zu reagieren.

Aber er musste zugeben, dass er schon von dem Moment an, als er ihren verrückten Brief geöffnet hatte, seltsam fasziniert gewesen war. Vielleicht war es ihr unglaubliches Angebot. Die meisten Leute hätten sich nie mit einem so lächerlichen Problem an eine hochkarätige Agentur gewandt. Zweifellos hatte es Maggie Mut gekostet, diesen Brief zu schreiben, und Josh bewunderte Mut.

Als er sich auf die Seite drehte, zuckte er zusammen, da seine angeknacksten Rippen protestierten. Er lauschte auf Geräusche von nebenan, aber es war ganz still. Vorhin hatte er Wasser im Bad laufen hören, und seine Fantasie hatte ihm verlockende Bilder geliefert, wie Maggie sich wohl zum Schlafengehen fertig machte.

Er versuchte zu ergründen, was ihn an ihr so ansprach. Sie war nicht umwerfend schön. Für ein Kleinstadtmädchen hatte sie eine überraschend scharfe Zunge, und Josh wusste, dass sie zu den anspruchsvollen Klienten gehörte, die viel mehr verlangten, als sie gewillt waren zu bezahlen.

Aber etwas an ihr traf einen Nerv in ihm, und als er darüber nachdachte, wurde ihm klar, was das war. Er erkannte in Maggie dasselbe naive Verlangen, den Schwachen und Unschuldigen zu helfen, das ihn selbst zu dieser Art von Arbeit getrieben hatte. Das erklärte, warum sie sich bemühte, den Gasthof aufrechtzuerhalten. Sie wollte das Heim der drei alternden Exzentriker schützen, die hier wohnten.

Maggie Gladstone hatte offensichtlich noch nicht gelernt, dass es eine undankbare Aufgabe und Zeitverschwendung war, den Ritter in glänzender Rüstung zu spielen.

Die Uhr auf dem Nachttisch tickte leise. Anscheinend würde es eine endlose Nacht werden. Zur Hölle, dachte Josh. Wenn er nicht schlafen konnte, dann konnte er ebenso gut etwas Arbeit erledigen. Er würde noch heute Nacht mit seinem Buch anfangen.

Er schob die schwere Bettdecke beiseite, richtete sich auf und rollte sich in einem plötzlichen Anflug von Tatendrang aus dem hohen Bett. Erst als er halb draußen war, fiel ihm die kleine Treppe an der Seite ein, aber inzwischen hatte sein rechter Fuß die Stufen verfehlt, und er war aus dem Gleichgewicht gekommen.

Schnell griff er nach dem geschnitzten Bettpfosten. Das verdammte Ding war offenbar zerbrochen. Es drehte sich unter seiner Hand und bot keinerlei Halt. Um sich abzustützen, nahm Josh den linken Fuß zu Hilfe, aber das bereute er sofort. Als seine Ferse den Boden berührte, durchfuhr ihn ein stechender Schmerz.

„Verdammt noch mal!" Er biss die Zähne zusammen und griff verzweifelt nach irgendetwas, woran er sich festhalten konnte. Schließlich erwischte er ein Stück des Betthimmels.

Unglücklicherweise war dieser Betthimmel nicht dazu gedacht, Gewicht standzuhalten. Er riss vom Rahmen ab, und Josh blieb keine Zeit mehr, nach etwas anderem zu greifen. Er fiel auf die Bettkante zurück, rutschte ab und landete schwer auf dem Fußboden. Seine zerschundene Schulter und die Rippen, die bisher gut geheilt waren, bekamen das meiste ab.

Josh schloss die Augen, biss die Zähne zusammen und wartete darauf, dass der Schmerz nachließ. Währenddessen fiel der Rest des zerrissenen Betthimmels auf ihn.

Josh blieb auf dem Boden, eingehüllt in Chintz, und sammelte Kraft. Dabei ging er eine Liste von Schimpfwörtern durch, die zu altmodischen Gasthöfen mit ebenso alten Möbeln passten. Als es an der Tür klopfte, wusste er sofort, wer da war. Warum hatte sie sein Missgeschick mitbekommen müssen? Ihm blieb auch nichts erspart.

„Josh? Josh, sind Sie okay?“ Maggies Stimme klang besorgt.

Das hatte ihm gerade noch gefehlt. Es reichte nicht, dass er sich wie ein verdammter Narr fühlte. Nein, nun musste er zusätzlich die Schande ertragen, dass seine Klientin ihm zu Hilfe kam. Irgendwie fing dieser ruhige, erholsame Monat auf dem Land nicht gut an. „Es geht mir gut, Maggie“, brachte er heraus. „ Gehen Sie wieder ins Bett.“

„Sie hören sich nicht so an, als wären Sie in Ordnung. Ich habe etwas Schweres herunterfallen hören.“

„Ein kleiner Unfall.“ Er schob eine Hand voll Chintz von seinem Mund weg.

„Noch ein Unfall?“ fragte Maggie.

„Machen Sie sich keine Sorgen deswegen.“ Die Frau kam offenbar gerade zu dem Schluss, dass er ein tollpatschiger Idiot war. Das konnte er ihr nicht mal übel nehmen.

„ Josh, Sie klingen schrecklich. Ich komme herein.“

„Nein!“

Diese Drohung brachte ihn dazu, sofort etwas zu unternehmen. Er richtete sich schnell unter dem Betthimmel auf und hielt den Atem an, als eine neue Schmerzwelle ihn durchfuhr. „Verdammt.“

Die Tür ging auf, und Maggie steckte den Kopf herein. „Josh? Wo sind Sie?“

Ihm wurde klar, dass sie ihn nicht sehen konnte, weil er aus ihrer Sicht hinter dem riesigen Bett lag. „Hier drüben. Maggie, es besteht kein Grund, sich aufzuregen. Ich bin in Ordnung.“

„Was ist hier bloß passiert?“ Sie schaltete das Licht ein. „Du liebe Zeit, was haben Sie mit dem Bett angestellt?“

„Fragen Sie lieber, was das Bett mit mir gemacht hat. Wussten Sie, dass einer der Pfosten lose ist?“ Josh atmete tief ein und versuchte, sich von all dem Stoff zu befreien, der ihn einhüllte. Sofort musste er niesen. „Und wann haben Sie dieses Zeug zum letzten Mal gewaschen? Es ist voller Staub."

„Oje, das tut mir Leid. Es ist eine Weile her. Dies war das Zimmer meiner Tante. Ich habe keinen Grund gesehen, die unbenutzten Räume regelmäßig sauber zu machen. Lassen Sie mich Ihnen helfen."

Er hörte, wie Maggie näher kam, und fand sich mit der demütigenden Tatsache ab, dass sie ihn auf dem Fußboden vorfinden würde. „Da Sie schon mal hier sind, können Sie diesen Betthimmel von mir runterziehen."

„Natürlich. Es tut mir wirklich Leid. Haben Sie die Treppe verfehlt, als Sie aus dem Bett steigen wollten? Manchmal vergessen die Leute, wie hoch diese alten Betten sind. Sie werden mich doch nicht verklagen?"

„Das ist eine Idee", murmelte er.

„Es würde Ihnen nichts einbringen. Das Einzige, was ich besitze, ist dieser Gasthof, und den wollen Sie wahrscheinlich nicht." Sie hob den Stoff hoch und hielt plötzlich inne, als sie Joshs Gesicht und Schultern befreit hatte. „Du liebe Zeit."

„Was ist jetzt?" Er sah, wie sie ihn anstarrte und rot wurde. Er erkannte auch, dass sie ihr Haar gelöst hatte. Es war auf sehr hübsche Weise zerzaust. Sie hatte einen Morgenrock übergezogen, sich aber nicht die Zeit genommen, den Gürtel zuzubinden. Das altmodische hochgeschlossene Flanellnachthemd darunter war mit winzigen Blumen und Spitze geschmückt.

Maggie sah aus, als würde sie ins Bett gehören, und trotz des Schmerzes, der immer noch da war, reagierte Joshs Körper auf eindeutige Weise. Josh stellte überrascht fest, dass die Natur es möglich gemacht hatte, dass ein Mann gleichzeitig Schmerz und Begierde empfand.

„Ich hole Ihnen einen Morgenrock", erklärte Maggie und ließ den Betthimmel wieder auf ihn fallen.

„Warten Sie! Verdammt, begraben Sie mich nicht schon wieder unter diesem Zeug." Josh erkannte etwas verspätet, wo das Problem lag. „Ich hätte Sie wohl warnen sollen, dass ich in Shorts schlafe, was? Falls Ihnen das zu peinlich ist, gehen Sie einfach raus. Ich komme schon allein zurecht."

„Machen Sie sich nicht lächerlich. Ich helfe Ihnen ins Bett." Sie nahm den Betthimmel weg und legte ihn auf den nächsten Stuhl. Eine kleine Staubwolke stieg auf. „Sie haben Recht, ich sollte ihn waschen, da er schon mal unten ist."

„Gute Idee." Josh hielt sich an der Bettkante fest und richtete sich langsam auf. Sein Knöchel und seine Rippen protestierten wieder. Er unterdrückte ein Stöhnen.

Maggie drehte sich zu ihm und griff besorgt nach seinem Arm. „Stützen Sie sich auf mich. Wenn wir Sie im Bett haben, laufe ich runter und hole Ihnen Eis für Ihren Knöchel. Hätten Sie auch gern Eis für die Schulter?"

Josh wurde ärgerlich, weil er in diese demütigende Situation geraten war, und das vertrieb einen Teil des Schmerzes. „Ich brauche kein Eis und auch keine Krankenschwester. Lassen Sie mich allein, okay? Ich werde es überleben." Bloß um seinen Stolz stand es wirklich schlecht.

„Ja, aber Sie haben ganz offensichtlich Schmerzen." Maggie ließ seinen Arm los. „Bleiben Sie hier. Ich komme gleich mit dem Eis zurück. Ist ein Morgenrock in Ihrem Schrank?"

„Nein, ich besitze keinen."

„Oh. Ich komme sofort zurück."

Bevor er sie aufhalten konnte, war sie schon draußen. Josh fluchte leise und wartete. Da Maggie schon mal Eis holte, wäre es dumm von ihm, es nicht zu benutzen. Aber dies war ein ganz und gar kläglicher Weg, eine Klientin zu beeindrucken. Oder eine Frau.

Als Maggie zurückkam, hatte Joshs Schmerz nachgelassen, und seine Begierde ebenfalls.

„Es ist ein Glück, dass wir immer einige Eisbeutel für Notfälle haben", erklärte Maggie fröhlich. „Legen Sie sich hin, und ich packe einen auf Ihren Knöchel. Für Ihre Schulter habe ich auch einen mitgebracht."

Es hatte keinen Sinn zu protestieren, also lehnte Josh sich zurück und biss die Zähne zusammen, als Maggie ihm vorsichtig die Eisbeutel auflegte.

„Danke." Er wusste, dass er nicht besonders dankbar klang.

Maggie richtete sich auf. „Haben Sie Schmerztabletten?"

„Ja, aber ich brauche keine. Das Eis genügt." Er warf ihr einen Blick zu. „Ich zerstöre wirklich Ihre romantischen Vorstellungen von Privatdetektiven, was?"

Sie lächelte. „Nun ja, das stimmt. Sie sind überhaupt nicht wie die in den Romanen. Da ist zum Beispiel noch nie einer aus dem Bett gefallen. Aber ich schätze, ich kann damit fertig werden. Glauben Sie immer noch, Sie können diesen Fall lösen?"

„Sogar mit nur einer Hand."

Sie musterte seine Verletzungen. „Wie ist es mit nur einer Hand und einem Fuß?"

„Ich komme zurecht."

„Wie denn?"

„Was meinen Sie damit? Auf die übliche Weise."

„Es ist mir ernst." Maggie setzte sich auf einen Stuhl in der Nähe des Bettes und bedeckte ihre Knie sorgfältig mit dem Morgenrock. „Wie wollen Sie an diesen Fall herangehen?"

Josh zuckte mit den Schultern und überlegte, wie er es halbwegs professionell ausdrücken sollte. „Nun, zuerst muss ich wohl all diese Theorien widerlegen. Ich glaube nicht, dass einer Ihrer Mitbewohner mit meinen Ergebnissen zufrieden sein wird, wenn ich nicht vorher beweise, dass ihre eigenen Überlegungen falsch sind."

„Hm." Maggie schwieg einen Moment. „Da könnten Sie Recht haben. Ich nehme an, Sie halten nicht viel von diesen Theorien."

Josh ermahnte sich, nicht zu früh zu viel zu sagen. Schließlich wollte er sich nicht selbst um seinen Auftrag bringen. „Das habe ich nicht behauptet. Ich meine, man sollte alles gründlich prüfen. Ganz nach dem weisen Spruch: ‚Wenn man das Unmögliche ausgeschaltet hat, muss das, was übrig bleibt, die Wahrheit sein, egal wie unwahrscheinlich sie ist'."

Maggies Augen leuchteten auf. „Sherlock Holmes. Ich bin so froh, dass Sie die klassischen Detektive studiert haben."

„Äh, ja, die Klassiker." Josh entschied sich dafür, ihr nicht zu verraten, dass er Sir Arthur Conan Doyle zuletzt gelesen hatte, als er noch ein Kind gewesen war. An das Zitat erinnerte er sich nur, weil es so oft auf seine Fälle zutraf.

„Ich nehme an, Sie benutzen den Computer für Ihre Nachforschungen?"

„Was? Oh ja, den Computer. „Eigentlich hatte er nicht vorgehabt, das Gerät für etwas anderes als seinen Kriminalroman zu verwenden. „Heutzutage erledigt man viele Ermittlungen damit."

„Ja, ich weiß."

Nichts glich dem zweifelhaften Vergnügen, einen Krimifan als Klienten zu haben. Er würde ständig aufpassen müssen. Josh suchte nach einem Weg, das Thema zu wechseln. „Sie haben mir bisher Ihre Theorie noch nicht vorgetragen, Maggie. Sie haben doch auch eine."

Sie sah ihn unsicher an. „Ja, aber Sie werden sie wahrscheinlich für reine Einbildung halten."

„Versuchen Sie es."

„Nun ..." Maggie zögerte. „Um ganz offen zu sein, ich frage mich, ob jemand hinter Tante Agathas Smaragdbrosche her ist. Es ist mir nicht gelungen, sie zu finden."

Du liebe Zeit, dachte Josh amüsiert. Jetzt geht es auch noch um Smaragde. „Warum sollte irgendwer wegen einer Brosche soviel Ärger hier im Haus machen?"

Maggie beugte sich vor. „Ich denke, wer immer für die Vorfälle verantwortlich ist, will, dass der Gasthof völlig geschlossen wird, damit er überall nach der Brosche suchen kann."

„Wer sollte sie denn nach dem Tod Ihrer Tante bekommen? Wurde sie im Testament erwähnt?"

„Ja. Ich sollte sie zusammen mit dem Haus erben. Tante Agatha hat mir einmal gesagt, notfalls müsste ich die Brosche verkaufen, wenn es auf andere Weise nicht möglich wäre, das Haus zu halten."

„Aber warum? Was ist so wichtig daran, dass das Haus erhalten wird?"

Maggie sah ihn verblüfft an. „Clarissa, Shirley und der Colonel sind hier zu Hause. Tante Agatha wollte sicherstellen, dass ihre Freunde bleiben können, selbst wenn der Gasthof eines Tages nicht mehr rentabel wäre."

Josh stieß einen leisen Pfiff aus. „Da hat Ihnen Ihre Tante aber eine ganz schöne Verantwortung hinterlassen."

Maggie verzog das Gesicht. „Sie hat mich nicht dazu gezwungen. Wir haben einige Male darüber gesprochen, bevor sie die Entscheidung getroffen hat. Mir hat es wirklich nichts ausgemacht. Sehen Sie, ich dachte immer, dass es Spaß machen würde, Haus Peregrine zu leiten. Und so ist es auch. Für mich ist es der ideale Job. Ich habe eine Menge über Hotelführung gelernt, als ich früher in den Sommerferien hier gearbeitet habe, und ich muss sagen, dass der Gasthof gut lief, bis vor ein paar Monaten der Ärger begann."

„Aber nun läuft er nicht mehr gut, und die Brosche ist weg. Vermutlich ist sie schon vor langer Zeit gestohlen worden."

„Das denke ich nicht", erklärte Maggie.

„Hat Ihre Tante die Brosche öffentlich getragen?"

„Sicher. Gelegentlich."

Josh nickte grimmig. „Dann wussten viele Leute davon. Glauben Sie mir, sie ist sicher schon lange weg."

„Selbst wenn Sie Recht haben, bedeutet das nicht, dass sie nicht doch der Grund für all den Ärger sein kann", betonte Maggie stur. „Jemand konnte überzeugt sein, dass die Brosche irgendwo in diesem Haus ist. Er will danach suchen, und deshalb müssen wir alle verschwinden, zumindest für eine Weile."

Josh trommelte mit den Fingern aufs Bett und bemühte sich um Geduld. „Maggie, was werden Sie tun, wenn Sie das Haus nicht für die Freunde Ihrer Tante halten können?"

Sie seufzte. „Ich weiß es nicht. Keiner von ihnen hat große Ersparnisse. Clarissa redet zwar immer über ihre Aktien, aber Tante Agatha hat mir mal erzählt, dass sie diese Wertpapiere schon vor Jahren gekauft und niemals Dividenden erhalten hat." Josh lächelte kurz. „Das schließt die eine Theorie schon mal so ziemlich aus, nicht?"

Maggie erwiderte sein Lächeln „Ja, ich fürchte, Clarissas Neffen können wir vergessen, aber ich habe es nicht fertig gebracht, ihr das zu sagen. Sie ist so stolz. Es ist ihr wichtig, Aktienbesitzerin zu sein."

„Nun, ich werde es überprüfen, nur der Ordnung halber. Falls ich herausfinde, dass wir Recht haben, kann ich vielleicht einen taktvollen Weg finden, Clarissa beizubringen, dass ihre Neffen nicht versuchen, sie zu terrorisieren, ohne ihr erklären zu müssen, dass die Aktien wertlos sind."

„Das wäre sehr nett von Ihnen."

„Also, was werden Sie tun, wenn Sie den Gasthof nicht offen halten können?" fragte Josh wieder.

„Ich weiß nicht. Alles, was ich tun kann, ist, es zu versuchen."

Josh dachte, dass Maggie tatsächlich ein naiver, kleiner weiblicher Don Quichotte war. Sie kämpfte für die Schwachen und Unschuldigen gegen Windmühlen. „Es ist Zeitverschwendung, wissen Sie?"

„Was?"

„Den Helden zu spielen Es zahlt sich nie aus."

Maggie musterte ihn. „Woher wollen Sie das wissen?"

„Aus Erfahrung. Was glauben Sie, aus welchem Grund ich in dieses Geschäft geraten bin?"

„Weil Sie Menschen helfen wollten."

Joshs Stimme wurde hart. „Als ich anfing, hatte ich die idiotische Idee, dass ich denjenigen Gerechtigkeit verschaffen könnte, die das nicht allein zu Stande bringen. Ich wollte den edlen Ritter spielen."

„Was ist passiert?" fragte Maggie sanft.

Josh wünschte sich, er hätte das Thema nie angeschnitten, aber aus irgendeinem Grund konnte er jetzt nicht aufhören. „Mit der Zeit habe ich gelernt, dass es schwer ist, den Helden zu spielen, weil man oft die guten Leute nicht von den schlechten unterscheiden kann."

„Das verstehe ich nicht."

„Zur Hölle, Maggie, in den ersten Jahren als Privatdetektiv bin ich auf jede rührselige Geschichte reingefallen. Nichts war, wie es zuerst schien."

„Erzählen Sie mir davon", flüsterte Maggie.

„Wollen Sie wissen, wie es tatsächlich ist, Privatdetektiv zu sein?" fragte er rau. „Ich sage es Ihnen. Eltern sind tränenüberströmt zu mir gekommen und haben mich gebeten, ihre kleine Tochter zu finden. Als ich das Kind dann aufspürte, entdeckte ich, dass es von zu Hause weggelaufen war, weil es vom Vater misshandelt worden war."

„Oh, Josh."

„Ich habe verschwundene Ehefrauen für ihre gequälten Ehemänner gesucht, und die Frauen haben mir dann berichtet, sie wären untergetaucht, weil ihre Männer sie ständig verprügelten und drohten, sie umzubringen. Sie haben mich angefleht, meinen Klienten nicht zu verraten, wo sie waren."

„Wie schrecklich."

„Und dann waren da die Fälle, wo es um das Sorgerecht für Kinder ging", fuhr er fort. „Eltern führen Krieg miteinander, und die armen Kinder geraten in die Schusslinie."

„Ich denke ich verstehe, was Sie meinen. Es ist nicht ganz wie in den Kriminalromanen, was?"

„Allerdings nicht. Zumindest meistens nicht. Schließlich wurde ich klüger. Da ich die Schwachen und Unschuldigen nicht retten konnte, aber Talent für das Geschäft hatte, habe ich beschlossen, wenigstens gut damit zu verdienen. Deshalb habe ich mit einem Freund zusammen die Firma gegründet. Wir haben ein vornehmes Büro gemietet, Leute eingestellt und uns um Aufträge für große Betriebe bemüht. Das Nette an Wirtschaftskriminalität ist, dass es dabei kaum um Gefühle geht. Und es wird auch selten jemand getötet."

„Ich nehme an, es besteht heutzutage ein großer Bedarf an Sicherheitsexperten für die Wirtschaft."

„Ja, und die Arbeit ist sauberer als das, was ich in meiner Anfangszeit getan habe. Ich übernehme jederzeit gern einen netten kleinen Computerbetrug." Josh merkte plötzlich schockiert, wie viel er Maggie erzählt hatte, aber er wusste auch, was ihn dazu geführt hatte. Er sah in ihr den gleichen nutzlosen, naiven Edelmut, den er selbst einmal gehabt hatte, und wollte ihr die rosarote Brille abnehmen.

„Wissen Sie", sagte Maggie ruhig, „ich habe mich gefragt, warum Sie diesen Fall übernommen haben. Es hat mich überrascht, als der Anruf aus Ihrem Büro kam und man mir erklärte, Sie wären auf dem Weg. Irgendwie habe ich wohl nicht mit Ihrem Erscheinen gerechnet."

Josh musterte seinen schmerzenden Knöchel. „Da waren Sie nicht die Einzige."

„Ihre Firma war die Letzte, von der ich eine Antwort erwartet hätte. Aber ich hatte es mit jeder kleinen Agentur im Telefonbuch von Seattle versucht. Niemand war bereit, im Austausch für einen Monat Aufenthalt in Haus Peregrine den Fall zu übernehmen. Langsam geriet ich in Verzweiflung und dachte mir, ich hätte nichts dabei zu verlieren, wenn ich an die großen Firmen schriebe."

„Ich wette, die meisten haben Sie ausgelacht", erwiderte Josh düster.

„Nicht direkt. Aber von den Übrigen habe ich nur Formbriefe bekommen, in denen stand, Fälle wie meinen würden sie nicht übernehmen."

„Ihre Situation hier ist tatsächlich etwas ungewöhnlich."

Maggie knabberte an ihrer Unterlippe herum. „Also, wieso haben Sie den Fall übernommen?"

„Ich hatte das Bedürfnis nach Abwechslung. Außerdem fand ich Ihren Brief sehr interessant, obwohl er sehr ungewöhnlich ist."

Maggie musterte ihn noch einen Moment lang, dann stand sie auf. „Ich denke, da ist mehr dran." Sie lächelte unsicher, als sie zum Bett herüberkam. „Wissen Sie, was ich meine?"

Er warf ihr einen vorsichtigen Blick zu. „Nein, was denn?"

„Trotz allem, was Sie sagen, glaube ich, dass Sie immer noch den Helden spielen." Sie beugte sich vor, um den Eisbeutel auf seinem Knöchel zurechtzuschieben. „Etwas in meinem Brief hat Ihr altes Verlangen geweckt, den Schwachen und Unschuldigen zu helfen. Das wollen Sie nicht zugeben, weil Sie dafür zu sehr Macho sind. Sie sind es gewohnt, Ihre wirklichen Beweggründe hinter der Fassade des harten, zynischen Privatdetektivs zu verstecken, der schon alles gesehen hat."

Josh griff plötzlich nach ihrem Handgelenk, und Maggie schrie leise auf. Ihre Blicke trafen sich, und Josh erkannte mit Genugtuung, dass Maggie anfing zu begreifen. „Wenn Sie das wirklich glauben, Lady, dann steuern Sie auf eine große Enttäuschung zu. Nehmen Sie meinen Rat an. Verschwenden Sie nicht Ihre Zeit damit, mir edle Motive zu unterstellen. Ich bin ein Geschäftsmann, das ist alles. Sie bekommen, wofür Sie bezahlen. Es gibt keinen anderen Grund für meinen Aufenthalt hier."

„Sie haben mir bereits gesagt, dass ich nicht den üblichen Preis zahle. Also, was genau werde ich bekommen?" Maggie machte keinen Versuch, ihre Hand wegzuziehen.

„Ich bin noch nicht sicher." Joshs Stimme wurde heiser, als er fühlte, wie zart Maggies Haut war. Ihr Duft brachte ihn durcheinander, und er war schon wieder erregt. Ohne nachzudenken, zog er Maggie dichter an sich heran.

Maggie war gleichzeitig erregt und bestürzt. „Josh? Josh, hören Sie auf. Um Himmels willen, ich kenne Sie ja kaum."

Er lächelte leicht. „Aber ich kenne Sie."

„ Nein, das ist nicht wahr." Aber sie bemühte sich immer noch nicht, ihm ihre Hand zu entziehen. Stattdessen betrachtete sie ihn fasziniert. „Sie wissen nichts über mich."

„Ich weiß, dass Sie in einer Kleinstadt geboren und aufgewachsen sind. Bis vor kurzem waren Sie Bibliothekarin. Früher haben Sie Ihre Sommerferien immer hier in Haus Peregrine verbracht. Ihre Eltern leben in Arizona. Sie gehen mit einem Makler namens O'Connor aus." Joshs Lächeln wirkte gefährlich. „Soll ich weiterreden?"

„Woher wissen Sie ...?" fragte sie verblüfft. „Warten Sie, Sie haben den Colonel und die anderen ausgequetscht, was?"

„Ich bin Privatdetektiv, erinnern Sie sich? Es ist mein Geschäft, Informationen zu sammeln."

„Sie meinen, im Leben anderer Leute herumzuwühlen." Er zuckte mit den Schultern. „Das ist das Gleiche. Man gewöhnt sich mit der Zeit daran. Es gibt kein wirkliches Privatleben in der modernen Welt. Jedenfalls hatte ich das Gefühl, ein Recht dazu zu haben, mich über Sie zu informieren. Ihre Freunde wollen, dass ich Sie in Ruhe lasse, verstehen Sie? Das hat mich geärgert."

„Was?" Maggie war schockiert.

„Ganz richtig. Der Colonel hat mir mehr oder weniger erklärt, ich dürfte Sie nur verführen, falls ich ehrenwerte Absichten habe."

„Wie peinlich." Jetzt bemühte Maggie sich doch, ihre Hand zu befreien. „Sie können sicher sein, dass ich mit allen dreien ein Wörtchen zu reden habe. Sie meinen es gut, aber ich mag es nicht, wenn sich jemand in meine Angelegenheiten einmischt."

Josh hielt ihr Handgelenk fester, da er sie noch nicht gehen lassen wollte, aber als sie sich wieder wand, ließ er sie los. „Bedeutet das, dass Sie daran interessiert sind, verführt zu werden, egal ob meine Absichten ehrenwert sind oder nicht?"

„Machen Sie sich nicht lächerlich." Sie trat schnell einen Schritt vom Bett weg. „Ich weiß ja gar nichts über Sie. Warum sollte ich mehr als eine Geschäftsbeziehung zu Ihnen haben wollen?"

„Wer weiß? Vielleicht weil ich Sie besser verstehe, als Ihnen bewusst ist. Wie ich schon sagte, hatte ich früher mal einiges gemeinsam mit Ihnen."

„Nun, jetzt ist das jedenfalls nicht der Fall", fuhr sie ihn an.

„Das kann man nicht wissen. Wir könnten verwandte Seelen sein, die auf der Suche nacheinander sind."

„Das ist verrückt."

„Das Leben ist verrückt. Wer hätte vor einer Woche ahnen können, dass ich in diesem Bett liegen und mich um Mitternacht mit einer Ex-Bibliothekarin unterhalten würde, die zu viele Kriminalromane gelesen hat?" Josh öffnete eine Schublade neben dem Bett und holte Notizblock und Stift heraus, die er vorher da untergebracht hatte für den Fall, dass er mit einer brillanten Idee für sein Buch aufwachte.

Maggie beobachtete ihn misstrauisch. „Was tun Sie da?"

„Es ist nur fair, dass wir einander auf gleicher Ebene begegnen." Er schrieb ihr die Nummer des Direktanschlusses von McCray auf, riss das Blatt ab und gab es ihr. Es war erstaunlich, wie viele Leute automatisch etwas nahmen, was man ihnen reichte, selbst wenn sie es gar nicht wollten.

„Hier."

„Was ist das?" Maggie sah auf die Telefonnummer hinunter.

„Sie haben gesagt, Sie wussten nichts über mich. Okay, das lässt sich ändern. Dies ist die Nummer meines Partners McCray. Wenn Sie ihn anrufen, sagen Sie ihm, er soll Ihnen alles erzählen, was Sie über mich wissen wollen. Er weiß Bescheid über meinen Gesundheitszustand, kann bestätigen, dass ich keine Schulden oder Vorstrafen habe, und ist sogar in der Lage, Ihnen meine Schuhgröße oder die Farbe meiner Lieblingskrawatte zu verraten, wenn Sie möchten."

„Aber ich habe keine Fragen über Sie." Maggie zerknüllte das Papier ärgerlich. „Zumindest keine persönlichen Fragen."

„Man weiß nie." Josh verschränkte die Arme hinter dem Kopf. „Falls Sie entscheiden, dass Sie an mehr als einer Geschäftsbeziehung mit mir interessiert sind, könnten Ihnen plötzlich viele Fragen einfallen. Das wäre vernünftig. Eine Frau kann nicht vorsichtig genug sein."

„Anscheinend nicht. Man muss sich nur ansehen, was ich bekommen habe, indem ich einen Privatdetektiv engagiert habe. Sie haben wirklich Nerven."

„Genau das habe ich von Ihnen gesagt, als ich Ihren Brief las. Das ist noch etwas, das wir gemeinsam haben, obwohl ich vermute, dass meine Nerven besser sind als Ihre. Das liegt an meinem Beruf, wissen Sie?"

„Daran zweifle ich nicht, Mr. Norton." Maggie drehte sich um und ging zur Tür.

„Maggie?"

„Ja?" Sie blieb mit der Hand auf dem Türknauf stehen.

„Ich erwarte, dass Sie McCray anrufen. Sie sollen genau wissen, worauf Sie sich einlassen."

„Rechnen Sie lieber nicht damit."

Josh lächelte. „Aber das werde ich, Maggie, denn wenn Sie anrufen, weiß ich, dass ich Ihre Erlaubnis habe, die Warnung des Colonels zu missachten."

Sie starrte ihn an. „Sie sind nicht wirklich an mir interessiert. Nicht als Mensch. Sie fühlen sich herausgefordert, weil meine Freunde Ihnen befohlen haben, sich von mir fern zu halten."

„Sie wollen nur, dass ich Sie in Ruhe lasse, falls meine Absichten nicht ehrlich sind", verbesserte er sanft.

Maggie schnaubte. „Das können Sie ja wohl kaum sein."

„Weder das noch sonst etwas über mich können Sie sicher wissen, bis Sie McCray anrufen. Heutzutage überprüft eine kluge Frau einen Mann, bevor sie sich mit ihm einlässt."

„Ich habe nicht die Absicht, mich mit Ihnen einzulassen. Gute Nacht, Mr. Norton. Mir ist nie jemand begegnet, der so kaltblütig ist wie Sie."

„Dann haben Sie ein sehr behütetes Leben geführt, Maggie Gladstone."

Josh beobachtete mit Genugtuung, wie Maggie Anstalten machte, die Tür zuzuknallen.

Im letzten Moment überlegte sie es sich offenbar anders. Zweifellos hatte sie doch Angst, man könnte den Krach in den übrigen Zimmern hören. Sie schloss die Tür sehr leise. Ihre Selbstbeherrschung sprach Bände.

Josh dachte, dass Maggie sich seiner Person jedenfalls bewusst war, genauso wie umgekehrt. Der Monat in Haus Peregrine würde interessant werden.

Nach ein paar Minuten nahm Josh den Eisbeutel von seinem Bein und richtete sich vorsichtig auf. Diesmal fand er die Stufen. Während er auf seinem gesunden Fuß stand, studierte er den geschnitzten Bettpfosten, der sich so leicht unter seinen Fingern gedreht hatte.

Er erinnerte sich daran, dass Maggie ihm erzählt hatte, dieses Zimmer wäre das ihrer Tante Agatha gewesen.

Jetzt hielt er den Bettpfosten fest und drehte ihn langsam entgegen dem Uhrzeigersinn. Das Holz quietschte leise, und dann löste sich der obere Teil.

Josh nahm ihn ab und stellte fest, dass er ein kleines Versteck vor sich hatte. Ein Schmuckkästchen steckte in dem hohlen Pfosten. Er holte es heraus und öffnete es.

Eine altmodische Smaragdbrosche glitzerte im Lampenlicht.

War er nun ein erstklassiger Privatdetektiv oder nicht? Man brauchte ihm nur einen Hinweis zu geben, und schon verwandelte er sich in Sherlock Holmes.

Zufrieden packte er das Kästchen zurück und schraubte den oberen Teil des Pfostens wieder an.

Es gab keinen Grund, die Geheimnisse von Haus Peregrine zu früh aufzudecken. Schließlich wollte er einen ganzen Monat hier verbringen, einen Monat, in dem er Maggie Gladstone, unverheiratet, Amateurdetektivin und Leserin von Kriminalromanen, besser kennen lernen würde. Er merkte, dass er sich auf die nächsten vier Wochen mehr freute als auf irgendetwas anderes seit langer Zeit. Maggie hatte etwas an sich, das ihn faszinierte, und er wollte unbedingt herausfinden, was es war, denn er war sicher, dass sie ebenso fühlte.

Josh schlief mit einem befreiten Gefühl ein.

4. KAPITEL

Als Maggie am nächsten Morgen aufwachte, fühlte sie sich überraschend ausgeruht und erfrischt. Ihr wurde klar, dass sie in letzter Zeit nicht gut geschlafen hatte, da sie dauernd auf seltsame Geräusche geachtet und überlegt hatte, ob auch wirklich alle Fenster geschlossen waren. Auch die Sorge um die Zukunft von Haus Peregrine hatte ihr zu schaffen gemacht.

Anscheinend hatte es doch etwas für sich, einen Mann wie Josh Norton im Haus zu haben. Trotz seiner Krücken und Verbände war seine Anwesenheit beruhigend. Schade, dass er letzte Nacht zudringlich geworden war. Nun würde sie ihn ständig in Schach halten müssen. Bestimmt würde sie ihm nicht wieder mitten in der Nacht zu Hilfe eilen.

Maggie duschte, zog Jeans und ein orangefarbenes Sweatshirt an und ging zu ihrem Frisiertisch, um sich das Haar zu bürsten. Sie hatte es gerade zu einem Pferdeschwanz hochgebunden, da fiel ihr Blick auf das zerknüllte gelbe Papier, das auf dem Tisch lag. Dadurch erinnerte sie sich lebhaft an die Ereignisse der letzten Nacht.

Josh hatte nur männliche Arroganz ausgestrahlt, als er auf dem großen Bett im Turmzimmer gelegen hatte. Seine breite Brust hatte Maggie fasziniert. Es war ihr schwer gefallen, ihn nicht anzustarren. Sie hatte das fast schmerzhafte Bedürfnis gespürt, mit den Fingern durch das schwarze Haar auf dieser Brust zu streichen.

Der nachdenkliche Ausdruck in Joshs Augen hatte ihre Sinne geweckt wie nichts zuvor. Als er von den bitteren Enttäuschungen bei seiner Arbeit gesprochen hatte, hatte Maggie gespürt, wie rechtschaffen dieser Mann war. Nur wer anständig und ehrlich war, konnte auf diese Weise seine Illusionen verlieren. Offensichtlich war Josh nicht wegen des Geldes Detektiv geworden.

Maggie dachte, dass sie nie die Szene im Raum nebenan vergessen würde. Die würde sie den Rest ihres Lebens verfolgen.

Und obwohl Maggie wusste, dass es keine Wiederholungen geben durfte, würde ein Teil von ihr sich immer fragen, wie es gewesen wäre, mit Josh Norton ins Bett zu gehen. Noch nie hatte sie eine so tiefe weibliche Neugier gespürt, und sie wusste nicht, wie sie damit umgehen sollte. Ihre ruhige, ereignislose Vergangenheit hatte sie ja nicht einmal auf flüchtige Begegnungen mit Männern wie Josh vorbereitet.

Und es war nur eine flüchtige Begegnung gewesen. Maggie war klar, dass Joshs Interesse an ihr nicht einmal halb so stark war wie ihr eigenes an ihm. Natürlich hatte sie gemerkt, dass er erregt gewesen war, aber das bedeutete wenig. So was ging bei Männern schnell. Sie war alt genug, um das zu wissen. Für Josh war sie nur eine amüsante Herausforderung.

Ganz bestimmt würde sie nicht die Nummer auf dem gelben Papier anrufen. Sie fragte sich, ob Josh alle seine Beziehungen mit einer gegenseitigen Überprüfung begann. Wahrscheinlich. Der Mann war offensichtlich gar nicht romantisch. Vielleicht hatte der Beruf seinen Sinn für Leidenschaft und Entdeckungen genauso zerstört wie seinen Glauben an die menschliche Natur.

Trotzdem konnte Maggie sich nicht dazu bringen, das Stück Papier wegzuwerfen. Sie legte es in eine Schublade, bevor sie das Zimmer verließ.

Als Maggie die Treppe herunterkam, stieg ihr schon der Geruch von frischem Kaffee in die Nase. Clarissa war offenbar früh aufgestanden. Maggie lächelte, als sie die Küchentür öffnete. „Guten Morgen, Clarissa“, sagte sie, noch bevor sie sehen konnte, wer dort war. „Der Kaffee duftet herrlich.“

„Danke“, antwortete Josh von der anderen Seite des großen Raumes her. „Ich koche guten Kaffee, falls ich mich selbst loben darf. Hier, nehmen Sie eine Tasse.“

Maggie blieb wie angewurzelt stehen. Josh lehnte am Tresen, die Krücken neben sich, und sah sehr sexy aus in seinem Jeanshemd, das am Hals offen war. Sein dunkles Haar glänzte im Sonnenlicht, das zum Fenster hereinfiel. Maggie atmete tief ein. Sie würde den Rest des Monats mit Josh zu tun haben. Also musste sie sich daran gewöhnen, ihm morgens zu begegnen.

Sie entschied, dass zuerst einige Regeln aufzustellen waren. Sie musste sich benehmen, als wäre letzte Nacht überhaupt nichts geschehen. Mit einem seltsamen Anflug von Bedauern dachte sie, dass ja auch wirklich nichts passiert war. Josh hatte nicht einmal versucht, sie zu küssen, sondern sie nur aufgefordert, ihn zu überprüfen.

„Danke." Sie nahm die Tasse, die er ihr reichte. „Ich nehme an, Sie sind Frühaufsteher?"

„Sieht so aus, als wären Sie das auch. Noch etwas, das wir gemeinsam haben, oder?"

Sie zuckte mit den Schultern und beschloss, das herausfordernde Glitzern in seinen Augen zu ignorieren. „Ich bin eine der Köchinnen hier. Deshalb muss ich früh aufstehen, ob mir das gefällt oder nicht."

„Ah, ja. Ich freue mich auf das hausgemachte Frühstück, das in Ihrer Broschüre versprochen wird, und auch auf Tee und Kuchen nachmittags. Gibt es auch Rosinenkuchen?"

Maggie erstickte fast an ihrem Kaffee. „Tee und Kuchen werden nur serviert, wenn der Gasthof geöffnet ist. Ich hätte gedacht, das wäre selbstverständlich."

„Nein. Tee und Kuchen gehören zu unserer Abmachung." Joshs Gesichtsausdruck war nicht zu deuten. „Ich habe mich unter den Voraussetzungen darauf eingelassen, die in dem Brief und der Broschüre aufgeführt wurden. Dieser Vertrag ist bindend."

„Oh, um Himmels willen, Josh. Ich habe nur die Annehmlichkeiten des Hauses aufgezählt. Das haben Sie doch sicher verstanden. Sie können nicht erwarten, bedient zu werden, als wären Sie ein zahlender Gast."

„Genau das haben Sie aber in Ihrem Brief versprochen, und daran müssen Sie sich halten." Er zählte die einzelnen Punkte an den Fingern ab. „Ein selbst gemachtes Frühstück, Tee und Kuchen nachmittags und ein Feinschmeckerdinner."

„Ach ja? Und wann bekomme ich die ersten Ermittlungsergebnisse dafür?"

„Entspannen Sie sich. Ich arbeite an dem Auftrag, seit ich zur Vordertür hereingekommen bin. Sie sind in guten Händen, Lady."

„Wundervoll. Es ist so beruhigend zu wissen, dass die Zukunft des Gasthofes in den Händen eines Mannes liegt, der schon Probleme damit hat, nur aus dem Bett zu steigen." Maggie hielt den Atem an, als ihr klar wurde, dass sie gerade ihre eigene Regel gebrochen hatte. Eigentlich hatte sie die Ereignisse der vorigen Nacht nicht erwähnen wollen. Sie sah Josh an und wusste, dass er ihre Bemerkung nicht ignorieren würde.

„Ich mag Schwierigkeiten haben, aus dem Bett zu steigen, Maggie, aber ich kann Ihnen garantieren, dass ich genau weiß, wie ich in eins reinkomme."

Maggie hob stolz das Kinn. „Ich sollte Ihnen wohl sagen, dass ich diese Art von Humor nicht schätze. Außerdem arbeiten Sie für mich, und deshalb habe ich das Recht, Ihnen vorzuschreiben, was für ein Verhalten ich in Zukunft von Ihnen erwarte. Ich möchte, dass Sie sich ganz und gar geschäftsmäßig benehmen, ist das klar?"

„Verstanden." Er lächelte. „Werden Sie heute McCray anrufen?"

„Nein, werde ich nicht. Ich habe keinen Grund dazu."

„Ich werde Ihnen einen Grund liefern", sagte Josh sanft.

Bevor Maggie erkannte, was er vorhatte, griff er nach ihr. „Josh!" Sie sah zu ihm auf, als er sie behutsam an sich zog, und konnte einfach nicht die Willenskraft aufbringen, sich zu wehren. Die Neugier setzte ihren gesunden Menschenverstand außer Kraft.

„Das wollte ich schon letzte Nacht", murmelte Josh. Er beugte den Kopf vor und strich mit dem Mund leicht über Maggies Lippen. Das waren gleichzeitig eine Einladung und ein Versprechen. Maggie erschauerte.

Josh brach den Kuss fast sofort wieder ab und löste sich von ihr, bevor sie noch Zeit hatte zu entscheiden, wie sie reagieren sollte. Er beobachtete, wie sie instinktiv ihre Lippen mit den Fingerspitzen berührte.

Diese kurze Umarmung war eine Andeutung von Möglichkeiten gewesen, kein ausgewachsener Kuss, aber Maggie spürte sie doch im ganzen Körper.

„Ich habe das letzte Nacht nicht getan, weil ich dachte, es wäre etwas zu viel für dich und zu früh." Josh ließ seine Hände langsam über ihre Arme und Schultern gleiten. „Du bist es nicht gewohnt, schnelle Entscheidungen über Menschen zu treffen, so wie ich es gewohnt bin. Du weißt nicht, wie man erkennt, ob einen jemand anlügt. Aber ich bin ein Experte darin. Ich trenne schon so lange Lügen von Wahrheit, dass es mir zur zweiten Natur geworden ist."

„Du hast Recht", antwortete Maggie atemlos. „Ich habe diese Fähigkeit nicht. Also, woher soll ich wissen, ob du mir die Wahrheit über dich selbst sagst?"

„Zuerst einmal kannst du McCray anrufen."

Das brachte Maggie mit einem Schlag in die Wirklichkeit zurück. Sie wich Josh aus, und er ließ sie los. „Nein, danke. Dann habe ich zusätzlich noch das Problem, dass ich nicht weiß, ob ich McCray trauen kann, oder?"

„Er kann dir für alles, was er dir erzählt, Beweise verschaffen."

Maggie lächelte nervös. „Entschuldige mich, ich sollte jetzt besser mit dem Frühstück anfangen. Schließlich will ich nicht, dass du behauptest, ich hätte dich um einen Teil deines Lohnes betrogen."

Er schmunzelte. „Richtig. In meinem Geschäft sprechen sich solche Dinge schnell herum, genauso wie in deinem. Du könntest Schwierigkeiten haben, einen anderen Privatdetektiv zu engagieren, wenn du mich nicht bezahlst."

Clarissa erschien in der Tür. „Streitet ihr euch schon wieder? Ich habe noch nie zwei Leute gesehen, bei denen so die Funken gesprüht haben wie bei euch."

„Sie hat angefangen", erklärte Josh fröhlich.

Maggie stöhnte. „Und ich dachte, du wärst Manns genug, die Verantwortung für deine eigenen Taten zu übernehmen."

Josh trank einen Schluck Kaffee. „Das kommt auf die Taten an."

„Meine Lieben, das reicht jetzt." Clarissa wählte Grapefruits aus und holte ein Messer aus einer Schublade. „Ziehen Sie sie nicht dauernd auf, Josh."

„Ja, Josh." Maggie hob die Augenbrauen. „Zieh mich nicht auf. Deine Drohung ist sowieso bedeutungslos. Du weißt verdammt gut, dass ich in meinem ganzen Leben vermutlich nie wieder einen Privatdetektiv brauchen werde. Was sollte es mir ausmachen, wenn ich auf die schwarze Liste deiner Gewerkschaft gerate, indem ich dich nicht bezahle?"

„Man weiß nie", murmelte Josh. „Eine Menge Frauen beschäftigen heute Privatdetektive."

Clarissa sah ihn überrascht an. „Wofür denn?"

„Sie lassen die Männer überprüfen, mit denen sie ausgehen. Meine Firma bekommt dauernd solche Anfragen, aber da wir auf den Wirtschaftsbereich spezialisiert sind, schicken wir gewöhnlich mögliche Klienten zu kleineren Agenturen."

Maggie war verblüfft. „Das meinst du ernst, was?"

„Ich mache nie Witze übers Geschäft."

Clarissa sah nachdenklich aus. „Welche Frau lässt sich denn von einem Privatdetektiv Informationen über ihren Freund verschaffen?"

„Eine kluge Frau." Josh zuckte mit den Schultern. „Die Mehrzahl der weiblichen Klienten besteht aus Frauen, die Karriere gemacht haben und finanziell unabhängig sind. Sie riskieren genauso wie Männer, wegen ihres Geldes geheiratet zu werden, also wollen sie sicherstellen, dass sie an niemanden geraten, der ihr Bankkonto plündert und dann verschwindet. Andere wollen Gewissheit haben, dass ihre Freunde nicht drogensüchtig sind."

„Das ergibt Sinn", meinte der Colonel, der gerade hereinkam. „Früher wussten die Eltern und Nachbarn einer jungen Frau Bescheid über den Mann, den sie heiraten wollte. Man könnte sagen, dass sie die Überprüfung übernommen haben. Aber heutzutage ist niemand da, der die Damen schützen kann."

„Oder sie hören nicht darauf, wenn jemand es versucht." Josh warf Maggie einen bedeutungsvollen Blick zu. „Wenn man einer Lady einen freundschaftlichen Rat gibt, schickt sie einen zum Teufel."

Maggie stellte ihre Tasse weg.

„Wir sollten uns besser um das Frühstück kümmern, nicht wahr, Clarissa? Ich bin sicher, Josh möchte mit seinen Ermittlungen anfangen. Der Colonel könnte ihn durchs Haus führen und ihm alle Stellen zeigen, wo wir Probleme hatten. Vielleicht findet er irgendwelche Indizien."

„Sicher", stimmte der Colonel zu. „Das tue ich gern."

„Indizien", wiederholte Josh höflich. „Was für eine gute Idee. Indizien sind sehr hilfreich bei meiner Arbeit."

„Dann müssen wir hoffen, dass du sie erkennen kannst, wenn du sie siehst, oder?" Maggie holte eine Bratpfanne aus dem Schrank.

„Keine Sorge", erwiderte Josh. „Ich habe mein Handbuch für Privatdetektive mitgebracht. Ich glaube, da ist ein ganzes Kapitel darüber drin, wie man Indizien findet und erkennt."

„Ein Handbuch? Wie beruhigend." Maggie maß Mehl für Pfannkuchen ab. „Hast du eine Anzeige dafür auf der Rückseite einer Cornflakes-Packung gesehen?"

„Wahrscheinlich. Ich esse oft Cornflakes. Ich bekomme nämlich selten ein richtiges hausgemachtes Frühstück, weißt du?"

„Na so was. Die Funken sprühen." Der Colonel zwinkerte Clarissa zu. „Das klingt, als würde es hier im nächsten Monat sehr lebhaft zugehen."

Shirley kam gähnend in die Küche. „Wisst ihr, was mein Ricky immer über Leute gesagt hat, die so aufeinander losgehen wie Josh und Maggie?"

„Nein, was denn?" wollte Josh wissen.

„Sie wären entweder füreinander bestimmt, oder sie würden sich irgendwann gegenseitig umbringen, eins von beidem."

„Interessant", meinte Josh trocken.

Maggie stellte in den nächsten Tagen überrascht fest, dass Josh sich gut in die Hausgemeinschaft einfügte. Als seine verletzten Rippen und sein Knöchel allmählich heilten, machte er sich sogar erstaunlich nützlich. Er stand immer als Erster auf und hatte den Kaffee fertig, wenn Maggie herunterkam. Außerdem war er ziemlich geschickt, was Reparaturen anging. Er half ihr, drei der Gästebadezimmer anzustreichen, brachte einen zerbrochenen Toilettensitz in Ordnung und hängte seinen Betthimmel wieder auf.

Und er kam Maggie nicht noch einmal zu nahe.

„Ich weiß immer noch nicht, ob du ein guter Detektiv bist, aber durch dich spare ich jedenfalls eine Menge Geld, das ich sonst Dwight hätte zahlen müssen", erklärte Maggie ihm einmal.

„Wer ist Dwight?"

„Dwight Wilcox ist ein Handwerker, der alle möglichen Reparaturen für mich erledigt."

Am Ende der Woche merkte Maggie, dass sie sich schon an Joshs Anwesenheit gewöhnt hatte. Unbewusst freute sie sich immer darauf, am frühen Morgen in der Küche mit ihm zusammenzutreffen.

Soweit sie erkennen konnte, stellte er pflichtbewusst Ermittlungen über die Vorfälle in Haus Peregrine an. Er verbrachte eine Menge Zeit mit dem Colonel im Keller und fragte Clarissa und Shirley über die Neffen und Ricky Ring aus. Außerdem zog er sich dauernd für endlose Stunden in sein Zimmer zurück, wo er am Computer arbeitete. Das erschien Maggie alles sehr professionell. Das einzig wirklich Ärgerliche war, dass sie ihm jeden Nachmittag um drei Uhr Tee und Kuchen servieren musste.

„Ich frage mich, was er an diesem Ding tut", meinte Shirley am Freitag. Sie saßen alle am Küchentisch und sahen Maggie beim Kuchenbacken zu. Josh war seit drei Stunden in seinem Zimmer, und Maggie wusste, dass er gleich runterkommen würde, um seine Nachmittagsmahlzeit zu verlangen.

„Er überprüft die Informationen, die er sammelt", erklärte der Colonel. „Unser Mann ist ein moderner Detektiv. Die meisten Ermittlungen stellt er am Computer an, wie er mir sagte. Auch sonst ist er technisch begabt. Zum Beispiel hat er das, was ich ihm über meine Versuche erzählt habe, weitgehend verstanden."

Clarissa nickte, sah aber nicht von ihrem Strickzeug auf. „Man kann sich angenehm mit ihm unterhalten, das muss ich ihm lassen. Ich habe ihm alles über meine grässlichen Neffen berichtet, und er begreift wirklich, wie unangenehm Familien sein können. Viele seiner ersten Fälle betrafen Familienangelegenheiten. "

Josh erschien ohne seine Krücken in der Tür. „Ist der Kuchen fertig?"

Maggie warf ihm einen Blick zu. „Nein, noch nicht. Wo sind deine Krücken?"

„Ich brauche sie nicht mehr. Siehst du?"

Er kam vorsichtig herein. Obwohl er noch hinkte, war er offenbar wieder beweglich. „Ich komme gut zurecht, solange ich nicht versuche, Treppen rauf- und runterzurennen. Junge, bin ich hungrig."

„Ja, das Mittagessen ist schon ganze drei Stunden her, was?" murmelte Maggie.

Josh sah auf seine Armbanduhr. „Mehr als drei Stunden. Was ist hier los? In der Broschüre steht, dass es um drei Uhr nachmittags Tee gibt. Jetzt ist es schon fünf nach drei."

Maggie sah ihn mit zusammengekniffenen Augen an. „Da du eben schon von Treppen gesprochen hast, was würde passieren, wenn du eine runterfallen würdest?"

„Ich würde dich verklagen", versicherte Josh ihr. „Ist der Tee fertig?"

Das Telefon klingelte, bevor Maggie Josh raten konnte, selbst Tee zu kochen, wenn er es so eilig hatte. Sie nahm den Hörer ab. „Haus Peregrine", fauchte sie.

„Maggie?“ Die vertraute Stimme am anderen Ende klang etwas verwirrt.

Maggie entspannte sich und lehnte sich gegen die Wand. „Hallo, Clay. Tut mir Leid, ich war gerade beschäftigt. Wie geht es dir?“

„Sehr gut“, antwortete Clay O’Connor. „Ich wollte nur sichergehen, ob es bei unserer Verabredung heute Abend bleibt.“

„Natürlich. Sechs Uhr, richtig?“

„Richtig.“ Es entstand eine kleine Pause. „Wie ich gehört habe, hast du zurzeit einen Gast im Haus. Ich dachte, du hättest beschlossen, für den Winter keine aufzunehmen. Hast du deine Meinung geändert?“

Maggie fiel ein, dass sie sich nichts überlegt hatte, womit sie Joshs Anwesenheit Außenstehenden erklären konnte. Sie sah zu Josh hinüber, der nun am Tisch saß und sie aufmerksam beobachtete.

Das war irgendwie unerwartet. Sie suchte fieberhaft nach einer Ausrede. Clay O’Connor war ein netter Mann, aber sie wollte nicht, dass jemand außerhalb des Hauses erfuhr, dass sie einen Privatdetektiv engagiert hatte. „Ich erzähle dir heute Abend alles. Bis um sechs dann.“

„Maggie ...“

„Ich muss aufhören, Clay. Ich habe Kuchen im Ofen. Wiedersehen.“ Maggie legte schnell auf und schnitt eine Grimasse.

„Probleme?“ fragte Josh sanft.

„Wir müssen uns einen guten Grund ausdenken, warum du hier bist. Wenn die Leute in Peregrine Point erfahren, dass ich einen Privatdetektiv hergeholt habe, dann könnte die Information auch bei demjenigen landen, der für den Ärger verantwortlich ist.“

„Das stimmt“, meinte der Colonel.

Josh musterte Maggie nachdenklich. „Du glaubst nicht, dass dein Freund O’Connor den Mund halten würde?“

Maggie zuckte zusammen. „Darüber mache ich mir keine Sorgen. Ich habe eher Angst, er könnte mich auslachen. Seiner Meinung nach leide ich unter Verfolgungswahn."

„Verstanden." Josh nickte. „Bis er dich heute Abend abholt, werde ich eine gute Tarngeschichte bereit haben. Sechs Uhr, ja?"

„Ja." Maggie goss jetzt den Tee auf. Aus irgendeinem Grund fühlte sie sich unbehaglich. Sie wusste nicht, wie sie den Ausdruck in Joshs Augen deuten sollte.

Josh grinste. „Überlass alles mir. Wie ich dir immer wieder sage, bist du in guten Händen."

Sie warf ihm einen misstrauischen Blick zu. „Vielleicht sollten wir uns besser zusammen etwas ausdenken."

„Vergiss es. Das ist mein Job."

„Aber ..."

Der Colonel unterbrach sie. „Er hat Recht. Überlass das unserem Mann hier. Er ist ein Profi."

„Ich glaube, der Kuchen ist fertig", meinte Josh.

Maggie war etwas unsicher, als sie sich zum Dinner umzog. Schon den ganzen Nachmittag machte sie sich Sorgen wegen der Geschichte, die Josh erfinden wollte. Je später es wurde, desto nervöser wurde sie. Sie zog ein langärmeliges schwarzes Kleid an, das ihre schlanke Taille betonte, bürstete ihr Haar und dachte gerade über Ohrringe nach, als es an der Tür klopfte.

„Clay ist hier", rief Shirley. „Lass mal sehen, wie du aussiehst."

Maggie öffnete ihr die Tür. „Sag ihm, ich komme gleich, ja?"

„Sicher. Hey, weißt du was? Ich habe eine Halskette, die perfekt zu diesem Kleid passen würde. Warte, ich hole sie."

„Das ist schon in Ordnung, Shirley, wirklich ..." Maggie brach ab, als Shirley im Flur verschwand.

Gleich darauf kam sie mit der Kette zurück. „Hier, Schatz."

Maggie lächelte schwach. Sie wollte Shirleys Gefühle nicht verletzen, indem sie den auffälligen Schmuck ablehnte. „Danke." Sie hängte sich die Kette um und sah in den Spiegel. Der billige Modeschmuck war auf seine eigene Art wirklich hübsch.

„Ich wünsche dir einen schönen Abend.“ Shirley winkte ihr von der Treppe her zu. „Wenn du ausgehst, erinnert mich das immer an die Zeit, als Ricky mich in die besten Lokale führte.“

„Danke, dass du mir deine Kette borgst, Shirley.“

Maggie hörte Stimmen im Salon, als sie herunterkam, und beeilte sich, da sie dabei sein wollte, wenn Josh seine Geschichte erzählte. Er und Clay schüttelten sich gerade die Hand, als sie hereinkam.

„Nett, Sie kennen zu lernen, Norton“, sagte Clay. „Ich habe gehört, dass Maggie einen Gast hat. Allerdings dachte ich, das Haus wäre für den Winter geschlossen.“

„Ein gemeinsamer Freund hat sie gebeten, für mich eine Ausnahme zu machen“, erklärte Josh. „Ich schreibe ein Buch und brauche einen ruhigen Ort zum Arbeiten.“ Er drehte sich zu Maggie um. „Ist das nicht so?“

Ein Schriftsteller. Natürlich, das war perfekt. Maggie fragte sich, warum sie nicht selbst daran gedacht hatte. Sofort wurde sie fröhlicher. Josh mochte von Zeit zu Zeit eine Plage sein, aber manchmal war er auch wirklich schlau. „Ja, ein Freund hat mich überredet, für Josh eine Ausnahme zu machen, obwohl wir gerade einige Reparaturen durchführen. Können wir gehen, Clay?“

„Sicher. Du siehst hübsch aus, Maggie.“ Clay lächelte warm. Er war ein attrakiver Mann mit einem einnehmenden Wesen, das ihm als Makler zugute kam. Er trug ein teures Wolljackett, hatte einen goldenen Ring mit einem Diamanten am Finger und eine goldene Uhr am Handgelenk. Sein hellbraunes Haar war mit Gel gestylt, so dass er neben Josh sehr weltgewandt und großstädtisch wirkte.

Irgendwie diente der Kontrast dazu, Josh besonders hart und männlich aussehen zu lassen. Maggie dachte, dass das wohl hauptsächlich daran lag, dass er sich noch nicht zum Dinner umgezogen hatte. Er trug Jeans und ein Arbeitshemd, und wahrscheinlich hatte er noch niemals Gel im Haar gehabt. Maggie fragte sich, ob er absichtlich in Jeans heruntergekommen war, damit seine Tarngeschichte überzeugender klang. Er sah tatsächlich wie ein Schriftsteller aus. Nicht, dass sie jemals zuvor einen getroffen hätte.

„Wir sollten wirklich gehen." Maggie lächelte Clay zu.

„Keine Sorge. Schatz." Clay lachte. „Dies ist Peregrine Point, nicht Seattle. Wir brauchen uns keine Sorgen zu machen, dass wir unseren bestellten Tisch verlieren könnten."

„Ja, ich weiß, aber ich habe Hunger." Maggie nahm seinen Arm und führte ihn zur Tür. Sie wollte nicht, dass er noch weitere Fragen stellte. Joshs Geschichte hielt vielleicht nicht stand, falls Clay zuviel wissen wollte.

„Amüsiert euch", murmelte Josh. Da war etwas Seltsames in seinem Tonfall, aber Maggie konnte nicht erkennen, was das war.

„Danke." Sie sah über die Schulter zu ihm zurück. Seine Augen glänzten.

„Um welche Zeit können wir dich erwarten?" erkundigte er sich.

„Mach dir keine Sorgen deswegen", erwiderte sie kühl. „Ich habe einen Schlüssel. Schließlich gehört das Haus mir, erinnerst du dich?"

„Oh, ja. Das ist richtig."

Maggie war erleichtert, als sich die Tür hinter ihr und Clay schloss.

„Wie lange ist Norton schon hier?" fragte Clay, als er ihr auf den Vordersitz seines silbernen Mercedes half.

„Nicht lange. Eine Woche."

„Er scheint sich ganz zu Hause zu fühlen." Clay ging um den Wagen herum zur Fahrerseite. „Wer ist denn euer gemeinsamer Freund, der ihm vorgeschlagen hat herzukommen?"

Maggie geriet für einen Moment in Panik. Unter den Umständen war es eine ganz natürliche Frage, und sie hätte darauf vorbereitet sein sollen. Verdammt, das wäre sie auch gewesen, wenn Josh sich die Mühe gemacht hätte, ihr seine Geschichte vor Clays Ankunft zu erzählen. Aber nein, er musste versuchen, sie mit seiner Schlauheit zu beeindrucken. Sie entschied, dass sie später mit ihm darüber reden würde.

„Oh, einfach jemand, den wir beide in Seattle kennen", antwortete sie leichthin. „Um die Wahrheit zu sagen, es macht mir nichts aus, Josh hier zu haben. Ohne zahlende Gäste wird es finanziell etwas eng in diesem Winter. Normalerweise sind wir sogar im November und Dezember an den Wochenenden voll ausgebucht."

Clay nickte. „Ich weiß. Es wird eine harte Zeit für dich. Bist du sicher, dass es das wert ist?"

Maggie seufzte. „Ich muss versuchen, das Haus zu halten, Clay. Das habe ich dir schon gesagt."

„Schatz, ich bewundere dein weiches Herz, aber nimm den Rat von einem Experten an. Du wirst dein ganzes Einkommen wieder in das Haus stecken müssen, und am Ende musst du wahrscheinlich dann doch verkaufen. Stoß es lieber gleich ab, und sichere dir einen Profit."

Maggie verzog den Mund. Dies war nicht das erste Mal, dass Clay ihr vorschlug, das Haus zu verkaufen. Sie musste zugeben, dass es aus seiner Sicht vernünftig war. Immerhin war Clay Makler. Er wusste Bescheid über diese Dinge. „Du hast wahrscheinlich recht, aber ich habe eine Verpflichtung gegenüber dem Colonel, Clarissa und Shirley. Ich muss es versuchen."

Clay nahm eine Hand vom Steuer, um Maggies zu tätscheln. „Ich verstehe. Denk nur daran, dass ich dir gerne helfen werde, einen Käufer zu finden, falls du deine Meinung änderst, und ich werde nicht einmal meine übliche Provision verlangen. Wie hört sich das an?"

Maggie lächelte. „Danke. Ich werde mich daran erinnern."

5. KAPITEL

Um elf Uhr an diesem Abend verabschiedete Maggie sich vor der Tür von Clay. Dummerweise wurde es immer schwieriger, ihn auf höfliche Weise loszuwerden. Sie wusste, dass sie nichts anderes von Clay wollte als Freundschaft, und allmählich bekam sie deswegen Schuldgefühle. Clay fing an, sie zu einer viel intimeren Beziehung zu drängen. Sie fragte sich, wie lange sie noch seine Einladungen würde annehmen können, obwohl ihr klar war, dass sie sich nie in ihn verlieben würde. Vielleicht war es Zeit, diese Geschichte behutsam zu beenden.

„Clay", begann sie, als sie ihren Schlüssel aus der Tasche holte. „Ich habe nachgedacht."

Er verzog amüsiert den Mund und kam näher. „Ich auch. Wie ich sehe, ist das Licht im Salon aus. Also sind der Colonel und die anderen schlafen gegangen. Warum lädst du mich nicht auf einen Drink ein, und wir denken zusammen nach?"

Maggie biss sich auf die Lippe. „Es geht darum, dass ..."

Bevor sie den Schlüssel ins Schloss stecken konnte, wurde die Tür geöffnet.

Josh stand vor ihnen. „Ich dachte doch, ich hätte jemanden gehört." Er schaltete das Licht in der Halle ein. „Ich habe gerade ferngesehen. Kommt doch rein. Wir können alle Kaffee trinken oder so was. Spielen Sie Karten, O'Connor?"

Clay kniff ärgerlich die Augen zusammen. „Tut mir Leid, ich mache mir nichts aus Kartenspielen. Maggie sagt, sie muss früh schlafen gehen. Ich sollte besser verschwinden." Er nickte Maggie steif zu. „Gute Nacht, Schatz."

Maggie lächelte unsicher. Ihr war bewusst, dass Clay sich nicht gerade darüber freute, Josh an der Tür vorzufinden. „Es war ein schöner Abend, Clay."

„Ich werde dich anrufen." Er ging zu seinem Mercedes.

Josh schüttelte traurig den Kopf. „Das behaupten sie alle."

Maggie warf ihm einen bösen Blick zu, als sie ins Haus trat. „In diesem Fall stimmt es. Clay wird wirklich anrufen."

„Ja, wahrscheinlich." Josh half ihr aus dem Mantel. „Komm in den Salon. Ich habe dir heiße Schokolade gekocht."

„Schokolade! Josh, du hast doch nicht zufällig auf mich gewartet? Die Antwort darauf sollte besser nein sein, denn wenn ich auch nur einen Moment glauben würde, dass du die kleine Szene an der Tür eben absichtlich aufgerührt hast, damit Clay schnell nach Hause geht, dann wäre ich ziemlich wütend."

Josh wirkte verletzt. „Ich dachte, du würdest gern hören, welche Fortschritte ich bisher in deinem Fall gemacht habe."

Maggie starrte ihn an. „Du hast tatsächlich etwas erreicht?"

„Du brauchst nicht so überrascht zu klingen. Es ist mein Job, weißt du? Wie oft muss ich dich noch daran erinnern, dass ich ein ausgebildeter Privatdetektiv bin?"

„Ich weiß auch nicht, warum ich diese Tatsache immer wieder vergesse", antwortete Maggie grimmig.

Josh goss die heiße Schokolade ein, die er gekocht hatte. Dabei verschwand endlich die Anspannung, die er den ganzen Abend empfunden hatte, seit Maggie vor fünf Stunden am Arm eines anderen Mannes zur Tür herausgegangen war. Nur seine Willenskraft hatte Josh davor bewahrt, in der letzten Stunde nicht nervös hin- und herzulaufen.

Der Colonel, Clarissa und Shirley hatten ihm versichert, dass Maggie nie lange wegblieb, wenn sie mit Clay zusammen war, aber das hatte Josh nicht beruhigt. Er wusste instinktiv, dass es nur eine Frage der Zeit war, bis O'Connor versuchen würde, Maggie dazu zu überreden, sogar sehr lange wegzubleiben, vielleicht die ganze Nacht. Daran bestand überhaupt kein Zweifel.

Im Laufe des Abends hatte Josh entschieden, dass Maggie Gladstone nicht in Clay O'Connors Bett landen würde, solange er, Josh, in der Nähe war. Wenn sie in irgendein Bett stieg, abgesehen von ihrem eigenen, dann würde das seins sein.

Vom ersten Moment an hatte er sich zu ihr hingezogen gefühlt. Von der ersten Nacht an, als sie sich mit den Eisbeuteln über ihn gebeugt hatte, hatte er sie gewollt. Aber erst in den letzten Stunden war ihm klar geworden, wie viel sie ihm bedeutete. In seiner Vorstellung gehörte sie ihm bereits, und dieses Besitz ergreifende Gefühl brachte ihn zum Zittern. Die Kanne, die er gerade hielt, schlug gegen Maggies Tasse.

Maggie verzog erschreckt das Gesicht. „Lass sie nicht fallen. Tante Agatha hat mir mal erzählt, diese Kanne wäre seit Generationen in der Familie."

„Obwohl du offenbar das Gegenteil glaubst, bin ich kein vollkommener Tollpatsch." Josh stellte die Kanne auf den Beistelltisch und überlegte, was McCray und seine Mitarbeiter in der Firma wohl sagen würden, wenn sie wüssten, dass seine neue Klientin ihn für ungeschickt hielt und meinte, er würde zu Unfällen neigen. Ein trauriges Image hatte er hier.

Maggie lächelte entschuldigend, als sie sah, dass das wertvolle Erbstück gerettet war. „Wenn ich je das Haus verkaufen muss, kann ich bestimmt für die Möbel und das Geschirr genug bekommen, damit der Colonel und die anderen etwas finanzielle Sicherheit haben."

Josh setzte sich neben sie auf die Couch. „Wie kommst du plötzlich darauf, das Haus zu verkaufen? Jedes Mal, wenn ich das Thema angeschnitten habe, hast du klargestellt, dass du gar nicht daran denkst."

Maggie seufzte und lehnte sich zurück. „Clay und ich haben vorhin darüber gesprochen. Du weißt ja, dass er Makler ist. Ein sehr guter offenbar."

„Ja, ich habe den Mercedes und den Ring an seinem Finger gesehen."

„Er denkt, ich sollte das Haus abstoßen", fuhr Maggie fort. „Seiner Meinung nach verschwende ich mein Geld, wenn ich versuche, es zu halten. Schon seit einigen Wochen versucht er, mich zum Verkauf zu überreden."

„Wann hast du angefangen, mit ihm auszugehen?"

„Vor zwei Monaten." Maggie fummelte an ihrer Tasse herum. „Er ist wirklich nett, weißt du?"

„Nein. Woher sollte ich das wissen?"

„Nun, er ist es", murmelte sie und sah Josh vorwurfsvoll an. „Das erinnert mich daran, dass er mich nach unserem angeblichen gemeinsamen Freund gefragt hat. Du hättest mir deine Geschichte vorher erzählen sollen, Josh."

„Was hast du geantwortet?"

„Nicht viel. Nur dass der Freund in Seattle lebt. Dann habe ich das Thema gewechselt."

„Das klingt, als hättest du es gut gemacht."

„Trotzdem erwarte ich, dass du mich in Zukunft besser informierst. Und da wir schon dabei sind, gib mir deinen Bericht."

Er zuckte mit den Schultern. Ich denke, wir können Shirleys Theorie vergessen. Ich habe einige Erkundigungen über Ricky Ring angestellt."

„Oh ja, deine Computeranfragen. Was hast du herausgefunden?"

Josh beschloss, ihr nicht zu verraten, dass er bloß mit seinem Büro telefoniert hatte, wo ein Angestellter eine kurze Überprüfung in die Wege geleitet hatte. „Ricky Ring ist vor fünf Jahren aus dem Gefängnis entlassen worden. Offenbar war er ein musterhafter Gefangener. Die meiste Zeit hat er anderen Insassen das Lesen beigebracht. Seit seiner Entlassung arbeitet er zwanzig Stunden in der Woche an einem Projekt für Analphabeten mit. Er führt ein ruhiges Leben unten in Portland und macht keinerlei Anstalten, zu seinen früheren Verbrechen zurückzukehren. Sein Einkommen stammt aus Wertpapieren, die er Jahre vor seiner Verurteilung gekauft hat."

„Kein Hinweis darauf, dass er auf Rache aus ist?"

„Gar keiner."

Maggie sah nachdenklich aus. „Nun, ich habe nie an Shirleys Erklärung geglaubt. Was ist mit Clarissas Neffen?"

„Die habe ich auch überprüft. Sie leben alle drei an der Ostküste. Keiner von ihnen war jemals hier, und anscheinend haben sie auch nicht die Absicht herzukommen. Außerdem stehen sie alle finanziell gut da. Zwei von ihnen sind Anwälte, der dritte ist im Bankgeschäft. Die Information über Clarissas Aktien steht noch aus."

„Dann bleibt der Colonel mit seinen Experimenten, oder?"

Josh war nahe daran, ihr zu erklären, dass sie diese Theorie seiner Meinung nach auch fallen lassen konnten. Er hatte einiges von der Arbeit des Colonels gesehen. Niemand würde je einen Brennstoff aus Wasser gewinnen, zumindest nicht auf die Art, wie der Colonel es versuchte. Aber Josh entschied sich dafür, das vorläufig für sich zu behalten. „An der Theorie des Colonels und an deiner über die Brosche deiner Tante arbeite ich gerade erst", log er.

„Ich nehme an, du hältst meine Idee für genauso verrückt wie die anderen?"

„Wieso glaubst du das?" Ihr Ton erschreckte ihn. So kannte er sie gar nicht. „Irgendwie bist du heute ein bisschen deprimiert, was?"

„Ein wenig", gab sie zu. Sie stellte ihre Tasse weg, lehnte sich zurück und sah durchs Fenster in die Dunkelheit hinaus. „Clay hat den ganzen Abend davon geredet, wie klug es wäre, das Haus zu verkaufen. Er meint es gut, ich weiß. Aber trotzdem bedrückt es mich, wenn ich das höre. Er sagt, ich tue dem Colonel, Clarissa und Shirley keinen Gefallen, wenn ich versuche, das Haus zu retten."

„Ja?"

Maggie nickte müde. „Er sagt, sie wären alle finanziell besser dran, wenn ich den Erlös aus dem Verkauf mit ihnen teilen würde. Ich weiß nicht, Josh. Vielleicht ist es wirklich dumm, wenn ich versuche, das Haus zu retten. Was ist, wenn tatsächlich gar nichts Geheimnisvolles hier vorgeht? Vielleicht waren das alles nur ganz natürliche Abnutzungserscheinungen."

„Hey, zieh keine falschen Schlüsse." Josh merkte plötzlich, dass er nicht wollte, dass Maggie so schnell der Wirklichkeit ins

Auge sah. Erschreckt stellte er fest, dass er das Bedürfnis hatte, ihr zu helfen, ihren Traum zu erhalten. Ganz schlecht, erinnerte er sich. Es zahlt sich nicht aus, den Helden zu spielen.

Aber es war zu spät. Er hielt bereits nach Möglichkeiten Ausschau, Maggie zu Hilfe zu kommen.

„Vielleicht hat Clay recht", meinte sie. „Vielleicht ist es besser für Clarissa, Shirley und den Colonel, wenn ich das Haus jetzt verkaufe. Ich weiß, sie lieben es, aber ..."

„Gib mir den Rest des Monats Zeit", unterbrach Josh sie schnell. „Lass mich so lange an dem Fall arbeiten, wie wir es zu Anfang vereinbart haben. Das ist alles, was ich will. Okay?"

Sie sah zu ihm auf. „Aber was kannst du tun, abgesehen davon, dass du unsere Theorien widerlegst? Was ist, wenn gar nichts Seltsames hier geschieht?"

Er legte sanft eine Hand auf ihre Wange und beugte sich vor. „Maggie, du hast mich engagiert, damit ich diese Sache kläre. Lass mich den Rest des Monats meinen Auftrag ausführen, und wir werden sehen, was passiert." Er küsste sie leicht. „Was hast du zu verlieren? Ich arbeite billig, falls du dich erinnerst."

„Oh, Josh, ich weiß wirklich nicht. Ich war zu Anfang so sicher, aber Clay sagt ..."

„Vergiss O'Connor, ja?" Josh strich mit dem Daumen über ihre Unterlippe. „Du hast McCray nicht angerufen, oder?"

„Nein." Ihr Mund zitterte ein wenig. „Warum sollte ich?"

„Maggie, Liebling, du bist sehr lieb, aber ein bisschen naiv." Er küsste sie wieder, und diesmal zog er sich nicht gleich zurück.

Zuerst war Maggie angespannt, aber schon bald merkte Josh erfreut, dass sie anfing, seinen Kuss zu erwidern. Er spürte, wie sein ganzer Körper auf sie reagierte. Begierde durchströmte ihn.

Dann schlang Maggie vorsichtig die Arme um seine Taille. Offenbar wollte sie seine verletzten Rippen schonen. Josh drängte sie sanft, und sie öffnete den Mund für ihn.

Er konnte seine Leidenschaft kaum noch unter Kontrolle halten. Es war unglaublich, was für eine Wirkung Maggie auf ihn hatte. Plötzlich empfand er einen unstillbaren Hunger. Aber es war zu früh, mit ihr ins Bett zu gehen. Wenn er das versuchte, würde er ihr Angst machen. Doch er war nicht sicher, ob er warten konnte. So war es noch niemals gewesen, oder jedenfalls schon seit so vielen Jahren nicht mehr, dass er sich kaum erinnern konnte.

„Josh?"

„Maggie, Liebling, lass mich dich nur berühren. Bitte." Er schob sie behutsam auf die Polster des alten Sofas zurück und legte sich auf sie. Sie fühlte sich weich und glatt an. Ihr Körper passte wunderbar zu seinem.

Aber Josh wusste, dass er vorsichtig sein musste. Maggie sollte ihn genauso wollen wie er sie.

Er stöhnte, küsste ihre Wange und dann ihren Hals. Als er den Kopf hob, um sie anzusehen, erkannte er Staunen und Unsicherheit in ihrem Blick. Und dann sah er, wie ein Funke von Leidenschaft in ihr zum Leben erwachte.

Er griff nach der Lampe und schaltete sie aus.

„Josh. Josh!"

Maggie flüsterte seinen Namen atemlos, und das erfüllte ihn noch mehr mit Begierde.

„Ich bin hier, Liebling." Er strich mit einem Finger den V-Ausschnitt ihres Kleides bis hinunter zum tiefsten Punkt über ihren Brüsten. Dann zog er den Finger langsam wieder hinauf bis zu Maggies Kehle.

„Du bist ein seltsamer Mann", erklärte sie ernst.

Er zögerte. „Warum sagst du das?"

„Ich weiß nicht. Etwas ist anders an dir."

„Anders als was?" wollte er wissen.

„Du bist anders als jeder Mann, den ich bisher getroffen habe."

Josh entspannte sich wieder und lächelte. „Okay, damit kann ich leben. Es ist nicht gerade das großartigste Kompliment, das du mir unter diesen Umständen machen konntest, aber ich denke, ich kann es auf meine eigene Art auslegen."

Sie berührte sanft sein Gesicht. „Was wäre denn ein besseres Kompliment?“

Er öffnete langsam die großen schwarzen Knöpfe vorn an ihrem Kleid. „Du könntest mir sagen, ich wäre unglaublich sexy.“

„Das bist du“, antwortete sie ehrlich. „Aber ich dachte, das wüsstest du schon.“

Die Worte trafen ihn wie ein Blitz. „Maggie!“

„Hmm?“ Sie hatte inzwischen die Finger an seinen Hemdknöpfen.

„Maggie, Liebling, meinst du das wirklich so? Du findest mich tatsächlich sexy?“

„Ja, so sexy wie keinen anderen Mann, den ich je getroffen habe.“

„Oh, Maggie.“ Er umarmte sie heftig. „Ich vergebe dir all die hässlichen Bemerkungen, die du in den letzten paar Tagen über mich gemacht hast. Ich werde sogar vergessen, dass du gesagt hast, ich würde zu Unfällen neigen.“

Sie lachte leise. „Du hörst gern, dass du sexy bist?“

„Ich höre es gern von dir. Das gefällt mir sehr.“ Josh wandte sich wieder den Knöpfen an ihrem Kleid zu. „Hauptsächlich deshalb, weil ich dich unglaublich sexy finde.“

Das Lachen verging ihr, und sie klammerte sich an Josh fest „Aber da muss noch mehr sein.“

Er hielt den Atem an, da seine Rippen gegen die plötzliche heftige Umarmung protestierten. „Da ist auch noch mehr, Liebling.“ Er atmete vorsichtig ein, als sie ihn wieder losließ. „Viel mehr. Gib mir eine Chance, es dir zu beweisen.“

Er hatte ihr Kleid jetzt offen und legte eine Hand auf ihre Brust. Als er mit dem Daumen darüberstrich, spürte er, wie die Spitze hart wurde Maggie hielt den Atem an.

„Entspann dich, Maggie. Vertrau mir heute nacht.“

„Ich vertraue dir ja. Es ist zwar verrückt, aber ich tue es.“ Sie schlang die Arme um seinen Hals und küsste sein Kinn. Josh fühlte, wie sie sich ihm hingab, und dadurch wurde er sich seiner eigenen Männlichkeit noch stärker bewusst. Ihm war klar, dass er ein seltenes, wundervolles Geschenk erhielt, und das durfte er nicht zerstören, indem er mehr verlangte, als Maggie in diesem Moment zu geben bereit war.

Er schob ihr das Kleid hoch und seufzte, als er die Wärme zwischen ihren Beinen spürte. Dann küsste er ihre Brust, befeuchtete die Spitzen mit der Zunge. Als Maggie leise stöhnte, fing er an, sie gründlicher zu erforschen.

Langsam schob er ihr die Strümpfe bis zu den Knöcheln hinunter und zog sie dann von den Füßen. Danach streichelte er Maggies Beine und drückte sanft ihre Schenkel weiter auseinander. Sie leistete zuerst ein bisschen Widerstand, dann gab sie nach.

„Josh!" rief sie, als er sanft mit den Fingern zwischen ihren Beinen entlangstrich.

Das klang zugleich leidenschaftlich und unsicher. Josh konnte nicht heraushören, ob er zu weit gegangen war, oder ob Maggie wollte, dass er weiterging.

Er berührte sie wieder und küsste sie gleichzeitig.

„Magst du das?"

„Ja. Oh, ja. Bitte, Josh." Sie klammerte sich an ihn und bewegte ruhelos den Kopf hin und her.

Josh atmete tief ein, um seine immer stärker werdende Begierde unter Kontrolle zu halten. Er legte eine Hand zwischen Maggies Beine. „Du bist ganz heiß, Liebling. Du willst mich, oder?"

Sie bäumte sich gegen seine Hand. Josh drang langsam mit einem Finger in sie ein, und sie erschauerte. „Du bist so eng", sagte er erstaunt. „Eng und heiß und feucht. Ganz Leidenschaft und Feuer." Er streichelte sie ein bisschen fester, und sie hielt den Atem an.

„Ich ... Josh, ich fühle mich so seltsam. Was tust du mit mir?"

Er hörte, wie verwirrt und aufgeregt sie war, und stellte verblüfft fest, dass Maggie nicht erkannte, wie nahe am Höhepunkt sie war. Offenbar würde sie erst durch ihn erfahren, wozu ihr eigener Körper fähig war. Das faszinierte ihn. Er konnte ihr etwas Wundervolles geben, das sie noch von keinem anderen Mann bekommen hatte.

„Kämpf nicht dagegen an, Liebling. Es wird gut so. Du wirst in Flammen aufgehen. Ja, so ist es richtig, Maggie." Er streichelte sie sanft.

Dann erschauerte sie plötzlich, und Josh verlor in diesem Moment fast seine Selbstbeherrschung.

„Josh!"

Gleich würde sie aufschreien. Josh spürte es, und obwohl er sich danach sehnte, diesen Laut zu hören, wusste er doch, dass er Maggie schützen musste. Der Salon lag direkt unter dem Schlafzimmer des Colonels.

Er bedeckte Maggies Mund mit seinem eigenen und unterdrückte so ihren Aufschrei des Vergnügens, hielt sie fest, während ihr Körper bebte, und dieses Erlebnis fesselte ihn so, dass er leicht auf einen eigenen Höhepunkt verzichten konnte. Alles, was er in diesem Moment wollte, war, dass Maggie glücklich war, und das Wissen, dass er selbst der Urheber war.

Schließlich blieb Maggie zufrieden unter Josh liegen, und er genoss es einfach, bei ihr zu sein. Die Minuten vergingen.

Maggie rührte sich als Erste. „Josh?" flüsterte sie.

„Mmm?"

„Das war wundervoll."

Er lächelte „Ja, das war es. So etwas habe ich noch nie gesehen."

Sie lachte leise „Du ziehst mich auf."

„Nein, ich meine es ganz ernst. Es war wirklich wundervoll." Er hob den Kopf und küsste Maggie auf die Nasenspitze.

„Oje, ich habe gar nicht daran gedacht. Ich meine, du hast nicht ..." Sie brach ab, als Josh sie auf den Mund küsste.

„Nein, habe ich nicht, aber das ist auch okay", versicherte er ihr. „Wenn ich das erlebe, möchte ich tief in dir drin sein, und dafür ist es noch etwas zu früh. Du brauchst Zeit, um mich besser kennen zu lernen. Du sollst dir meiner sicher sein, Liebling."

Sie schüttelte erstaunt den Kopf. „Du spielst wieder den edlen Ritter, was?"

Er verzog das Gesicht. „Ich habe dir doch gesagt, dass ich diese Rolle schon vor langer Zeit aufgegeben habe."

„Ich glaube dir nicht." Sie strich ihm mit dem Finger über die Nase.

Josh öffnete den Mund, um ihr zu erklären, dass sie sich nichts Falsches über ihn einbilden sollte, aber etwas hielt ihn zurück. Da war ein leises Geräusch irgendwo im Haus, ein nicht ganz normaler Ton.

„Josh? Was ist los?" Maggie sah zu ihm auf. „Ist etwas nicht in Ordnung?"

„Ruhig." Er berührte ihren Mund mit den Fingern. Als sie verstanden hatte, was er meinte, setzte er sich langsam auf.

Das Geräusch kam aus der Halle, ein kleines, schwaches Klicken, vielleicht von Metall auf Metall. Maggie richtete sich auch auf und fummelte an den Knöpfen ihres Kleides herum. Josh spürte, dass sie ihn beobachtete und Fragen stellen wollte, aber sie gehorchte seinem Befehl und schwieg.

Er legte seinen Mund an ihr Ohr. „Bleib hier. Beweg dich nicht."

Sie nickte. „Polizei anrufen?" flüsterte sie zurück.

„Nein. Noch nicht. Aber halt dich bereit." Er stand auf und ging zur Tür. Dort lauschte er, bevor er in die Halle hinaustrat. Jetzt erkannte er, dass das Geräusch aus dem Keller kam.

Er fluchte im Stillen über seinen verletzten Fuß, als er leise die Halle durchquerte. Da er barfuß war, waren seine Schritte auf dem Teppich nicht zu hören. Dann erreichte er die Tür zum Keller.

Es war ganz still.

Er schloss die Tür auf und öffnete sie. Die Treppe vor ihm lag im Dunkeln. Falls jemand da unten war, musste er die Augen einer Katze haben.

Aber Joshs Instinkt verriet ihm, dass der Keller leer war. Er wartete noch einen Moment, drückte sich dicht an die Wand und duckte sich. Es hatte keinen Sinn, ein Ziel abzugeben für den Fall, dass sich doch jemand da unten versteckte. Dann schaltete er das Licht ein.

Als es an war, konnte Josh den Keller mit einem Blick überschauen. Er war leer. „Maggie?“

„Ich bin hier.“ Sie kam barfuß durch die Halle gelaufen. „Ist alles in Ordnung?“

„Ja, ich glaube schon. Allerdings bin ich sicher, dass ich etwas gehört habe. Ich werde runtergehen und nachsehen.“ Er hielt sich am Geländer fest, um seinen verletzten Fuß zu entlasten. Maggie folgte ihm nervös.

Die kalte Zugluft im Keller fiel Josh zuerst auf. Er sah zu den zwei schmalen Fenstern unter der Decke hinüber. Eins davon war offen. „Verdammt.“

Maggie sah ihm nach, als er den Raum durchquerte. „Josh, dieses Fenster müsste zu sein. Wir halten es immer geschlossen.“

„Das war es auch. Ich habe es selbst vorhin überprüft. Aber dieser Riegel ist leicht von außen zu öffnen. Zur Hölle, vielleicht ist er sogar von selbst aufgegangen. Er ist ziemlich alt.“

Er betrachtete das Fenster noch einen Moment, dann musterte er die Aktenschränke und Kisten, die darunter standen. Man konnte Schmutzspuren darauf erkennen. Josh berührte sie mit dem Finger.

„Was hast du gefunden?“ Maggie kam näher. „Dreck?“

Er nickte. „Falls jemand hier drin war, ist er durch das Fenster gekommen und gegangen. Diese Kisten und Schränke hat er benutzt, um runter- und wieder raufzuklettern.“

Maggie dachte darüber nach. „Es ist ein schmales Fenster.“

„Es ist groß genug für einen schlanken Mann.“

„Oder eine Frau.“ Maggie sah sich um. Sie verschränkte die Arme und sah sehr verletzbar aus. „Meinst du, es war wirklich jemand hier?“

„Ich halte es für gut möglich.“

„Aber was wollte er? Es gibt nichts richtig Wertvolles hier außer den Weinvorräten, und die sind in dem fest verschlossenen Schrank da drüben."

„Der Wein könnte einen Landstreicher in Versuchung führen", überlegte Josh laut. „Oder auch Teenager."

Maggie kniff die Augen zusammen. „Weißt du, was ich glaube?"

„Nein. Was?"

„Dass jemand reingeklettert ist, um nach Tante Agathas Brosche zu suchen."

Josh ließ das durchgehen. Er wollte Maggies Theorie noch nicht durchlöchern. Schließlich hatte er schon einiges andere widerlegt. „Was hältst du davon, wenn wir uns umsehen und prüfen, ob Schränke aufgebrochen worden sind?"

„Gut." Maggie näherte sich entschlossen den Aktenschränken, in denen der Colonel seine Papiere aufbewahrte. Plötzlich stieß sie einen Schrei aus. „Du meine Güte, Josh, sieh mal! Es strömt Wasser aus diesem Rohr. Wenn es da reinläuft, ruiniert es die Unterlagen des Colonels."

Josh folgte ihrem Blick. Es kam wirklich Wasser aus einem Verbindungsstück zwischen zwei Rohren an der Decke. „Gib mir den Schraubenschlüssel da an der Wand", befahl er, während er auf die kaputte Stelle zulief. „Verdammt, nicht den, den anderen. Den großen. Ja, das ist er."

Er kletterte auf die Aktenschränke. Seine Schulter schmerzte dabei, aber er beachtete sie nicht. Oben auf den Schränken hatte sich schon eine Pfütze gebildet, und das Wasser floss an der Seite herunter. Die Schränke ächzten unter dem zusätzlichen Gewicht, und Josh hoffte, dass sie nicht zusammenbrechen würden.

„Hier." Maggie reichte ihm den Schraubenschlüssel hoch. „Beeil dich. Es wird dem Colonel das Herz brechen, wenn all seine Papiere ruiniert werden."

„Meinst du, das weiß ich nicht?"

Josh setzte das Werkzeug an. Sehr bald floss das Wasser langsamer. Er drehte das Verbindungsstück noch ein paar Mal, bis der

Spalt ganz zu war. Als er fertig war, gab er Maggie den Schraubenschlüssel zurück und stieg vorsichtig wieder auf den Boden hinunter. Maggie griff nach ein paar alten Lappen und wischte die Pfütze auf.

Einen Moment lang sprach keiner von ihnen. Josh stand mit den Händen auf den Hüften da, starrte das Rohr an und dachte an das metallische Geräusch, das ihn heruntergelockt hatte.

„Es war eindeutig jemand hier." Maggie warf die nassen Lappen auf den Boden. „Er ist in den Keller eingestiegen und hat absichtlich die Rohrverbindung gelockert."

„Es sieht so aus."

„Wenn wir das nicht entdeckt hätten, wäre morgen früh der ganze Keller überschwemmt gewesen."

„Ja, das wäre eine schöne Schweinerei geworden." Für Josh sah der bisher so harmlose Fall nun völlig anders aus. Offensichtlich hatte er es doch nicht mit normalen Abnutzungserscheinungen und überspannter Fantasie zu tun.

„Was denkst du?" fragte Maggie.

„Dass die Probleme, die du hattest, vielleicht auf Vandalismus zurückzuführen sind. Es könnte hier im Ort einen Verrückten geben, dem so was Spaß macht, oder einen Teenager, der das als gelungenen Streich betrachtet."

Maggie kaute auf ihrer Unterlippe herum. „Der Sheriff hat auch an diese Möglichkeit gedacht, als ich ihn nach den ersten paar Vorfällen angerufen habe", gab sie zu. „Er hat mir geraten, nachts immer alles sorgfältig abzuschließen. Ich habe mir nicht die Mühe gemacht, ihn noch einmal zu verständigen. Josh, es geht hier nicht um willkürlichen Vandalismus, das weiß ich einfach."

Josh sah sie an und seufzte. „Du glaubst immer noch, es hätte mit der Brosche deiner Tante zu tun? Maggie, nichts gegen deine Theorie, aber es ergibt keinen Sinn, dass ein Einbrecher auf der Suche nach einem wertvollen Schmuckstück den Keller unter Wasser setzt."

Maggie verzog das Gesicht. „Es sieht eher so aus, als wollte er die Papiere des Colonels zerstören, oder? Meinst du, es könnte doch darum gehen?"

„Nein", erklärte Josh geradeheraus. „Das glaube ich nicht."

Maggie trommelte mit den Fingern auf einen der Aktenschränke. „Es ist doch möglich, dass jemand sich einbildet, der Colonel hätte wirklich eine wichtige Entdeckung gemacht, und hinter der Formel her ist."

„Verdammt, Maggie ..."

„Okay, okay. Es ist äußerst unwahrscheinlich."

„Allerdings."

„Aber nicht unmöglich."

Josh merkte mit einem Mal, dass Maggie in der Eile ihr Kleid schief zugeknöpft hatte. Ein Stück ihres Spitzen-BHs war zu sehen, und dieser Anblick gefiel Josh sehr.

„In Ordnung", antwortete er sanft. „Ich gebe zu, es ist nicht absolut unmöglich, dass irgendein anderer verrückter Erfinder glaubt, der Colonel hätte etwas erreicht, und dass er die Papiere sehen oder zerstören will. Aber um ganz offen zu sein, diese Theorie steht ziemlich weit unten auf meiner Liste."

Maggie nickte. „Das ist fair. Im Gegenzug ziehe ich deine Vandalismus-Theorie in Erwägung."

„Abgemacht", murmelte er. Es gab einen Moment der Stille, und plötzlich änderte sich der Ausdruck in Maggies Augen.

Als das geschah, wurde Josh klar, dass sie immer noch miteinander allein waren und dass die Nacht noch nicht zu Ende war. Maggie wirkte unbehaglich und schüchtern.

Der entscheidende Augenblick war vorüber, und Josh wusste es. Er erinnerte sich daran, dass er gar nicht die Absicht gehabt hatte, die Dinge heute Nacht noch weiter voranzutreiben, egal wie sehr er in Versuchung war. Er lächelte und hoffte, dass das auf Maggie eine beruhigende Wirkung hatte. „Warum gehst du nicht nach oben ins Bett? Ich schließe das Fenster, und morgen lasse ich mir etwas einfallen, damit man es nicht mehr von außen öffnen kann."

Maggie zögerte, dann nickte sie schnell. „Gute Nacht, Josh."
„Gute Nacht, Maggie."
Er beobachtete, wie sie die Treppe hinaufrannte, und fühlte sich, als würde sie einen Teil von ihm mitnehmen. Er konnte sich nur mit Mühe davon abhalten, sie zurückzurufen.
Aber er wusste, dass er sie heute gehen lassen musste. Sie brauchte Zeit. Außerdem konnte er sich mit dem Gedanken daran trösten, wie Maggie in seinen Armen erschauert war, als sie ihren ersten richtigen Höhepunkt erreicht hatte. Das genügte, um ihn heute Nacht zu wärmen und ihm angenehme Träume zu bescheren.

6. KAPITEL

Der Strand war in Nebel gehüllt. Am Horizont ging die graue See in den grauen Himmel über, so dass es unmöglich war zu erkennen, wo das eine begann und das andere endete. Maggie stand am Ufer, eingehüllt in einem warmen Anorak mit Kapuze, und versuchte, die beunruhigenden Gefühle zu verarbeiten, die in ihr tobten.
Sie kam nicht um die Tatsache herum, dass sie dabei war, sich Hals über Kopf in Joshua Norton zu verlieben. Diese Erkenntnis erregte sie und machte ihr gleichzeitig Angst. Es gab eine Menge, das sie noch nicht über ihn wusste. Sie hätte ihm nie erlauben dürfen, sie so zu küssen und zu berühren, wie er es letzte Nacht getan hatte. Die Dinge waren sowieso schon kompliziert genug in Haus Peregrine. Da brauchte sie nicht auch noch eine möglicherweise explosive Affäre mit Josh.
Aber sie hatte sich in seinen Armen wundervoll, leidenschaftlich und frei gefühlt, und all das wirkte immer noch nach. Wenn sie die Augen schloss, begann ihr Körper zu glühen.
„Hallo, Maggie." Joshs tiefe Stimme unterbrach ihre Gedanken. „Ich hatte so eine Ahnung, dass ich dich heute Morgen hier unten finden würde."

Sie drehte sich um und lächelte nervös. Josh trug eine Schaffelljacke und Jeans. Die Hände hatte er in den Taschen vergraben und den Kragen hochgestellt. Er sah ungeheuer männlich aus, und irgendwie betonten die Überbleibsel seiner Verletzungen nur die gefährliche Sinnlichkeit, die er ausstrahlte. „Hallo, Josh." Sie bemühte sich um einen lässigen Ton. „Ich nehme an, du bist mir hierher gefolgt, um mich an dein Frühstück zu erinnern."

Er lächelte. „Das kann warten. Ich wollte mit dir reden, aber du bist nicht in die Küche gekommen wie sonst."

„Mir war nach einem Spaziergang am Strand zu Mute."

Er nickte. „Ja, mir auch." Er nahm die rechte Hand aus der Jackentasche und hielt sie Maggie entgegen.

Maggie zögerte, dann ergriff sie seine Hand. Seine Finger umschlossen ihre. Als sie dann am Strand entlanggingen, fiel Maggie nichts ein, das sie sagen konnte.

„Es ist okay, weißt du?" begann Josh nach einer Weile.

Sie sah schnell auf „Was?"

„Du brauchst nicht nervös zu sein Ich werde nicht über dich herfallen."

„Das dachte ich auch nicht."

„Doch, das hast du. Aber wie ich dir letzte Nacht gesagt habe, werde ich dir Zeit lassen. Das war ehrlich gemeint."

Sie atmete tief ein. „Ich denke, es ist nur fair, wenn ich dir erkläre, dass ich keine kurze Affäre mit dir oder sonst wem will. So etwas hat mir noch nie gelegen, und ich habe nicht die Absicht, jetzt damit anzufangen. Nicht einmal mit dir".

„Ich weiß." Er drückte leicht ihre Hand. „Ich halte auch nichts von kurzen Affären. Sie sind unbefriedigend."

„Also, was bleibt uns dann?" fragte sie vorsichtig.

Er lächelte. „Du und ich und noch etwas."

„Josh, das ist wahrscheinlich keine gute Idee, du und ich, meine ich. Schließlich bin ich deine Klientin. Außerdem lebe ich hier an der Küste und du in Seattle, und wir sind wirklich sehr verschieden."

„Das glaube ich nicht. Meiner Meinung nach haben wir viel gemeinsam. Du brauchst bloß Zeit, um das zu erkennen."

„Josh, bitte."

„Geh heute Abend mit mir essen, Maggie."

„Was?"

„Geh mit mir essen. In der Stadt. Eine richtige Verabredung."

„Oh!"

Er grinste flüchtig „Ist das eine Antwort?"

„Nein!"

„Ist das jetzt eine Antwort? Komm schon, Maggie. Geh mal ein Risiko ein."

Sie verzog das Gesicht. „In Ordnung, ich gehe mit dir essen. Aber du solltest nicht zu viel darin sehen."

„Du kannst mir nicht übel nehmen, wenn ich nach Beweisen suche. Das mache ich instinktiv. Schließlich bin ich Privatdetektiv."

Wider Willen musste sie lächeln. „Du bist unmöglich."

„Ich werde mich so gut benehmen, wie ich nur kann. Immerhin ist mir bewusst, dass ich jederzeit von Clay O'Connor ersetzt werden kann."

Maggie begann zu lachen.

„Was ist so komisch?" wollte Josh wissen.

„Die Vorstellung, du könntest mit Clay tauschen und Grundstücke verkaufen. Bei dem Gedanken wird einem ganz schwindlig."

Vormittags klopfte es an der Küchentür, und Maggie legte das Gemüse weg, das sie gerade für eine Suppe vorbereitete. Sie warf einen Blick durch die Gardine und erkannte einen vertrauten alten Lieferwagen in der Einfahrt. „Hi, Dwight. Wie geht es Ihnen heute Morgen?" begrüßte sie ihren Handwerker.

Dwight Wilcox nickte leicht und sah so mürrisch aus wie immer. Maggie hatte ihn noch nie in einer anderen Stimmung erlebt. Er war nicht besonders alt, erst fünfundzwanzig oder sechsundzwanzig, aber es war deutlich zu erkennen, dass er mit der Welt haderte. Maggie fragte sich gelegentlich, ob er je in seinem Leben glücklich gewesen war.

„Morgen." Dwight sprach nie mehr als unbedingt nötig. „Bin auf dem Weg in die Stadt. Dachte, Sie wollten vielleicht die Heizung überprüft haben. Hab mein Werkzeug dabei." Er hob den Kasten hoch, den er in der rechten Hand trug.

„Großartig." Maggie trat einen Schritt zurück, um ihn hereinzulassen. „Ich bin froh, Sie zu sehen. Mit der Heizung will ich kein Risiko eingehen, nicht in dieser Jahreszeit."

Dwight nickte, durchquerte die Küche und ging zu der Tür, die von der Halle in den Keller führte. Maggie folgte ihm. Sie schloss gerade auf, als Josh die Treppe herunterkam.

„Was geht denn hier vor?" fragte er lässig.

Maggie sah zu ihm auf. „Dies ist Dwight Wilcox, Josh. Ich habe dir von ihm erzählt. Er führt hier verschiedene Reparaturen aus. Heute wird er sich um die Heizung kümmern. Dwight, dies ist Josh Norton. Er wohnt für ein paar Wochen hier."

Dwight sah zu Josh hoch. „Hallo."

Josh nickte ihm zu und kam den Rest der Treppe herunter. Inzwischen hinkte er nur noch leicht. „Ich komme mit, Wilcox. Von Heizungen verstehe ich ein bisschen was."

„Wirklich?" Dwight wirkte skeptisch.

„Genug, um zu wissen, wo man das Öl einfüllt", versicherte Josh ihm leichthin. „Außerdem brauche ich eine Pause. Ich habe den ganzen Morgen geschrieben."

„Josh ist Schriftsteller", erklärte Maggie schnell für den Fall, dass Dwight das nicht verstanden hatte. Dwight war nützlich, wenn es um mechanische Dinge ging, aber man konnte schwer feststellen, wie viel er begriff, wenn man mit ihm redete. In seinen Augen war ständig ein gewisses Staunen zu erkennen, so als wäre alles, was um ihn herum vorging, furchtbar kompliziert. Das einzige, womit Dwight Wilcox sich vertraut zu fühlen schien, waren seine Werkzeuge.

„Wie Sie wollen." Er stieg die Kellertreppe hinunter.

Josh folgte ihm. „Wie steht es mit dem Essen?" fragte er Maggie im Vorbeigehen.

„Keine Sorge. Du wirst nicht verhungern."

„Ich wollte nur sichergehen, dass ich auch alles bekomme, was mir zusteht."

„Du hast Anspruch auf Frühstück, Tee und Abendessen."

„Ja, aber ich denke, die Extraarbeit, die ich leiste, sollte doch anständig belohnt werden."

„Was für Extraarbeit?" Maggie wurde misstrauisch „Josh Norton", zischte sie, „wenn du damit andeuten willst, dass du für deine Talente als ..., als ...." Ihr fehlten die Worte.

„Liebhaber?" ergänzte er hilfreich.

„Da fällt mir etwas Deutlicheres ein."

„Was denn?"

„Steig diese Treppe runter, bevor ich beschließe, dir dabei zu helfen", fauchte sie.

„Sicher. Übrigens habe ich für heute Abend einen Tisch in einem Restaurant reserviert, das mir der Colonel empfohlen hat." Josh grinste und ging in den Keller hinunter.

Maggie blieb in der Tür stehen und beobachtete die beiden Männer noch einen Moment. Dann kehrte sie in die Küche zurück, um sich wieder der Suppe zu widmen. Sie fragte sich, warum Josh Dwight in den Keller begleitet hatte.

Um sieben Uhr an diesem Abend wurden Josh und Maggie zu ihren Plätzen in einem gemütlichen kleinen Restaurant am Meer geführt.

Maggie sah sich erwartungsvoll um. Es war Sonnabend, und das Lokal war voll. Leise Stimmen mischten sich mit dem Klirren der Gläser. Vom Tisch nebenan kam der herrliche Duft von frisch gekochtem Lachs zu ihnen herüber.

Sobald sie bestellt hatten, lehnte Josh sich zufrieden zurück. „Es ist geradezu befreiend, dich aus diesem Haus zu entführen, Liebling." Bisher war mir nicht klar, wie sehr der Colonel und die anderen unsere Beziehung beeinträchtigen. Wenn einer von ihnen mich dabei erwischt, wie ich dir zu nahe komme, werde ich wahrscheinlich mit Waffengewalt zum Traualtar gescheucht."

Maggie wurde rot. „Der Colonel und Clarissa sind ein bisschen altmodisch. Shirley wäre toleranter, könnte ich mir vorstellen. Als Gangsterbraut sieht man die Dinge vermutlich nicht so eng."

„Verlass dich nicht darauf. Shirley könnte genauso hart mit mir umgehen wie die anderen." Josh trank einen Schluck vom Wein. Seine Augen glänzten.

Maggie errötete noch mehr. Sie spielte mit ihrer Salatgabel. „Mach dir keine Sorgen deswegen, okay? Du bist nicht in Gefahr, verheiratet zu werden, bloß weil letzte Nacht auf dem Sofa ein Liebesspiel stattfand."

„Das war kein Spiel, Maggie. Ich habe es sehr ernst gemeint."

Sie wusste nicht, wie sie das auffassen sollte, also schien es ihr sicherer, das Thema zu wechseln. „Warum bist du heute mit Dwight in den Keller runtergegangen?"

Josh grinste. „Mache ich dich nervös?"

„Ja. Beantworte jetzt meine Frage."

„Okay. Du bist die Klientin." Er beugte sich vor und legte die Arme auf den Tisch. Der Humor verschwand aus seinem Blick. „Ich wollte sehen, ob Wilcox überrascht darüber war, dass dein Keller nicht unter Wasser stand."

Maggie riss die Augen weit auf. „Du hattest den Verdacht, dass Dwight letzte Nacht dort eingestiegen sein könnte?"

„Es bestand die Möglichkeit. Er ist schlank genug, um durch das Fenster zu passen, und er kennt sich mit Werkzeugen aus. Als dein Handwerker hatte er außerdem oft Zutritt zum Haus. Er könnte für die Sabotage an den Schornsteinen oder dem Kühlschrank verantwortlich sein."

„Ja, aber Dwight?" Maggie begann zu lachen. „Ich wette, er hat keinerlei Reaktion gezeigt da unten im Keller. Stimmt's?"

„Richtig. Er hat nicht mal mit der Wimper gezuckt."

„Das passt zu ihm. Er hat immer denselben nichts sagenden

Gesichtsausdruck, seit ich ihn kennen gelernt habe. Vermutlich hätte er nicht mal eine Miene verzogen, wenn er da unten einen Alligator vorgefunden hätte."

„Wirklich?" Josh sah nachdenklich aus.

Maggie lächelte. „Vergiss Dwight. Er kann unmöglich hinter den Vorfällen stecken. Zwar hat er seine Talente, aber, um ehrlich zu sein, halte ich ihn nicht für klug genug, so was zu planen. Und was für einen Grund könnte er haben? Wieso verdächtigst du ihn?"

„Maggie, lass mich dir etwas erklären. Wenn ich einen Fall übernehme, ist vorerst jeder außer dem Auftraggeber verdächtig. So arbeite ich immer. "

Sie starrte ihn verblüfft an. „Jeder?"

„Jeder."

„Komm schon, Josh. Sogar der Colonel, Clarissa und Shirley?"

„Ja, sogar sie." Josh trank einen Schluck Wein und sah in die Dunkelheit hinaus.

„Das kannst du nicht ernst meinen. Was für Motive sollten sie denn haben."

Josh wandte sich ihr wieder zu. „Du willst ein paar Möglichkeiten? Gut, fangen wir mit dem Colonel an. Er hat allen erzählt, er wäre ein Genie und dabei, der Welt einen neuen, nie zu Ende gehenden Brennstoff zu liefern. Was wäre, wenn er tief in seinem Herzen wüsste, dass seine Experimente nur ein Witz sind, und Angst hatte, dass jemand dahinterkommt?"

Maggie verzog das Gesicht. „Du meinst, er könnte versuchen, seine eigenen Unterlagen zu zerstören, bevor er als Schwindler entlarvt wird?"

„Eine Menge der Schwierigkeiten, von denen du mir erzählt hast, haben im Keller begonnen, wo der Colonel seine Versuche durchführt und seine Papiere aufbewahrt. Wenn er alles kaputtmachen würde und es so aussehen ließe, als wäre das das Werk von Industriespionen oder boshaften Vandalen, könnte er behaupten, dadurch wäre er mit seiner Forschung in den Rückstand geraten, vielleicht um Jahre."

„Du denkst, er würde riskieren, das Haus zu zerstören? Das glaube ich nicht."

Josh lächelte wehmütig.

„Das zeigt nur, wie naiv du bist."

„Ich bin nicht naiv. Es ist nur so, dass ich den Colonel seit Jahren kenne und es nicht für möglich halte, dass er zu etwas Gewalttätigem imstande wäre."

„Er war Berufssoldat", erinnerte Josh sie sanft. „Er hat sein Leben mit Gewalttaten verbracht. Es könnte sogar sein, dass er in Sabotagetechniken trainiert worden ist. Aber wenn du nicht möchtest, dass er der Schurke ist, versuch es mit Shirley."

„Shirley?"

„Ja. Sie lebt seit Jahren mit einer Illusion, und zwar glaubt sie, die große Liebe ihres Lebens, Ricky Ring, hätte sie wegen ihres angeblichen Verrats verlassen. Das ist viel angenehmer, als zu denken, der Grund wäre eine andere Frau gewesen. Vielleicht ist Shirley inzwischen nicht mehr ganz bei Verstand und hat beschlossen, die Vorfälle zu inszenieren, um ihre Freunde davon zu überzeugen, dass Ricky sich noch immer genug aus ihr macht, um sich rächen zu wollen."

„Ich verstehe, was du meinst, aber es tut mir Leid. Das kaufe ich dir nicht ab."

Er nickte. „Okay, dann versuch mal das: Clarissa will, dass du das Haus verkaufst, weiß aber, dass alle anderen es behalten wollen, auch ihr Liebhaber, der Colonel."

„Der Colonel soll Clarissas Liebhaber sein?" Maggie war verblüfft. „Aber sie sind bloß gute Freunde."

„Meinst du, Leute in diesem Alter können Sex nicht genauso genießen wie jeder andere? Vertrau mir, Maggie, sie sind mehr als nur Freunde."

„Aber sie haben getrennte Zimmer. Sie schlafen nicht zusammen."

„Diese Generation neigt noch immer dazu, diskret zu sein, vor allem gegenüber jüngeren Menschen."

„Ja, aber..."

„Vergiss es. Ich will dir nur aufzeigen, dass Clarissa dich wegen ihrer Gefühle für den Colonel nicht offen zum Verkauf ermutigen würde. Aber vielleicht erkennt sie, dass alle nach dem Verkauf finanziell besser dastehen würden. Also inszeniert sie die Vorfälle in der Hoffnung, dass du irgendwann aufgibst, weil das Haus mehr Ärger macht, als es wert ist."

Maggie stöhnte. „Jetzt greifst du wirklich nach Strohhalmen."

„Liebling, es gab Fälle, wo Leute aus weit geringeren Motiven umgebracht worden sind."

Maggie musterte ihn einen Moment lang.

„Ich kann begreifen, dass ein Mensch in diesem Geschäft extrem misstrauisch werden kann", sagte sie sanft. „Kein Wunder, dass dein Blick manchmal so kalt ist."

Er kniff die Augen zusammen. „Ich bin nicht einfach nur misstrauisch, sondern realistisch, Maggie. Von der menschlichen Natur habe ich genug gesehen, um all die Unzuverlässigkeit, Grausamkeit und Gier zu kennen."

„Also gründet sich dein Motto auf Erfahrung, ja?"

„Was für ein Motto?"

„Es zahlt sich nicht aus, den Helden zu spielen." Maggie verzog leicht den Mund. „Armer Josh. Das muss ein ständiger Kampf für dich sein."

„Was für ein Kampf?"

„Dass du versuchst, nicht den Helden zu spielen. Ich habe nämlich so eine Ahnung, dass diese Rolle deiner Natur entspricht."

„Zur Hölle, nein", fuhr er sie an. „ Ich habe das schon vor langer Zeit aufgegeben."

„Da bin ich nicht so sicher." Maggie beugte sich vor. „Du hast mir erklärt, warum jeder andere im Haus der Täter sein könnte. Aber was ist mit mir?"

„Du bist die Klientin."

„Deshalb muss ich nicht unschuldig sein."

„Ich glaube nicht, dass du hinter den Vorfällen steckst." Josh klang jetzt ärgerlich. „Lass uns das Thema wechseln."

„In Ordnung, wenn du das willst. Da ist etwas, was ich mich schon den ganzen Tag frage."

Er sah sie an „Was?"

„Schläfst du mit allen deinen Klientinnen?"

„Nein, verdammt. Tatsächlich bin ich strikt dagegen. Es ist äußerst unprofessionell. Sich gefühlsmäßig mit einer Klientin einzulassen ist so ziemlich das Dümmste, was ein Privatdetektiv tun kann."

„Ich verstehe." Maggie war plötzlich viel fröhlicher. Josh war kein Mann, dem es leicht fiel, seine Regeln zu brechen. Ihr wurde ganz warm bei dem Gedanken, dass er es für sie tat.

Als Maggie und Josh einige Stunden später nach Hause kamen, hörten sie Stimmen aus der Bibliothek. Josh fluchte leise, aber das klang nicht wirklich ärgerlich. „Der Fernseher ist an. Es klingt, als hätten unsere drei Anstandswauwaus auf uns gewartet." Er half Maggie aus dem Mantel und hängte ihn in den Dielenschrank.

Maggies Augen glänzten amüsiert. „Wie niedlich. Das ist genauso wie an dem Abend, als Clay mich zum Essen eingeladen hat. Wie kommt es nur, dass so viele Leute an meiner Moral interessiert sind?"

Josh grinste. „Wir versuchen, dich aus Schwierigkeiten herauszuhalten."

„Vielleicht muss ich das Haus verkaufen, nur um etwas Privatleben zu haben." Sie ging auf die Bibliothek zu.

Josh fragte sich, was genau sie damit meinte. Erklärte Maggie ihm auf eine verschleierte Art, dass es ihr nichts ausgemacht hätte, heute Abend mit ihm allein zu bleiben? Der Gedanke verbesserte seine Stimmung erheblich.

Maggie blieb in der Tür zur Bibliothek stehen und sah dann lächelnd zu Josh zurück. „Der Fernseher läuft, aber schau dir mal meine drei treuen Beschützer an."

Josh blickte ihr über die Schulter. Der Colonel, Clarissa und Shirley schliefen alle fest. „Da muss ich mir heute wohl keine Sorgen mehr machen, dass ich zu einer Heirat gezwungen werde."

„Ich habe dir doch gesagt, dass das unnötig ist."

„Ja, das hast du." Josh ging an Maggie vorbei und schaltete den Fernseher aus. „In Ordnung, ihr drei, aufstehen!"

„Was? Was ist los?" Der Colonel blinzelte und setzte sich auf. „Oh, Sie sind es, Norton. Sie haben mich erschreckt."

Clarissa öffnete die Augen. „Wie spät ist es?" Sie lächelte Maggie strahlend an. „Du bist zurück. Hattest du einen schönen Abend, Liebes?"

„Es war wundervoll", versicherte Maggie ihr.

Shirley gähnte und griff nach ihrer Brille. Nachdem sie sie aufgesetzt hatte, musterte sie Josh. „Es wird auch Zeit, dass ihr nach Hause kommt. Habt ihr euch amüsiert?"

„Es war großartig bis eben, als wir hereinkamen und feststellen mussten, dass Sie drei auf uns gewartet haben." Josh hob eine Augenbraue. „Das war nicht notwendig. Wir sind keine Kinder mehr, wissen Sie?"

Shirley räusperte sich. „Das war die Idee des Colonels."

„Ich verstehe nicht, worüber er sich Sorgen gemacht hat", erklärte Josh. „Schließlich werde ich dafür bezahlt, dass ich auf Maggie aufpasse, erinnern Sie sich?"

„Ja, nun, der Colonel meinte, das wäre ein bisschen, als würde man den Fuchs beauftragen, das Hühnerhaus zu bewachen." Shirley gähnte wieder. „Aber ich schätze, wir haben unsere Pflicht erfüllt. Ich würde sagen, wir gehen jetzt alle ins Bett."

„Gute Idee." Clarissa stand auf und zog ihren Pullover dichter um sich. „Es scheint hier drin ein bisschen kalt zu sein, nicht?"

„Ich überprüfe den Thermostat", bot der Colonel an. „Komm, meine Liebe." Er nickte Josh zu. „Ihr beide werdet doch auch gleich schlafen gehen, oder?"

„Ich bin nicht sicher", antwortete Josh. „Bisher habe ich noch nicht entschieden, was ich mit dem Rest des Abends vorhabe. Ich dachte an die Möglichkeit, hier unten zu bleiben und vor dem Fernseher über Maggie herzufallen."

Clarissa lächelte liebevoll. „Hören Sie auf, alle zu necken, Josh. Es ist Zeit, dass wir ins Bett kommen." Sie steuerte auf die Tür zu und ließ keinen Zweifel daran, dass sie erwartete, dass die anderen ihr folgten.

Josh beobachtete, wie die kleine Gruppe zur Treppe schritt. Dann sah er Maggie an. Sie lachte, aber er erkannte auch ein Versprechen in ihrem Blick, und er unterdrückte ein Stöhnen. Es war eine Versuchung, aber er war wirklich allmählich zu alt, um auf dem Sofa zu schmusen.

Er griff nach Maggies Hand, zog sie dichter an sich heran, und dann folgte er den anderen zur Treppe. Als Maggie ihn fragend ansah, lächelte er schwach und beugte sich hinunter, um ihr ins Ohr zu flüstern. „Nächstes Mal, wenn wir uns nahe kommen, wird es in einem Bett sein." Zu seiner Genugtuung wurde Maggie auf sehr hübsche Weise rot. Unglücklicherweise fachte ihre Reaktion seine Sehnsucht nach ihr weiter an.

Einen Moment später verabschiedete er sich vor den aufmerksamen Augen von Clarissa, Shirley und dem Colonel von Maggie und wartete, bis sie in ihrem Zimmer war. Dann ging er widerstrebend zu seinem eigenen.

Josh schloss die Tür hinter sich, löste seine Krawatte und sah zu seinem Computer hinüber. Ihm war klar, dass er noch eine ganze Weile nicht würde schlafen können. Wenn er in seinem jetzigen halb erregten Zustand ins Bett ging, brachte das nur Frust. Sein Buch wartete auf ihn.

Aber es gab auch noch ein paar Fragen, die Antworten verlangten. Und angeblich war er ja hier, um einen Auftrag auszuführen. Er sah auf die Uhr. Es war fast Mitternacht, aber McCray blieb immer lange auf.

Josh ging zum Telefon und wählte die Privatnummer seines

Partners. Dann setzte er sich aufs Bett und lehnte sich gegen das Kopfteil.

Am anderen Ende wurde schon nach dem ersten Läuten abgenommen. „Ja?“ McCray klang abwesend.

„Hier ist Norton.“

„Du arbeitest aber spät. Der Doktor hat dir doch gesagt, du sollst dich schonen. Wie geht es deinen Rippen und deinem Knöchel?“

„Alles ist wieder fast in Ordnung. Wie laufen die Dinge im Büro?“ Josh hielt den Hörer mit der Schulter fest, während er seine Manschettenknöpfe löste.

„So ist es richtig. Das Wichtigste zuerst, also das Büro. Weißt du, Norton, du führst kein ausgeglichenes Leben. Das ist dein Problem. Du brauchst eine Frau und Kinder, so wie ich sie brauche, Menschen, zu denen du abends nach Hause kommst.“

„Beantworte nur meine Frage, okay? Ich bin nicht in der Stimmung für Vorträge.“

„Ganz ruhig, Kumpel. Tatsache ist – und ich weiß, das wird dich schockieren –, dass wir auch ohne dich gut zurechtkommen. Die Ermittlung für Coswell ist abgeschlossen, und wir haben einen neuen Klienten, in dessen Elektronikfirma wir ein Sicherheitssystem einbauen sollen. Das Geschäft blüht.“

„Schön, das zu hören. Pass auf, ich habe noch ein paar Fragen.“

„Willst du, dass ich noch mehr alternde Gangster überprüfe?“

„Vergiss die Gangster.“ Josh warf seine Krawatte auf den nächsten Stuhl. „Nimm dir einen Kerl namens Dwight Wilcox vor. Er lebt anscheinend schon ein paar Jahre in Peregrine Point und ist der Handwerker hier im Gasthof. Ich bezweifele, dass du etwas finden wirst, aber es ist einen Versuch wert.“

„Das sollte einfach sein. Carol wird das gleich morgen früh mit dem Computer erledigen.“

„Gut. Ruf mich an, sobald du den Bericht hast.“

„Ist doch etwas dran an dem Fall?“ McCray klang interessiert.

Josh dachte an den Vorfall mit dem Wasserrohr. „Sieht so aus. Wahrscheinlich einfach Vandalismus. Hast du schon was von den Lucky-Aktien gehört?"

„Die Firma hat bereits vor Jahren bankrott angemeldet. Offenbar war es von Anfang an ein Schwindelunternehmen. Die Mine ist wertlos."

„Also kann niemand hinter Mrs. Hawkins' Aktien her sein", meinte Josh. „Ich war ziemlich sicher, dass das eine Sackgasse ist, aber ich wollte es trotzdem überprüfen. Übrigens, McCray, da sind ein paar Dinge, von denen ich möchte, dass du sie morgen früh an mich abschickst."

McCray hörte sich an, was Josh wollte, und dann brüllte er vor Lachen.

„Du machst Witze. Ich soll eine Akte über dich zusammenstellen? Wofür, zum Teufel?"

„Tu es einfach, okay?"

„Verstanden. Ich gebe alles morgen zur Post. Du wirst es in ein paar Tagen bekommen. Aber willst du mir nicht verraten, wozu du Informationen über deine eigenen Finanzen, deine Blutgruppe und deinen Familienstand brauchst?"

„Das geht dich überhaupt nichts an, McCray."

„Warte einen Moment. Lass mich raten. Du hast dich in die Klientin verliebt, oder? Seit du mir erzählt hast, dass sie keine ältere Dame ist, war ich misstrauisch. Willst du einen Rat, Norton?"

„Nein."

McCray ignorierte ihn. „An deiner Stelle würde ich ihr lieber Blumen schenken als eine Akte über dich selbst. Das ist viel romantischer, weißt du? Ich wollte sowieso schon mal mit dir darüber reden, wie du Frauen behandelst. Ich möchte deine Gefühle nicht verletzen, Kumpel, aber es läuft darauf hinaus, dass du nicht besonders gut darin bist. Du verstehst nicht, wie sie denken."

„McCray, muss ich dich daran erinnern, dass ich der Seniorpartner unserer Firma bin?"

„Nein, Sir!" McCray schmunzelte immer noch, als er auflegte.

7. KAPITEL

Nachdem Josh sein Telefongespräch mit McCray beendet hatte, saß er eine Weile still da. Dann stand er auf, legte seine Sachen ab, zog stattdessen eine Jeans an und ging zu seinem tragbaren Computer. Er setzte sich hin und begann zu arbeiten.

Wie es in letzter Zeit immer öfter geschah, verlor er sich bald in der Geschichte, die er erzählte. Seine Hauptperson Adam Carlisle war gerade dabei, in eine Falle zu laufen, da klopfte es an der Tür.

„Josh?"

Maggies sanfte Stimme brachte Josh schneller als alles andere in die Realität zurück. Offenbar war etwas passiert.

Er sprang auf und riss die Tür auf. Maggie stand vor ihm. Sie trug denselben Morgenrock wie in der ersten Nacht und wirkte nervös, aber entschlossen.

„Was ist los?" Josh warf automatisch einen Blick in den Flur hinter ihr. Alles war ruhig.

„Nichts ist los. Ich habe mich nur gefragt, ob du mir gern einen Gutenachtkuss geben würdest, das ist alles." Sie lächelte unsicher und zog die Seiten ihres Morgenrockes enger übereinander.

Josh empfand hauptsächlich Erleichterung, aber auch ein bisschen Ärger, weil Maggie ihn für einen Moment erschreckt hatte. „Dir einen Gutenachtkuss geben? Zur Hölle. Lady, ich dachte, es wäre etwas passiert. Mach das nie wieder mit mir!"

Sie zuckte zusammen und trat einen Schritt zurück. „Wenn es zu viel Mühe ist, vergiss es. Verdammt, ist das peinlich. Ich hatte schon befürchtet, dass es so werden würde. Ich hätte nicht kommen sollen." Sie trat noch ein Stück zurück. „Tut mir Leid. Ich sehe dich morgen früh."

Josh schüttelte den Kopf, als Maggie sich umdrehte und zu ihrem Zimmer flüchtete.

Maggie hatte die Hand auf dem Türknauf, als Josh nach ihr

griff. „Warte. Was glaubst du, wo du hingehst?“ Seine Stimme war sehr sanft, als er sie zu sich umdrehte.

Maggies Gesicht war tiefrot, als sie Josh jetzt widerstrebend ansah und merkte, dass er lächelte. Ein sinnliches Lächeln, das auf wilde, erotische Weise auf sie wirkte. Der Anblick von Joshs nacktem Oberkörper faszinierte sie und steigerte ihre Sehnsucht. Ihr wurde innerlich ganz heiß. „Ich wollte dich bestimmt nicht erschrecken“, murmelte sie.

„Ich habe gearbeitet.“ Josh zog sie dichter an sich heran. „Als du geklopft hast, war ich mit den Gedanken ganz woanders, und deshalb habe ich überreagiert. Frag mich noch mal.“

Sie war ihm jetzt sehr nah und spürte die Hitze seiner Haut. Sie legte die Hände auf seine Schultern und fühlte die starken Muskeln. „Ich kann dich nicht noch mal fragen. Beim ersten Mal habe ich meinen ganzen Mut verbraucht.“

Josh lächelte und hob ihr Kinn mit einem Finger hoch. „Wie wäre es, wenn ich dich fragen würde?“

Sie erwiderte sein Lächeln. „Okay.“

„Wirst du mir einen Gutenachtkuss geben?“

„Du willst das wirklich?“

„Ja, das will ich“, versicherte er ihr.

Sie verzog das Gesicht. „Du sagst das nicht nur so?“

„Nein.“

„Du versuchst nicht nur zu erreichen, dass ich mich weniger verlegen fühle?“

„Nein.“

„Weil ich nicht möchte, dass du mir einen Gefallen tust, weißt du? Ich meine, wenn du nicht genauso daran interessiert bist wie ich, dann sag es gleich.“

Josh fluchte leise. „Wenn wir so weitermachen, werden wir noch unsere Anstandswauwaus wecken.“

Maggie dachte, dass er offenbar diesen Kuss wirklich wollte. Also atmete sie tief ein, schloss die Augen, stellte sich auf die Zehenspitzen und hob ihr Gesicht Josh entgegen.

Nichts geschah.

„Josh?“ Sie öffnete die Augen und merkte, dass Josh sie amüsiert ansah.

„Ich warte“, erklärte er.

Ärgerlich hielt sie sich an seinen Schultern fest und streifte schnell und unbeholfen seinen Mund mit ihrem.

„Nennst du das einen Kuss?“ fragte er interessiert.

„Es funktioniert nicht, wenn du nicht mitmachst“, murmelte sie.

„Ah, du willst also, dass ich mitmache. Also, das hättest du früher erwähnen sollen.“ Bevor Maggie auch nur daran denken konnte, Widerstand zu leisten, schnappte er sich ihr Handgelenk und zog sie in sein Zimmer. Dann schloss er die Tür, lehnte Maggie dagegen und stützte die Hände zu beiden Seiten ihres Kopfes auf „Dann lass es uns noch mal versuchen.“ Er kam mit seinem Mund nah an ihren heran „Küss mich.“

Maggie unterdrückte ein kleines Lachen, das halb auf Erleichterung, halb auf Nervosität zurückzuführen war, und schlang die Arme um Joshs Hals. Dann widmete sie sich mit Begeisterung diesem Kuss. Nach Joshs Nortons Küssen kann man richtig süchtig werden, dachte sie. In der Hinsicht hatte dieser Mann überhaupt nichts Kaltes an sich.

Josh rückte näher und schob einen Fuß zwischen ihre. Sie konnte die harten Muskeln seines Beines an den Innenseiten ihrer Schenkel spüren. Als er seine Hand ihren Rücken hinuntergleiten ließ und dann ihren Po umfasste, seufzte sie.

Ihr Morgenrock hatte sich geöffnet, und ihr Nachthemd war hochgerutscht. Voller Erregung merkte Maggie, dass die Hitze von Joshs Körper auf ihren überging. Sie klammerte sich an ihm fest.

„Maggie“, flüsterte er. „Maggie, Liebling, du willst mich wirklich, oder?“ Das klang verblüfft. „Es muss dich viel Mut gekostet haben, so zu mir zu kommen.“

Sie vergrub ihr Gesicht an seiner Schulter. „Ja.“

„Es ist okay, Liebes. Warum zitterst du? Es ist in Ordnung. Ich will dich auch, sehr sogar." Er hob sie hoch und ging mit ihr aufs Bett zu.

„Josh!" Maggie war entsetzt. „Deine Rippen. Dein Knöchel. Lass mich runter. Du tust dir weh."

„Wir haben keinen weiten Weg, Maggie. Ich denke, das schaffe ich. Du musst bloß sanft mit mir umgehen, wenn wir da sind." Da war ein sinnlicher Ton in seiner Stimme, als er sie die Stufen zu dem großen Himmelbett hinauftrug.

Sie musterte ihn besorgt, als er sie absetzte und die Decke zurückzog. „Du solltest in deinem Zustand nichts Schweres heben. Bist du sicher, dass es dir gut geht?"

„Das wirst du bald herausfinden, oder?" Josh löste die Finger, mit denen Maggie schon wieder die Seiten ihres Morgenrockes zusammenhielt.

„Josh?"

Er sah ihr in die Augen. „Es ist deine Entscheidung, Maggie. Wenn du lieber warten möchtest, tun wir das. Ich verstehe es. So hatte ich es ja ursprünglich geplant. Ich will dich nicht drängen."

Sie atmete tief ein. „Nein, ich will nicht warten."

„Darüber bin ich froh." Er schob ihr den Morgenrock von den Schultern.

Maggie zitterte, als Josh ihr das Nachthemd über den Kopf zog.

„Entspann dich, Liebling." Er ließ das Hemd auf den Boden fallen und sah dann auf Maggie hinunter. Zuerst streichelte er die eine ihrer Brustspitzen, dann die andere. „Du brauchst nicht so nervös zu sein."

„Das ist es nicht." Sie schlang die Arme um sich und versteckte ihre Brüste. „Mir ist kalt. Das ist alles."

„Warum schlüpfst du nicht unter die Decke. Ich mache ein Feuer im Kamin an."

Maggies Haut prickelte unter Joshs Blick. Sie zog die Decke bis zu ihrem Kinn hoch. Ihr war klar, dass sie damit zeigte, wie angespannt sie war. Sie war nicht daran gewöhnt, dass es einem Mann gelang, ihren nackten Körper nur mit den Augen zu wärmen, so wie Josh das tat.

Vom Bett aus beobachtete sie, wie er zum Kamin ging, sich hinkniete und gekonnt das Feuer anzündete. Dann starrte er in die Flammen. „Du bist wunderschön, Maggie", erklärte er, ohne sich umzudrehen. „Habe ich dir das schon gesagt?"

„Nein." Sie war seltsam gerührt. Josh klang ganz ehrlich. Er war nicht der Typ, der gedankenlos Komplimente machte. „Danke."

Er stand auf. „Ich wollte nur, dass du das weißt. Jemand hat mir mal vorgeworfen, ich könnte nicht gut mit Frauen umgehen. Ich wäre nicht romantisch genug oder so was."

Maggie schluckte. „Du bist das Romantischste, das mir je passiert ist."

Josh lächelte. „Meinst du das wirklich so?"

„Ja."

„Das macht mich froh." Er schaltete die Lampe aus, und der Schein des Feuers ließ den Raum und das Bett in sanftem Goldton leuchten.

Josh zog sich aus und ließ Maggie dabei nicht aus den Augen Schließlich kam er zum Bett herüber.

Maggie erkannte fasziniert, wie erregt er war. Er will mich, dachte sie. Dieses Wissen erfüllte sie mit einem Gefühl von Selbstsicherheit und Macht. Sie hörte auf, sich an der Decke festzuklammern, und hielt sie stattdessen hoch, damit Josh zu ihr schlüpfen konnte.

„Eigentlich bin ich nur für einen Gutenachtkuss hergekommen." Sie lächelte Josh an, als er ins Bett stieg.

„Das wird ein ausgiebiger Kuss." Er legte eine Hand auf ihre nackte Schulter und fing an, sie zu streicheln.

Wo immer Josh sie berührte, schien Maggies Haut zu brennen. Das Feuer durchströmte sie, und ihre Erregung wuchs. Josh zog sie an sich, und der Rest ihrer Anspannung und Nervosität verschwand, wurde ersetzt durch Leidenschaft. So muss es sein, dachte sie. Darauf hatte sie ihr ganzes Leben gewartet. Josh war der Held ihrer Träume.

Sie sah zu ihm auf, als er sich über sie beugte. Mit den Fingerspitzen erforschte sie seine muskulösen Schultern und seine starke Brust. Sie genoss es, wie er sich anfühlte, liebte seine Kraft.

Als sie seine Kehle küsste, stöhnte er. Dann schob er wieder ein Bein zwischen ihre Schenkel, und diesmal war kein Jeansstoff mehr im Weg.

„So wunderschön", murmelte Josh mit den Lippen auf Maggies Brust. „So voller Wärme. Ich brauche dein Feuer. Manchmal glaube ich, mir ist bisher immer kalt gewesen." Er strich über ihren Bauch und dann tiefer hinunter, steckte die Finger in das lockige Haar dort. „Öffne dich mir. Liebling. Nimm mich in deine Wärme auf."

Es klopfte an der Tür, gerade als Maggie Josh in sich aufnehmen wollte. „Norton? Sind Sie da?" rief der Colonel.

„Zur Hölle." Josh stöhnte und legte die Stirn auf Maggies Schulter. „Ich glaube das nicht. Sag, dass es nicht wahr ist."

Maggie war noch ganz durcheinander vor Erregung und Leidenschaft. Sie nahm Joshs Kopf zwischen die Hände, starrte zum Betthimmel hoch und versuchte sich darüber klar zu werden, was gerade geschah.

Der Colonel klopfte noch einmal. „Norton? Sind Sie noch wach?"

„Josh?" Maggie griff nach seinem Haar. „Der Colonel ist an der Tür."

„Soviel Pech kann doch niemand haben." Josh hob widerstrebend den Kopf. „Nicht einmal ich." Er rollte sich aus dem Bett und griff nach seinen Jeans. „Einen Moment, Colonel", rief er. „Ich komme gleich."

Maggie war in Versuchung zu lachen, als sie Joshs grimmiges Gesicht sah. Sie bemühte sich, ihr Grinsen zu verstecken, aber er bemerkte es trotzdem. Er warf ihr einen bösen Blick zu, dann beugte er sich übers Bett und hielt sie gefangen zwischen seinen Armen.

„Du rührst dich nicht von der Stelle", befahl er ganz leise. „Und wag es ja nicht, auch nur ein einziges Geräusch von dir zu geben, verstanden?"

„Ja, Sir." Sie grinste und zog spielerisch an seinem Brusthaar.

Josh unterdrückte ein Stöhnen und richtete sich auf. Dann zog er die Decke über Maggie, so dass sie vom Kopf bis zu den Zehen bedeckt war.

Maggie rollte sich in dem warmen Bett zusammen und hörte zu, wie Josh den Raum durchquerte und die Tür öffnete.

„Was ist los, Colonel?"

„Ich glaube, die Heizung ist ausgegangen. Es wird immer kälter. Als ich aufgestanden bin, um noch einmal den Thermostat zu regeln, habe ich gemerkt, dass er nicht funktioniert. Ich denke mir. wir sollten besser nachsehen. Beim letzten Mal, als das passiert ist, haben wir Sabotage vermutet, wie Sie wissen. Wir konnten es zwar nicht beweisen, wussten aber alle, dass sich jemand an dem verdammten Ding zu schaffen gemacht hat."

„Die Heizung hat gut funktioniert, nachdem Wilcox sie überprüft hat. Ich habe ihm selbst zugesehen."

„Nun, jetzt ist etwas kaputt. Ich gehe runter, und ich dachte, Sie würden vielleicht gern mitkommen. Die Damen brauchen wir nicht zu wecken. Sie würden sich nur Sorgen machen."

„In Ordnung. Ich komme mit", erklärte Josh.

Maggie wartete, bis Josh die Tür geschlossen hatte und sie Schritte auf der Treppe hören konnte. Dann schob sie die Decke zurück und setzte sich im Bett auf. Ihr Lachen war schnell vergangen, als sie von dem möglichen neuen Sabotageakt gehört hatte.

Sie rutschte zur Kante des großen Bettes und stieg hinaus. Auf dem Fußboden fand sie ihren Morgenrock und zog ihn rasch an. Sie würde den Männern nach unten folgen und selbst nachsehen, was los war. Der Colonel würde denken, sie wäre die ganze Zeit in ihrem eigenen Zimmer gewesen und von der Kälte geweckt worden.

Sie ging zum Kamin, um das Gitter vors Feuer zu stellen, und dabei sah sie den Schein des Computerbildschirms. Das Gerät stand mit der Rückseite zu ihr, deshalb hatte sie nicht eher gemerkt, dass es eingeschaltet war. Offenbar hatte Josh noch spät an dem Fall gearbeitet. Sie war gerührt, wie ernst er seinen Job nahm.

Neugierig trat sie näher, um den Text auf dem Bildschirm zu lesen. Sie hatte sich immer gefragt, wie echte Detektive arbeiteten.

„Ich ging den dunklen Korridor entlang und blieb an jeder Tür kurz stehen, um das Namensschild zu lesen. Das Bürogebäude war seit Stunden geschlossen. Der Wachmann machte gerade im dritten Stock die Runde, und ich dachte mir, dass ich wohl etwa eine halbe Stunde Zeit hatte, bevor er den zwölften erreichte.

Stallings Räume fand ich am Ende des Flurs. Ein kurzer Blick auf das Schloss verriet mir, dass es leicht sein würde hineinzukommen, vielleicht zu leicht. Ein Mann wie Stallings, der bereit war, einen Millionendiebstahl mit einem Mord zu vertuschen, benutzte ein billiges Schloss. In fünfzehn Sekunden konnte ich drin sein.

Allerdings war ich beim letzten Mal, als ich so eine Einladung annahm, fast umgebracht worden. Aber man musste nun mal flexibel sein.

Also begann ich, das Schloss zu bearbeiten. Ich hatte mich geirrt. Es dauerte nur zwölf Sekunden, es zu öffnen. Die ganze Zeit fragte ich mich, warum Stallings es mir so leicht machte, in sein Privatbüro einzudringen.“

Maggie setzte sich hin und starrte verblüfft auf den Bildschirm. Das sah aus, als würde Josh ein Buch schreiben!

Während ihrer Arbeit als Bibliothekarin hatte sie gelernt, mit Computern umzugehen. Sie fand schnell die Taste, die es ihr ermöglichte, den gesamten Text abzurufen. Das war wirklich ein Buch, anscheinend ein Kriminalroman.

Sie war reingelegt worden. Einen Privatdetektiv hatte sie engagieren wollen, und einen Schriftsteller hatte sie bekommen. Kein Wunder, dass Josh so viel Zeit hier oben in seinem Zimmer verbrachte. Seinem Gratiszimmer! Und kein Wunder, dass er so energisch darauf bestand, seine hausgemachten Mahlzeiten, Tee und Kuchen zu bekommen. Unveröffentlichte Schriftsteller waren als Schnorrer berüchtigt, immer pleite und auf der Suche nach milden Gaben. Josh hatte wahrscheinlich das Gefühl gehabt, es bestens getroffen zu haben, als er diesen Job bekam.

Maggie sprang auf und sah sich im Zimmer um. Es war Zeit herauszufinden, mit was für einer Art von Mann sie es zu tun hatte. Sie ging zur Kommode und begann, die Schubladen zu öffnen. In der obersten lagen ordentlich Socken und Unterhosen. In den anderen beiden war gar nichts. Maggie lief ins Bad und musterte das Rasierzeug dort.

Als Nächstes ging sie zum Schrank. Die beiden Koffer, die sie am ersten Abend mühsam hochgeschleppt hatte, lagen auf dem Boden unter den aufgehängten Sachen. Sie waren unverschlossen und leer.

Es ärgerte Maggie, dass sie nichts fand, was ihr Hinweise auf Joshs wirkliche Identität lieferte. Als sie sich im Rest des Zimmers umsah, fiel ihr Blick auf den Nachttisch.

Sie ging hinüber und zog die Schublade auf. Ihre Wangen wurden knallrot, als sie sah, dass dort ein kleines Folienpäckchen neben Stift und Notizblock lag. Offensichtlich glaubte Josh daran, dass ein Mann immer gut vorbereitet sein sollte. Sie schob schnell die Schublade wieder zu und ging zum Computer zurück.

Langsam setzte sie sich hin und fing von vorn an zu lesen.

„Verdammt." Josh hockte vor der Heizung. Er hatte die Abdeckplatte abgenommen und prüfte die Drähte dahinter. „Sehen Sie sich das an. Jemand hat den hier durchgeschnitten."

„Sabotage", murmelte der Colonel. „Ich wusste es."

Josh nickte. „Sieht so aus. Keine Ahnung, wann das passiert ist, aber es kann noch nicht lange her sein, während Maggie und ich aus waren, wahrscheinlich."

„Sie meinen, jemand ist hier eingestiegen, während Clarissa, Shirley und ich ferngesehen haben?"

„Das ist möglich." Josh erinnerte sich, wie Maggie und er die drei schlafend vor dem laut eingestellten Fernseher vorgefunden hatten. „Wir hören alle nicht mehr so gut", gab der Colonel zu. Josh stützte sich mit der linken Hand auf die Heizung und stand auf. Er wünschte sich, er hätte ein Hemd angezogen, bevor er sein Zimmer verlassen hatte. Es war kalt im Keller. „Die Fenster sind beide zu", stellte er fest. „Geschlossen und verriegelt."

„Was glauben Sie, geht hier vor Norton? Sie sind der Experte." „Ich denke, ich sollte besser die Heizung wieder in Gang bringen, sonst ist es im ganzen Haus bald eiskalt. Morgen früh suche ich nach der Stelle, an der der Eindringling reingekommen ist."

Der Colonel wirkte beeindruckt. „In Ordnung. Was ist mit den Damen?" Josh warf ihm einen Blick von der Seite zu und fragte sich, ob er ahnte, wo Maggie in diesem Moment war. Er wollte sie nicht vor ihren drei altmodischen Mitbewohnern in Verlegenheit bringen. „Wir erzählen ihnen morgen alles. Wie Sie schon sagten, es besteht kein Grund, sie heute Nacht zu beunruhigen."

„Gut. Dann gehe ich wieder ins Bett, falls Sie meine Hilfe nicht bei der Reparatur brauchen."

„Nein, damit werde ich leicht fertig." Josh hockte sich vor die Drähte „Ich nehme an, Sie benutzen eine Menge elektronische Geräte bei Ihrer Arbeit", meinte der Colonel. Das schien ihn zu freuen.

„Ja", und man kann nicht jedes Mal einen Handwerker rufen, wenn etwas kaputtgeht. Also lernt man es selbst in Ordnung zu bringen." Josh machte sich mit seinem Taschenmesser an dem durchschnittenen Draht zu schaffen.

„Das dachte ich mir. Also, dann sehe ich Sie beim Frühstück."

„In Ordnung." Josh konzentrierte sich auf seine Aufgabe, während der Colonel die Treppe hinaufstieg.

Ein paar Minuten später setzte Josh die Abdeckplatte wieder

ein, wischte sich die Hände ab und sah sich noch einmal im Keller um. Die Fenster waren eindeutig geschlossen und konnten jetzt auch nicht mehr von außen geöffnet werden, nachdem er an diesem Morgen die Riegel erneuert hatte. Das bedeutete, dass der Saboteur durch die Tür gekommen sein musste.

Soweit Josh das beurteilen konnte, war dies das erste Mal, dass der Eindringling so ein Risiko eingegangen war. Der Bastard war durch die Halle gelaufen, während drei Leute zu Hause waren, so als würde er hierher gehören. Josh verzog das Gesicht. Es gefiel ihm gar nicht, dass der Kerl mutiger wurde. Das bedeutete, dass Sabotage und Vandalismus bald bedrohlich werden könnten. Wenn es so weiterging, würde womöglich irgendwann jemand verletzt werden.

Josh entschied, dass er dieser Sache sofort ein Ende bereiten musste. Er hatte gehofft, seine Anwesenheit im Haus würde den Eindringling entmutigen, aber offensichtlich war das nicht der Fall. Inzwischen war dieser Mensch verzweifelt, und verzweifelte Leute konnten gefährlich werden.

Er überprüfte jede Tür im Erdgeschoss. Alle Fenster waren gesichert. War jemand im Haus für die Vorfälle verantwortlich? Er dachte an die Liste von Verdächtigen und Motiven, die er Maggie beim Dinner vorgetragen hatte. Clarissa und Shirley wussten sicher nicht, wie man eine Heizung außer Betrieb setzt. Andererseits brauchte man kein großes technisches Wissen, um sich zu denken, dass ein durchschnittener Draht Ärger machen würde. Aber da war auch noch die Sache mit dem Wasserrohr. Bei dieser Gelegenheit war wirklich jemand von außen eingestiegen. Oder sollte es nur so aussehen?

Möglichkeiten und Motive gingen Josh durch den Kopf, als er den ersten Stock erreichte und die Tür zu seinem Zimmer öffnete. Das Erste, was er sah, war, dass Maggie vor dem Computer saß. Das Licht des Bildschirms ließ ihr Gesicht kalt wirken. Sie sah auf, als Josh hereinkam.

Er erkannte den Ärger und das Misstrauen in ihrem Blick, und sein Magen zog sich zusammen. Was für ein Idiot war er doch gewesen! Er hatte den Computer und sein Buch ganz vergessen, als Maggie zur Tür gekommen war und um einen Gutenachtkuss gebeten hatte. Nun musste er für seine Dummheit zahlen.

„Maggie, Schatz." Er schloss die Tür ganz leise und dachte fieberhaft nach. Sein Gehirn, das eben noch bestens gearbeitet hatte, versagte jetzt den Dienst. Er dachte verzweifelt, dass er sich eine Erklärung einfallen lassen musste, und atmete tief ein. „Du wunderst dich wahrscheinlich über das, was du da auf dem Bildschirm siehst."

Maggie lehnte sich zurück, schlug die Beine übereinander und verschränkte die Arme. Sie sah Josh verächtlich an. „Ich schätze, du wirst mir gleich erzählen, dass du als angeblicher Schriftsteller etwas vorzuzeigen haben wolltest für den Fall, dass jemand hier herumschnüffelt. Vermutlich glaubst du, du könntest mir weismachen, du hättest einfach ein paar Kapitel aus irgendeinem Kriminalroman abgetippt, damit du notfalls alle davon überzeugen kannst, dass du wirklich Schriftsteller bist."

Josh beobachtete sie vorsichtig. Ihm war nicht ganz klar, in welcher Stimmung sie war „Ich habe das selbst geschrieben", gab er zu.

„Ich weiß." Sie sprang auf und ging zum Fenster hinüber. „Nachdem ich ein paar Seiten gelesen habe, war ich sicher."

„Maggie, ich weiß, was du denkst."

„Wirklich?"

„Ja. Du glaubst, du wärst reingelegt worden. Dass du einen Betrüger statt eines Privatdetektivs bekommen hast."

„Und? Ist das so?"

„Nein, verdammt." Josh hakte seinen Daumen in den Bund der Jeans. Er fühlte sich, als würde er sich auf einen Kampf vorbereiten, einen der wichtigsten in seinem Leben. Es ging um mehr, als er sich je hatte träumen lassen. Aber er hatte auch noch nie eine Frau so sehr gewollt, wie er Maggie wollte. „Gib mir eine Chance, es zu erklären. Das schuldest du mir."

Sie stand mit dem Rücken zu ihm. „Bist du wirklich Josh Norton?"

„Zur Hölle, ja. Ich habe dir doch gesagt, du sollst die Nummer anrufen, die ich dir gegeben habe. Mein Partner kann dir Beweise liefern."

„Du bist ein echter Privatdetektiv?"

„Ja, verdammt. Ich kann dir meine Lizenz zeigen. Maggie, dies ist nicht so, wie es scheint. Ich erledige den Auftrag, für den du mich engagiert hast, ich schwöre es." Josh war verzweifelt. Gerade er wusste, dass man dem Wort eines Mannes oder irgendeinem Papier nur trauen konnte, wenn man denjenigen sehr gut kannte. Daher konnte er nicht erwarten, dass Maggie ihm glaubte.

„Bist du sicher, dass du nicht irgendein hoffnungsvoller Schriftsteller bist, vielleicht ein Freund des echten Josh Norton? Es könnte doch sein, dass der echte Norton genauso wenig die Absicht hatte, meinen Auftrag anzunehmen, wie die anderen Privatdetektive, zu denen ich Kontakt aufgenommen habe."

„Ich bin der echte Josh Norton."

Maggie ignorierte ihn. „Du könntest ein Freund von ihm sein. Möglicherweise hat er sich gedacht, du könntest an seiner Stelle herkommen. Immerhin, wie schwer kann es schon sein, drei alte Leute und eine naive Gastwirtin hinters Licht zu führen?"

„Maggie ich sage dir doch ..."

Sie nickte nachdenklich. „Ich verstehe, dass das eine verlockende Vorstellung war. Du erholst dich gerade von einem Unfall, hast also Zeit, und du willst ein Buch schreiben. Was für eine Gelegenheit! Du bekommst einen Gratisurlaub und kannst an deinem Manuskript arbeiten. Zusätzlich darfst du ein paar Wochen Detektiv spielen. Was für ein Spaß."

„Verdammt, Maggie!"

„Und schließlich hast du auch noch die Chance, deine Klientin zu verführen. Ist das die Art, wie ihr Möchtegern-Detektive euch amüsiert?"

Jetzt reichte es. Josh stürmte durchs Zimmer. Er bewegte sich so schnell, dass ein stechender Schmerz seinen Fuß durchzuckte, aber er beachtete ihn nicht. Im Moment hatte er Wichtigeres im Kopf.

Als er Maggie erreicht hatte, legte er ihr die Hände auf die Schultern und wirbelte sie zu sich herum. „Ich bin wirklich der echte Josh Norton", zischte er mit zusammengebissenen Zähnen. „Ich bin der Seniorpartner meiner Firma. Ich kläre diesen Fall für dich, und zufällig schreibe ich außerdem ein Buch. Ich gebe dir mein Ehrenwort, dass du nicht reingelegt wirst. Ich werde denjenigen finden, der hinter den Vorfällen in diesem Haus steckt, und zwar sehr bald."

„Ich bekomme also das, wofür ich bezahle?"

„Ja, verdammt. Ich gebe zu, dass ich den Job ursprünglich angenommen habe, weil ich mich von meinem Unfall erholen muss. Mein Arzt und mein Partner haben mich dazu überredet, für eine Weile zu verreisen. Um ehrlich zu sein, der Fall sah wie ein Kinderspiel aus. Ich dachte, ich könnte ihn innerhalb des Monats für dich lösen und zur selben Zeit an meinem Buch arbeiten."

„Was ist mit den großen Verführungsszenen?"

Josh stöhnte. „Liebling, du bist die erste Klientin, die ich je versucht habe zu verführen. Und bisher hatte ich nicht viel Erfolg damit, wie ich hinzufügen möchte. Maggie, unsere Beziehung hat nichts mit dem Fall zu tun. Darauf gebe ich dir mein Ehrenwort."

„Du magst mich wirklich ein bisschen?"

Er konnte seinen Augen kaum trauen, als er sah, dass Maggie nun lächelte. „Es ist viel mehr als ‚mögen'. Ich habe noch nie eine Frau kennen gelernt, die ich so sehr wollte wie dich. Bitte glaub mir."

Er legte die Hände auf ihre Schultern. „Schatz, ich kann dir heute Nacht nichts beweisen, und ich erwarte nicht, dass du dich auf mein Wort verlässt. Alles, worum ich dich bitte, ist, dass du mit deiner Entscheidung wartest, bis du prüfen kannst, ob ich die Wahrheit sage."

„Vielleicht wäre das eine Lösung", stimmte sie langsam zu.

Hoffnung stieg in ihm auf. „Morgen früh kannst du die Nummer anrufen, die ich dir gegeben habe. In ein oder zwei Tagen habe ich allerdings auch etwas, das beweisen wird, dass ich Josh Norton bin."

„Beweise, das ist alles, woran du denken kannst." Maggie verzog die Nase. „Vergiss es, Josh. Ich glaube dir."

„Wirklich?" Er starrte sie verblüfft an. „Ohne Beweise?"

„Ja. Niemand könnte so eine lächerliche Geschichte erfinden." Maggie tauchte unter seinen Händen weg und ging zum Bett hinüber, wo sie sich auf die Kante setzte. „Kommst du jetzt oder nicht?"

„Maggie!" Er konnte es nicht glauben. Sein Wort genügte ihr, und sie glaubte ihm – einfach so. Er trat zögernd näher. „Ist das dein Ernst? Du willst die Nacht hier in meinem Bett verbringen?"

Sie lachte leise. „Ja, das will ich, Josh."

8. KAPITEL

Als Josh nach langem und zärtlichem Vorspiel in Maggie eindrang, hatte er das Gefühl, einen Teil von sich selbst gefunden zu haben. Endlich war er eins mit sich und mit ihr. Maggie gehört jetzt zu mir, dachte er, als sie ihn in sich aufnahm. Sie war für ihn bestimmt.

Doch dann verdrängte seine Erregung alle Überlegungen. Maggie fühlte sich so gut an, besser als alles, was er je erlebt hatte. Er gab sich ganz dem Vergnügen ihres Liebesspiels hin. Ihm war bewusst, wie fest Maggie die Arme um ihn schlang, wie ihre Fingernägel sich in seine Schultern gruben, und er genoss ihre kleinen, leisen Aufschreie, als sie sich ihrer gemeinsamen Leidenschaft überließ.

„Leg die Beine um mich, Liebling", brachte er heraus.

Sie tat es. Josh stöhnte und drang noch weiter in sie ein. „So tief", murmelte er. „Das ist, als wäre ich eins mit dir."

„Das bist du auch“, antwortete sie. Dann warf sie ruhelos den Kopf hin und her. „Oh, Josh.“

„Ja, Liebes. Jetzt. Das ist es. Spürst du, wie die Wellen über dir zusammenschlagen? Lass dich gehen, lass dich fallen.“ Er drang ein letztes Mal in sie ein und spürte, wie sie den Höhepunkt erreichte. Er ließ sich endlich von ihr mitreißen und explodierte. Auf dem Gipfel der Lust saugte er sich an ihren Lippen fest, um ihrer beider Schreie zu ersticken. Später zog er Maggie voller schläfriger Zärtlichkeit ganz dicht an sich, und sie schlief entspannt und vertrauensvoll neben ihm ein.

Er lag lange Zeit ruhig da, starrte zum Betthimmel hinauf und versuchte zu verstehen, was mit ihm geschah. Etwas Wichtiges hatte sich in seiner Welt verändert. Er würde Maggie beschützen, sich um sie kümmern, egal was es kostete.

Als Maggie aufwachte, wusste sie nicht gleich, wo sie war. Sie streckte sich genüsslich und wunderte sich darüber, dass das Bett sich so anders anfühlte. Dann stieß ihr Zeh gegen Joshs Bein, und sie erstarrte. Plötzlich fiel ihr alles wieder ein. Josh hatte sie letzte Nacht geliebt, und es war wundervoll gewesen. Das großartigste Ereignis ihres Lebens. Sie kuschelte sich an ihn. Er schlang einen Arm um sie und legte seine Hand auf ihre Brust.

„Josh!“

„Ja?“ Das klang, als würde er noch halb schlafen.

„Josh, bist du wach?“

„Nein.“ Er hielt sie fester und streichelte langsam ihre Brustspitze. „Stör mich nicht. Ich träume.“

„Nun, wenn das so ist.“ Maggie lächelte und strich über seine breite Brust. Ihre Fingerspitzen erreichten das dunkle Haar unter seinem flachen Bauch, und sie zog sanft daran.

„Du spielst mit dem Feuer, Lady.“ Josh knabberte an ihrer Schulter.

„Nichts als Versprechungen. Ich ... Oh, du meine Güte.“ Plötzlich hatte sie den Beweis seiner Erregung in der Hand. „Ich spiele wirklich mit dem Feuer, was?“

„Das habe ich dir doch gesagt."

„Ich denke, an dieses Spiel könnte ich mich gewöhnen."

„Offensichtlich hast du Talent dazu. Vielleicht wird es Zeit, dass ich dir ein paar Feinheiten beibringe." Er hatte den Mund auf Maggies Brust und ein Bein zwischen ihren, als er mit einem Mal erstarrte.

„Josh, was ist los?"

„Verdammt." Er setzte sich auf und schob die Decke weg. „Es ist schon halb sieben."

„Na und? Wir waren gestern Abend lange auf." Sie griff nach ihm und wollte ihn ins Bett zurückziehen.

Er sah auf sie hinunter. „Aber der Colonel, Clarissa und Shirley werden bald aufstehen. Ich will nicht, dass du einem von ihnen im Flur begegnest, wenn du in dein eigenes Zimmer zurückgehst. Sie müssen es ja nicht unbedingt auf diese Weise mitbekommen."

„Mach dir keine Sorgen deswegen." Sie lächelte herausfordernd „Ich passe schon auf."

„Sehr richtig, du wirst aufpassen. Deshalb steigst du jetzt sofort aus dem Bett, ziehst deinen Morgenrock an und gehst in dein Zimmer hinüber."

Maggie setzte sich langsam auf, schlang die Arme um die Knie und musterte Josh.

„Machst du dir wirklich Gedanken darüber, dass der Colonel und die anderen herausfinden könnten, dass wir die Nacht zusammen verbracht haben?"

„Es wäre peinlich für euch alle." Er zog Maggie die Bettdecke weg, so dass sie jetzt splitterfasernackt mitten auf dem weißen Laken saß. Sie lächelte strahlend. „Ich glaube, damit werde ich fertig."

Joshs Augen glänzten, als er das einladende Bild sah, das Maggie abgab. „Das wirst du gar nicht müssen, solange ich etwas mitzureden habe. Es ist mein Job, dich zu beschützen. Geh jetzt, Maggie."

„Ich bin kein Kind mehr, Josh."

„Ja, aber auch nicht gerade eine erfahrene, weltgewandte Frau." Er zog seine Jeans an.

„Ich glaube, diese Bemerkung nehme ich dir übel. Wer hat denn letzte Nacht die Initiative ergriffen?" fragte sie stolz. „Wenn ich darauf gewartet hatte, dass du das tust, wäre ich immer noch allein in meinem Zimmer."

„Wir streiten uns ein andermal darüber, wer in unserer Beziehung die Initiative übernimmt." Er griff nach ihrem Handgelenk und zog sie sanft vom Bett. Maggie seufzte und gab ihren Widerstand auf. Sie stand gehorsam da, während Josh ihr das Nachthemd über den Kopf streifte und ihr den Morgenrock anzog.

„Bist du morgens immer so schlecht gelaunt?" erkundigte sie sich, als er sie zur Tür schob.

„Das kommt drauf an." Er drehte sich zu ihr um, während er die Hand schon auf dem Türknauf hatte, und küsste sie ausgiebig. „Manchmal bin ich in fantastischer Stimmung. Dummerweise ist das heute nicht der Fall."

„Mein Pech, nehme ich an."

„Richtig." Er öffnete die Tür und schubste Maggie in den Flur hinaus.

Die erste Person, die Maggie im Flur sah, war Clarissa. Sie stand oben an der Treppe, so als wollte sie gerade runtergehen, und sah direkt zu Joshs Tür hinüber, als diese aufging.

„Guten Morgen, Liebes", rief Clarissa fröhlich. Es schien sie überhaupt nicht zu wundern, dass Maggie aus Joshs Zimmer kam. „Hast du gut geschlafen?"

Maggie hörte Josh stöhnen. Trotz ihrer kühnen Worte eben spürte sie, wie sie rot wurde, und sie versuchte, es mit einem Lächeln zu überspielen. „Guten Morgen, Clarissa. Danke, ich habe gut geschlafen." Maggie beschloss, so zu tun, als wäre nichts Außergewöhnliches geschehen. „Wie ist es mit dir?"

„Mitten in der Nacht war mir furchtbar kalt. Der Colonel muss den Thermostat zu niedrig eingestellt haben. Aber jetzt ist es warm und gemütlich, nicht? Und wie geht es Josh heute Morgen?"

Josh kam mit einem grimmig entschlossenen Gesichtsausdruck aus seinem Zimmer. „Mir geht es sehr gut."

Clarissa wollte noch etwas sagen, aber bevor sie dazu kam, ging Shirleys Tür auf. „Hi, ihr alle." Shirley setzte ihre Brille auf und strahlte Maggie und Josh an. „Ihr beide habt euch also entschieden, den großen Schritt zu wagen, ja? Herzlichen Glückwunsch. Ich wusste, es war nur eine Frage der Zeit. Wir müssen eine Verlobungsparty geben, nicht wahr, Clarissa?"

„Verlobungsparty?" Maggie wurde ganz schlecht.

„Natürlich", antwortete Clarissa. „Ich bin sicher, wir haben noch Champagner im Keller." Sie drehte sich um, als der Colonel aus seinem Schlafzimmer kam. „Haben wir nicht noch Champagner übrig, Colonel?"

„Ich denke schon. Was feiern wir denn?" Der Colonel sah den Flur hinunter und bemerkte Maggie vor Joshs Tür. „Ah, ich verstehe. Da haben wir wohl etwas Wichtiges zu verkünden, was?"

„Sind sie nicht ein hübsches Paar?" fragte Shirley liebevoll. „Das erinnert mich an meine Anfangszeit mit Ricky."

Clarissa wandte sich an Maggie. „Ich wusste immer, dass ihr beide füreinander bestimmt seid. Habe ich das nicht gesagt, Colonel?"

Der Colonel nickte und ließ dabei Josh nicht aus den Augen. „Ich denke, das hast du, meine Liebe."

Clarissa lächelte wieder. „Und nun sind sie schon verlobt. Ich finde das herrlich."

Maggie geriet immer mehr in Panik. Sie hatte darauf gewartet, dass Josh etwas unternahm, aber das tat er nicht. Am liebsten hätte sie ihn angeschrieen, ihm befohlen, diese Sache zu beenden, bevor das alles zu weit ging, aber er rührte sich nicht. „In Ordnung." Maggie bemühte sich um ein nachsichtiges kleines Lachen. „Ihr hattet euren Spaß, aber jetzt reicht es. Keine Witze mehr, ja? Es ist zu früh am Morgen für diese Art von Humor."

„Wer macht denn Witze?" fragte Shirley vollkommen unschuldig. „Wir freuen uns alle für dich. Es ist schön, dass du den richtigen Mann gefunden hast. Nichts gegen diesen netten Clay O'Connor, aber jeder konnte erkennen, dass er nichts für dich war."

Der Colonel warf Josh einen stahlharten Blick zu. „Haben Sie sich schon für ein Datum entschieden?"

„Nein", antwortete Josh erstaunlich ruhig. „Aber das werden wir bald."

Der Colonel nickte zufrieden.

„Nun, dann gratuliere ich euch beiden. Wir sehen euch beim Frühstück. Lasst euch Zeit. Wir können auch mal einen Morgen ohne euch auskommen. Beim Militär habe ich immer Kaffee gekocht. „Er streckte die Arme nach Shirley und Clarissa aus. „Gehen wir, meine Damen?"

„Aber ja." Clarissa nahm seinen rechten Arm. „Ich habe Hunger."

„Ich auch." Shirley ergriff den anderen Arm des Colonels. Dann lächelte sie Maggie zu. „Und ich vermute, ihr beide habt auch einen ganz schönen Appetit entwickelt. Wir sehen euch dann unten."

Maggie blieb wie angewurzelt stehen, bis ihre drei Mitbewohner verschwunden waren. Dann wirbelte sie zu Josh herum. „Was um Himmels willen glaubst du, was du tust?" zischte sie. „Die drei denken, wir wären verlobt."

„Ja, den Eindruck hatte ich auch."

„Warum hast du das zugelassen?"

„Wie zum Teufel sollte ich denn die Tatsache erklären, dass du morgens um halb sieben im Morgenrock aus meinem Zimmer gekommen bist?"

„Du musstest sie nicht im Glauben lassen, wir wären verlobt." Maggie fühlte sich in die Enge getrieben. „Macht dir das denn gar nichts aus?"

„Was hätte ich denn sagen sollen?" fragte er sanft. „Hätte ich, ihnen erzählen sollen, dass ich zwar die Nacht mit dir verbracht habe, aber keineswegs ehrliche Absichten habe? Das wäre ein bisschen hart für sie gewesen, Maggie. Sie stammen aus einer anderen Generation, erinnerst du dich?"

„Seit wann machst du dir denn Gedanken darüber, was andere Leute denken?" Maggie riss die Augen weit auf, als ihr etwas einfiel. „Josh, du fürchtest dich doch nicht wirklich davor, zu einer Heirat gezwungen zu werden, oder? Ich weiß, du hast Witze darüber gemacht, aber du kannst nicht tatsächlich glauben, der Colonel wäre zu so etwas fähig. Nicht in dieser Zeit."

Josh Blick war nicht zu deuten. „Vielleicht wollte ich einfach niemanden aufregen, Maggie. Schließlich bin ich hier, um meinen Job zu erledigen. Eigentlich hätte ich dich nie in mein Zimmer lassen sollen letzte Nacht, aber was geschehen ist, ist geschehen. Ich würde meinen Auftrag gern zu Ende führen, ohne dass jemand mir gegenüber feindselig wird. Es würde alles komplizieren. Ich bin auf die Mithilfe dieser Leute angewiesen. "

Maggie fühlte sich, als hätte er sie geschlagen. Instinktiv trat sie einen Schritt von ihm weg.

„Du erlaubst ihnen zu denken, wir wären verlobt, nur damit du den Fall zu Ende führen kannst?"

Er verzog das Gesicht. „So ist es am besten, Maggie. In ein paar Tagen kann ich fertig sein. Da sind einige Dinge, die ich überprüfen möchte, und danach werde ich dem Schuldigen eine Falle stellen."

„Ich verstehe." Maggie schluckte. Josh würde in wenigen Tagen abreisen.

„In der Zwischenzeit will ich nicht noch mehr Unruhe verursachen. Ich kann es mir nicht leisten, denjenigen zu warnen, der den Ärger hier angezettelt hat. Alles muss so normal wie möglich aussehen. Ehrlich gesagt, ist dies nicht das Schlimmste, was hätte passieren können. Es könnte sogar genau der richtige Schachzug sein."

„Das verstehe ich nicht." Maggie war sich nicht sicher, ob sie nicht gleich in Tränen ausbrechen würde.

„Ja, dieses kleines Missverständnis könnte sich zu unserem

Vorteil auswirken“, meinte Josh. „Es ist die perfekte Tarnung für die Falle, die ich aufstellen will.“

Maggie fühlte sich krank. „Das verstehe ich immer noch nicht“, wiederholte sie.

Josh ging in sein Zimmer zurück. „Mach dir keine Sorgen deswegen, Liebling. Ich erkläre dir die Einzelheiten später. Bleib in der Zwischenzeit bei der Verlobungsgeschichte, ja? Ich will, dass alle daran glauben, auch der Colonel, Clarissa und Shirley.“

„Aber Josh ...“ Maggie brach ab, als er ihr sanft die Tür vor der Nase zumachte. Eine volle Minute lang starrte sie auf die geschlossene Tür, bevor sie in ihr eigenes Schlafzimmer ging. Während sie Morgenrock und Nachthemd auszog, schwor sie sich, dass sie nicht weinen würde. Sie warf die Sachen aufs Bett und steuerte auf ihr Badezimmer zu. Sie würde nicht weinen.

Aber Joshs Worte, dass das „kleine Missverständnis“ eine nützliche Tarnung wäre, waren zu viel für sie. Doch was hatte sie eigentlich erwartet? Natürlich würde Josh nicht zulassen, dass man ihn zu einer echten Verlobung drängte. So altmodisch ehrenhaft war heutzutage niemand, und sie wollte ihn auch ganz bestimmt nicht dazu zwingen, „das Richtige“ zu tun.

Als sie duschte, mischten sich ihre Tränen mit dem Wasser. Erst jetzt gab sie sich selbst gegenüber zu, was in den letzten paar Tagen geschehen war.

Sie hatte sich in Josh Norton verliebt.

Das Telefon, klingelte, als Josh und der Colonel gerade von dem durchschnittenen Draht in der Heizung erzählten. Maggie nahm den Hörer ab. „Hallo?“

„Josh Norton, bitte“, sagte eine männliche Stimme am anderen Ende.

„Einen Moment.“ Sie sah Josh an. „Es ist für dich.“

„Ja.“ Er nahm ihr den Hörer aus der Hand. „Oh, du bist es, McCray. Nein, du hast nichts unterbrochen außer dem Frühstück. Berichte mir einfach, was du erfahren hast, und hör auf, Witze zu machen.“ Es entstand eine kurze Pause. Josh verzog das Gesicht.

„McCray, das ist nicht komisch. Erzähl mir endlich, was du über Wilcox hast."

Maggie und die anderen hörten mit ihrer Unterhaltung auf.

„Er überprüft Dwight?" fragte Clarissa Maggie.

„Hört sich ganz so an." Maggie wandte sich wieder ihrer Grapefruit zu.

„Wilcox kennt sich wirklich in unserem Keller aus", meinte der Colonel. „Und er kann auch mit Werkzeugen umgehen."

„Ich weiß nicht", murmelte Shirley. „Irgendwie kann ich mir nicht vorstellen, dass Dwight all diese verrückten Vorfälle geplant hat. Mein Ricky hat immer gesagt, dass man Verstand braucht, um ein erfolgreicher Krimineller zu werden. Die Dummen werden schnell geschnappt."

Josh ignorierte die Kommentare am Frühstückstisch. Er hatte einen Schreibblock aus einer Schublade geholt und war dabei, Notizen zu machen. „Okay, McCray. Es ist nicht viel, aber immerhin etwas. Überprüfe heute Nachmittag noch etwas für mich, ja? Ich brauche Hintergrundinformationen über das Haus selbst. Nein, ich weiß noch nicht, was ich genau suche." Josh sah zu den vier aufmerksamen Leuten am Tisch hinüber. „Alte Geschichten über Geld und Schätze, was immer interessant sein könnte. Ja richtig, so etwas. Ruf mich an, wenn du etwas hast. Bis dann."

„Also?" Maggie warf Josh einen herausfordernden Blick zu, als er sich wieder setzte. „Was hat dieser McCray über Dwight herausgefunden?"

„Nicht viel. Wilcox hatte vor einigen Jahren Ärger mit dem Gesetz."

Shirley starrte ihn an. „Unser Dwight ist ein Gauner?"

„Kein großer." Josh riss das Blatt mit seinen Notizen ab und steckte es ein. „Er ist wegen Raub festgenommen worden und war anderthalb Jahre im Gefängnis. Seitdem ist er sauber."

„Raub?" Maggie legte ihren Löffel weg. „Bist du sicher?"

Josh nickte. „Aber das heißt nicht viel. Er war noch sehr jung zu der Zeit, und er ist nicht damit davongekommen."

„Das überrascht mich nicht“, murmelte Shirley. „Ich habe euch ja gesagt, dass er nicht besonders schlau ist.“

„Trotzdem könnte es bedeuten, dass er kriminell veranlagt ist.“ Clarissa warf Maggie einen besorgten Blick zu. „Vielleicht sollten wir ihn hier nicht mehr beschäftigen.“

„Wen sollen wir denn sonst bekommen?“ Maggie griff nach einer Scheibe Toast. „Es ist ja nicht so, als wäre Peregrine Point voll von Handwerkern.“

„Wir könnten ein Inserat aufgeben.“

Maggie legte den Toast weg. „Tante Agatha hat Dwight engagiert, oder?“

Der Colonel nickte ernst. „Das ist richtig. Vor etwa zwei Jahren. Das war, kurz nachdem er in die Stadt gezogen war. Sie war immer zufrieden mit seiner Arbeit.“

Josh hielt eine Hand hoch. „Es besteht kein Grund, jetzt zu diskutieren, was mit Dwight Wilcox geschehen soll. Ich will nicht, dass Maggie zu diesem Zeitpunkt etwas verändert. Das würde denjenigen, der hinter all den Vorfällen steckt, darauf aufmerksam machen, dass wir ihm auf der Spur sind.“

Der Colonel nickte wieder. „Ganz richtig, wir müssen weiter den Eindruck erwecken, wir würden glauben, es wäre alles nichts als Pech.“

„Pech ist es wirklich.“ Maggie stand auf und ging zur Spüle. Sie dachte an das ungeheure Pech, das sie heute Morgen gehabt hatte, als sie aus Joshs Zimmer gekommen war und Clarissa in die Arme gelaufen war. „Davon gab es hier in letzter Zeit reichlich, was?“

„Nichts, womit wir nicht fertig werden können“, antwortete Josh trocken und blickte Maggie an.

An diesem Nachmittag saß Maggie neben Josh in seinem schwarzen Wagen. Sie hatte nicht darum gebeten, in die Stadt begleitet zu werden. Tatsächlich hatte sie ihr Bestes getan, um Josh das auszureden, aber er war hartnäckig geblieben. Es war äußerst schwierig, Josh von etwas abzubringen, das er sich in den Kopf gesetzt hatte.

„Ich brauche keine Hilfe beim Einkaufen. Damit werde ich allein fertig." Sie starrte aus dem Fenster auf den grauen Ozean. Ein neuer Sturm kündigte sich an. Über dem Wasser war der Regen schon zu sehen. In einer halben Stunde würde er das Land erreicht haben

„Kein Problem." Joshs Hände lagen entspannt auf dem Steuer. „Ich muss selbst einiges besorgen."

„Ich hätte dir Rasierschaum oder Klingen mitbringen können."

„Ja, aber mir war nach einem Ausflug zu Mute." Josh warf ihr einen Blick zu. „Wie kommt es, dass du heute so schlechte Laune hast?"

„Ich habe keine schlechte Laune."

„Unsinn. Du bist schon in dieser Stimmung, seit du heute früh vor meinem Zimmer Clarissa und den anderen in die Arme gelaufen bist. He, du machst dir doch nicht immer noch Sorgen wegen unserer falschen Verlobung, oder?"

„Und wenn doch?"

„Maggie, ich habe dir gesagt, es kommt alles in Ordnung. Überlass es mir, okay?"

„Das habe ich bisher getan, und schau dir an, was daraus geworden ist." Sie sah ihn böse an „Es ist nur deine Schuld, Josh. Du bist ein schöner Privatdetektiv. Zumindest hättest du heute Morgen nachsehen können, ob die Luft rein ist, bevor du mich rausgeschubst hast. Aber nein. Du konntest es ja nicht erwarten, mich loszuwerden."

„Du bist wirklich wütend, was?" Josh sah sie überrascht an.

„Ja, das bin ich. Ich mag diese Situation nicht, nichts daran."

„Beruhige dich, Maggie. In ein paar Tagen habe ich die ganze Geschichte geklärt."

„Na toll. Und was geschieht dann? Was soll ich dem Colonel, Clarissa und Shirley sagen, wenn du abgereist bist? Sie werden denken, du hattest mich verlassen, und ich werde ihnen Leid tun."

Josh konzentrierte sich auf die Straße vor ihnen. „Erklär ihnen, du hättest deine Meinung geändert und die Verlobung gelöst. Sie werden es verstehen."

„Das werden sie nicht. Stattdessen werden sie denken, zwischen dir und mir wäre nichts weiter gewesen als eine Affäre für eine Nacht, und damit werden sie auch Recht haben."

„Dann löse die Verlobung nicht."

Sie starrte ihn ungläubig an. „Bist du verrückt? Soll ich nach deiner Abreise so tun, als wären wir immer noch verlobt? Wie denn?"

„Ich bin bereit, dir zu helfen", meinte Josh ruhig. „Wir können unsere Verlobung noch ein paar Monate bestehen lassen und dann behaupten, wir hätten es uns anders überlegt."

„Oh, sicher. Und wie sollen wir das tun, wenn du in Seattle lebst und ich hier in Peregrine Point?"

„Ich könnte an den Wochenenden herkommen, oder du kommst in die Stadt. Lass uns ehrlich sein, Maggie. Wir fühlen uns zueinander hingezogen. Die letzte Nacht war schön. Das weißt du genauso wie ich. Warum sollten wir uns nicht weiter treffen?"

Maggie schloss die Augen. „Ich wünschte, du würdest aufhören, in dieser Angelegenheit so verdammt vernünftig zu sein. Du verstehst überhaupt nicht, worum es geht. Ich will keine falsche Verlobung."

„Nicht einmal, um diesen Fall zu lösen?" fragte Josh.

Maggie stöhnte und sah wieder in den Regen hinaus, der vom Meer her auf sie zukam. „Ich habe das Gefühl, in einer Falle zu sitzen", flüsterte sie.

„Mach dir keine Sorgen deswegen", sagte Josh leichthin. „Ich bin ja da, um dich zu retten. Mir fällt schon etwas ein."

„Du bist derjenige, der immer erklärt, es würde sich nicht auszahlen, den Helden zu spielen."

„Das tue ich auch nicht. Da ich für diese Verlobung verantwortlich bin, werde ich einen Weg finden, um dich da wieder rauszuholen, ohne dich noch mehr in Verlegenheit zu bringen, als das schon geschehen ist."

„Darum geht es gar nicht“, erwiderte sie scharf. „Das Ganze ist nur unangenehm, das ist alles. Der Colonel und die anderen sind so altmodisch. Sie wollen mich beschützen.“

„Sag mir die Wahrheit, Maggie. Es war dir doch höllisch peinlich, als du heute Morgen aus meinem Zimmer kamst und Clarissa gesehen hast, oder?“

Maggie seufzte. „Ja.“

„Die Verlobung war der einzige Ausweg“, fuhr Josh fort.

„Und so praktisch“, fauchte sie. „Du hattest sie schon in deine Tarngeschichte eingearbeitet, bevor ich noch bis drei zählen konnte.“

Josh schwieg einen Moment lang. „Ist es das, was dir in Wirklichkeit zu schaffen macht?“ fragte er schließlich. „Bist du wütend, weil ich unsere falsche Verlobung zur Tarnung benutze?“

„Ich will nicht mehr darüber reden“, erklärte Maggie. Sie waren jetzt in der Stadt, und Josh bog in den Parkplatz des Supermarktes ein. „Der Schaden ist angerichtet, also können wir nur hoffen, dass etwas Gutes dabei herauskommt.“

„Vertrau mir, Maggie. Letzte Nacht hast du es auch getan.“

„Und ich habe meine Lektion heute Morgen gelernt, oder?“

9. KAPITEL

Maggie lud gerade Einkaufstüten hinten in Joshs Auto, als Clay O’Connor auf der anderen Straßenseite aus seinem Büro trat.

„Hallo, Maggie“, rief er ihr zu. „Ich dachte doch, dass du das bist.“

Sie richtete sich auf und winkte. Die Innenstadt von Peregrine Point bestand nur aus zwei Häuserblocks mit Geschäften. Das Maklerbüro O’Connor lag genau dem Supermarkt gegenüber. Clay hatte sie offenbar bei einem Blick aus dem Fenster entdeckt.

Jetzt kam er schnell über die Straße auf sie zu. An diesem kalten Tag trug er einen grob gestrickten Pullover und eine Wollhose. Sein Haar war so gestylt, wie man das nur mit Gel zu Stande brachte. Der Diamant an seinem schweren Goldring glänzte, als er seine Hand bewegte. Clay sah aus, als wäre er gerade aus einem Magazin für Herrenmode gestiegen.

Sein fröhliches, offenes Gesicht und das strahlende Lächeln machten Maggie den Unterschied zwischen ihm und Josh deutlich bewusst. Die beiden waren wie Tag und Nacht. Bei Clay bekam man, was man sah. Eigentlich hätte das auf Maggie beruhigend wirken sollen, aber stattdessen erschien es ihr langweilig. Josh andererseits erinnerte an den Spruch „Stille Wasser sind tief". Er ließ sie an verborgene und aufwühlende Leidenschaften denken. Allerdings waren tiefe Gewässer oft auch gefährlich.

„Ich hätte dich fast übersehen", beschwerte Clay sich lässig, als er sie erreichte. „Ich habe das Auto nicht erkannt. Wem gehört es? Diesem Schriftsteller?"

Maggie wurde rot, als die daran dachte, wie unangenehm die falsche Verlobung mit Josh werden würde. Sie musste dafür sorgen, dass nicht ganz Peregrine Point davon erfuhr. Aber während sie noch überlegte, wie sie Klatsch vermeiden könnte, wusste sie schon, dass solche Anstrengungen in einer Kleinstadt völlig nutzlos waren.

„Hallo, Clay. Ja, der Wagen gehört Josh. Er musste einiges in der Stadt besorgen, also hat er mich mitgenommen." Sie stellte noch eine Tüte ins Auto. Sollte sie Clay die Wahrheit sagen?

„Weißt du, Maggie, ich habe über diesen Kerl nachgedacht." Clays Gesichtsausdruck wurde ernst. „Ich will dich nicht erschrecken, aber findest du es nicht etwas seltsam, dass er gerade jetzt aufgetaucht ist?"

Maggie richtete sich schnell auf. „Seltsam?"

Clay zuckte mit den Schultern und stützte sich mit einer Hand auf dem Dach von Joshs Wagen ab. „Nun ja, du hast für den Winter geschlossen, und da erscheint er plötzlich für einen Monat. Ich bringe dich nach einer Verabredung nach Hause, und er wartet an der Tür auf dich. Als Nächstes werdet ihr beide beim Dinner in der Stadt gesehen. Und nun geht er mit dir einkaufen. Das sieht doch aus, als würde er sich bemühen, ein Teil der Familie zu werden."

Maggie kaute auf ihrer Unterlippe herum. „Du weißt doch, wie so was ist, Clay. Er ist der einzige Gast zurzeit, also ist er irgendwie zu einem Mitglied des Haushalts geworden. Meistens sehen wir nicht viel von ihm. Er arbeitet dauernd oben an seinem Buch." Maggie dachte grimmig, dass zumindest das stimmte.

Clay betrachtete sie nachdenklich. „Hast du jemals etwas von diesem Buch gesehen?"

„Ja, tatsächlich habe ich das." Maggie war erleichtert, dass sie ausnahmsweise einmal die Wahrheit sagen konnte. In letzter Zeit gab es zu viele Halbwahrheiten und Lügen. „Es ist ein Kriminalroman. Sehr aufregend, nach dem wenigen zu urteilen, das ich gelesen habe."

„Hmm."

„Was ist los, Clay?"

Er lächelte charmant. „Achte gar nicht auf mich, Maggie. Es ist reine Eifersucht, die mich unruhig macht, weiter nichts."

Maggie fühlte sich schuldig. „Clay, es tut mir Leid, falls du meine Gefühle für dich für stärker gehalten hast, als sie tatsächlich sind. Ich meine, ich habe deine Gesellschaft sehr genossen, aber ich möchte nicht, dass du denkst ..."

Clays Lächeln wurde wehmütig. Er berührte Maggies Mund leicht mit den Fingerspitzen und brachte sie so zum Schweigen. „Mach dir keine Sorgen deswegen. Ich weiß, dass unsere Beziehung für dich bisher nur flüchtig war, aber ich habe vor, das zu ändern. In der Zwischenzeit werde ich mit etwas Konkurrenz schon fertig."

Maggie wurde allmählich ärgerlich. „Clay, es ist nicht direkt Konkurrenz. Ich möchte nicht, dass du denkst, ich würde versuchen, Spiele zu spielen. Josh und ich haben uns angefreundet, das ist alles."

„Ich mache mir auch keine Sorgen. Immerhin wird Norton in ein paar Wochen fort sein, und ich bin dann immer noch hier, oder?"

„Clay, das ist sehr nett von dir, wirklich."

„Denk immer daran, dass ich von Natur aus nett bin." Dann wurde sein Gesichtsausdruck ernst. „Maggie, was ich vorhin gesagt habe, war tatsächlich so gemeint. Du weißt nicht viel über Norton. Falls er irgendwas tut, das dich nervös macht, dann ruf mich sofort an."

„Aber, Clay."

„Versprich es, Schatz. Ich möchte sicher sein, dass du mir Bescheid sagst, falls etwas im Haus passiert."

„Was denn zum Beispiel?" fragte Josh eisig, während er zwischen zwei parkenden Autos auftauchte.

Maggie zuckte zusammen, als sie unerwartet Joshs Stimme hörte. Sie drehte sich zu ihm um und sah, dass er eine kleine weiße Tüte mit dem Zeichen der Apotheke von Peregrine Point in der Hand hatte. „Oh, da bist du ja. Ich habe mach schon gefragt, wo du geblieben bist." Sie warf einen übertriebenen Blick auf ihre Uhr. „Lieber Himmel, schon so spät. Wir sollten uns besser beeilen. Es fängt an zu regnen."

Josh ignorierte sie. Er schwenkte abwesend die kleine Tüte, während er Clay herausfordernd anlächelte. „Haben Sie nicht gerade erklärt, Sie würden sich wegen irgendwelcher Vorfälle im Haus Sorgen machen?"

Clay nahm die Hand vom Dach des Wagens und steckte sie tief in die Tasche. „Maggie und ich haben uns unterhalten. Wir sind schließlich seit mehreren Monaten befreundet, nicht wahr, Maggie?"

„Sicher, Clay." Maggie hätte sich am liebsten versteckt. Noch nie in ihrem Leben hatten sich zwei erwachsene Männer ihretwegen gestritten, und sie fand das furchtbar peinlich. „Wir müssen jetzt wirklich gehen. Ich sehe dich später Clay. Josh, würdest du dich bitte beeilen. Ich habe zu Hause einiges zu tun."

„Natürlich, Liebling." Josh drehte Clay den Rücken zu und öffnete Maggie die Beifahrertür. Dann stieg er selbst ein. „Bis später, O'Connor."

Maggie winkte Clay zu, als Josh vom Parkplatz fuhr. „Ehrlich, Josh, das war äußerst unhöflich."

„Was denn?"

„Die Art, wie du dich Clay gegenüber verhalten hast. Und wag es ja nicht, so zu tun, als wäre nichts geschehen."

„Der Kerl hat dich vor mir gewarnt, oder?"

Maggie hob das Kinn. Er hat nur betont, dass ich sehr wenig über dich weiß und dass es ziemlich seltsam ist, wie du bei uns aufgetaucht bist."

„Ich bin zu euch gekommen, weil du mich engagiert hast", knurrte Josh. „Vergiss das nicht."

„Das konnte ich Clay ja kaum erzählen, oder?"

„Nicht, wenn du möchtest, dass ich meinen Job erledige", stimmte Josh kühl zu. „Also, was hast du ihm gesagt?"

Maggie seufzte. „Nicht viel, bloß, dass du irgendwie zu einem Mitglied des Haushalts geworden bist."

Josh brüllte vor Lachen. „Ein alter Freund der Familie, was? O'Connor muss viel dümmer sein, als er aussieht, um das zu glauben."

„Es besteht kein Grund, so über Clay zu reden. Er ist nicht dumm, sondern ein sehr netter Mann, und das ist mehr, als man über gewisse andere Leute sagen kann."

„Wirklich?" Josh bremste ab und fuhr auf einen einsam gelegenen Parkplatz an der Straße. Einige Nadelbäume schützten den Wagen vor den Blicken der vorbeikommenden Autofahrer.

„Was tust du?" Maggie sah Josh böse an.

„Ich will mit dir reden, und im Haus sind immer zu viele Leute um uns herum." Er schaltete den Motor ab und sah aufs Meer hinaus.

Maggie spürte, dass sich ihre Unterhaltung entscheidend ändern würde. „Josh? Ist etwas nicht in Ordnung?"

„Was hast du von meinem Buch gehalten, Maggie?"

Sie musterte ihn. „Dein Buch?"

„Du bist der einzige Mensch, der bisher etwas davon gelesen hat. Wie weit bist du gestern gekommen, während ich an der Heizung herumgefummelt habe?"

„Josh, es tut mir Leid. Ich hatte kein Recht dazu. Aber du weißt, dass ich Angst hatte, reingelegt worden zu sein."

„Wie weit bist du gekommen?" wiederholte er.

„Ein paar Kapitel", gab sie zu.

„Und wie haben dir die gefallen?"

Maggie lächelte schwach „Ich fand sie toll."

Er drehte sich schnell zu ihr um „Ich will die Wahrheit."

„Die Wahrheit ist, dass ich sehr viele Kriminalromane gelesen habe und dir versichern kann, dass deiner zu den besten gehört", antwortete sie ruhig.

„Findest du das wirklich?"

„Ja, deine Hauptfigur ist wundervoll. Adam Carlisle schützt sich mit Zynismus, aber unter dieser Schale ist er der geborene Held. Das ist sehr ansprechend. Er ist ein Mann, der für die Schwachen und Unschuldigen kämpft, obwohl er sich dauernd darüber beschwert, dass sich das nicht auszahlt. Er ähnelt dir sehr."

„Zur Hölle, nein. Er ist frei erfunden."

„Nein, ich denke, er ist dein anderes Ich. Er löst die Fälle, wegen denen du Privatdetektiv geworden bist. Er kämpft gegen das Böse und gewinnt."

„Beim Adam Carlisles Fällen ist das immer so einfach", meinte Josh.

„Er ist ein Held", fuhr Maggie fort. „Leser lieben richtige Helden und Gerechtigkeit. Solche Geschichten befriedigen etwas tief im Innern. Du wirst Erfolg haben, Josh."

„Das sagst du nicht bloß so?"

„Ich kann nicht glauben, dass du wirklich daran zweifelst. Du bist deiner selbst doch sonst auch immer so sicher."

Er winkte ab. „Bisher ist deine Meinung die einzige, die ich kenne, außer meiner eigenen natürlich."

„Wird Adam Carlisle eine Freundin bekommen, die ihm bei der Aufklärung seiner Fälle hilft?" wollte Maggie wissen. „Ich liebe Kriminalromane, wo es eine starke Beziehung zwischen der Hauptfigur und jemand anderem gibt. Alleinstehende männliche Hauptpersonen, die mit all ihren weiblichen Klienten schlafen, kann ich nicht ausstehen."

Josh sah sie amüsiert an. Er löste ihren Sicherheitsgurt und zog sie an sich.

„Du hast behauptet, ich wäre wie Adam Carlisle. In mancher Hinsicht könntest du Recht haben. Er schläft nicht mit seinen weiblichen Klienten, genauso wenig wie ich." Er streifte ihren Mund leicht mit seinem.

„Es freut mich, das zu hören", murmelte Maggie unsicher.

„Ich glaube, ich werde ernsthaft darüber nachdenken, ihm eine ständige Gefährtin zu geben." Als Josh Maggie umarmte, knisterte die Papiertüte aus der Apotheke unter ihnen.

„Warte mal, Josh. Wir werden das zerquetschen, was du da drin hast." Maggie griff nach der Tüte und wollte sie auf den Boden stellen, aber sie rutschte ihr aus der Hand.

„Ich mache das schon." Josh beugte sich schnell vor, um den Inhalt der Tüte aufzuheben, aber nicht schnell genug.

Maggie hatte die farbige Schachtel schon gesehen. „Josh! Du hast diese Dinger doch nicht wirklich in der Apotheke von Peregrine Point gekauft? Wie konntest du das tun?"

„Es war leicht. Ich habe mein Portemonnaie geöffnet und Kleingeld rausgeholt. Gleich darauf hat die ganze Schachtel mir gehört." Er schob sie wieder in die Tüte und warf sie auf den Rücksitz „Was ist so schlimm daran? Wir schlafen doch miteinander, oder etwa nicht?"

„Wir haben es einmal getan, Josh."

„Und?"

„Und jetzt wird ganz Peregrine Point das wissen", sagte sie.

„Wie oft muss ich dir noch erklären, dass dies eine Kleinstadt ist? Wie konntest du mir das antun?"

„Ich dachte, unsere Tarngeschichte würde dadurch glaubhafter werden", meinte Josh mit unschuldigem Augenaufschlag.

„Tarngeschichte." Maggie wurde fuchsteufelswild. Sie griff mit beiden Händen nach Joshs Hals.

Er hielt ihre Handgelenke fest und schmunzelte. „Maggie, Maggie, ganz ruhig. Ich habe dich nur aufgezogen."

„Es ist mein Ruf, mit dem du da spielst. Damit macht man keine Witze", fauchte sie.

„Liebling, in einem Tag oder zwei wird jeder gehört haben, dass wir verlobt sind, und damit ist dann der Klatsch vorbei."

„Aber wir sind nicht verlobt, nicht wirklich." Sie ballte die Hände zu Fäusten. „Verdammt, das wird alles so kompliziert."

„Maggie, würdest du bitte aufhören, dir Sorgen zu machen? Ich kümmere mich schon darum."

„Oh, sicher. Ich habe eine Neuigkeit für dich, Josh. Den Plan, für eine Weile vorzugeben, wir wären verlobt, und dann zu verschwinden, wird nicht funktionieren." Maggie holte ein Taschentuch hervor und putzte sich die Nase. Sie schwor sich, dass sie nicht weinen würde.

Ohne ein Wort zu sagen, zog Josh sie an seine Brust. Jetzt begann sie doch zu weinen.

„Es ist so peinlich." Maggie schniefte und wischte sich die Augen an Joshs Hemd ab. „Ich weiß nicht, warum ich mich so benehme. Vermutlich hatte ich in letzter Zeit zu viel Stress."

„Wahrscheinlich." Josh hielt sie weiter fest. Es schien ihm nichts auszumachen, dass sein Hemd ganz nass wurde. „Maggie, es braucht keine falsche Verlobung zu sein."

„Was?" Seine Wärme tat ihr gut.

„Wir könnten eine richtige daraus machen."

Sie rührte sich einen Moment lang nicht, dann hob sie langsam den Kopf und starrte Josh an. „Eine richtige?"

Er lächelte leicht und nahm ihr Kinn in die Hand. Sein Daumen glitt über ihre Unterlippe. „Warum nicht? Es scheint mir, dass viel dafür spricht. Wir fühlen uns zueinander hingezogen. Warum versuchen wir es nicht? Ich denke, es könnte funktionieren."

Sie zog sich von ihm zurück. „Meine Güte, du spielst schon wieder den Helden, was?"

Er schnitt eine Grimasse. „Was zur Hölle meinst du damit?"

„Du tust es wirklich. Du spielst den Helden. Du bietest mir an, aus dieser Verlobung eine echte zu machen, weil du allmählich begreifst, wie sehr mir die falsche zu schaffen macht. Aber das lasse ich nicht zu."

„Nein?"

Maggie richtete sich ganz gerade auf und schnallte sich wieder an. „Bestimmt nicht. Ich habe meinen Stolz." Sie wischte sich noch einmal über die Augen und steckte dann das zerknautschte Taschentuch weg.

„So nötig habe ich es nicht, gerettet zu werden. Ich bin kein schwaches, unschuldiges, hilfloses Opfer, sondern kann auf mich selbst aufpassen."

Josh lehnte sich zurück und musterte sie mit halb geschlossenen Augen. „Glaubst du, ich würde mich tatsächlich verpflichten, zu heiraten, nur um den Helden zu spielen? Denk noch mal darüber nach, Maggie." Seine Stimme klang ganz kalt, und er wirkte ausgesprochen gefährlich.

Maggie erschauderte. „Warum hast du dann vorgeschlagen, dass unsere Verlobung mehr sein könnte als eine Tarnung?"

„Das habe ich dir doch erklärt. Ich denke, eine Ehe zwischen uns könnte funktionieren. Zur Hölle, es wird Zeit, dass ich zur Ruhe komme. Und du bist fast dreißig und hast bisher auch noch niemanden gefunden, der dich im Sturm erobert und dir einen Ring an den Finger gesteckt hat."

„Ich habe einige Möglichkeiten", erwiderte sie scharf. „Da ist zum Beispiel Clay."

„Komm schon, Maggie. Das meinst du nicht ernst. Du hast

bereits angefangen, dich mit O'Connor zu langweilen, als ich aufgetaucht bin."

„Woher willst du das wissen?" fragte sie wütend.

„Es war ziemlich offensichtlich, als du von dieser Verabredung mit ihm zurückgekommen bist. Du warst mir dankbar, dass ich ihn verscheucht habe."

„Das habe ich nie gesagt."

„Das war auch nicht nötig. Ich habe es so erkannt."

„Wirklich? Dann verrate ich dir mal eine Tatsache. Wenn ich mich irgendwann entschließe, mich richtig zu verloben, dann wird das geschehen, weil ich verliebt bin und weil der dazugehörige Mann mich liebt. Ich werde es bestimmt nicht tun, weil die Beziehung zufällig eine gute Tarnung abgibt, und auch nicht, weil der Mann ein überentwickeltes Verantwortungsbewusstsein hat oder weil er denkt, er sollte zur Ruhe kommen, und nichts Besseres finden kann. Hörst du das?"

„Ich höre es." Josh klopfte mit einem Finger auf das Lenkrad.

Es wurde ganz still im Wagen. Der Regen hatte inzwischen die Küste erreicht und trommelte aufs Autodach. Maggie wurde immer nervöser. Sie wünschte sich, sie hätte nicht so gefühlvoll reagiert. Warum konnte sie nicht einfach die Romantik, die Leidenschaft und das Abenteuer genießen, die sie so unerwartet gefunden hatte? Wenn nur die letzte Nacht nicht so eine riesige Bedeutung für sie gehabt hätte. Sie wünschte sich eine Menge Dinge, aber vor allem, dass sie sich nie in Josh Norton verliebt hätte.

„Also", begann Josh, nachdem er anscheinend mehrere Minuten lang nachgedacht hatte. „Glaubst du, du könntest dich eines Tages in mich verlieben?"

Maggie überlegte. Es gab zwei mögliche Reaktionen auf diese Frage: Sie könnte entweder schreien und schluchzen über die Ungerechtigkeit des Schicksals, das ihr einen so begriffsstutzigen Mann beschert hatte, oder sie konnte sich zusammenreißen und auf eine reife, weltgewandte Art antworten. Mit großer Willensanstrengung entschied sie sich für die zweite Möglichkeit.

„Wer weiß? Im Moment habe ich so viele Dinge im Kopf, dass ich noch keine Zeit hatte, darüber nachzudenken." Sie brachte ein zuckersüßes Lächeln zu Stande und sah auf ihre Uhr. „Meinst du nicht, wir sollten uns auf den Weg machen? Es ist schon ziemlich spät."

Josh betrachtete sie noch eine Weile schweigend, dann ließ er mit einer unnötig heftigen Handbewegung den Motor wieder an.

Sehr viel später an diesem Abend saß Josh allein in seinem Zimmer und dachte über die Fälle nach, die er dem Eindringling stellen wollte. Was er vorhatte, war einfach, wie meistens bei solchen Dingen. Falls sein Verdacht richtig war, hatte er es nicht mit einem kriminellen Genie zu tun. Es bestand kein Grund für besonderen Aufwand. Aber die Sache musste schnell zu Ende geführt werden, bevor jemand ernsthaft zu Schaden kam. Josh beschloss, seinen Plan am nächsten Tag auszuführen.

Nach dieser Entscheidung hatte er den Rest des Abends nichts mehr zu tun. Maggie war schon ins Bett gegangen, und offenbar hatte sie nicht die Absicht, ein zweites Mal in sein Zimmer geschlichen zu kommen. Andererseits war Josh nicht danach zu Mute, an seinem Buch zu arbeiten, und es würde nach der Unterhaltung mit Maggie heute Nachmittag auch nicht gerade leicht werden, einzuschlafen.

Er ging zum Fenster und sah aufs Meer hinaus. Warum kämpfte Maggie bloß gegen ihre Gefühle für ihn an? Letzte Nacht war er sich so sicher gewesen. Sie hatte sich ihm uneingeschränkt hingegeben. Eine Frau wie Maggie konnte solche Leidenschaft nicht vortäuschen, und sie hatte zuviel Selbstachtung, um sich auf eine kurze Affäre einzulassen.

Aber als er unter den wachsamen Augen des Colonels der Verlobung zugestimmt hatte, war Maggie wütend geworden. Josh hatte sich damit herausreden müssen, dass die Verlobung als Tarnung nützlich wäre. Doch dieser Schachzug hatte Maggie nur noch mehr verärgert.

Josh konnte sie einfach nicht verstehen. Falls er die Anzeichen richtig deutete, war sie bis über beide Ohren in ihn verliebt, und sie war eine Frau, die an feste Bindungen glaubte. Also warum regte sie die Vorstellung so sehr auf, mit ihm verlobt zu sein? Und warum hatte sie vorhin im Auto so kühl auf seine Frage reagiert, ob sie sich in ihn verlieben könne?

Josh trat ruhelos vom Fenster weg. Vielleicht hatte McCray Recht, und er, Josh, verstand wirklich nichts von Frauen. Es fehlte ihm der Sinn für Romantik.

Er schob diesen deprimierenden Gedanken weg und entschied, stattdessen etwas Praktisches zu tun. Obwohl er schon alle Türen und Fenster überprüft hatte, konnte eine zweite Runde nicht schaden.

Er verließ leise sein Zimmer und ging die Treppe hinunter. Sein Knöchel schmerzte jetzt kaum noch beim Gehen, und seine Rippen protestierten nur, wenn er sich im Bett herumrollte. Es war eine Erleichterung, sich wieder fast normal zu fühlen.

Josh ging durch alle Räume im Erdgeschoß und stieg dann in den Keller hinunter. Als er sich dort so lange wie möglich aufgehalten hatte, kehrte er in den ersten Stock zurück. Vor Maggies Tür blieb er stehen. Er konnte sich einfach nicht davon abhalten, den Türknauf zu drehen. Zu seiner Überraschung war nicht abgeschlossen.

„Maggie? Hab keine Angst. Ich bin es."

Sie setzte sich im Bett auf. „Ich habe gehört, wie du rumgelaufen bist. Hast du die Schlösser überprüft?"

„Ja." Er machte die Tür hinter sich zu und sah zu Maggie hinüber. „Unten ist alles in Ordnung."

„Gut."

„Maggie?"

„Ja?"

Er überlegte, wie er das Thema ihrer Beziehung anschneiden sollte, aber ihm fehlten die Worte.

Trotz seiner Sprachlosigkeit konnte er sich dennoch nicht dazu entschließen, Maggies Zimmer gleich wieder zu verlassen. Er überlegte und suchte nach einem anderen Vorwand, um doch noch eine Weile bleiben zu können.

Maggie sah so einladend aus, wie sie da im Bett saß mit offenem Haar. Es kam gerade genug Mondlicht zum Fenster herein, dass Josh sie sehen konnte. Der Anblick erfüllte ihn mit Begierde. Er wollte Maggie so sehr, dass es weh tat.

„Ich, äh, habe Pläne gemacht für die Falle, die ich aufstellen will.“ Er fing an, im Zimmer herumzulaufen, und betrachtete alle möglichen Dinge, berührte die Parfumflasche auf dem Frisiertisch und einige Bücher. Zweifellos Kriminalromane, dachte er. Im Dunkeln konnte er die Titel nicht erkennen. Vielleicht würde sein eigenes Buch auch eines Tages in Maggies Regal stehen. Was sie bisher davon gelesen hatte, hatte ihr gefallen. Es war für ihn eine große Erleichterung gewesen, das zu hören.

„Erzähl mir von deinen Plänen“, bat Maggie ihn. „Wie genau soll die Falle aussehen, die du stellen willst?“

Er trat an ihr Bett und sah auf sie hinunter. „Ich werde deine Hilfe brauchen.“

„Was soll ich tun?“

„Ich will, dass es so aussieht, als hätten wir beide für ein paar Tage die Stadt verlassen. Die Leute sollen denken, wir wären zusammen nach Seattle oder Portland gefahren, egal wohin. Es ist nur wichtig, dass alle glauben, wir wären nicht hier.“

„Ich verstehe.“ Sie klang nachdenklich und abwesend. „Das ist es wohl, woran du gedacht hast, als du sagtest, die falsche Verlobung wäre eine gute Tarnung.“

„Lass uns nicht über die Verlobung reden. Wirst du mir helfen, so zu tun, als wären wir für ein paar Tage verreist?“

„In Ordnung. Das kann ich ebenso gut machen. Mein Ruf ist sowieso zerstört. Was spielt es schon für eine Rolle, wenn ganz Peregrine Point denkt, ich würde ein heißes Wochenende verbringen? Das könnte sogar gut für mein Image sein. Und was geschieht, nachdem wir zu einem Urlaub voller Leidenschaft aufgebrochen sind?“

„Ich komme hierher zurück und halte Wache."

„Wirklich? Wie in einem Kriminalroman?" Jetzt klang Maggie echt interessiert.

„Eine richtige Wache", bestätigte Josh amüsiert.

„Du denkst, der Eindringling wird zuschlagen, während wir nicht da sind?"

„Ich halte das für sehr gut möglich. Der Kerl ist meiner Meinung nach verzweifelt und frustriert. Wenn wir ihn ein bisschen ermutigen, wird er etwas unternehmen."

„Das ist aufregend. Ich helfe dir, aber nur unter einer Bedingung."

„Und die wäre?"

„Dass ich mit dir zusammen Wache halten darf."

Josh schüttelte den Kopf. „Das macht nicht gerade Spaß, Maggie. Tatsächlich ist es unglaublich langweilig. Und außerdem werde ich es vom Auto aus tun. Es gibt gewisse, äh, körperliche Bedürfnisse, um die man sich von Zeit zu Zeit kümmern muss. Für einen Mann ist das leichter, wenn du verstehst, was ich meine."

„Unsinn. Ich bin als Kind immer zum Camping gefahren. Wenn ich muss, kann ich in die Büsche gehen."

Josh suchte nach einem stärkeren Argument. „Ich hoffe, dass ich den Kerl fangen werde, Maggie. Zumindest will ich nahe genug an ihn heran, um ihn erkennen zu können. Dabei könnte es rau zugehen."

„Dann wirst du einen Partner brauchen, der dir den Rücken deckt", erklärte Maggie. „Du kannst es mir nicht ausreden, Josh. Ich bin die Auftraggeberin, erinnerst du dich? Ich gebe hier die Anweisungen. Wenn du Wache halten willst, bestehe ich darauf, dabei zu sein."

Er betrachtete sie mit zusammengekniffenen Augen. „Du versprichst, dass du meinen Befehlen gehorchen wirst?"

„Ich verspreche es", antwortete sie eifrig.

„Ich meine es ernst, Maggie. Wenn du mitkommst, wirst du

genau das tun, was ich dir sage, und keine Risiken eingehen. Verstanden?"

„Sicher."

Er fluchte leise. „In Ordnung, du kannst mitmachen."

„Oh, Josh." Maggie sprang aus dem Bett und umarmte ihn stürmisch. „Danke, danke, danke. Ich kann dir gar nicht sagen, wie viel mir das bedeutet. Eine richtige Observation."

Als Josh ihre Brüste an seinem Körper spürte, wurde er von wilder Begierde erfasst. Er erholte sich schnell von seiner ersten Überraschung und wollte Maggie an sich ziehen.

Aber sie war schon wieder weg. „Du solltest besser schlafen, Josh. Es klingt so, als würden wir morgen die ganze Nacht auf sein. Wir brauchen beide Ruhe. Ich sehe dich dann beim Frühstück."

Sie hatte Recht, aber das gefiel ihm gar nicht. „Ja, sicher." Es kostete ihn erstaunlich viel Willenskraft, Maggies Zimmer zu verlassen.

Es ist besser so, dachte er, als er sein eigenes Zimmer betrat. Zumindest war Maggie wieder aufgeschlossen und freundlich. Wenn er vorsichtig war, konnte er den Boden zurückerobern, den er mit der falschen Verlobung heute früh verloren hatte.

Dann fiel ihm etwas ein, das ihn zum Lächeln brachte. Gewöhnlich war es äußerst langweilig, Wache zu halten. Aber ein Mann und eine Frau, die stundenlang zusammen auf dem Vordersitz eines Autos saßen, mussten sich mit irgend etwas die Zeit vertreiben.

Plötzlich wurde er viel fröhlicher, sogar optimistisch. Er zog sich aus, ging ins Bett und schlief sofort ein.

10. KAPITEL

Josh wartete am nächsten Morgen um fünf Uhr in der Nähe von Clarissas Zimmertür. Er räusperte sich laut, als der Colonel im Bademantel herauskam, und sah auf die Uhr. „Ganz pünktlich."

Der Colonel sah erschreckt auf. Dann verzog er das Gesicht. „Was zum Teufel glauben Sie, was Sie tun, junger Mann?"

„Ich hatte das Bedürfnis, unter vier Augen mit Ihnen zu reden", erklärte Josh. „Und ich dachte, dies wäre die beste Zeit dafür. Außerdem hatte ich nach dem Trick von euch dreien gestern früh das Gefühl, etwas ausgleichende Gerechtigkeit wäre angebracht."

„Trick?"

„Das Timing war zu perfekt, als dass es reiner Zufall sein konnte. Sie kamen alle zur gleichen Zeit aus Ihren Zimmern. Es war eine Falle, das können Sie ruhig zugeben. Heute früh habe ich nun beschlossen, selbst eine aufzustellen."

Der Colonel seufzte. „Clarissa und ich waren immer so diskret. Wie haben Sie es herausgefunden?"

„Ich bin Frühaufsteher und habe ein wirklich gutes Gehör." Josh grinste. „He, ich weiß genau, wie Sie sich fühlen. Kommen Sie mit nach unten. Ich habe schon Kaffee gekocht und werde uns ein paar Eier braten. Ich selbst habe ja ungestört geschlafen, aber ich wette, Sie haben ganz schön Appetit bekommen."

„Keinen Respekt vor älteren Leuten, das ist es, was mit Ihrer Generation nicht stimmt. Wenn Sie unter mir gedient hätten, dann hätte ich Ihnen welchen beigebracht." Der Colonel folgte Josh die Treppe hinunter. „Sie werden dies doch Maggie gegenüber nicht erwähnen, oder?"

„Warum? Haben Sie Angst, sie könnte von Ihnen verlangen, Konsequenzen zu ziehen?" fragte Josh trocken.

Der Colonel besaß so viel Anstand, rot zu werden. „Ich schätze, ich habe Sie gestern ganz schön in die Ecke gedrängt."

„Allerdings. Und es war eine lausige Zeit dafür. Wegen Ihres kleinen Überraschungsangriffs hätte ich fast den Krieg verloren."

„Was meinen Sie damit?"

„Dadurch, dass Sie den strengen Familienvater gespielt haben, ist Maggie widerspenstig geworden. In den letzten vierundzwanzig Stunden hat sie sich am laufenden Band Gründe ausgedacht, warum sie mich nicht heiraten kann. Sie wären erstaunt, wie kreativ sie ist."

„Sie kann Sie nicht heiraten?" Der Colonel sah Josh böse an. „Warum denn nicht? Hören Sie, Sie haben doch nicht etwa irgendwo schon eine Frau und ein halbes Dutzend Kinder, oder? Falls das so ist, kann ich Ihnen versichern, dass Sie Schwierigkeiten mit mir bekommen werden."

„Ich habe weder eine Frau noch Kinder." In der Küche duftete es nach frischem Kaffee. Josh goss zwei Tassen voll. „Aber Sie haben die Dinge gestern früh übereilt. Maggie ist jetzt nervös. Ich habe eine Menge damit zu tun, den Schaden wieder gutzumachen, den Sie angerichtet haben."

„Unsinn!" Der Colonel setzte sich mit seiner Tasse an den Tisch. „Maggie wird schon zur Vernunft kommen. Passen Sie nur auf, dass Sie sich anständig verhalten."

„Meine Absichten sind ehrlich", erklärte Josh. Er trank seinen Kaffee und beobachtete dabei den Colonel. „Das waren sie von Anfang an. Von Ihren kann man das nicht behaupten, oder?"

Der Colonel hob stolz den Kopf. „Was zum Teufel soll das heißen? Falls Sie damit meine Absichten in Bezug auf Clarissa meinen, können Sie sich sofort für Ihre Bemerkung entschuldigen. Mir ist es ganz und gar ernst mit ihr, und so war es immer."

„Warum haben Sie sie dann nicht geheiratet?" fragte Josh ruhig.

Der Colonel seufzte. „Es sind diese verdammten Goldminenaktien, die sie besitzt. Ich habe Angst, sie könnte denken, ich wollte sie deswegen heiraten."

„Haben Sie daran gedacht, zu einem Anwalt zu gehen und

eine voreheliche Vereinbarung aufsetzen zu lassen, die Clarissas Besitz schützen würde?"

„Ich habe das Thema einmal angeschnitten, sehr behutsam, verstehen Sie? Aber meine Clarissa ist eine Romantikerin. Sie hält nichts von solchen Vereinbarungen."

Josh beschloss, es zu riskieren. „Und wenn ich Ihnen nun erklären würde, dass Clarissas Aktien nicht mal das Papier wert sind, auf dem sie gedruckt sind?"

Der Colonel war schockiert. „Sind Sie da sicher?"

„Ich habe es von meinem Büro überprüfen lassen wegen Clarissas Theorie, dass ihre Neffen hinter den Vorfällen hier stecken könnten. Die Firma ist seit neunzehn Jahren bankrott. Die Mine war niemals etwas wert."

„Ich habe mir immer Gedanken wegen dieser Aktien gemacht. Clarissa schien kein Einkommen daraus zu beziehen, soweit ich das beurteilen konnte, aber ein Mann zögert schließlich, sich nach den finanziellen Verhältnissen einer Frau zu erkundigen. Das ist äußerst schlechtes Benehmen, wissen Sie?"

„Privatdetektive tun das dauernd", meinte Josh müde. „Bei vielen Ermittlungen geht es letzten Endes um Geld."

„Ein interessanter Gedanke. Wollen Sie damit sagen, dass das in unserem Fall auch so sein könnte?"

„Das vermute ich. Entweder geht es um Geld, oder ein Verrückter steckt dahinter, alle anderen Möglichkeiten habe ich bereits ausgeschlossen. Ehrlich gesagt, würde ich Geld vorziehen. Ich mag nette, saubere Motive. Fälle von Geisteskrankheit machen mich nervös."

„Ja, das kann ich verstehen."

Der Colonel lehnte sich zurück. „Also, was haben Sie für einen Plan? Ich nehme an, deswegen haben Sie heute vor Clarissas Tür auf mich gewartet."

„Ja, Sir. Ich könnte Rückendeckung hier im Haus gebrauchen. Jemand muss sich um Clarissa und Shirley kümmern, falls etwas schief geht. Das würde bedeuten, den größten Teil der Nacht aufzubleiben. Ich weiß daher nicht, ob ich sie bitten kann, mir zu helfen."

Der Colonel schien sich zu freuen. „Es wäre mir eine Ehre, Sie zu unterstützen. Ich bin immer noch in der Lage, Wache zu halten, und ich habe auch noch meinen alten Dienstrevolver oben, wissen Sie? Es ist natürlich eine Weile her, seit ich ihn benutzt habe, aber manche Dinge verlernt man nie."

„Falls alles wie geplant verläuft, brauchen Sie ihn nicht. Aber ich würde mich besser fühlen, wenn ich wüsste, dass Sie wach und bewaffnet sind."

„Sicher."

Josh verschränkte die Arme. „Wir haben es so geplant: Maggie und ich verlassen die Stadt. Sobald wir aus dem Haus sind, möchte ich, dass Sie Dwight Wilcox anrufen und ihm sagen, Sie würden sich Sorgen wegen der Heizung machen. Er soll sie überprüfen. Erzählen Sie nebenbei, dass Maggie und ich über Nacht fort sind."

Der Colonel kniff die Augen zusammen. „Sie glauben wirklich, Dwight Wilcox ist der Schuldige?"

„Ich denke, er ist derjenige, der die Schäden angerichtet hat, ja."

„Meinen Sie nicht, die Ölgesellschaften bezahlen ihn dafür?"

„Ah, nein. Nein, ehrlich gesagt, ich glaube nicht, dass jemand hinter Ihren Forschungsergebnissen her ist."

Der Colonel nickte. „Nun, das war natürlich nur eine Theorie. Aber Dwight Wilcox scheint nicht schlau genug zu sein, um so eine Sache zu planen, ohne erwischt zu werden."

Josh lächelte grimmig. „Darum geht es ja, Colonel. Er wird erwischt werden. Heute Nacht."

Um fünf Minuten vor elf an diesem Abend kniete sich Maggie auf den Vordersitz des Mietwagens, den Josh für die Wache besorgt hatte. Sein eigener schwarzer Wagen war in der Gegend schon zu bekannt, hatte er ihr erklärt. Sie holte noch eine Tüte Kartoffelchips vom Rücksitz. „Es ist nur noch eine große übrig", berichtete sie.

Josh betrachtete wehmütig Maggies hübschen runden Po in den engen Jeans. „Das ist okay. Wir haben immer noch die Käsekräcker und Schokoladenriegel."

„Isst du immer so viel, wenn du Wache hältst? Ich habe noch nie so eine Sammlung von ungesundem Zeug gesehen." Maggie drehte sich um und setzte sich wieder hin.

„Ich habe dir ja gesagt, dass so was langweilig ist. Deshalb lenke ich mich ab." Josh trank einen Schluck aus seiner Coladose und sah zum Haus hinüber. Es sah im Mondlicht und durch die Bäume hindurch wie eine Burg aus und erinnerte Josh an Zeichnungen in alten Kinderbüchern.

Er hatte von seinem Standort aus die Küchentür und die Kellerfenster im Blickfeld. Außerdem konnte er auch die einzige Zufahrt von der Hauptstraße aus beobachten.

„Du meinst, er wird einfach mit dem Auto vorfahren, aussteigen und seine schmutzige Arbeit tun?" Maggie steckte sich einen Kartoffelchip in den Mund.

„Nun, von der anderen Seite wird er bestimmt nicht kommen. Der Strand ist heute Abend zu gefährlich, weil Flut ist und ein Sturm sich nähert. Außerdem müsste er dann im Dunkeln das Kliff hochklettern. Das ist zu schwierig. Ich habe so eine Ahnung, dass Wilcox den einfachen Weg wählen wird."

Maggie warf ihm einen Blick von der Seite zu. „Du verlässt dich oft auf Ahnungen, was?"

„Hmm." Josh griff in die Tüte auf Maggies Schoß.

„Josh?"

„Ja?" Er knabberte an seinem Chip.

„Hast du vor, den Rest deines Lebens in diesem Geschäft zu bleiben?"

Die Frage verblüffte ihn. Er drehte sich zu Maggie um. „Was?"

„Wirst du weiter deine Firma leiten, wenn du dein Buch verkauft hast?"

„Das mit dem Buch ist keine sichere Sache, Maggie."

„Ich denke, du wirst damit Erfolg haben."

Ihr Vertrauen gefiel ihm. Er streckte sich, lehnte sich wieder auf seinem Sitz zurück und beobachtete das Haus. „Ich weiß nicht, was ich tun werde, falls ich das Buch verkaufe."

„Magst du deine Arbeit immer noch?"

„Was hat das damit zu tun? Es ist ein Job. Ich bin gut darin. Auf diese Weise verdiene ich mein Geld, und zwar ziemlich viel, um ehrlich zu sein."

„Ja, aber befriedigt dich deine Arbeit wirklich?" beharrte sie.

Josh warf ihr einen neugierigen Blick zu. „Was versuchst du damit anzudeuten?"

Sie aß noch einen Chip. „Nichts."

„Maggie, rede mir nichts ein. Du willst auf etwas hinaus. Auf was?"

Sie rutschte unbehaglich hin und her. „Es ist nur, dass ich seit einigen Tagen das Gefühl habe, dass du irgendwie ausgebrannt bist. Ich habe mich gefragt, ob das nicht der wirkliche Grund war, warum du für einen Monat hierher gekommen bist."

Josh stöhnte. „Du und McCray seid beide Amateurpsychologen."

„Es ist wahr, nicht? Du bist hier, weil du von deinem Leben in Seattle genug hast."

„Ja, das ist wahr."

„Was ist tatsächlich passiert bei diesem so genannten Unfall, den du hattest?" fragte sie sanft.

„Es war ein Kidnappingfall. Die Sache wurde etwas rau, als ich dem Kerl folgte, der sich das Mädchen geschnappt hatte. Er versuchte, sie als Schutzschild zu benutzen."

Maggie war entsetzt. „Was ist geschehen?"

„Das Mädchen ist in Sicherheit. Der Kerl ist wieder im Gefängnis."

„Meine Güte, Josh, du hättest umgebracht werden können!" Maggie bekam eine Gänsehaut. „Du hast wieder den Helden gespielt, was?"

„Wie ich dir schon gesagt habe, zahlt sich das nie aus. Das

Mädchen, das ich gerettet habe, ist erst siebzehn. Sie hat mir nicht mal gedankt, sondern hasst mich sogar wegen dieser Sache. Der Kerl war ihr Freund, musst du wissen. Sie dachte, sie würden zusammen weglaufen und bis an ihr Lebensende glücklich sein. Dass sie sich in einen schäbigen Gauner verliebt hat, der bloß das Lösegeld wollte, hat sie weder mir noch ihrem Vater geglaubt. Stattdessen beschuldigt sie mich, ihr Leben ruiniert zu haben."

„So ein Dummkopf. Ich nehme an, es ist kein Trost für dich, dass sie dir in ein paar Jahren danken wird."

„Ich brauche ihren Dank nicht. Es war gut fürs Geschäft, dass ich ihrem Vater einen Gefallen getan habe. Er leitet eine große Firma, für deren Sicherheit wir sorgen. Solche Jobs sind immer schmutzig."

„Was wird geschehen, wenn du nach Seattle zurückkehrst?"

„Was glaubst du denn? Ich werde wieder arbeiten."

„Und dein Buch?"

„Daran arbeite ich, wenn ich Zeit habe."

„Josh, vielleicht brauchst du mehr als einen Monat Urlaub." Maggie zögerte. „Weißt du, wenn man mal richtig darüber nachdenkt, hast du nicht mal den einen Monat gehabt wie geplant, oder? Dies ist auch nur wieder ein alltäglicher Job."

„Glaub mir", erwiderte Josh. „Dieser Job ist überhaupt nicht mit meinen sonstigen zu vergleichen."

„Nun, man kann das jedenfalls nicht Urlaub nennen."

Er dachte darüber nach. Die Arbeit an seinem Buch lief gut, er hatte die Frau gefunden, mit der er den Rest seines Lebens verbringen wollte, und im Moment wartete er darauf, dass Dwight Wilcox ins Haus einbrechen würde. „Du hast Recht. Es war wirklich nicht direkt ein Urlaub. Aber es war interessant."

Maggie räusperte sich verlegen und steckte sich noch einen Kartoffelchip in den Mund. „Vielleicht solltest du nach Abschluss des Falles noch einen Monat oder so hier an der Küste bleiben."

Josh begriff nur langsam, dass Maggie ihm etwas Wichtiges zu sagen versuchte. „Hier? Du meinst, in Peregrine Point?"

„Du hast selbst gesagt, es wäre ein guter Platz, um dein Buch zu schreiben, und du passt in unseren Haushalt. Tatsächlich hast du uns sehr geholfen. Falls du gleich Dwight Wilcox dabei erwischst, wie er etwas anstellt, brauche ich ab morgen einen neuen Handwerker."

Josh erstickte fast an seiner Cola. Endlich brachte er es fertig, sowohl die Limonade als auch sein Lachen runterzuschlucken. „Maggie, bietest du mir etwa einen Job als Handwerker an?"

„Es wäre kein besonderer Job, weil ich es mir nicht leisten kann, dir viel zu zahlen. Ich fürchte, es wäre überhaupt nur Unterkunft und Verpflegung, wenigstens bis der Gasthof wieder geöffnet wird."

„Ich verstehe."

„Sieh es als Veränderung deiner Lebensumstände", fuhr sie eifrig fort. „Es könnte in deinem ausgebrannten Zustand Wunder wirken, wenn du mal ein paar Monate lang etwas ganz anderes tust. Und du hast hier reichlich Gelegenheit, an deinem Buch zu arbeiten. Wer weiß? Vielleicht gefällt es dir sogar. Sieh mich an. Ich liebe diesen Ort."

Josh trank seine Cola aus und stellte die Dose auf den Boden. „Ich auch", antwortete er dann leise.

Maggie riss die Augen weit auf. „Wirklich?"

„Dein Angebot ist verlockend."

„Ja?" Sie beobachtete ihn gespannt.

„Ja, aber es gibt nur einen Weg, wie ich es annehmen kann."

„Welchen?" wollte sie sofort wissen.

Jetzt drehte er sich zu ihr um. Er hatte Angst, dass er die Dinge wieder übereilte, aber es war Maggie, die mit dieser verrückten Unterhaltung angefangen hatte, und solche Gelegenheiten bekam man meist nur einmal. All seine Instinkte drängten ihn dazu, es zu wagen, und er hörte in der Regel auf seine inneren Eingebungen. „Ich kann nur hier bleiben, wenn du damit einverstanden bist, unsere Verlobung aufrechtzuerhalten, solange ich da bin."

Maggie sah ihn verblüfft an. „Aber, Josh."

„Ich meine es ernst. Für Spiele bin ich zu alt. Wenn ich bleibe, werde ich die Nächte in deinem Bett verbringen, und ich lasse nicht zu, dass der Colonel, Clarissa, Shirley und alle anderen in Peregrine Point glauben, wir hätten nur eine Affäre. Ich habe meinen Stolz und du auch. Dies ist eine Kleinstadt. Die Leute werden reden."

„Oh, Josh, das verstehe ich." Sie warf sich ihm in die Arme. „Du willst mich vor dem Klatsch schützen. Das ist richtig lieb von dir."

Josh grinste. „Maggie, ich bin nicht lieb. Mir geht es darum, dieser Verlobung eine Chance zu geben. Das ist mein Preis dafür, dass ich als Handwerker hier bleibe."

Maggie schwieg eine Weile. Josh merkte, dass sie zwischen Zweifel und Begierde hin- und hergerissen war. Sie wollte ihn, hatte aber immer noch Angst, tiefer in diese Beziehung hineinzugeraten, weil sie ihn bisher nicht sehr gut kannte. Sie brauchte Zeit. Das begriff er. Jetzt atmete sie tief ein. „In Ordnung, ich tue es. Wir geben unserer Verlobung eine Chance, solange du da bist."

Josh empfand große Erleichterung. Nun hatte er ein paar Monate Zeit, um Maggie zu bearbeiten. Danach würde sie sich sicherer fühlen, was seine Absichten anging. „Du hast gerade einen neuen Handwerker engagiert." Er beugte den Kopf vor und küsste sie.

Maggie reagierte sofort darauf und das fachte seine Leidenschaft noch mehr an. Er stöhnte und drehte sich so auf seinem Sitz herum, dass er Maggies schlanken, biegsamen Körper zwischen seine Schenkel nehmen konnte. Sie lächelte ihn an und rückte näher. Josh spürte ihre Wärme und erschauerte vor Begierde.

„Maggie." Josh erstarrte, als er draußen eine Bewegung bemerkte.

„Was?"

„Es ist so weit."

„Was ist los?"

„Wilcox ist hier und noch dazu sehr früh. Er muss sich sehr sicher fühlen, weil er denkt, wir wären verreist. Vermutlich nimmt er an, dass der Colonel und die anderen inzwischen im Bett sind."

Maggie setzte sich schnell auf und sah in die Dunkelheit hinaus „Wirklich? Ich kann nichts erkennen."

„Er ist nicht mit dem Auto, sondern zu Fuß gekommen. Wahrscheinlich hat er weiter unten an der Straße geparkt. Ich konnte etwas unter seinem Arm sehen. Ich nehme an, das waren Werkzeuge. Verdammt." Josh löste sich von Maggie und öffnete die Autotür. Die Innenbeleuchtung hatte er vorher ausgeschaltet.

„Josh, sei vorsichtig, bitte!"

„Das werde ich. Du bleibst hier, verstanden?"

„Vielleicht sollte ich dir folgen", schlug sie vor. „In den Kriminalromanen, die ich gelesen habe, ist der Held immer in Schwierigkeiten geraten, wenn er keine Rückendeckung hatte."

„Nein, du wirst mir nicht folgen. Ich will dich nicht in der Nähe des Hauses haben." Er schloss die Tür und ging zwischen den Bäumen hindurch, ohne zurückzublicken. Das hätte Maggie als Aufforderung verstehen können, doch mitzukommen, aber er wollte sie in Sicherheit wissen.

Es war leicht, Wilcox auf den Fersen zu bleiben. Er sah sich nicht ein einziges Mal um, sondern steuerte entschlossen auf sein Ziel zu.

Josh nutzte die Schatten der Bäume als Deckung für den Fall, dass Wilcox im letzten Moment doch noch klüger wurde, aber er ging direkt zur Küchentür. Josh sah zu, wie er seine Sachen abstellte und einen Schlüssel ins Schloss steckte.

Zweifellos hatte er keine Probleme damit gehabt, das Ding zu bekommen. Josh entschied, dass er ein paar neue Sicherheitsmaßnahmen einführen würde, wenn dies alles vorbei war.

Ihm fiel auf, dass er Haus Peregrine bereits als sein Heim betrachtete.

Er wartete bis Wilcox die dunkle Küche betreten hatte, bevor er ihm folgte.

An der Tür blieb er stehen und lauschte. Als er sicher war, dass

Wilcox sich inzwischen in der Halle befand, trat Josh leise in die Küche.

Dann hörte er Wilcox' schwere Stiefel auf der Kellertreppe und ging weiter in die Halle. Das genügte. Wilcox saß in der Falle. Nun brauchte Josh bloß noch die Kellertür von außen abzuschließen und den Sheriff anzurufen. Bis der kam, würde Josh darauf achten, dass Wilcox nicht durch eins der Kellerfenster entwischte.

Gerade als Josh die Kellertür schließen wollte, stieg ihm der unverkennbare Geruch von Kerosin in die Nase. Plötzlich wurde ihm klar, was Wilcox unter dem Arm gehabt hatte: keine Werkzeuge, sondern einen Benzinkanister.

Wilcox war inzwischen wirklich verzweifelt. Er hatte vor, das Haus in Brand zu stecken. Die Tatsache, dass die brennbare Flüssigkeit bereits so stark zu riechen war, bewies, dass Wilcox schon eine Menge davon ausgeschüttet hatte.

Also konnte Josh nicht einfach die Tür schließen und den Sheriff anrufen. In der Zwischenzeit hätte ein einziger Funke gereicht, um ein Feuer zu entfachen, das das ganze Haus vernichtete.

„Stehen bleiben, Sie Bastard!" Josh schaltete das Licht ein und sprang die Kellertreppe hinunter.

Wilcox war gerade dabei, Kerosin auf den Boden zu gießen. Er arbeitete sich langsam bis zu den Aktenschränken des Colonels vor.

Jetzt sah er verblüfft auf. Zumindest nahm Josh an, dass er verblüfft war. Wilcox' Gesichtsausdruck veränderte sich kaum. Er stellte den Kanister ab. „Bleiben Sie weg, Norton. Es ist zu spät." Dann griff er in seine Hosentasche und holte ein Feuerzeug heraus.

Josh fluchte, verschwendete aber keine Zeit mehr mit dem Versuch, diesem Dummkopf seine Absichten auszureden. Stattdessen stürzte er sich auf ihn, gerade als Wilcox die Flamme an das ausgegossene Kerosin hielt.

Josh hatte so viel Schwung, dass er schwer auf Wilcox landete, und sie fielen beide auf den Boden. Aber schon als er noch mit Wilcox kämpfte, stellte Josh erschreckt fest, wie das Feuer aufflammte. Jetzt musste er sich beeilen, um Wilcox und das Feuer in den Griff zu bekommen.

„Josh!" rief Maggie plötzlich von der Kellertür aus.

Er hörte, wie sie die Treppe herunterraste, und wollte sie anschreien, ihr befehlen, aus dieser Feuerfalle zu verschwinden.

Aber er zwang sich, alles zu ignorieren außer seiner augenblicklichen Aufgabe. Gegen das Feuer konnte er nichts unternehmen, solange er Wilcox noch nicht unter Kontrolle hatte.

Und Wilcox hatte mit einem Mal ein Messer in der Hand.

Josh schlug nach ihm und wollte dann aufstehen. Wilcox stieß mit dem Messer vor. Als Josh sich bemühte, aus der Reichweite der Klinge zu kommen, stolperte er und landete viel zu schwer auf seinem schwachen linken Knöchel. Ein stechender Schmerz durchfuhr ihn, und er wurde wütend.

„Sie Schweinehund." Er trat mit dem linken Fuß zu und ignorierte den Schmerz, da er keine andere Wahl hatte. Den rechten Fuß brauchte er, um festen Halt zu haben.

Der heftige Tritt traf Wilcox' Unterarm. Das Messer flog davon, und Wilcox fiel zu Boden. Der Kampfgeist hatte ihn verlassen. Er lag hilflos da.

Einen Moment später verteilte sich Schaum aus einem Feuerlöscher überall im Raum.

Josh schloss die Augen, als das weiße Zeug sein Gesicht und sein Hemd bedeckte. „Richte das Ding auf das Feuer, Maggie!"

„Ich versuche es ja. Es ist schwer."

Josh wischte sich den Schaum ab und öffnete die Augen. Maggie kämpfte mit dem großen, unhandlichen Feuerlöscher, aber sie hatte es geschafft, die Flammen zu ersticken.

Jetzt stellte sie das Gerät weg und sah Josh triumphierend an. „Das war's. Wir haben das Haus gerettet."

Josh warf einen Blick auf den Benzinkanister und fühlte sich krank, als er sich vorstellte, was hätte geschehen können. Er sollte Maggie kräftig schütteln, weil sie so ein Risiko eingegangen war. „Ich habe dir doch gesagt, du sollst im Auto warten. Es hätte eine

Explosion geben können." Er musste all seine Willenskraft aufbringen, um sich zu beherrschen.

„Aber es hat keine gegeben", antwortete Maggie fröhlich. „Ich habe das Feuer rechtzeitig gelöscht, und du hast Wilcox geschnappt. Wir sind ein großartiges Team, findest du nicht? Wie wäre es, wenn du dich von McCray trennen und mich als neue Partnerin nehmen würdest? Peregrine Point hat noch keine Detektivagentur."

Bevor Josh dazu etwas einfiel, ertönte ein Schrei von der Treppe her. Der Colonel kam herunter, und er hatte einen riesigen alten Revolver in der Hand. Clarissa und Shirley waren direkt hinter ihm.

„Sehr gut!" rief der Colonel begeistert. „Sie haben ihn. Ich wusste immer, dass Sie was vom Kampfsport verstehen. Das habe ich schon gesagt, als wir uns zum ersten Mal sahen, erinnern Sie sich, Norton?"

Josh atmete tief ein und drehte sich zu Wilcox um. Es war Zeit für ein paar Antworten. „In Ordnung, Wilcox, wer hat Sie für diesen Job bezahlt?"

Es war ganz still im Keller, als allen klar wurde, was diese Frage bedeutete. Josh wusste, dass er schnell handeln musste, wenn er dieser Sache auf den Grund gehen wollte. Wilcox durfte keine Zeit haben, sich von dem Schock und dem Schmerz zu erholen, die er im Moment empfand, sonst würde er es sich womöglich noch einmal überlegen und nicht reden.

„Er hat mir nichts bezahlt", murmelte Wilcox. „Er hat gedroht, jedem in der Stadt zu erzählen, dass ich vorbestraft bin, falls ich nicht tue, was er will. Ich hätte nie wieder Arbeit bekommen. Verstehen Sie nicht? Ich musste es machen. Er hat mich gezwungen. Es war Erpressung, und er hat sich ständig beschwert, weil nichts funktioniert hat."

„Du lieber Himmel", hauchte Maggie.

Wilcox drehte sich zu ihr um und sah sie vorwurfsvoll an. „Sie hätten eigentlich nach den ersten paar Vorfällen verkaufen sollen, aber Sie waren zu stur. Das war das Problem. Es war nicht meine Schuld. Das habe ich ihm auch immer wieder gesagt."

„Und?" fragte Maggie ruhig. „Was hat er gesagt?"

„Dass ich es mit etwas anderem versuchen sollte." Wilcox hielt sein gebrochenes Handgelenk fest. „Das habe ich dann getan, und sehen Sie, was passiert ist."

„Ja, das Leben ist manchmal hart", meinte Josh. „Aber so wie ich das sehe, besteht kein Anlass für Sie, die Schuld allein auf sich zu nehmen."

Wilcox sah zu ihm hoch. „Sie können ihn nicht kriegen. Er hat seine Spuren verwischt. Der Kerl ist wirklich schlau, nicht so dumm wie ich. Mein Wort wird gegen seins stehen."

„Nein." Josh schüttelte den Kopf. „Ich kann ihn festnageln. Dazu brauche ich bloß ein paar Informationen."

„Das würde mir gefallen." Wilcox schnitt eine Grimasse. „Es wäre toll, wenn Sie ihn schnappen könnten. Er hat mir das Leben zur Hölle gemacht."

„Sagen Sie mir, wer er ist, Dwight", drängte Josh. „Und dann kriege ich ihn."

Wilcox starrte ihn an. „Wirklich?"

„Ja."

„Das würde mir gefallen", wiederholte Dwight. „Ja. So ein Bastard. Er verdient es."

Maggie verzog das Gesicht. „Wer ist es, Dwight?"

„Dieser vornehme Makler. Sie wissen schon, der Kerl mit dem Ring. O'Connor", erklärte Dwight.

11. KAPITEL

Josh stand bewegungslos im dunkelsten Schatten von O'Connors Maklerbüro. Er war schon seit fast drei Stunden hier. Es war fast zwei Uhr morgens. Kein einziges Auto war in der letzten Stunde durch die Hauptstraße von Peregrine Point gekommen.

Das Warten war eins der härtesten Dinge an dieser Art von Arbeit. Josh überlegte, dass er natürlich jetzt nicht mehr viele Nächte so verbringen würde, dass er ja bald den Job wechselte. In Zukunft würde er nachts mit seiner neuen Chefin im Bett liegen.

Er fragte sich, wann er Maggie sagen sollte, dass er vorhatte, für immer in Haus Peregrine zu bleiben, nicht nur für ein paar Monate.

Abwesend massierte er seinen schmerzenden Knöchel. Maggie hatte einen Eisbeutel drauftun wollen, aber Josh hatte ihr erklärt, dass er keine Zeit für Erste Hilfe hatte. Er wusste nicht, wie lange O'Connor auf den Bericht von Dwight Wilcox warten würde, vermutete aber, dass das nicht sehr lange sein würde. Wenn Wilcox nicht auftauchte, würde O'Connor nervös werden und wahrscheinlich alles zerstören wollen, was als Beweis gegen ihn verwendet werden konnte.

Josh hatte bereits die Akten durchgeblättert. Was er brauchte, hatte er in einer kleinen, verschlossenen Schublade gefunden. Er hielt die Papiere jetzt in der Hand.

Dann hörte Josh einen Wagen kommen und er wartete gespannt. O'Connor parkte seinen silbernen Mercedes direkt vor der Tür und stieg aus.

Josh beobachtete, wie er sich schnell umsah und die Schlüssel aus der Tasche seines teuren Trenchcoats holte. Er war so nervös, dass er sie fallen ließ.

Mit hochgestelltem Kragen und eingezogenem Kopf kam er auf die Tür zu und schloss auf. Er machte sich nicht die Mühe, Licht einzuschalten. Josh sah zu, wie er auf die kleine, verschlossene Schublade zulief, und wartete, bis O'Connor hörbar nach Luft schnappte.

„Suchen Sie das hier?" Josh schaltete das Licht ein und schlug lässig mit den Papieren gegen sein Bein.

„Norton." Clay starrte die Akte an. „Was zur Hölle tun Sie hier? Sie sind unbefugt eingedrungen. Ich werde die Polizei rufen."

„Wirklich?" Josh schlenderte zum Schreibtisch hinüber und setzte sich. Er öffnete die Akte und betrachtete die belastenden Unterlagen. „Das ist nicht gerade ein normales Angebot, nicht wahr? Aber Maggie hatte ja auch nie die Absicht zu verkaufen, also haben Sie versucht, sie zu überzeugen."

„Wovon zum Teufel reden Sie?" Clays Gesicht hatte eine hässliche rote Farbe angenommen. „Diese Akte ist Privatbesitz."

„Diese Akte ist Ihre Zusage, Haus Peregrine sehr billig an eine New Yorker Firma zu verkaufen", erklärte Josh kalt.

„An so einem Angebot ist nichts verkehrt. Makler werben dauernd um Kunden. So verdienen wir unseren Lebensunterhalt."

„Ja, nur ist das Haus nicht zu verkaufen, und das wussten Sie." Josh blätterte die Papiere durch. „Eine fantastische Provision hätten Sie bekommen, nicht bloß die üblichen sechs Prozent."

„Das ist eine Prämie dafür, dass ich den Besitz entdeckt habe", wütete O'Connor. „Es ist völlig legal."

„Nur wenn das Haus tatsächlich zu verkaufen wäre. Und nur wenn Sie dem Verkäufer den wahren Wert mitgeteilt hätten, was Sie nicht getan haben, oder?" Josh warf O'Connor einen interessierten Blick zu. „Sie haben niemandem erzählt, was die New Yorker Firma zu zahlen bereit war, oder? Wann haben die Leute zuerst die Fühler ausgestreckt?"

„Sie haben kurz nach Agatha Gladstones Tod Interesse angemeldet", antwortete Clay steif. „Daran ist nichts Ungewöhnliches."

„Außer, dass sie vergessen haben, es Maggie gegenüber zu erwähnen. Stattdessen haben Sie beschlossen, mit den New Yorkern einen Kuhhandel zu machen. Sie würden ihnen das Land ganz billig verschaffen und dafür eine fette Prämie kassieren. Eine hübsche Idee, wenn man so was mag."

Ein nachdenklicher Ausdruck erschien in O'Connors Augen. Josh konnte diesen Blick sogar im schwachen Licht erkennen. Er hatte ihn oft genug bei Leuten gesehen, die gerade erwischt worden waren.

Sie gingen von der Tatsache aus, dass derjenige, der sie gefangen hatte, an einem Handel interessiert sein könnte. Dahinter steckte die Theorie, dass andere genauso wenig Moral hatten wie sie selbst.

„Die Leute wollen ein erstklassiges Kurhotel hier an der Küste bauen", erklärte Clay eifrig. „Große Firmen wie diese müssen im Verborgenen arbeiten, wenn sie Land erwerben wollen. Wenn so etwas bekannt wird, steigen die Preise ganz schnell. Es ist einfach guter Geschäftssinn, den Mund zu halten, das ist alles."

„Nur guter Geschäftssinn." Josh klappte die Akte zu und fragte sich, wie oft er im Laufe der Jahre diese Ausrede gehört hatte. „Aber in diesem Fall gab es gar kein Geschäft, weil Sie Maggie nicht zum Verkauf überreden konnten, und Sie wollten ihr ganz bestimmt nicht sagen, wie viel ihr Besitz tatsächlich wert war. Schließlich mussten Sie ihn billig bekommen, um den Handel mit den New Yorkern machen zu können."

„Das Haus ist wertlos. Alles, was die Leute wollen, ist das Land."

„Sie haben also beschlossen, Maggie zum Verkauf zu treiben, indem Sie es so aussehen ließen, als wäre das Haus dabei, auseinander zu fallen. Sie sollte denken, es wäre zu teuer, es zu halten. Wenn sie kein Geschäft mehr dort machen könnte, würde sie verkaufen. Aber Maggie kann stur sein."

„Verdammt stur. Sie wissen nicht, was ich mit ihr durchgemacht habe. Ich musste sogar so tun, als wäre ich dabei, mich in sie zu verlieben. Wenn nötig, wäre ich bereit gewesen, mit ihr ins Bett zu gehen. Was zum Teufel, es wäre keine große Sache gewesen, wahrscheinlich sogar ganz amüsant. Maggie ist irgendwie niedlich, wenn man den süßen, unschuldigen Typ mag."

Josh sprang blitzartig auf. Den Schmerz in seinem Knöchel bemerkte er kaum, als er um den Schreibtisch herumstürmte.

„Was zum Teufel?" ... O'Connor riss erschreckt die Augen auf.

„Inzwischen waren Sie verzweifelt, was?" Josh stieß O'Connor gegen die Wand und rückte nahe an ihn heran.

„Sie haben sich für eine drastische Methode entschieden. Haben Sie eine Ahnung, was in diesem Staat die Strafe für Brandstiftung ist, O'Connor?"

„Brandstiftung? Ich weiß nicht, wovon Sie reden? Wilcox sollte sich an mechanische Schäden halten."

„Nun, das hat er nicht getan. Anscheinend haben Sie ihn zu sehr gedrängt. Heute Nacht hat er versucht, das Haus in Brand zu stecken."

O'Connor sah ehrlich überrascht aus. Dann schien er sich krank zu fühlen.

„Du meine Güte, was ist passiert?"

„Niemand ist verletzt worden, falls Sie das meinen. Es kommt keine Mordanklage auf Sie zu."

„Mord!" O'Connor begann, in sich zusammenzufallen. Er leckte sich die Lippen. „Sie sagen, allen geht es gut. Niemand wurde verletzt. Also, warum belassen wir es nicht einfach dabei und schließen einen Handel ab? Ich teile die Prämie mit Ihnen, wenn Sie Maggie zum Verkauf überreden."

„Vergessen Sie's", sagte Josh. „O'Connor, Ihr Problem ist, dass ich gelegentlich, wenn ich mich langweile, gern Räuber und Gendarm spiele. Raten Sie mal, wen ich heute Abend zur Strecke bringen werde?"

Kurz vor Morgengrauen betrat Josh sein Zimmer. Im Haus war es still. Alle anderen waren anscheinend schlafen gegangen, während er mit dem Sheriff verhandelt hatte.

Er machte sich nicht die Mühe, Licht einzuschalten. Stattdessen zog er sich im Dunkeln aus, gähnte und griff nach der Bettdecke.

„Hi", begrüßte Maggie ihn schläfrig. „Ich habe mich gefragt, wann du nach Hause kommen würdest. In deinem Geschäft gibt es wohl viel Papierkram, was?"

Josh lächelte. Plötzlich fühlte er sich sehr glücklich und zufrieden. „Ich wäre mit dem Papierkram viel früher fertig geworden, wenn ich gewusst hatte, dass du in meinem Bett auf mich wartest."

„Wo soll ich sonst sein?" Maggie öffnete die Arme und sah Josh liebevoll an. „Willkommen zu Hause, mein Held."

Zu Hause, dachte Josh, als er Maggie an sich zog. Das war es, wo er jetzt war. Zu Hause. Er verlor sich in Maggies Wärme. Nichts anderes hatte sich jemals so gut angefühlt.

„Ich kann es nicht glauben", erklärte Clarissa wohl zum hundertsten Mal an diesem Morgen. „Er schien so ein netter junger Mann zu sein."

„Ich mochte ihn nie", verkündete Shirley.

„Dwight tut mir Leid", meinte Maggie, während sie mit Brötchen und Honig zum Küchentisch kam. „Er ist zu allem erpresst worden. Ich frage mich, wie Clay von seiner Vergangenheit erfahren hat?"

„Wilcox ist einmal etwas rausgerutscht, als er einmal einen Job für O'Connor erledigte." Josh schmierte Honig auf ein Brötchen. „O'Connor hat dann ein bisschen nachgeforscht, als er mit den New Yorkern in Berührung gekommen war. Ihm war klar, dass er jemanden wie Wilcox gebrauchen könnte, um Maggie zum Verkauf zu drängen."

„Jetzt ist alles vorbei", fügte der Colonel voller Genugtuung hinzu. „Wir können den Gasthof zum Neujahr wieder eröffnen, und im Frühjahr müssten wir finanziell ganz gut dastehen. Dank Norton hier haben wir nicht viel Zeit verloren. Sie haben Ihre Arbeit gut gemacht, Norton, sehr gut."

„Danke", erwiderte Josh bescheiden. „Ich leiste gern ehrliche Arbeit für eine angemessene Bezahlung."

Maggie lachte. „Man bekommt das, wofür man bezahlt, das sage ich doch immer."

„Und manchmal ein bisschen mehr, als man erwartet, hmm." Josh biss ein großes Stück von seinem Brötchen ab.

Der Colonel räusperte sich „Da wir schon von unerwarteten Dingen sprechen, möchten Clarissa und ich etwas verkünden. Seit heute Morgen sind wir offiziell verlobt, und wir werden so bald wie möglich heiraten."

Clarissa errötete auf sehr hübsche Weise. „Wir sind so aufgeregt."

Maggie legte ihr Brötchen weg. „Ihr beide heiratet? Aber das ist ja wundervoll. Herzlichen Glückwunsch. Ich freue ich für euch. Warum habt ihr euch denn so plötzlich entschieden?"

„Ja, wieso gerade jetzt, nach all dieser Zeit?" fragte Shirley geradeheraus.

„Ich nehme an, es liegt in der Luft", erwiderte Clarissa strahlend. „Der Colonel hat mich heute Morgen überraschend gefragt, und ich habe zugestimmt, bevor er es sich anders überlegen konnte. Anscheinend hatte er die dumme Idee, ich könnte glauben, er würde mich wegen meiner Aktien heiraten. Aber ich habe ihm erklärt, dass ich ihm vollkommen vertraue. Das habe ich immer getan. Er ist ein perfekter Gentleman." Sie sah Josh erwartungsvoll an. „Habt ihr beide euch inzwischen für einen Termin entschieden?"

„Nein", antwortete Maggie schnell, um Josh zuvorzukommen. „Aber wir haben trotzdem eine Neuigkeit. Josh wird noch eine Weile hier bleiben. Er will vielleicht den Beruf wechseln, und wenn alles klappt, könnte er für immer in Peregrine Point bleiben."

Der Colonel verzog das Gesicht. „Das klingt etwas ungewiss, wenn ihr mich fragt. Was ist los mit Ihnen, Norton? Können Sie sich nicht entscheiden?"

„Das habe ich schon längst", erklärte Josh. „Ich warte darauf, dass Maggie es auch tut."

„Warum zögerst du, Maggie?" Shirley warf ihr einen Blick zu. „Glaub mir, in dieser Welt muss eine Frau ihre Chance nutzen."

Maggie spürte, wie sie rot wurde. Jeder am Tisch, einschließlich Josh, beobachtete sie. „Es hat keinen Sinn, mich einzuschüchtern. Ich lasse mich nicht drängen. Josh braucht Zeit, trotz allem, was er sagt. Ich will, dass er sich ganz sicher ist."

„Ich bin sicher", erwiderte Josh.

„Nein, das bist du nicht", fuhr Maggie ihn an.

„Du bist diejenige, die immer noch Bedenken hat." Josh leckte sich Honig von den Fingern und stand auf. „Aber ich glaube, die Post ist gekommen, also können wir Maggie vielleicht bei ihrer Entscheidung helfen."

Maggie schaute Josh böse nach, als er die Küche verließ. Dann sah sie, dass er wieder hinkte, und ihr Blick wechselte von Ärger zu Besorgnis.

„Mach dir keine Gedanken." Shirley schmunzelte. „Er ist ein harter Kerl. Das kommt schon wieder in Ordnung."

„Vermutlich, aber ich wünschte, er hätte sich diesen Knöchel nicht noch mal verletzt."

„Lass ihm ein paar Tage Zeit, und er ist so gut wie neu", meinte der Colonel.

„Richtig." Josh kam mit einem kleinen Stapel zurück. „Kein Grund zur Beunruhigung." Er sah die Briefe durch und warf Maggie dann einen großen Umschlag in den Schoß. „Hier."

„Was ist das?"

„Antworten." Josh setzte sich und griff nach einem neuen Brötchen.

Maggie riss den Umschlag auf und ließ den Inhalt auf den Tisch fallen. Einen Moment lang wusste sie nicht, was all die offiziell aussehenden Papiere zu bedeuten hatten. Dann merkte sie, dass der Name Joshua Norton darauf stand. „Dies ist eine Akte über dich, oder?"

Josh nickte. „Alles, was du über mich wissen solltest, ist da drin."

„Tatsächlich?“ Sie sprang wütend auf. „Steht da drin, dass du mich liebst? Das ist nämlich die einzige Frage, die noch offen ist. Alles andere weiß ich schon.“

„Maggie.“ Josh war verblüfft.

„Ich brauche keine Daten über dich.“ Maggie griff nach den Papieren und warf sie in die Luft. „Ich muss bloß wissen, ob du mich genauso lieben kannst wie ich dich, verdammt. Das ist eine ganz einfache Frage.“

„Du liebst mich?“ Josh starrte sie an. „Du liebst mich, Maggie?“

Sie kämpfte jetzt mit den Tränen. „Natürlich liebe ich dich, du Idiot.“

„Das erhoffte ich mir zwar, Liebling, aber du hast es nie gesagt, sondern immer nur, dass du Zeit brauchst.“

„Ich habe gesagt, dass du es bist, der Zeit braucht. Zeit, um herauszufinden, ob du mich liebst. Du hast mir alle möglichen dummen Gründe genannt, warum wir unsere Verlobung aufrechterhalten sollten, aber du hast nie erwähnt, dass du mich liebst.“

„Vielleicht weil ich diese Worte noch nie zu jemandem gesagt habe und nicht sicher war, wie ich das über die Lippen bringen sollte.“

„Oh, Josh.“ Sie wischte sich über die Augen.

„Ich liebe dich, Maggie.“ Er schob seinen Stuhl zurück und kam um den Tisch herum, um sie in die Arme zu nehmen. Dann zog er sie an sich, ohne zu beachten, wie der Colonel, Clarissa und Shirley lächelten.

„Ich habe mich schon am ersten Abend in dich verliebt, als du die Tür geöffnet und mir erklärt hast, ich würde nicht wie der Privatdetektiv aussehen, den du bestellt hast.“

„Josh!“

„Ich werde wesentlich länger hier bleiben als nur ein paar Monate, Liebling, denn ich brauche nicht nur einen Urlaub, sondern einen Berufswechsel.“

„ Oh, Josh.“ Maggie schlang die Arme um seine Taille.

Er hielt den Atem an. „Nicht so heftig, Schatz. Meine Rippen haben letzte Nacht einiges abbekommen."

„Oje, ich wusste, dass du heute im Bett hättest bleiben sollen." Maggie trat einen Schritt zurück und musterte Josh von Kopf bis Fuß. „Wir sollten dich zur Untersuchung ins Krankenhaus bringen."

„Nein, ich gehe zu keinem Arzt mehr", erklärte er entschieden. „Alles, was ich brauche, ist Erholung. Deshalb bin ich hergekommen, falls du dich erinnerst. Bisher hatte ich wenig Gelegenheit dazu, aber ich habe vor, jetzt damit anzufangen. Bei der Hochzeit wäre ich gern in bester Verfassung."

Maggie hob den Kopf und lächelte strahlend. „Wann soll das sein?"

„Wie wäre es Ende des Monats?"

„Ende des Monats?" Maggie war entsetzt. „So schnell kann ich unmöglich alles vorbereiten."

„Ich denke, wir schaffen es." Josh sah zu den drei Leuten am Tisch hinüber. „Wir haben eine Menge Hilfe."

„Wir könnten ebenso gut gleich eine Doppelhochzeit daraus machen", verkündete der Colonel fröhlich. „Es hat ja keinen Sinn, in kurzer Zeit zwei Empfänge abzuhalten."

„Sie haben Recht", stimmte Josh zu. „Wir müssen sparen, bis wir wieder zahlende Gäste im Haus haben."

„Du redest wie ein geborener Gastwirt", meinte Maggie. „Ich glaube, du wirst es in diesem Geschäft weit bringen."

Der größte Teil der Bewohner von Peregrine Point kam zur doppelten Hochzeitsfeier im Haus Peregrine.

Während des Empfangs merkte Josh plötzlich, dass er für einen Moment allein war. Er trat hinaus auf die Veranda und sah auf die Uhr. Er wunderte sich. McCray kam selten zu spät.

Gerade als er das dachte, hörte er einen Wagen kommen. Zwei Männer saßen auf dem Vordersitz. McCray stieg zuerst aus. „Hallo, Norton, du siehst aber schick aus. Gratuliere, Kumpel. Kommen wir rechtzeitig zur Party?"

„Es ist immer noch genug Champagner übrig." Josh sah zu McCrays Beifahrer hinüber, der gerade ausstieg. Der Mann war Ende sechzig und immer noch gesund und kräftig. „Ist er das?" fragte Josh leise.

„Es tut mir Leid, dass wir so spät kommen. Es hat eine Weile gedauert ihn zu finden. Er war gerade in einer seiner Klassen für Analphabeten, aber als ich ihm erzählt habe, wer auf ihn wartet, hat er alles stehen und liegen gelassen und ist ins Auto gestiegen."

Der Mann kam die Stufen herauf und reichte Josh die Hand. „Sie sind Norton?"

„Ja, ich bin Norton." Josh schüttelte ihm die Hand. „Danke, dass Sie gekommen sind."

„Ich muss zugeben, dass ich etwas nervös bin. Nach all den Jahren."

Ein lauter Schrei unterbrach ihn.

„Ricky!"

Josh drehte sich zu Shirley um, die wie erstarrt in der Tür stand. Zur Feier des Tages trug sie heute ihren gesamten Schmuck auf einmal.

„Hallo, Shirley." Ricky Ring blieb unsicher stehen. „Ist lange her, Schatz. Du bist noch genauso hübsch wie früher."

„Ricky, du bist es wirklich. Träume ich?"

„Nein, ich bin es, der träumt", meinte Ricky heiser. „Ich dachte, du hättest schon vor langer Zeit einen anderen Mann gefunden. Als McCray mir sagte, du hättest nie geheiratet, konnte ich es kaum glauben."

Shirley trat zögernd einen Schritt vor. „Ich dachte, du würdest mich hassen, weil du glaubst, ich hatte dich damals verpfiffen."

Ricky wirkte ehrlich verblüfft. „Zur Hölle, nein, Schatz. So was würdest du nie tun. Das wusste ich. Es waren die vom FBI, die mich festgenagelt haben mit Wanzen und Tonbändern. Gegen all diese neue Technik hatte ich keine Chance. Ich war immer altmodisch. Als sie mich eingesperrt haben, war mir klar, dass ich mir eine andere Arbeit suchen musste, wenn ich wieder rauskomme."

„Ricky, willst du damit sagen, dass du sauber bist?" Shirley war offenbar überglücklich.

„Absolut sauber, Schatz. Hab mir nichts mehr zuschulden kommen lassen, seit ich aus dem Knast raus bin. Ich weiß, ich bin immer noch nicht gut genug für dich. Das wusste ich damals schon. Ich habe mich nicht gemeldet, weil ich dein Leben nicht wieder durcheinander bringen wollte. Du hattest einen neuen Anfang verdient. Aber diese Jungs meinen, du könntest daran interessiert sein, mich zurückzunehmen, solange ich sauber bleibe."

„Auf der Stelle. Ricky." Shirley warf sich in seine Arme. „Ich habe dich so vermisst."

„Ich habe auch immer von dir geträumt, Schatz." Ricky umarmte sie.

„Ich denke, wir sollten die beiden allein lassen", murmelte Josh und öffnete McCray die Haustür.

„Willst du mich jetzt nicht deiner Braut vorstellen? Ich würde gern die Dame kennen lernen, die mich zum Alleinbesitzer unserer Firma macht", sagte McCray und lachte.

Josh lächelte, als Maggie auf ihn zukam. Sie sah wundervoll aus, in Metern von weißer Spitze und Satin. Er dachte, dass er in seinem ganzen Leben noch nie etwas auch nur annähernd so Schönes gesehen hatte. Maggie war alles, was er sich je gewünscht hatte. Sie war seine Zukunft. „Da bist du ja, Josh. Ich habe dich gesucht. Es ist Zeit, den Kuchen anzuschneiden." Sie sah McCray an. „Sind Sie sein Ex-Partner?"

McCray schmunzelte. „Ja, das bin ich. Mrs. Norton, ich wollte nur sagen, dass ich sehr beeindruckt von Ihnen bin. Ich hätte nie gedacht, dass eine Frau es schaffen würde, diesen Mann zur Ehe zu verführen."

„Josh war nicht abgeneigt." Maggie lachte. „Er versteckt nur gern seine wahre Natur unter dem Image des harten und abweisenden Kerls."

„Wirklich?" McCray warf Josh einen ironischen Blick zu.

„Ja, man muss ihn bloß näher kennen lernen, um es zu merken." Maggie brach ab, als sie das Paar draußen auf der Veranda sah. „Wer um Himmels willen ist das da bei Shirley? Sie küsst ihn ja!"

„Ricky Ring", erklärte Josh. „McCray hat ihn für mich überprüft. Er ist seit Jahren sauber, und offenbar hat er Shirley nie vergessen."

Maggie riss die Augen weit auf. „Also hast du ihn herbringen lassen Josh, das war wundervoll von dir. Ist er nicht lieb, McCray?"

McCray stimmte ihr zu. „Würde mir jemand zeigen, wo der Champagner steht?" fragte er dann.

„Der andere Bräutigam gießt ihn gerade dort drüben ein", antwortete Josh. „Du kannst ihn nicht verfehlen. Er trägt genauso einen albernen Anzug wie ich. Man nennt ihn Colonel."

„Ich werde ihn finden." McCray schlug Josh auf die Schulter und ging.

Maggie drehte sich zu Josh um. „Shirley sieht so glücklich aus. Es war wirklich nett von dir, Ricky Ring aufzuspüren. Meinst du, sie wird uns jetzt verlassen und mit ihm nach Portland gehen?"

„Das würde mich nicht überraschen." Josh nahm Maggies Arm. Jetzt ist sie Mrs. Joshua Norton, dachte er, meine Frau. Besser konnte das Leben nicht werden.

„Weißt du, Josh, ich habe nachgedacht."

„Worüber?"

„Über unsere Partnerschaft. Da gibt es so viele Möglichkeiten."

„Ja, ich denke, der Gasthof wird sich gut entwickeln." Josh hatte bereits Pläne dafür. McCray zahlte ihn aus, und Josh hatte vor, einen Teil des Geldes in Haus Peregrine zu stecken.

Maggie sah strahlend zu ihm auf. „Ich habe nicht vom Gasthof gesprochen, sondern von der Eröffnung der ersten Privatdetektei in Peregrine Point."

Josh blieb ganz plötzlich stehen. „Wovon zum Teufel redest du?"

„Ich bin sicher, das habe ich schon einmal erwähnt."

„Nein, das glaube ich nicht."

„Nun, warum nicht?" Maggie lächelte begeistert. „Wir können dir direkt im Haus ein Büro einrichten. Du kannst an deinen Kriminalromanen arbeiten, wenn du keinen Fall hast, was wahrscheinlich die meiste Zeit sein wird, weil es hier nicht viele Aufträge gibt."

„Eher gar keine."

„Oh, ich denke, gelegentlich wird sich schon etwas ergeben."

„Maggie."

„Und wenn ich nicht damit beschäftigt bin, den Gasthof zu leiten, dann werde ich dir bei deinen Fällen helfen."

„Oh, danke."

„Ich freue mich wirklich auf den Job eines Privatdetektivs."

Josh konnte nicht anders, er musste lachen. Er grinste immer noch, als Maggie ein paar Minuten später die Torte schnitt und eine kleine Schachtel darin fand.

Der Ausdruck in ihrem Gesicht, als sie sie öffnete und Agatha Gladstones Smaragdbrosche sah, war unbezahlbar.

„Josh!" Maggie sah strahlend zu ihm auf. „Du hast sie gefunden. Du hast Tante Agathas Brosche gefunden! Wie um Himmels willen ist dir das gelungen?"

„Ich erkläre dir doch immer wieder, dass ich ein erfahrener Detektiv bin. Ich bin gut in meinem Job."

Sie schlang die Arme um seinen Hals, während die Gäste jubelten. Du bist ein perfekter Held", flüsterte sie.

„Ja. Und ich fange an zu glauben, dass es sich gelegentlich doch auszahlt, den Helden zu spielen."

–ENDE–

Band-Nr. 25020
6,95 €
ISBN 3-89941-020-3

Linda Howard

Abenteuer Liebe

Liebesnächte in Mexiko
Zu Fuß müssen Jane und der breitschultrige Grant Sullivan, der sie aus der Dschungelfestung des Geheimdienstchefs Turego befreit hat, sich durch die grüne Hölle des Urwalds von Costa Rica kämpfen. Ohne Grant hat Jane keine Chance! Fast scheinen sie gerettet – da wird Grant von Turego, der grausame Rache plant, gefangen genommen.

Gegen alle Regeln
Was helfen Tränen? Nichts! Und so verbietet Claudia sich, an ihren verstorbenen Vater zu denken, und setzt sich stattdessen voller Elan für den Erhalt der geerbten Ranch ein. Das Schicksal meint es gut mit ihr: Noch immer arbeitet Roland Jackson auf der „Bar D“ – der Mann, der ihr erster Liebhaber war und den sie nie vergessen hat.

MIRA®

Sandra Brown
Bittersüßes Geheimnis
Band-Nr. 25005 · 5,95 €
ISBN 3-89941-005-X

Barbara Delinsky
Begegnungen in Park Hill
Band-Nr. 25006 · 5,95 €
ISBN 3-89941-006-8

Nora Roberts
Die Sterne Mithras
Band-Nr. 25007 · 5,95 €
ISBN 3-89941-007-6

Heather Graham
Stürmische Nächte in Florida
Band-Nr. 25008 · 5,95 €
ISBN 3-89941-008-4